RÉSURRECTION

Éric Giacometti a été journaliste au *Parisien*. Il est aussi le scénariste de la bande dessinée *Largo Winch*. Jacques Ravenne est écrivain. Maître franc-maçon, il est spécialiste des manuscrits anciens. La série autour du commissaire Marcas qu'ils ont créée ensemble s'est vendue à plus de deux millions d'exemplaires à travers le monde.

Paru au Livre de Poche :

LA SAGA DU SOLEIL NOIR

1. Le Triomphe des ténèbres

2. La Nuit du mal

3. La Relique du chaos

ÉRIC GIACOMETTI
JACQUES RAVENNE

Résurrection

La saga du Soleil noir

ROMAN

JC LATTÈS

ISBN : 978-2-253-07936-1 – 1re publication LGF

La saga du *Soleil noir*

Résumé des tomes précédents

Juin 1942. Tristan Marcas achève sa quête des swastikas sacrées sur l'île mystérieuse de Bornholm au large du Danemark. En pleine cérémonie SS, un commando russe prend d'assaut l'île, kidnappe le Français et dérobe la quatrième relique. Les jeux sont faits, aucune puissance en guerre ne peut inverser à elle seule le cours de l'histoire. La première relique se trouve au château de Wewelsburg, la deuxième aux États-Unis, dans les entrailles du laboratoire nucléaire de Los Alamos, la troisième gît au fond de la lagune vénitienne, la quatrième repose désormais en plein cœur du Kremlin. À Londres, le commander Malorley du SOE, mentor de Tristan, a été assassiné par des agents nazis. Bouleversée par sa mort, Laure Destillac, sa jeune protégée, a décidé de rejoindre les rangs des Forces françaises libres du général de Gaulle. Pour tous, Anglais comme Allemands, l'agent Tristan Marcas est porté disparu en opération. Et pourtant...

Prologue

Royaume de Jérusalem
Automne 1291

Ce fut le cri lancinant des prières qui le réveilla. Croyant rêver, il posa la main sur la garde de son épée, mais ne vit qu'un groupe de pèlerins titubants sur la piste. Précédés d'un prêtre qui brandissait une croix : les croyants en haillons se frappaient la poitrine en hurlant des *Ave Maria*. Ils étaient de plus en plus nombreux sur les routes de sable qui menaient à Jérusalem, et crevaient presque tous avant d'y parvenir.

Comme le cortège s'effilochait, Guillaume de Lantis remarqua une jeune fille, les yeux perdus, qui marchait pareille à une somnambule. Elle serrait dans la main un objet, comme un talisman. Elle ne devait avoir que quelques années de moins que lui, mais portait déjà tous les stigmates des pèlerins : les pieds nus et sanglants, le regard fou et le visage émacié. Guillaume se leva pour l'aider.

— Ne perds pas ton temps avec ces pouilleux. Ils seront morts avant d'atteindre la Ville sainte.

Tout en parlant, Beaudoin secoua sa cotte de mailles pour se débarrasser du sable incrusté. Puis il passa la main sur ses joues crevassées par le vent et la chaleur. Même sa barbe ne poussait plus. À nouveau, il s'adressa à Guillaume :

— Et puis, t'inquiète pas pour la fille. Les Infidèles ne tuent que les hommes. Elle peut encore servir.

Vexé d'avoir été surpris, Lantis serra la mâchoire. Il était encore trop jeune dans l'Ordre pour se rebeller, mais les propos de Beaudoin le révulsaient.

— La mission du Temple n'est-elle pas de protéger les pèlerins ?

— Les pèlerins, pas les fous qui traversent la Méditerranée pour parcourir une terre que même Dieu a abandonnée. Maintenant, va réveiller les autres. La route est encore longue.

Juste avant d'atteindre le bosquet de dattiers où ses compagnons se reposaient encore, Guillaume eut la désagréable impression qu'un regard s'était planté dans son dos. Il se retourna. Sur la dune la plus proche, des cavaliers venaient d'apparaître. À leur turban noir et à leurs arcs aux extrémités recourbées, il reconnut des Infidèles. Il sortit son épée et appela Beaudoin qui harnachait les chevaux. Le commandeur se précipita, mais, à la vue des cavaliers ennemis, il éclata de rire.

— Ce sont des éclaireurs. De simples vautours. Ils sont sur la trace des pèlerins. Ta fille a de la chance, elle sera vendue sur un bazar de Damas.

Guillaume ne bougea pas. Il pensait à cette inconnue dont la vie allait bientôt basculer. Pourquoi avait-elle quitté sa vie, sa famille, son foyer pour se perdre à jamais ? Et surtout, quel Dieu pouvait accepter qu'une existence soit sacrifiée si inutilement ? Guillaume serra le pommeau de son épée. Ses pensées étaient hérétiques, à deux doigts du blasphème. Il était un templier, il faisait partie de la milice sacrée du Christ, le doute lui était interdit.

— Nous partons dès que les chevaux ont fini de boire, annonça Beaudoin. Si Dieu le veut, nous atteindrons le sanctuaire avant none.

Lantis s'agenouilla pour prier. Le sable était brûlant, pourtant il ne se releva pas. Il avait besoin de faire pénitence pour ses pensées, de se punir d'avoir douté de Dieu, et surtout d'avoir désiré cette fille.

Alors qu'il remontait à cheval, escorté de ses six compagnons, il se demanda ce qu'elle pouvait bien tenir dans les mains. Il n'eut pas longtemps à attendre pour connaître la réponse.

Malgré la capuche qu'ils avaient rabattue sur leur visage, une odeur de sang les saisit à la gorge. Inquiet, Guillaume leva les yeux qu'il gardait baissés pour se protéger du vent. Un arbre étrange surgit devant lui. En se rapprochant, le templier reconnut la longue croix qui guidait les pèlerins. Plantée dans le sol, elle portait désormais un corps à son sommet.

Empalé en plein ventre.

— En voilà un qui est en train de faire la connaissance de saint Pierre, ricana Beaudoin. Ça m'étonnerait qu'il lui ouvre les portes du paradis.

— Mais c'est un homme de Dieu, protesta Lantis qui venait de reconnaître le cadavre du prêtre.

— Un imbécile, qui a conduit tous ces gueux à leur trépas. Regarde.

Le vent était tombé. Partout des hommes gisaient, fauchés par la mort. Certains s'agrippaient encore à la lance qui les avait cloués au sol, d'autres avaient le visage fendu d'un coup de cimeterre. Guillaume sauta de cheval et se précipita vers un groupe de pèlerins, tous tombés face dans le sable. Une volée de flèches les avait abattus dans leur fuite éperdue. Lantis retourna le premier cadavre, puis le deuxième…

— Ne te fatigue pas, annonça Beaudoin.

— Tu crois qu'ils l'ont emmenée ?

Brusquement, une hyène du désert fila, emportant dans sa gueule un morceau de chair rougie.

— Non, reprit le commandeur en indiquant un repli du terrain. Elle est là-bas. Elle a simplement réussi à courir un peu plus loin que les autres.

Guillaume se précipita jusqu'à découvrir le cadavre de la jeune fille. Elle était allongée sur le ventre et son sang colorait le sable. Lantis, tombé à genoux, n'osa pas la toucher.

— Relève-toi. On ne peut plus rien, l'admonesta Beaudoin.

Le templier déplia la main de la morte : elle tenait un médaillon de la Vierge. Il le glissa autour de son cou, puis se leva lentement. Maintenant, il savait que l'enfer était d'abord sur terre.

— On ne peut pas les abandonner comme ça.

— On a une mission.

Beaudoin lui tendit les rênes de son cheval. Guillaume insista :

— Il faut au moins leur donner une sépulture !

Derrière les dunes, des glapissements éclataient. Le commandeur montra des yeux brillants qui surgissaient dans l'aube.

— Les charognards du désert vont s'en charger.

Le soleil avait beau commencer de baisser vers l'horizon, la chaleur était toujours aussi intense. Depuis le massacre, ils n'avaient trouvé qu'un seul puits, rempli d'un fond d'eau boueuse qui avait à peine suffi à désaltérer les chevaux. Les hommes ne parlaient plus, perdus dans leurs pensées, et certains plus loin encore. Seul Beaudoin, qui avançait en tête, semblait encore conscient de ce qu'il faisait. À deux reprises, il avait consulté un parchemin, observé le mouvement du soleil et modifié le sens de leur chemin. Guillaume, lui, sentait le médaillon de la Vierge démanger sa poitrine ruisselante de sueur. C'était une simple médaille de fer-blanc, retenue par une cordelette usée. La seule chose qu'il restait d'une vie qu'il avait à peine croisée.

— Halte !

Beaudoin venait d'arrêter sa monture. Dans la chaleur qui calcinait tout, une brume légère montait face à eux. Lantis tendit l'oreille. Un bruit, toujours le même, résonnait doucement. Comme une sorte de ressac. Ils marchaient en direction du nord depuis des jours, ils ne pouvaient tout de même pas avoir atteint la mer. Le commandeur sauta à terre.

— On continue à pied.

À son tour, Guillaume descendit de selle. En baissant sa capuche, une odeur familière le saisit. Cette senteur, il la connaissait depuis longtemps. C'était celle d'une rivière.

— De l'eau ? De l'eau en plein désert ?

La brume peu à peu se levait. Beaudoin, malgré ses lèvres fendues par le soleil, éclata de rire.

— Mieux que ça. Un lac.

Devant les yeux médusés des templiers, une rive baignée d'eau grise apparut. Tous se précipitèrent en hurlant de joie, ôtant éperons et cottes de mailles pour se plonger dans l'eau rafraîchissante. Seul Guillaume remarqua un ponton où était accrochée une barque. Il chercha des filets de pêcheur, mais il n'y en avait pas. Beaudoin, qui était resté immobile sur le rivage, regardait les derniers nuages de brume s'effilocher. Brusquement, une forme étrange se dessina. Stupéfait, Lantis fut le premier à réagir.

— Par le sang du Christ !

Au centre du lac venait de surgir une île. Formée de hautes parois bombées, elle ressemblait à une coupe jaillie des eaux. Mais ce qui frappait le plus, c'était la hauteur des falaises noires. L'île de pierre semblait inaccessible.

— Selon la légende, quand Dieu a chassé Lucifer, l'ange rebelle du Ciel, sa couronne est tombée ici.

— Mais comment le Temple connaît-il cet endroit ? demanda l'un des chevaliers.

— Le secret d'une famille de caravaniers qui s'en servaient comme étape. Ils appelaient l'île *Al Wallar*. Ils avaient aussi découvert un endroit où accoster. Un secret gardé durant des générations et dont nous nous sommes emparés.

Beaudoin montra la barque qui se balançait sur les eaux.

— Attachez les chevaux au ponton et prenez chacun un aviron.

Au moment d'embarquer avec ses compagnons, une question tarauda Guillaume.

— Commandeur, qu'allons-nous faire sur cette île ?

— La volonté de Dieu.

Al Hazred était furieux. Ses hommes avaient massacré les pèlerins comme des chiens fous à la curée. Aucun n'avait survécu. Et surtout, aucune femme. Ce n'était pas aujourd'hui qu'ils retourneraient en Syrie pour vendre des esclaves. Les temps devenaient durs pour les pillards. Les pèlerins étaient de plus en plus faméliques, sans un sou et sans valeur marchande. De la nourriture pour les hyènes et rien de plus. Quant aux hommes qu'Al Hazred avait recrutés dans les bouges d'Haïfa, ils ne valaient pas mieux. Des déserteurs, des voleurs minables et des renégats de toute religion. Ces soudards d'infortune étaient si peu efficaces qu'il avait dû les habiller comme des éclaireurs de l'armée du sultan pour les faire passer pour des soldats. Avec le risque de tomber sur des troupes régulières et de finir décapité au sabre.

Al Hazred baissa le front. Il avait des crampes d'estomac de plus en plus virulentes : ses hommes et lui n'avaient rien mangé depuis la veille. Leur seule chance, c'était de suivre ces templiers et de les prendre en embuscade. Ils auraient l'avantage de la surprise. Comme le chef des pillards relevait la tête, un de ses hommes surgit à cheval. Un pisteur parti suivre les traces des templiers.

— Al Hazred, les chrétiens viennent de s'arrêter. Ils sont descendus de cheval et ont continué à pied.

— Où sont-ils allés ?

Le pisteur porta la main sur sa poitrine.

— Je ne sais pas. Une brume s'est levée en plein désert. Je te le jure. Je n'ai jamais vu ça.

Même pris de court, Al Hazred avait pour principe de ne jamais montrer ses émotions. C'était la seule manière de se faire respecter de ces hommes de sac et de corde.

— Mais ils ont dû attacher leurs montures quelque part, ajouta le pisteur. J'ai entendu hennir les bêtes dans la brume.

Al Hazred reprit confiance. Les chevaliers du Temple n'agissaient jamais par hasard. S'ils s'étaient aventurés en plein désert, c'était pour une bonne raison. Et les templiers avaient la réputation d'être riches, très riches. Il se tourna vers ses hommes.

— On prend position près de leurs chevaux, et quand ils reviennent…

Le geste tranchant qu'il fit le long de sa gorge était sans appel.

Le soleil à l'horizon lançait encore une lumière aveuglante, mais la brume sur le lac ne se dissipait pas. Disposés en arc de cercle autour du rivage, Al Hazred et ses hommes attendaient. Chacun avait ôté les flèches de son carquois pour les ficher dans le sable et ainsi tirer plus vite. S'ils parvenaient à frapper juste au moment où les templiers atteindraient l'embarcadère, leur barque serait leur tombe. Ensuite, ils n'auraient plus qu'à dépouiller les cadavres.

— Al Hazred, demanda une voix, et si ce n'étaient pas des hommes, mais des djinns qui revenaient ?

— Ce lac que personne ne connaît, cette brume qui ne se lève pas, dit un autre. Et si nous avions atteint le royaume des démons ? Tout le monde dit que les chevaliers du Temple sont des sorciers.

Al Hazred sentait une peur surnaturelle s'emparer de ses hommes. S'il ne les rassurait pas très vite, ils risquaient de se débander.

— Pensez plutôt à l'or qui va remplir vos poches et aux plaisirs que vous allez vous offrir.

— Les voilà !

Al Hazred encocha une flèche. Un bruit lourd de rames se rapprochait.

— Visez tous le bout du ponton.

La coque sombre de la barque apparut.

— Tirez ! Je ne veux que des morts.

Al Hazred était satisfait. Une pluie de flèches avait déchiré la brume et aucun templier n'avait réussi à s'échapper. Ceux qui ne s'étaient pas noyés gisaient sur le sable, transpercés. Maintenant, il fallait les fouiller un par un. Ses hommes s'occupaient des cadavres du lac, lui se réservait les morts du rivage. Il en était à son deuxième et la moisson était déjà bonne : des bagues, des florins… Dieu, qui détestait les mécréants, après leur avoir donné la victoire, allait maintenant procurer la fortune à ses fidèles. Al Hazred déchira le pourpoint d'un nouveau cadavre. Un homme très jeune qui avait une médaille autour du cou. Il la toucha : un simple morceau de métal. Sans valeur. En revanche, le corps portait une besace autour de la taille. Le pillard l'ouvrit et en retira un drap rêche, taché de moisissure. Écœuré, il le jeta sur le mort en jurant et passa à un autre cadavre.

Guillaume se réveilla en hurlant. Une souffrance insupportable lui transperçait le ventre. Une flèche l'avait traversé de part en part, sur le flanc droit. Il étouffait de douleur sous ce tissu visqueux, mais réussit à se redresser. Il jeta le drap au sol et se leva. Tout autour de lui, les autres chevaliers étaient morts. Certains étaient dénudés, d'autres mutilés.

Il était le seul rescapé.

Dans sa grande miséricorde, Dieu l'avait épargné. Un miracle, sinon il serait déjà aux cieux avec ses compagnons d'infortune.

Il trouva son épée qui gisait à ses côtés et la planta avec peine dans le sable. Il empoigna le pommeau et s'en servit comme d'un bâton pour se redresser. La douleur était lancinante, mais ne l'angoissait pas. Il était un chevalier du Temple endurci au combat et avait déjà connu maintes blessures.

Il entendit un hennissement derrière lui. Un cheval noir, bride arrachée, se désaltérait à l'eau du lac. Guillaume reconnut la selle de l'Ordre accrochée sur ses flancs.

Dieu lui prêtait encore grâce.
Il s'en sortirait. C'était une certitude.
Lantis ferma les yeux et entonna une prière.
— *Pater noster, qui es in caelis, sanctificetur nomen tuum*...

Juillet 1943

Cela fait quatre mois que la guerre a connu un incroyable retournement de situation, qui a pour nom Stalingrad. Les Allemands ont capitulé dans cette ville industrielle au sud de la Russie, au terme d'une sanglante bataille qui a duré six mois et fait plus d'un million de victimes.

Pour la première fois depuis le début du conflit, l'Allemagne connaît le goût amer de la défaite. Le mythe de l'invincibilité de la Wehrmacht et de l'infaillibilité d'Hitler vacille. Beaucoup de généraux allemands savent que la conquête de la Russie est désormais vouée à l'échec, mais le Führer, de plus en plus déconnecté de la réalité, veut sa revanche sur Staline.

Dans le camp de la liberté, l'espoir renaît aussi en Afrique du Nord. Les Américains et les Anglais, débarqués au Maroc à l'automne 1942, ont chassé de Tunisie l'Afrikakorps du général Rommel et les Italiens du maréchal Messe. Le prochain objectif des Alliés est l'invasion imminente de l'Italie, par la Sicile, où le pouvoir de Mussolini vacille.

Si l'étau se resserre, l'Allemagne nazie croit encore à une victoire, ainsi que son allié japonais. Le pays s'engage dans une « guerre totale », selon les mots du dictateur à la swastika. La production d'armement est poussée à son paroxysme, les pays européens occupés subissent une oppression chaque jour plus dure, les déportations de juifs, de résistants et des minorités s'accélèrent et les camps d'extermination tournent à plein régime.

En ce mois de juillet 1943, les ténèbres règnent toujours en maître sur l'Europe, mais des foyers de lumière ont surgi à l'est et au sud. Une lumière qui ne cesse d'irradier...

PREMIÈRE PARTIE

« Les peuples passent, les trônes s'écroulent, l'Église demeure. »

Napoléon Bonaparte.

1

Russie
Juillet 1943
Zone allemande

Adossé contre le mur en bois humide de l'isba, le SS observait en silence les fruits étranges qui se balançaient sous le vent frais et printanier. Les branches du chêne ployaient, mais ne rompaient pas.

Comme il l'avait prévu. Le lieutenant Hans Gruber émit un mince sourire de contentement. Il se trompait rarement dans ses calculs. N'avait-il pas passé son diplôme d'ingénieur à l'université de Cologne, avec félicitations du jury, un an avant la déclaration de guerre ?

Les sept pendus oscillaient avec nonchalance sous son regard satisfait. Juste derrière le haut chêne, on apercevait les ruines noircies du village qui servait, depuis un mois, de campement à la troisième compagnie de la division SS Wiking. Les habitants avaient fui depuis longtemps cette zone désolée, autrefois un prospère kolkhoze, aujourd'hui l'une des innombrables antichambres de l'enfer russe.

Le lieutenant Gruber s'approcha de l'arbre. Cela faisait bientôt trois heures que les partisans étaient pendus, mais leurs visages conservaient cette teinte presque bleutée, cyanosée, typique d'une pendaison sans rupture des vertèbres cervicales. Une mort par lente strangulation, comme on le lui avait appris au centre de formation de la SS à Francfort, en ralentissant la descente du corps juste après avoir noué la corde autour du cou.

Gruber avait jaugé le poids des Russes avant de leur attribuer une branche précise. Heureusement, les deux femmes du groupe de résistants, plus légères, avaient joué leur rôle de variable d'ajustement dans la répartition des charges. Le plus difficile avait été de les empêcher de se débattre avant de les accrocher. Mais le SS et ses hommes maîtrisaient l'exercice de style, ils en étaient à leur dixième *arbre à pendus* depuis le début de l'année.

Le SS déboucha son bidon de campagne et avala une nouvelle rasade de Kartoffelschnaps de Brandebourg. Bien meilleur à son goût que la foutue vodka des Ruskofs. Le liquide brûlant coula d'un trait dans sa gorge trop sèche. Il reboucha la gourde et s'étira.

Malgré son jeune âge, vingt-huit ans au dernier hiver, Gruber possédait une solide expérience de la terreur. Il avait fait partie d'un Einsatzgruppe chargé de l'élimination des juifs et des communistes après l'invasion de la Russie en juin 1941[1]. Son âme ne

---

1. Au fur et à mesure de l'avance de la Wehrmacht, les Einsatzgruppen passaient derrière les troupes et exterminaient

s'était pas endurcie au fil des atrocités, elle l'était déjà depuis sa formation à l'école des cadres de la SS, avant de partir au front. En guise d'épreuve éliminatoire standard, son instructeur lui avait ordonné d'assassiner, à bout portant, un groupe test composé d'un juif, d'un homosexuel et d'une grand-mère tzigane. Il avait appuyé sur la détente de son Luger à chaque reprise. Sans hésitation. Ni remords.

Gruber jeta un regard hautain sur le village martyrisé par ses soins ; il n'avait qu'une hâte : repartir au combat. Le temps devenait plus clément de jour en jour, il fallait reprendre l'offensive avant que les Russes ne se décident à attaquer de nouveau. Le Führer tardait trop.

Soudain, une détonation déchira le silence. Elle provenait de l'isba.

Au bout d'une minute, la porte de la chaumière s'ouvrit et laissa apparaître un sous-officier SS, à peine plus âgé que son supérieur. Il remontait son pantalon pour y ranger avec lenteur son tricot de corps gris modèle de combat.

— Bon sang, cette petite paysanne valait le coup d'attendre son tour.

Le lieutenant ne se retourna pas, continuant d'observer son œuvre.

— Sergent Bender… Tu sais que le règlement intérieur de la SS réprouve le viol des femmes de race

---

systématiquement les civils, juifs ou partisans. Hommes, femmes, enfants, des centaines de milliers d'*Untermenschen* (littéralement, des sous-hommes), préfigurant l'Holocauste dans les camps de concentration.

inférieure. Ta semence doit profiter à une mère allemande. Imagine qu'elle mette au monde un sang-mêlé.

Le ton ironique et nonchalant de l'officier n'avait pas échappé au sous-officier, qui imita un garde-à-vous maladroit.

— Je vous prie de me pardonner ce moment de faiblesse, mon lieutenant. J'ai exécuté cette ennemie du Reich à la minute même où je me retirais.

— À la bonne heure, ricana l'officier. Sinon, j'aurais tout balancé à ta chère et tendre épouse.

— Par pitié, non, implora de façon outrée le sergent. Ça lui briserait le cœur à ma pauvre Astrid. C'est pas gentil, mon lieutenant.

— Enlève-moi le cadavre avant que je rentre à l'intérieur, je vais me resservir un bol de soupe.

Un grondement résonna au-dessus de leurs têtes. Ils levèrent les yeux et aperçurent un avion qui avait surgi de l'ouest.

— Un Heinkel He 115 de reconnaissance..., murmura le lieutenant. Il file au sud, vers le front. Mmm... Le cinquième depuis hier matin. Ça sent la contre-attaque, Klaus. Enfin ! J'en peux plus de pourrir dans ce cloaque putride. On va faire payer aux Russes l'humiliation de Stalingrad. Et continuer la guerre. J'aimerais tellement qu'elle ne s'arrête jamais.

— Comment ça ?

— Je n'ai plus envie de devenir ingénieur. Pour travailler dix heures par jour sous les ordres d'un patron qui va se gaver ? J'aime cette guerre. Elle me rend vivant. Et je veux vivre longtemps. Puisse-t-elle durer jusqu'à la fin des temps ! Ou jusqu'à ma mort...

Le sergent avait réajusté ses bretelles, puis s'agenouilla et se releva en tendant les bras devant lui. Il enchaînait les flexions en cadence tout en parlant.

— Le maréchal von Paulus et ses pleutres de la Wehrmacht n'auraient jamais dû capituler devant les Rouges. Si l'offensive reprend et qu'on tombe sur des compatriotes prisonniers, je me ferai une joie de les accrocher comme des guirlandes aux branches des arbres.

— N'y a-t-il pas une certaine beauté dans cet arbre des supplices, mon cher Klaus ? lança l'officier. L'homme et le monde végétal réunis dans une même extase poétique. *Gesamtkunstwerk.* L'art total !

— Quand les partisans reviendront, je doute qu'ils partagent votre passion pour cette forme d'art, répondit le sous-officier en continuant sa gymnastique.

— A-t-on vu un chien apprécier un poème ? répondit Gruber. Les juifs ne sont pas humains, mais les Russes à peine des animaux. Au moins goûteront-ils la peur. Je suis persuadé que…

Des cris et des exclamations interrompirent sa tirade. Les deux SS tournèrent la tête, trois soldats marchaient vers eux en poussant de leurs baïonnettes un soldat russe, hagard, revêtu d'une vareuse déchirée.

— Mon lieutenant ! hurla un caporal. On a trouvé ce rebut caché dans une grange à la sortie du village.

Le SS jeta un regard fatigué au prisonnier.

— Et alors, que veux-tu que ça me fasse ? Accroche-le à la branche la plus basse, il doit rester encore une place pour qu'il tienne compagnie à ses camarades.

— C’est que… Il ressemble à un commissaire politique. Vous avez dit de vous prévenir si on en attrapait un.

Le visage du lieutenant s’éclaircit.

— Un invité d’honneur… Tu as bien fait. Emmène-le à l’intérieur de l’isba, Ivan doit avoir besoin de se réchauffer. Et va me chercher le traducteur à coups de pied au cul pour le dessoûler.

Les soldats éclatèrent de rire et poussèrent le prisonnier vers la maison au toit de chaume. Quand ils entrèrent dans l’isba, une douce odeur de soupe planait dans la pièce qui servait de salle à manger et de dortoir. Le traducteur, un Russe blanc[1] enrôlé de force dans l’armée allemande arriva à son tour. Son regard vitreux et absent trahissait un réveil brutal.

L’un des SS poussa le prisonnier contre la cheminée en pierres noircies et mal taillées. Le Russe se redressa et eut un haut-le-cœur. Juste à côté de la cheminée, une femme était affalée sur un lit de paille, les jupes et les yeux relevés, le visage sanguinolent. Une nappe écarlate baignait le sol à ses pieds. Le lieutenant intercepta son regard.

— Mille excuses, le sergent Bender n’a pas fait le ménage. Ce n’est pas faute de le lui avoir ordonné.

Le prisonnier tremblait comme un moineau tombé du nid dans la gueule d’un rat des champs. Il devait avoir la quarantaine, les cheveux rares et collés sur le crâne, son regard fuyait en tous sens. Il savait ce

1. Russe qui avait lutté contre les communistes lors de la révolution bolchevique, en 1917.

que réservaient les Allemands aux commissaires politiques. Pourtant, à sa grande surprise, l'officier SS lui indiqua une chaise à côté de l'âtre dans lequel était suspendu un chaudron.

Le lieutenant Gruber s'assit devant le prisonnier, chaise à l'envers, jambes écartées, les avant-bras posés sur le dossier. Il l'observa en silence une bonne minute, puis articula d'une voix posée :

— Bien, on me dit que tu es un commissaire politique. Est-ce exact ?

Après avoir écouté le traducteur, le Russe tourna la tête en guise de dénégation et se mit à répondre à toute vitesse.

— Il explique qu'il n'est qu'un simple soldat dans l'infanterie, dit l'interprète. Il s'est échappé de son unité stationnée à Koursk, il veut rejoindre les Hiwis[1].

— Voyez-vous ça ! Un ami de l'Allemagne… Montre-moi tes mains, camarade, ordonna le SS d'une voix enjouée.

Un des soldats prit le bras gauche du prisonnier et le tira fermement pendant que l'officier inspectait les doigts.

— C'est bien ce que je pensais, dit Gruber en hochant la tête. Ni cals ni crevasses, tu n'es pas un moujik. Et les intellectuels sont souvent des commissaires politiques. Elle a besoin de s'endurcir, cette main…

---

1. Hilfswilligers. Volontaires et déserteurs russes passés dans le camp de l'Allemagne. Cinquante mille d'entre eux formeront en 1944 une division commandée par le général renégat de l'Armée rouge Andreï Vlassov.

Il fit un signe de tête à l'un des deux SS tout en continuant à s'adresser au Russe.

— Tu aimes la soupe ?

D'un geste brusque, le soldat qui lui tenait le bras plongea sa main dans le chaudron brûlant. Le Russe hurla en se débattant, bloqué par un autre garde.

— J'ai remarqué qu'une main humaine plongée dans une soupe lui donnait une saveur remarquable, continua Gruber. L'un de tes prédécesseurs est resté dix longues minutes comme ça. À la fin, sa main ressemblait à une tranche de bœuf bouilli.

Il fit un autre signe et le prisonnier en pleurs fut jeté à terre.

— J'espère que tu vas te montrer plus coopératif, Ivan. La prochaine fois, c'est ta tête qui relèvera le fumet de cette soupe. Nom, matricule et responsabilités dans l'Armée rouge ?

Le Russe ne pouvait plus s'arrêter, le traducteur avait du mal à retranscrire ses propos au fur et à mesure.

— Il dit que sa compagnie est cantonnée à dix kilomètres d'ici. Il était en tournée sur le front quand son détachement a été attaqué et séparé de l'unité.

Le lieutenant s'était levé pour se servir un bol de soupe.

— Mmm... Délicieux. Fais-lui cracher tout ce qu'il sait sur la composition des troupes et de l'armement. On enverra ça au QG.

Le Russe continuait de déverser ses informations et sa peur. Le traducteur hocha la tête et se tourna vers le SS.

— Son unité était chargée d'une sorte de mission spéciale. J'ai du mal à comprendre.

— Laquelle ?

— À la recherche de tableaux et d'or volés par nos troupes et cachés après la défaite à Stalingrad.

Gruber se rembrunit.

— Il n'y a pas eu de défaite, imbécile ! Seulement une capitulation honteuse de traîtres à l'Allemagne. Continue…

— Pardon, mon lieutenant… Le détachement est dirigé par un colonel, un haut ponte du NKVD, un ami de Staline, semble-t-il, et il est accompagné d'un archéologue. Un Français qui aurait été un SS. À mon avis, il ment pour rester en vie.

L'officier secoua la tête.

— Pas forcément, ces porcs de Goering et Rosenberg ont ratissé partout où ils le pouvaient pour rafler l'argent, l'or et les œuvres d'art dans les zones occupées. Pendant que certains font la guerre, d'autres s'en mettent plein les poches… Des hyènes… Que leurs sbires en aient caché après les offensives russes n'est pas si étonnant. Cela étant, un copain de Staline associé à un ex-SS français, voilà en revanche un attelage insolite. On va envoyer les infos au QG, ça peut les intéresser.

Le traducteur pointa le Russe qui rampait à terre.

— Que fait-on de lui ?

— Art total…

2

Russie
Village de Trebelyan
Zone soviétique

Tristan tourna la poignée du guidon de sa M72 Oural qui ralentit à l'approche de l'église orthodoxe aux bulbes éventrés. Il s'arrêta devant une barrière de planches bloquant l'accès à une allée qui n'était plus qu'une succession de nids-de-poule. Le Français coupa les gaz, mit la béquille et ôta son casque sous le regard las d'un soldat assis sur un banc à moitié effondré. Le garde aperçut l'insigne de capitaine et voulut se redresser. Tristan le fit rasseoir avec un sourire complice. Il n'était pas plus capitaine de l'Armée rouge que danseur étoile au Bolchoï.

On avait tenu à le bombarder officier juste après la chute de Stalingrad. Maigre consolation pour être resté en vie dans cet enfer à ciel ouvert. Le pire, c'est qu'il n'avait même pas participé aux combats : on l'avait cantonné dans une banlieue à l'extérieur de la ville sans l'autoriser à porter une arme. Il avait seulement géré un entrepôt de transit d'armement en provenance des usines de l'Est. À quatre reprises, il avait failli perdre la vie, trois fois pendant des bombardements et, plus tard, en mangeant du rat bouilli.

Au bout de trois mois de siège atroces, cinq kilos perdus et autant d'années dans la vue, il avait survécu en empochant des galons de capitaine et la médaille de la défense du Soviet suprême, distinction attribuée à tous les soldats survivants – plutôt les miraculés – du siège. Il avait manqué d'éclater de rire. Pas mal pour un homme déjà décoré par le camp adverse d'une croix de fer de deuxième classe…

Il avait aussi gagné une M72, récupérée dans une tranchée après la capitulation allemande. Et un niveau acceptable de pratique du russe, du moins en mode survie.

— Camarade, le colonel Evgueni est-il dans l'église ? lança Tristan au garde. J'ai un message important à lui remettre.

Le garde hocha la tête et indiqua l'entrée du bâtiment. Le Français posa le casque sur la selle et s'avança d'un pas lent le long d'un mur criblé d'une myriade de trous, agglutinés par paquets et qui formaient comme des halos autour d'éclaboussures brunes. Un souvenir des nazis, des SS à n'en pas douter, qui ne dédaignaient pas de fusiller leurs prisonniers devant les églises.

Tristan cracha par terre.

Les SS… Et dire qu'il aurait dû être décoré des mains d'Himmler sur l'île de Bornholm pour services d'excellence rendus au Grand Reich, pour avoir récupéré la quatrième et dernière swastika. Mais c'était avant que les Russes ne l'enlèvent, lui et la relique, au nez du Reichsführer en personne. Expédié brièvement à Moscou, il avait ensuite suivi, contraint et forcé, son ravisseur, le colonel Evgueni, à Stalingrad.

Fin de la quête. Rideau.

Quatre années de course-poursuite à travers l'Europe pour finir seul, ou presque, exilé au fin fond de la Russie. Sa vie n'avait plus aucun sens et il s'en foutait. Le monde n'avait plus aucun sens. Il ne reverrait plus Erika, la femme qu'il avait aimée. Elle était même peut-être déjà morte si ses supérieurs avaient découvert son double jeu d'espionne des Russes. Quant à son mentor anglais, Malorley, il avait été abattu sous ses yeux à Londres. Il repensait parfois à Laure Destillac, la jeune Ariégeoise, descendante de cathares, rencontrée à Montségur en 1941 et qui était devenue agente du SOE[1]. Qu'était-elle devenue ? Probablement morte, elle aussi. L'espérance de vie des agents secrets était encore plus courte que celle des soldats sur les champs de bataille.

Plus rien ne le rattachait à son passé. De toute façon, il n'était plus d'aucune utilité. Pire, il était intimement convaincu que cette guerre ne s'arrêterait jamais. Un cauchemar sans fin, fait d'attaques, de contre-attaques, de massacres à répétition. Une purge qui durerait le temps que la race humaine s'extermine elle-même.

---

1. Special Operations Executive, voir la saga du *Soleil noir*.

Une nuit, à Stalingrad, il avait fait un rêve étrange, juste après un énième bombardement.

Il se trouvait dans une salle, vaste et cossue, d'un château à l'allure médiévale. Malorley et lui étaient assis devant une table éclairée par des chandeliers d'argent. Le commander, le visage fermé, tournait à toute vitesse les pages d'un manuscrit précieux, le *Thule Borealis*. Tristan voulait parler, mais un bâillon l'en empêchait. Puis Malorley arrêta brusquement sa lecture pour tendre un index accusateur. Ses traits semblaient déformés par la colère.

— Sois maudit… Tu n'aurais jamais dû retrouver les reliques. Tu es l'ange exterminateur !

Il avait voulu répondre, mais le bâillon se resserrait comme un étau. Malorley hurlait, ses paroles étaient comme le souffle d'un ouragan.

— Maudit… Ceux qui ont forgé ces swastikas étaient des anges du Mal. Ils voulaient que chaque camp en possède le même nombre pour que la guerre ne finisse jamais. Tu es leur complice. Sois damné, Tristan !

Malorley s'était alors enflammé, comme si un feu intérieur se propageait dans tout son corps. Son visage était devenu une torche et Tristan s'était réveillé, en nage, dans la piteuse chambre de l'usine où il avait échoué. Depuis cette nuit, Tristan se rongeait de culpabilité.

Le spectre avait raison.

Grâce ou à cause de lui, chacun des trois plus grands belligérants du conflit possédait une swastika. Les Américains, les Allemands et les Russes.

Ils pouvaient continuer à mener leur guerre jusqu'à la fin des temps. Tristan s'était vu en combattant de la liberté, il n'avait été en fait que l'instrument d'une puissance perverse et maléfique.

Le Français entra dans l'église et se signa machinalement. Geste absurde, dérisoire, automatique, tradition familiale… Le Christ avait d'autres soucis que de le protéger. D'ailleurs, ces derniers temps, il ne protégeait pas grand monde sur cette terre.

Il enjamba une statue de pierre qui gisait en pleine travée centrale et jeta un œil vers le haut de l'édifice. Un énorme trou se découpait dans le toit, laissant apparaître un bout de ciel bleu à travers un squelette déchiqueté de poutres. Devant l'autel, il aperçut une femme à genoux en train de prier devant un christ famélique et, quatre rangs derrière, le colonel du NKVD assis sur un banc. Celui-ci se retourna en entendant le claquement des bottes du Français sur le dallage.

— Ah, Tristan, je me demandais où tu étais passé, lança le Russe qui fumait une cigarette.

— En mission… Pour toi.

Il parcourut les travées à grands pas et vint s'asseoir à côté du Russe.

— Au QG, ils m'ont dit que tu étais dans cette église, continua Tristan. J'ai cru à une blague, j'avoue que ça ne cadre pas avec ta foi dans le socialisme triomphant. Tu pries la Vierge Marie ?

— On peut faire plein de choses dans les églises à part prier. Un informateur m'a refilé un tuyau crevé. Les Allemands auraient soi-disant dissimulé des icônes précieuses dans le tombeau de la crypte. J'ai fait tout casser, je n'ai trouvé qu'un squelette de prêtre… Notre butin est bien maigre depuis que Staline nous a confié notre glorieuse mission.

— Ton grand ami le petit père des peuples a été si généreux avec nous… Pourtant, je t'avais prévenu, quand tu es venu me voir dans mon entrepôt pour me proposer mon nouveau boulot. On ne s'improvise pas chercheur de trésor en un claquement de doigts.

— Estime-toi heureux que Koba[1] ne nous ait pas exécutés. Et son idée de me confier la récupération des biens volés à la patrie des travailleurs m'honore. Il ne digère toujours pas le vol de la Chambre d'ambre à Leningrad[2]. Ça et bien d'autres choses…

— Mmm… La Chambre d'ambre appartenait à la famille impériale, aux Romanov que tu as d'ailleurs exécutés, si mes souvenirs sont bons… Vous êtes drôles, vous, les communistes. Vous aussi, vous avez spolié les aristocrates et les bourgeois quand vous avez pris le pouvoir…

— Pour les rendre au peuple !

— Oui… Sûrement… Bon… À défaut de te retrouver la Chambre d'ambre, j'ai une information intéressante. Les Allemands auraient laissé un dépôt d'or et un tableau dans un village à une cinquantaine de kilomètres d'ici.

---

1. Surnom de Staline.

2. Offerte par le roi de Prusse au tsar en 1716, cette pièce aux murs entièrement constitués d'ambre a été volée par les nazis en octobre 1941.

— Comment l'as-tu appris ? demanda le colonel en écrasant sa cigarette sur le banc en bois.

— Le responsable du parti local. Il est venu faire son rapport il y a trois jours. Voilà au moins une bonne chose dans votre régime, on moucharde à la perfection.

— Tu ne feras pas de vieux os si tu continues tes persiflages. Tu veux peut-être rentrer chez tes amis nazis ?

— Plutôt chez moi en France, ce serait déjà pas mal. En fait, non, à l'autre bout du monde. En Argentine ou au Brésil, là où on ne se massacre pas à l'échelle industrielle.

Le Russe voulut répondre, mais son regard fut attiré par la femme qui priait. Elle s'était levée pour filer vers la sortie. Elle était jeune, une vingtaine d'années tout au plus, mais son visage paraissait marqué par les épreuves. Ses yeux cernés et ses traits fatigués flétrissaient sa beauté naturelle.

À la surprise de Tristan, Evgueni bondit pour se mettre en face d'elle. La jeune femme se figea, tétanisée.

— N'aie pas peur, jeune fille, je ne te veux aucun mal, dit le colonel du NKVD en lui tenant l'avant-bras. Je veux juste savoir pourquoi tu pries.

La fille jetait des regards apeurés autour d'elle.

— Je… J'ai demandé à Jésus de protéger mes deux grands frères qui combattent sur le front. C'est mal ?

— Tu ne risques rien. Le petit père des peuples a autorisé la prière. Mais tu crois vraiment que Dieu ou son fils vont sauver tes frères ?

— Je l'espère de tout mon cœur. Je peux partir ? J'ai du travail…

Il la scruta avec acuité.

— Il n'y a que le socialisme qui peut nous sauver. Enlève toutes ces superstitions de ton crâne. Tu fais partie de la nouvelle génération, celle pour qui nous nous sommes battus. Dieu n'existe pas. Il a été inventé pour opprimer les peuples. Tu ne l'as pas appris en cours de marxisme à l'école ?

— Oui… Oui… Je peux m'en aller ? Je ne recommencerai pas.

— Va, camarade.

Elle courut vers la sortie, mais, juste avant de franchir la porte, elle se signa furtivement.

— Ces paysans sont têtus… Rien n'y fait, maugréa Evgueni. Ça me navre que des jeunes soient eux aussi contaminés par cette peste irrationnelle.

Marcas sourit en croisant les bras.

— Tu crois vraiment que trente-cinq ans de communisme vont effacer deux millénaires de christianisme ?

— Mmm… Moins… La Russie n'a été évangélisée qu'au XVIIIe siècle. Mais bon, une fois cette foutue guerre terminée, on rasera définitivement ces étables pour bétail superstitieux.

Un souffle frais balaya les travées de l'église martyrisée.

— Peut-être que ça lui donne de l'espérance. On en a tous besoin en ce moment. Non ?

— Ma seule espérance repose sur le communisme. Je n'attends rien, ni des dieux ni des rois.

— Et la swastika… Vous avez bien réussi à gagner la bataille de Stalingrad ? Et même si le courage de vos compatriotes a été admirable, tu ne crois pas qu'elle a joué un rôle ?

— Je suis sûr d'une chose, si pouvoir il y a, il pourra un jour s'expliquer en termes scientifiques ! Cigarette ? Des américaines, des blondes livrées en avion colis express par Air Delano[1].

— Pas dans une église…

Evgueni s'en alluma une nouvelle, tout en marchant vers la sortie.

— Ahahaha… Au contraire, elles n'en ont que plus de saveur.

— Je vais allumer un cierge pour que Dieu intercède en ma faveur. Et me fasse quitter un jour prochain ton paradis des travailleurs.

— Je doute qu'*Il* ait beaucoup d'influence sur notre guide suprême. Allons… Il est temps de s'occuper de choses bassement matérielles. Nous avons un trésor à récupérer.

— Enfin un langage qui me parle !

Tristan ouvrit grand les bras, paumes vers le ciel, comme s'il remerciait Dieu, et continua d'une voie théâtrale :

— *Ils allaient conquérir le fabuleux métal,/Que Cipango mûrit dans ses mines lointaines,/Et les vents alizés inclinaient leurs antennes,/Aux bords mystérieux du monde occidental.*

---

1. Nom donné au pont aérien américain pour livrer les Russes en matériel et biens de consommation.

— C'est de toi ?

— Non, un poème… *Les Conquérants*. José-Maria de Heredia, qui, comme son nom ne l'indique pas, était français.

Ils passèrent devant une icône peinte sur un pan de mur. Tristan intercepta le regard du Christ pantocrator, majestueux et sévère, pendant qu'ils se dirigeaient vers la sortie. Il eut la désagréable sensation que le fils de Dieu le scrutait. Avec reproche.

3

Westphalie
Forêt de Teutberg
Site archéologique d'Externsteine

— Ici, la terre et le sang ne font qu'un. Ici, les tribus germaniques ont exterminé les légions d'Auguste. Ici, l'aigle de Rome, l'invincible, a chuté. Mais ici, aussi, l'aube du peuple aryen s'est transformée en crépuscule. Huit cents ans plus tard, mille rebelles au sang pur ont été immolés en une nuit.

Mains posées bien à plat sur le pupitre de pin sombre, bras raidis jusqu'à la nuque rasée de près, l'orateur au visage blanc et stérile suait à grosses gouttes dans son uniforme noir. Le Reichsführer Heinrich Himmler était aussi vulnérable au soleil écrasant de midi que tout autre être humain sur terre, aryen ou non. Il maudissait intérieurement le directeur des fouilles archéologiques d'avoir installé l'estrade plein sud, en contrebas des hautes et tourmentées colonnes de grès brun qui faisaient la singularité du site grandiose d'Externsteine. Un choix absurde, le sanctuaire païen regorgeait d'ombre fraîche et apaisante, il se dressait dans la forêt bien nommée de Teutberg[1], l'une des plus majestueuses du Grand Reich.

— Tous décapités sur ordre de ce maudit empereur Charlemagne.

Le chef suprême des SS marqua une pause et réajusta ses lorgnons de rat de bibliothèque, qui juraient avec sa tenue martiale. Il leva les yeux vers l'armée dense, sombre et verdoyante de chênes et de sapins vigoureux qui encerclait le site. Comme pour capter à distance leur fraîcheur. Il n'avait pas eu besoin d'écrire son discours, l'esprit immémorial de la forêt vivifiait son âme et ses sens. Les mots coulaient en lui comme la résine chaude et embaumée d'un tronc percé un soir d'été.

— Ces braves ont été suppliciés pour avoir refusé le baptême. Pour avoir rejeté le sanglant message d'amour du Christ. Et pour bien marquer l'emprise de la croix, le tyran du Saint Empire romain a détruit la plus grande idole du monde païen, l'arbre sacré du dieu Irminsul qui se dressait précisément là où je me trouve.

Himmler ne simulait pas sa colère. N'avait-il pas lui aussi participé à la féroce bataille contre les Romains ? N'avait-il pas été martyrisé lui aussi par les bourreaux de l'empereur carolingien ? Dans d'autres vies. Pour le chef des SS, la réincarnation était une certitude aussi solide que les géants de granit qui se dressaient

1. Forêt des Teutons.

derrière l'estrade. Il pouvait sentir leur puissance bienveillante et silencieuse planer au-dessus de lui.

— Le valet arrogant de Rome a souillé l'âme d'Externsteine, le site le plus sacré de l'Allemagne éternelle. Il y a installé des moines parasites, bâti un misérable chemin de croix, creusé un trou pour imiter le tombeau du prophète juif. Mes amis, levez la tête et contemplez ces sentinelles silencieuses qui furent témoins de ces blasphèmes.

Il tourna la tête vers l'agrégat de mégalithes tourmentés, façonnés par le chaos des temps anciens.

— Elles ont surgi du néant bien avant que Wotan et Freya n'enfantent les hommes dans leurs songes féconds.

Il baissa le ton de sa voix et dompta sa flamme. Cette fois, il ne s'agissait pas de galvaniser des bataillons de SS, mais de séduire un auditoire d'historiens et d'archéologues éminents. Himmler n'était pas dupe. En d'autres temps, avant que le national-socialisme n'impose sa loi, aucun d'entre eux ne lui aurait accordé un regard. Ou alors avec mépris. Mais lui, l'ancien éleveur de poulets, l'agitateur de rue, était devenu par la grâce du destin le deuxième homme le plus puissant d'Allemagne, après le Führer. Non seulement il était chef de l'empire SS, l'ordonnateur de l'extermination méthodique et industrielle des juifs, mais il avait aussi un rôle primordial pour faire progresser la science. C'était un peu son jardin secret. Il attribuait des bourses, révoquait les uns pour placer les autres. Son plus grand succès avait été d'imposer l'enseignement de la théorie du feu et de la glace dans les universités et de discréditer les thèses enjuivées d'Einstein sur la relativité. L'exil hors d'Allemagne de ce physicien arrogant avait été l'une de ses plus belles victoires. La vraie science aryenne ne pouvait pas être contaminée.

Il leva ses mains sur le pupitre. Le temps était venu de conclure son discours d'une demi-heure.

— Nos traditions ancestrales sont à nouveau respectées. C'est votre mission sacrée. Science et spiritualité aryenne ne doivent faire qu'un. Je vous laisse visiter le site en compagnie de l'équipe des fouilles. Merci pour votre attention. *Heil Hitler !*

Une herse de bras tendus se dressa sous ses yeux embués. L'aréopage d'intellectuels s'était levé d'un bond pour se figer au garde-à-vous et aboyer avec une joie féroce le salut au Führer. Lui se contentait de les contempler avec une mine de chat repu et satisfait. Tous ces professeurs et ces chercheurs bardés de diplômes, ces savants reconnus et admirés, obéissaient comme des gamins de première année des Jeunesses hitlériennes. Le plus admirable, il n'en était pas peu fier, c'est que leur soumission ne reposait pas sur la peur, mais sur l'enthousiasme.

Il sortit un mouchoir de la poche de son pantalon et s'épongea le front.

Un photographe de *Signal*[1] le mitrailla quand il descendit l'estrade en avalant à grandes gorgées l'intégralité d'une gourde kaki. Tout en buvant, il jetait des regards furtifs vers les bois qu'il savait truffés

---

1. Journal de propagande nazie.

de SS. Depuis l'attaque du commando allié sur l'île danoise de Bornholm[1], il était devenu méfiant. Lui qui avait ordonné l'extermination de tout un peuple, deux millions trois cent cinquante mille individus, hommes, femmes et enfants, selon le dernier rapport daté de juin 1943, avait senti pour la première fois de sa vie le souffle de la mort sur son visage. Une sensation vertigineuse. Et désagréable.

Le photographe s'approcha de nouveau pour lui tirer le portrait. Le chef des SS prit une pose avantageuse.

— Faites-moi aussi des tirages grand format du site. J'aimerais les exposer dans les couloirs du siège de l'Ahnenerbe à Berlin. N'oubliez pas le lac, la lumière qui en émane est admirable. Les ondines venaient s'y baigner à la tombée du jour pour s'accorder les bonnes grâces d'Irminsul.

— Les ondines, Irminsul…, balbutia le photographe, un peu hésitant. Vous avez, euh… l'âme d'un artiste.

— Non, j'ai aimé l'une d'entre elles, il y a très longtemps.

Il longea le gigantesque bas-relief, haut comme la porte d'un hangar de la Luftwaffe, gravé par les moines un peu moins de mille ans plus tôt sur l'un des rochers titanesques. Il pressa le pas, la descente du Christ de la croix, entouré de ses disciples larmoyants, le révulsait. Des années auparavant, il s'était posé la question de faire exploser cette souillure avec

1. Voir *La Relique du chaos*, éditions Jean-Claude Lattès, 2020.

quelques bons bâtons de dynamite, et revenir ainsi à la pureté païenne d'antan, mais il s'était ravisé sur les conseils de son épouse. Il ne voulait pas passer pour un vandale.

Il se dirigea vers sa Mercedes blindée, stationnée devant le chalet de pin qui servait de quartier général à l'équipe archéologique. À son arrivée, une compagnie de SS au grand complet s'était raidie d'un bloc. Il les salua en levant seulement l'avant-bras. Une astuce empruntée à l'ostéopathe du Führer. À son grand étonnement, il avait appris que le salut nazi réglementaire répété un trop grand nombre de fois favorisait les névralgies brachiales chez de nombreux cadres du parti. Himmler avait suivi ses conseils et, au bout d'un mois de cérémonies, d'inaugurations, de défilés et de discours en tout genre, sa douleur chronique à l'épaule droite avait disparu.

Il s'engouffra dans la voiture qui démarra en trombe. Assis à ses côtés, son aide de camp, un colonel au visage gras et maladif, ouvrit une sacoche posée sur ses genoux.

— Reichsführer, voici la synthèse des rapports envoyés par nos unités de la Waffen SS sur le front russe. La situation devient préoccupante. Les Russes sont sur le point de lancer de nouvelles offensives pour capitaliser sur leur victoire de Stalingrad.

Himmler ferma les yeux et s'enfonça sur son siège.

— Par pitié, Gregor, laissez-moi souffler. J'ai dû perdre dix litres d'eau pendant mon discours.

— Pardon, je pensais que vous vouliez mettre à profit le trajet pour gagner du temps.

— Pas maintenant. N'ai-je pas moi aussi le droit de m'évader un peu ? Je passe mon temps à lire des rapports aussi lourds et indigestes que la cuisine servie chez Goering, des statistiques ennuyeuses comme un discours de Goebbels et des prévisions plus déprimantes que des comptes rendus militaires de l'OKW[1]. J'espère que mon rendez-vous au Wewelsburg sera plus stimulant.

— Je comprends, répondit prudemment l'aide de camp. J'ai néanmoins une information digne d'intérêt envoyée par l'un de nos officiers de renseignements dans la zone de Koursk.

Himmler ouvrit les yeux et tourna la tête d'un air froid.

— D'habitude, vous me comprenez mieux, Gregor. N'ai-je pas été assez clair ?

— Ce n'est pas ce que vous pensez. Lisez, je vous prie.

De mauvaise grâce, le Reichsführer ajusta ses lunettes et parcourut les quatre feuillets que lui tendait son adjoint. Au fur et à mesure de sa lecture, son visage prit une expression étonnée. Ce qui était aussi rare chez lui qu'un rosier en fleur dans une usine de panzers.

— Voyez-vous ça… On m'annonce la résurrection d'un mort. Tristan est de retour. Et chez les Rouges de surcroît.

Il tapait de son index la vitre tiède.

— Voilà qui éclaire d'un jour nouveau l'attaque du

1. Haut commandement militaire allemand.

commando ennemi à Bornholm. C'étaient donc des Russes et pas des Anglais. Fâcheux… très fâcheux…

— Pourquoi ?

Il retira ses lunettes et se massa l'arête du nez pour se concentrer.

— Staline détient la quatrième swastika sacrée. Je comprends mieux leur victoire miraculeuse à Stalingrad. Jamais ils n'auraient pu gagner sans elle. Jamais ! Ce n'était pas logique… On aurait dû écraser cette vermine, nous leur étions supérieurs en tout. En matériel, en hommes, en courage…

Le colonel fronça les sourcils. SS par opportunisme, il était surtout militaire de carrière et prussien d'origine. Il ne partageait pas les croyances ésotériques de son maître et de nombreux officiers de la SS. Il avait suivi avec effarement tous les efforts déployés ces dernières années par Himmler pour s'approprier ces reliques d'un autre âge.

— Bon sang, ça ne pouvait pas tomber plus mal, reprit Himmler. J'aurais mille fois préféré que la dernière swastika sacrée atterrisse aux mains de ces salopards d'Anglais, qui, eux, ne sont pas des sous-hommes…

— Sauf votre respect, Reichsführer, notre défaite est quand même due à la résistance de ces foutus cocos et à la lâcheté du maréchal von Paulus qui n'a pas su mener nos troupes jusqu'à la victoire.

— Ah, Gregor, je vous apprécie beaucoup, mais vous êtes trop matérialiste pour un SS. J'ai vu le pouvoir de ces reliques à l'œuvre depuis tant d'années… Elles nous ont tellement aidés à des moments clés de notre épopée. Je regrette que le colonel Weistort ne soit plus avec moi. C'est lui qui nous avait rapporté les deux premières, celles du Tibet et de Montségur[1]. S'il avait été présent à Bornholm, nous aurions conservé la quatrième relique, Stalingrad serait maintenant entre nos mains. Staline défait et le cours de la guerre changé…

Le colonel masqua son dégoût. Il avait toujours détesté ce Weistort, cet officier à moitié fou qui entretenait le Reichsführer dans ses lubies et exerçait sur lui un ascendant malsain. Dieu merci, ce gourou à trois sous n'était plus qu'un légume avarié qui croupissait dans une chambre de l'hôpital des SS du côté de Cologne.

— Est-il toujours aussi diminué ? demanda-t-il sur un ton doucereux. Il faudrait peut-être songer à soulager ses souffrances. Ce n'est pas digne d'un grand guerrier tel que lui.

— Nous verrons cela plus tard. Ainsi que le sort de cette chère Erika.

— Elle est encore à la tête de l'Ahnenerbe… Que comptez-vous faire d'elle ?

— Je ne sais pas encore. Depuis Bornholm, je n'ai plus aucune confiance dans cette femme. Je ne sais toujours pas si elle a révélé ma présence à nos ennemis. Je n'en aurai jamais la preuve, mais la Gestapo a enquêté sur son passé et découvert qu'elle avait eu un amant communiste assassiné par des SS. Si je suivais

1. Voir *Le Triomphe des ténèbres*, éditions Jean-Claude Lattès, 2018.

mon instinct, elle quitterait ce monde. Mais on ne sait jamais, elle pourrait m'être utile.

— Et pour Marcas ?

La voiture filait à toute allure sur l'étroite ligne noire et rectiligne qui transperçait la forêt exubérante. Himmler paraissait hésiter.

— Croyez-vous possible d'organiser une opération commando derrière les lignes ennemies pour le récupérer ? Il sait peut-être quelque chose sur la relique, même si j'en doute, connaissant la paranoïa de Staline. Et puis, il faisait partie de la SS, il me paraît juste de ne pas le laisser aux mains des bolcheviks.

— Nous avons une unité de spécialistes des infiltrations en zone russe qui est stationnée à Minsk. Je vais contacter l'officier responsable.

— Parfait, répondit Himmler. Je vois la résurrection de Tristan comme un clin d'œil du destin qui coïncide avec un autre signe.

— C'est-à-dire ?

— J'ai rendez-vous dans quelques jours avec le conseiller spécial du Sonderkommando Hexen. Une femme remarquable. Elle m'a appelé pour me faire part d'une découverte qu'elle estime *prodigieuse*.

Le chef des SS rabattit sa casquette sur ses yeux et croisa les bras d'un air satisfait. Le colonel murmura à voix basse :

— L'unité Hexen. Le commando des sorcières…

4

Russie
Village de Kyrov
Zone soviétique

On aurait dit qu'un régiment avait établi son campement dans le vaste atelier d'artiste. Et c'était effectivement le cas, ou presque. Une section d'infanterie de la Wehrmacht s'était installée là pendant une semaine avant de décamper à l'arrivée des Russes, un mois plus tôt.

Deux squelettes de chevalets gisaient sur le sol, démembrés, probablement pour faire du feu dans la cheminée noircie. Des pots de peinture éventrés et séchés traînaient à terre, la plupart criblés de trous, pour servir de cibles. Des toiles déchirées jonchaient le sol : visiblement, les envahisseurs n'avaient pas apprécié les talents du peintre. En s'avançant dans la pièce dévastée, Tristan reconnut une senteur familière, l'odeur si particulière du mélange de peinture, d'huile et de vernis. Une bouffée de nostalgie monta en lui, souvenir olfactif de ses années d'études aux

Beaux-Arts, avant-guerre. Quand le monde, frais et joyeux, s'offrait à lui.

Il shoota dans un bidon d'essence laissé par les Allemands, qui percuta un mur sale. Il était de mauvaise humeur. Cela faisait bientôt une semaine que lui, Evgueni et une petite escouade de dix hommes s'étaient installés dans ce village pour trouver la fameuse cache. Ils avaient remué toutes les maisons de fond en comble. En vain.

L'atelier du peintre était leur dernier chantier de fouille, après ils plieraient bagage.

Pendant qu'Evgueni fouillait dans l'atelier, le Français s'approcha de la fresque peinte sur le mur et souillée par deux énormes croix gammées barbouillées au fusain.

On y voyait des paysannes russes qui brassaient des gerbes de blé doré, le visage fier, le regard tourné vers un Staline solaire et bienveillant. Le style en vogue depuis une dizaine d'années, typique du socialisme triomphant. Tristan afficha un air dubitatif.

— C'est déprimant au plus haut point. Je ne suis vraiment pas amateur de vos artistes révolutionnaires.

— Les Allemands non plus, maugréait Evgueni. C'était l'artiste officiel du parti communiste local. Les villageois survivants m'ont raconté que les nazis l'avaient pendu par les pieds la tête dans un brasero. On les a tous retrouvés et passés par les armes. Ah… j'ai trouvé quelque chose.

Il avait ouvert une trappe et braqua une torche.

— Il y a une échelle. Je descends.

Tristan continua la contemplation de l'œuvre de

propagande. À la réflexion, il songea que le peintre n'était pas dénué de talent. Tout un tas de détails au second plan retinrent son attention, il fallait se pencher pour les distinguer. Ici, dans un coin de la fresque, un homme et une femme aux bras décharnés, vêtus de haillons, tiraient des chariots vides dans un champ stérile. Là, des corps d'enfants gisaient sur le bas-côté. Comme si l'artiste avait voulu montrer une autre réalité que celle du socialisme triomphant. Tristan était comme hypnotisé par ce qu'il découvrait. Le peintre avait inventé un double langage pictural. Il s'approcha du visage rayonnant de Staline, scruta longuement les détails et finit par découvrir un autre élément insolite. Sa moustache était composée de microscopiques corps noirs et mutilés. Mieux, dans chaque prunelle, il distingua une tête stylisée de diable.

Tristan recula d'un pas, ravi. Tous ces mois passés à croupir dans son entrepôt d'armement à Stalingrad n'avaient pas entamé son savoir-faire. Décrypter un tableau, disséquer une œuvre d'art pour en comprendre le message caché, c'était son vrai métier. Des images d'Erika remontèrent à la surface de son esprit. En Crète, dans les souterrains, essayant de retrouver le tombeau du templier, à Venise dans le palais Bragadin de Casanova…

La voix d'Evgueni le tira de ses songes.

— J'ai trouvé une caisse. Mais il n'y a rien de valeur, seulement de la ferraille. Tu peux venir ?

Tristan quitta à contrecœur l'observation de la fresque. Il fallait absolument qu'il revienne pour l'étudier de près.

Il descendit à son tour l'échelle et se trouva coincé avec Evgueni dans un réduit minuscule. Une caisse en bois était ouverte par terre.

Tristan en inspecta à son tour le contenu et extirpa des bouts de métal qui ressemblaient à des rebuts de fabrication de pièces industrielles. En fouillant dans le bric-à-brac, il finit par trouver un petit sac de jute, lui aussi rempli de débris.

— Je vais m'occuper personnellement du dourak qui nous a refilé son tuyau pourri. Il a dû vouloir faire son malin quand il a su ce que nous faisions, pour se faire bien voir. Je vais le faire envoyer sur le front et sans armes !

— Attends un peu avant de l'expédier en enfer…

Tristan avait sorti un couteau de sa poche et le brandit sous le nez d'Evgueni.

— Tu permets ?

— Tu veux me découper une oreille comme Van Gogh ?

— Tu n'as pas son talent.

Tristan prit un bloc de plomb gros comme une boîte d'allumettes et le passa sous son nez pour le renifler, puis, avec lenteur, gratta la surface avec son canif.

— Éclaire cette ferraille, Evgueni.

Le Russe s'exécuta. Des striures jaunes éclatantes apparurent sous le faisceau.

— De l'or… Dans ce sac, il y a de quoi refaire toute une vie de rêve au Brésil. On partage moitié-moitié ?

Le colonel rafla le sac d'un air sec.

— Propriété du peuple. Comment as-tu fait ?

— J'ai travaillé pour le service des spoliations de Rosenberg. Ils m'ont appris deux ou trois astuces utilisées par ceux qui cachaient leurs biens. En l'occurrence peindre de l'or, de l'argent ou des pierres précieuses avec de la peinture de plomb et les mettre dans un tas de ferraille que l'on viendra récupérer plus tard. Je pense que les Allemands ont raflé des biens dans le coin et les ont planqués en attendant de revenir.

Des raclements de bottes se firent entendre dans l'atelier. Tristan lança un regard ironique au Russe.

— Tes hommes arrivent… Tu veux vraiment les rendre à un commissaire politique qui va s'empresser de les revendre pour son propre compte ?

— Je ne suis pas un trafiquant comme toi. Je te rappelle que je n'ai pas touché à une seule émeraude ou rubis des Romanov au moment de leur exécution. À côté, ton petit sac est ridicule… Mais c'est aussi notre premier butin ! Staline sera content.

— Si tu le dis, répondit Tristan en haussant les épaules alors que le Russe remontait pesamment l'échelle, le sac à la main.

Tristan attendit qu'il ait fini de monter pour s'engager à son tour sur les barreaux. Un claquement métallique retentit au-dessus de sa tête. Au fur et à mesure qu'il gravissait l'échelle, des soldats apparurent dans son champ de vision. Tout de kaki vêtus, mais d'une coupe différente des tenues de campagne de l'Armée rouge. La forme de leurs casques, elle, ne laissait planer aucun doute.

Deux soldats tenaient solidement Evgueni de chaque côté. Un troisième tendait la main à Tristan pour l'aider à se relever. Le Français dédaigna la main et mit un pied sur le sol de l'atelier. L'inconnu arborait une carrure aussi épaisse que son visage strié d'une impressionnante balafre.

— Obersturmführer Otto Skorzeny, chef du commando Friedenthal. Nous avons pris beaucoup de risques pour vous retrouver, Herr Marcas. Vous semblez avoir beaucoup de valeur aux yeux du Reichsführer.

La voix de l'Allemand détonnait avec son apparence, elle était presque mélodieuse.

— Comment êtes-vous arrivé ici ? demanda Evgueni dans un allemand approximatif. Le front est à plus de cinquante kilomètres. J'ai moi-même inspecté la zone.

Skorzeny éclata d'un grand rire.

— Si je vous le dis, vous mourrez dans la minute, colonel. Je ne vais pas révéler des secrets militaires.

— Ne me prenez pas pour un idiot. Vous me tuerez de toute façon.

Le SS haussa les épaules et arma son Luger en fixant le Russe.

— C'est vrai… Deux planeurs nous ont largués à quelques kilomètres d'ici. Si tout se passe selon le plan, un Junkers doit atterrir dans une heure et nous ramener derrière les lignes. Pour tout vous dire, c'est une première pour nous. On va pouvoir utiliser ce dispositif pour d'autres missions.

— Ingénieux… Je ne crois pas que nous disposions de planeurs.

Le SS braqua son Luger sur la tempe du Russe.

— Ne rêvez pas. Hors de question de les laisser sur place pour que vos foutus ingénieurs singent notre technologie supérieure. Ils seront détruits juste avant notre décollage.

Un autre soldat arriva en trombe dans la pièce et murmura à l'oreille de l'officier commandant les paras.

— Il est temps de partir, notre avion de retour vient d'arriver. J'ai hâte de déguerpir avant l'arrivée des camarades…

Tristan secoua la tête.

— Je n'ai pas dit que je voulais me joindre à vous.

— Je me passerai de votre autorisation.

Un voile noir s'abattit sur Tristan. Le coup de crosse venait de l'expédier à terre en moins d'une seconde.

— Embarquez-le. Bon retour dans la mère patrie, Herr Marcas, murmura le chef des parachutistes.

Vatican

En dépit de la chaleur étouffante qui persistait dans la Ville éternelle, une douce fraîcheur régnait dans l'imposante salle Clémentine toute de marbre et de fresques aussi saintes que gigantesques. Le nouvel ambassadeur allemand près du Saint-Siège venait de présenter ses lettres de créance au pape et avait reculé de cinq pas comme le stipulait le protocole pontifical. Impassible, il observait l'homme au profil de rapace, assis sur son trône. Pie XII, deux cent soixantième évêque de Rome, et donc pape, parcourait les documents du diplomate avec acuité. À intervalles réguliers, il levait ses yeux perçants cerclés de verre vers l'envoyé d'Hitler, le détaillait d'un air grave, puis revenait à sa lecture.

Le baron Ernst von Weizsäcker avait l'habitude de fréquenter des personnages de haut rang, à commencer par les dignitaires nazis, mais ce pape le mettait mal à l'aise. Le regard acéré de cet oiseau grand et maigre le transperçait littéralement. Le genre de regard qui vous rend coupable de vos fautes. Et de celles des autres.

À droite du souverain pontife, en retrait du trône, l'Allemand avait identifié un homme à peine moins âgé, au front bombé et à la barbe grise finement taillée. Le cardinal Gianbatesti. Le second secrétaire particulier du pape, chargé des affaires extraordinaires. Dans la bureaucratie vaticane, il était une sorte d'éminence grise sans que les services du département étranger du Reich sachent exactement de quelles affaires il s'agissait. Une chose était certaine, Gianbatesti était l'un des hommes les plus influents de la Curie : rien ne parvenait jusqu'à Pie XII sans son accord. Von Weizsäcker avait bien lu ses fiches. Il nota intérieurement de demander à l'antenne de la Gestapo qui travaillait à Rome avec la police italienne de se renseigner sur le prélat. Même les cardinaux pouvaient avoir des vices susceptibles d'être exploités.

Pie XII posa enfin les lettres de créance sur ses genoux et croisa les doigts en le scrutant avec attention.

— Eh bien, monsieur l'ambassadeur, je me réjouis de votre présence parmi nous et vous souhaite la bienvenue dans la cité de Dieu, lança le pape dans un allemand parfait. Mais… je suis perplexe.

Il s'arrêta pour jauger son interlocuteur. Il savait jouer sur les silences. Avant d'occuper le trône pontifical, le cardinal Pacelli avait été le diplomate le plus efficace du Vatican.

— Je me pose une question, reprit-il d'une voix ouatée. Êtes-vous ici en tant qu'ambassadeur de votre pays ou en tant que Brigadeführer SS, qui doit aussi rendre des comptes à son chef, Heinrich Himmler ?

Le baron oscilla une fraction de seconde. Il ne s'était pas attendu à une telle question. Il avait sous-estimé le service de renseignements du Vatican, il ne referait pas la même erreur.

— Votre Sainteté est bien informée. J'ai travaillé aux côtés du Reichsführer pendant deux ans, mais c'était un grade militaire purement honorifique. Je n'ai jamais combattu dans les rangs de la SS, je m'occupais d'administration. Désormais, je dépends exclusivement du ministère des Affaires étrangères. Et du Führer, naturellement.

Pie XII esquissa un sourire.

— J'avais oublié qu'en Allemagne tout dépendait du Führer. Sauf la météo…

Le secrétaire du pape, qui se tenait en retrait, écoutait l'échange avec grand intérêt. Gianbatesti, l'œil et la main de Pie XII, n'était pas mécontent d'avoir fourni une fiche sur le nouvel ambassadeur.

Pie XII n'attendit pas que l'Allemand réponde et continua :

— Je suis ravi de ne pas avoir affaire à un SS. On me raconte bien des choses déplaisantes sur cet ordre et les sentiments antichrétiens nourris par son maître.

— Le Reichsführer n'a rien contre l'Église, mentit l'ambassadeur. Il a été baptisé.

— Staline aussi… Il a même été séminariste dans sa jeunesse. Vous voyez où cela l'a mené. Et comment se porte *Monsieur* Hitler ? On m'a laissé entendre qu'il souffrait d'insomnies.

— Le Führer s'est donné corps et âme à son peuple. Presque un sacerdoce… Mais rassurez-vous, sa santé est excellente et son moral trempé d'acier.

— J'imagine qu'il se ressource chaque soir avec la lecture de la Bible, ironisa Pie XII en tendant son anneau papal, signe que l'entretien était achevé. Eh bien, monsieur l'ambassadeur, je vous souhaite un bon séjour parmi nous.

L'ambassadeur s'inclina et baisa la main.

— Le Führer m'a chargé de vous remettre, en guise d'amitié sincère, trois tableaux de sa collection privée.

— J'aurais préféré qu'il m'offre une proposition de paix, soupira Pie XII.

L'aide de camp du diplomate s'avança et posa sur une table trois toiles de petit format. Pie XII s'approcha, suivi de son secrétaire, curieux de voir les présents.

— Voici deux tableaux provenant du musée de Berlin, un Müller et un Grünewald. Le troisième est un portrait du Führer réalisé par l'un de nos plus grands peintres, Hermann Doubt.

Gianbatesti ne put s'empêcher de sourire ; quelle outrecuidance d'envoyer son portrait, fallait-il y voir une épreuve ? Si le pape le refusait, cela pouvait être interprété comme un acte d'hostilité vis-à-vis de l'Allemagne. Le prétexte pour une escalade. Et le rapport de force n'était pas précisément en faveur du Vatican en ce moment. Mussolini se pliait à toutes les volontés de son allié allemand pour ne pas chuter. Qu'Hitler envoie une division Panzer pour envahir la cité sainte et mette la main sur le pape n'aurait étonné personne.

Pie XII observa les toiles avec un air étrange.

— Le Führer a-t-il posé en personne pour cette toile, ou est-ce une copie ?

— Oui, c'est un original.

— Vous le remercierez pour ses présents. Ils sauront trouver la place qui leur convient.

La séance était terminée, l'ambassadeur quitta la salle à reculons et les gardes fermèrent la porte derrière lui. Le pape contemplait les trois toiles avec une répulsion évidente.

— Vérifiez si ces *cadeaux* proviennent bien des collections officielles allemandes. Hitler est bien capable de m'offrir des tableaux volés à des juifs.

— Ce sera fait, Votre Sainteté, répliqua le cardinal. On peut déjà écarter tout soupçon pour son affreux portrait. Cela m'étonnerait fort que des juifs possèdent ce genre de toiles. Je vais lui trouver une poubelle digne de ce nom et…

Le pape leva la main.

— Déposez-le dans mon salon.

Le cardinal fronça les sourcils.

— Ne faites pas cette tête, ajouta Pie XII. Vous ne voyez pas ?

Le visage du cardinal s'éclaircit.

— En effet. Je n'y avais pas pensé, cela conviendra à merveille.

Sur un signe de tête, deux prêtres s'approchèrent du tableau et le soulevèrent en le faisant tanguer sous les yeux du pape. Lugubre, le pontife contempla le visage ténébreux du maître du Reich et murmura d'une voix grave :

— *Il rôde comme un lion rugissant, cherchant qui il dévorera*… Nous nous comprenons ?

Le cardinal hocha la tête avec gravité.

— Pierre 1, verset 8. À propos de Satan.

5

Château de Wewelsburg

Nombreux étaient les caciques du régime qui s'octroyaient des résidences secondaires luxueuses en dehors de Berlin. Grandiloquente demeure campagnarde du Bogensee, dans le Brandebourg, avec ses cinq cents hectares, pour le chef de la propagande, Goebbels. Ferme fortifiée de hobereau prussien, avec dépendances et écuries, pour von Ribbentrop, ou incongruité tape-à-l'œil, tel le manoir de Carinhall, pour Goering, qui s'enfonçait sous le poids des statues et des tableaux volés dans toute l'Europe.

Pour Himmler, ce n'étaient que des demeures de parvenus dont l'aménagement et la décoration étaient des queues de paon à la mesure de la vanité de leurs propriétaires. En témoignaient les réceptions fastueuses organisées par les uns et les autres.

Lui n'était pas comme eux, son château médiéval perché sur une colline venteuse de Westphalie reflétait la pureté de son âme. Un bloc de pierres massives flanqué de tours circulaires, ramassé sur lui-même et enchâssé sur une hauteur d'où l'on pouvait embrasser les vallées giboyeuses environnantes.

Ici, au Wewelsburg, pas question de mondanités. Même sa famille n'était pas autorisée à y mettre les pieds. Tout avait été restauré et aménagé selon des plans précis dont il avait supervisé le moindre détail. C'était sa tanière. Son sanctuaire. Austère, minéral, incorruptible. À l'image de son ordre de chevaliers noirs dont il était le seul grand maître. Hitler lui-même, qui avait pourtant sa chambre réservée, n'était venu qu'une fois. Seuls ses paladins SS du plus haut rang venaient y séjourner et s'y ressourcer.

Wewelsburg n'était pas un bastion militaire, aucun soldat n'y tirait un seul coup de feu et nul n'élaborait de stratégie ou ne planifiait de plan de bataille. Non, Wewelsburg était une forteresse spirituelle. On y étudiait les enseignements les plus purs, ceux réservés à l'élite de la SS, et on y pratiquait aussi d'antiques cérémonies en l'honneur des anciens dieux. C'était ici que Himmler avait choisi d'entreposer les deux swastikas sacrées, et pas dans ses bureaux de l'immeuble berlinois imposant de la Prinz Albrecht Strasse où résidait le centre de son pouvoir temporel sur l'Allemagne et le reste de l'Europe.

Il poussa les deux portes battantes en chêne qui marquaient le passage dans la bibliothèque. Elles avaient été commandées au meilleur ébéniste de Paderborn, la ville la plus proche. Chacune d'entre elles était sculptée avec talent et minutie. Le premier pan représentait le corps d'une femme vêtue d'une robe médiévale et qui tenait entre les mains des branches de gui. Le second arborait une lettre de taille imposante, un H, gravé en relief et cerclé d'une couronne de croix gammées.

Quand il entra dans la vaste pièce décorée de boiseries, des rayons de soleil illuminaient l'impressionnante bibliothèque qui courait sur les trois murs et s'élevait sur un étage, parcouru par une coursive. Un silence minéral enveloppait la salle aux parquets aussi cirés que l'entrelacs d'étagères. Trois tables rondes, flanquées de fauteuils de style bavarois, occupaient le centre de la pièce. Elles étaient vides.

Il s'avança, huma de doux effluves d'encaustique et repéra quatre grosses caisses en bois, toutes ouvertes, remplies de livres entassés en vrac. Elles n'y étaient pas auparavant. Il sourit de satisfaction. De mois en mois, sa collection personnelle s'étoffait et prenait de l'ampleur. Des centaines et des centaines de livres inestimables, de documents aussi précieux que des pierreries, d'archives secrètes, d'incunables sulfureux, tous consacrés à l'occultisme, à la magie et à la sorcellerie. Ici, en fermant les yeux, il entendait les battements d'ailes des anges déchus, les invocations impatientes d'antiques et redoutables divinités, le tintement des fioles d'alchimistes en quête du grand œuvre, les suppliques d'enchanteresses libérées de leur sommeil. Ici, tout n'était que pentacles, symboles et sortilèges, démons et merveilles.

Non seulement sa collection était unique, mais encore il était le seul bibliophile au monde à disposer d'un commando pour assouvir sa voracité.

Le Sonderkommando H était sa création. Le H pour Hexen ou sorcières.

Depuis le début de la guerre, une dizaine de spécialistes de livres anciens et de bibliothécaires nazis fanatiques écumaient les collections publiques et privées, mais aussi les librairies et les salles de vente pour rafler le précieux butin. De la Norvège à la France, en passant par la Belgique, la Pologne ou la Tchécoslovaquie, aucun pays occupé n'échappait aux griffes acérées du commando H. Les livres arrivaient des quatre coins de l'Europe pour être recensés puis entreposés dans cette bibliothèque. Himmler avait baptisé cette unité « commando des sorcières », en raison d'un de leurs objectifs : mettre la main sur les actes de procès en sorcellerie établis par les autorités ecclésiastiques et civiles. Le chef des SS voulait prouver que les chrétiens conduisaient depuis des siècles un génocide planifié de sorcières détentrices d'un enseignement païen.

Himmler plongea les mains dans l'une des caisses, brassa avec convoitise les livres comme s'il s'agissait de pièces d'or et de pierres précieuses.

— Le butin de la semaine…

Il retira au hasard un livre à la reliure verte patinée et ouvrit la page de présentation.

Fulcanelli
Le mystère des cathédrales.
L'interprétation ésotérique
des symboles hermétiques
du grand œuvre.
Jean Schemit librairie.
1926

Il fit la moue, un peu déçu. Un livre français. De plus, les ouvrages d'alchimie ne le passionnaient guère. Trop compliqués. Contrairement au délirant Alfred Rosenberg ou au traître Rudolf Hess[1], il avait du mal à croire que l'on puisse changer le plomb en or par la vertu d'une simple potion magique.

Un rayon de soleil illumina le frontispice de la page en vis-à-vis. Un corbeau, ailes déployées, posé sur un crâne avec en arrière-plan un sphinx, la tête tendue vers les étoiles. À terre, on distinguait un livre ouvert et des cornues éparpillées autour de la tête de mort. Une lueur de dégoût voila son regard, une étoile de David apparaissait en minuscule sous l'inscription latine : *Mutus Liber*.

Ils sont toujours là, même dans les livres d'alchimie.

Il jeta le livre dans la caisse avec dédain.

— Reichsführer, ne faites pas cette tête. *Le Mystère des cathédrales* est un monument d'érudition.

Il sursauta et leva la tête vers la coursive qui desservait le premier étage de la bibliothèque. Accoudée à la rambarde, une femme d'âge mûr aux cheveux blancs tirés en arrière le scrutait d'un regard affûté.

— Ah, Kirsten, ma sorcière préférée. J'ai hâte de vous entendre.

Son interlocutrice descendit lentement un escalier en colimaçon pendant que Himmler s'asseyait

1. Voir *La Nuit du mal* et *La Relique du chaos*, éditions Jean-Claude Lattès, 2019 et 2020.

devant l'une des tables. Il ne regrettait pas d'avoir choisi Kirsten Feuerbach comme conseillère spéciale pour son unité. Cette historienne spécialiste du monde médiéval, l'une des rares femmes dans ce domaine en Europe, avait été dès la première heure une adhérente enthousiaste au parti. Elle avait aidé à créer la Jungmädelbund, l'équivalent des Jeunesses hitlériennes pour les filles. Avant de porter son choix sur Erika von Essling, Himmler avait songé à nommer le docteur Feuerbach à la tête de l'Ahnenerbe pour remplacer Weistort. Mais la médiéviste s'était désistée, son travail universitaire l'absorbait trop et elle n'avait accepté le poste de conseillère du commando H que trois jours par mois. Kirsten Feuerbach présentait une autre singularité essentielle aux yeux d'Himmler. À ses heures perdues, elle dirigeait un groupe féminin qui perpétuait dans la plus grande discrétion les rites païens ancestraux. Une sorcière des temps modernes.

La femme aux cheveux blancs vint s'asseoir et posa sur la table une chemise de carton bouilli, grise, usée et racornie aux extrémités.

— Comme vous le savez, l'afflux incessant de livres et d'archives nous pousse à réaménager l'espace de stockage disponible. Je vous ai envoyé une note en ce sens le mois dernier et…

Himmler leva la main pour l'interrompre.

— Vous ne m'avez pas fait venir ici pour me parler de problèmes administratifs. Si vous alliez au fait ?

— Comme vous voudrez. Il y a dix jours, nous avons fait du ménage dans la section des archives qui courent jusqu'en 1939. L'idée est de transférer dans les caves du château tous les cartons non essentiels et qui encombrent la bibliothèque. Bref, l'un des assistants a retrouvé cette chemise dans la section Moyen-Orient. Il s'agit d'archives et de correspondances tirées du fonds des Templarim.

Himmler fronça les sourcils.

— Les Templarim… Ce n'était pas cette colonie de protestants allemands qui s'étaient installés à la fin du XIXe à Jérusalem dans l'ancien quartier occupé par les Templiers ?

— En effet.

— Ça me revient. On y a implanté une section du parti au début des années trente pour étendre notre influence dans cette zone contrôlée par ces maudits Anglais et leurs amis juifs.

— Votre mémoire est excellente. L'Ahnenerbe y a conduit des fouilles pour retrouver le trésor des chevaliers du Temple, mais ça n'a rien donné. En 1939, les descendants des Templarim ont été rapatriés en Allemagne et nous avons récupéré leurs archives, du moins le peu qui paraissait intéressant.

Kirsten Feuerbach ouvrit la chemise et en retira un épais cahier rouge pâle, à dos carré, cerclé d'une lanière de cuir craquelé.

— C'est le journal intime d'une riche veuve allemande venue s'installer à Jérusalem en 1911 chez les Templarim. Elle y a vécu quatre années avant de s'éteindre sans héritiers directs. À sa mort, l'association a hérité de sa maison et stocké sa correspondance personnelle dans ses propres archives. Personne n'y avait mis le nez pendant des décennies. Quelle ne fut pas ma surprise en découvrant l'identité de cette femme et les révélations qu'elle faisait dans son carnet. J'ai laissé un marque-page au début du passage concerné. Cinq pages tout au plus. Je vous laisse lire.

Elle poussa le cahier devant Himmler, qui l'ouvrit avec rapacité. Le chef de la SS se cala sur son siège, ajusta ses lunettes et entama la lecture. Kirsten observait son interlocuteur qui ne laissait rien transparaître. Quand il eut fini, il repoussa le cahier et retira ses lunettes.

— Vous me confirmez l'authenticité de ce journal ?

— Je n'ai aucun doute là-dessus. Je l'ai recoupé avec des recherches complémentaires. Ai-je eu raison de vous alerter ?

— Oui. Si ce qui est écrit est vrai, alors c'est tout bonnement stupéfiant. Le secret relaté par cette femme est d'une portée… inimaginable.

6

Italie
Express Bologne-Rome

Saint Cœur de Jésus, pardonnez-moi car j'ai péché.

J'ai mis en péril la confiance que vous aviez placée en moi. Je vous supplie de toute mon âme. Ne laissez pas mes ennemis triompher.

Je n'aurais pas le courage de leur résister.

Marie Sainte Mère de Dieu, protégez-moi.

Tassé dans sa soutane trop serrée, le visage collé à la fenêtre du wagon, le père Spinale priait en silence, en essayant d'ignorer ses compagnons de compartiment. Il ouvrit enfin les paupières et se concentra sur le paysage qui défilait sous ses yeux. L'express filait à travers les champs d'oliviers qui ondulaient à perte de vue. En d'autres temps, il aurait trouvé ce paysage charmant, un don du Seigneur, mais il n'avait qu'une obsession : que ce paradis disparaisse et laisse place au purgatoire crasseux des faubourgs de Rome.

Plus que trois heures avant d'arriver à la gare centrale Termini.

Trois heures. Ce n'était rien après tant de jours de fuite. La dernière ligne droite, mais chaque seconde qui s'écoulait était comme une torture pour son esprit épuisé.

Le train brinquebalait de toute part, les essieux du wagon rendaient l'âme à chaque courbure de la voie ferrée.

Il s'épongea à nouveau le front. La sueur. Sa sueur.

Acide, collante, visqueuse. Comme un poison sécrété par sa chair et qui suintait dans chaque pore, chaque parcelle de son être. Pas la sueur bienfaisante d'un travail aux champs en plein mois d'août. Non. Une suée âcre et chaude, comme du fiel de sorcière. Le moine en avait goûté quelques perles à la commissure de ses lèvres. Une eau amère qui n'avait qu'une seule source : la peur. Sa peur.

La rosée impure suintait en lui depuis son départ précipité du monastère bénédictin de Santa Maria del Monte, deux semaines auparavant. Juste avant que les fascistes ne viennent l'arrêter. Prévenu par un ami policier, le père supérieur Spinale s'était enfui comme un voleur de poules après un chapardage. Les partisans l'avaient d'abord caché dans une ferme des environs, puis lui avaient fourni de faux papiers, un crucifix et une soutane. La soutane… Il n'en avait plus porté depuis des siècles, depuis sa jeunesse au grand séminaire de Milan. Le tissu trop serré lui faisait regretter son ample robe de bure noire.

Lui, le père supérieur d'une des plus vénérables abbayes d'Italie, avait été rétrogradé au rang de simple curé d'une lointaine paroisse des Abruzzes.

À sa grande surprise, il avait découvert que les partisans, pour la plupart des socialistes et des communistes, athées jusqu'à la moelle, utilisaient de fausses identités de prêtres pour tromper les fascistes.

« Dieu, ça doit servir au moins à quelque chose », s'était esclaffé le chef des partisans en lui tendant sa carte d'identité et sa soutane. En lui souhaitant bonne chance, ils l'avaient collé dans un bus souffreteux à destination d'Arezzo. Là, il avait pris le train express de Bologne à destination de Rome, son étape finale.

À la gare d'Arezzo, il avait perçu comme une présence invisible derrière lui. Il s'était senti aussi nu et vulnérable que le Sauveur au premier jour de sa venue sur terre, fuyant l'étable pour échapper aux tueurs du roi Hérode. Au fur et à mesure qu'il s'était approché du poste de contrôle, c'était comme si le mot fuyard s'inscrivait en lettres blanches sur sa soutane. Les voyageurs, les employés et les policiers n'étaient pas des hommes et des femmes ordinaires, mais des démons ayant pris une apparence humaine. Prêts à bondir sur lui et à le déchiqueter. Il avait affronté le regard inquisiteur des carabiniers comme un supplice, le cœur battant à tout rompre, baissant les yeux.

Heureusement, le port de la soutane en imposait encore dans l'Italie de Mussolini, ami autoproclamé de l'Église catholique. À son grand soulagement, il était passé sans encombre.

Quand il était monté dans le compartiment vide, son angoisse s'était un peu tarie. Il pensait déjà à son arrivée à Rome, puis au Vatican. Chez son protecteur, le cardinal Gianbatesti, secrétaire particulier du pape Pie XII.

En espérant qu'il comprendrait. Et lui pardonnerait sa grande faute.

Alors que le moine pensait profiter d'un peu de répit, sa sueur avait à nouveau coulé au moment où le train quittait Arezzo. Trois hommes en chemise noire s'étaient installés bruyamment dans son compartiment. Bottes assorties à leur chemise, poignards et pistolets au ceinturon, ils avaient la quarantaine aussi tapageuse que l'éclat de leurs voix. Un borgne, un manchot et un troisième qui s'appuyait sur une canne. Une odeur de vin, d'oignons et de poivrons frits s'était répandue. Ils l'avaient salué en lui jetant des regards curieux. Surtout celui qui était borgne et semblait être le chef du petit groupe.

Le train accéléra, comme poussé par un vent arrière. La vieille locomotive Gruppo 685 crachait sa vapeur avec rage, le grondement de ses pistons faisait vibrer les parois de métal du wagon de Spinale.

Le religieux observait les oliviers argentés sans les voir, il se concentrait sur son arrivée à Rome. À la gare centrale, il devait prendre le bus 23 qui passait le Tibre, puis le laisserait devant le château Saint-Ange. Là, il fallait encore traverser à pied le vaste chantier de la Via della Conciliazione, pour enfin arriver à la Cité du Vatican. Un État souverain, indépendant de l'Italie, où ni fasciste ni policier ne pourrait le rattraper.

Une main se posa sur son épaule. Il sursauta et tourna la tête sur le côté. Son voisin, avec un bandeau noir sur l'œil droit, lui tendait un verre de vin en affichant un sourire carnassier.

— Mon père, un peu de chianti ? Vous n'avez pas l'air de supporter la chaleur !

Spinale attendit quelques secondes pour répondre. Il ne fallait pas trembler. Et ne pas refuser. Il afficha un faible sourire.

— Oui, merci. Mais pas beaucoup, mon fils. Ce n'est pas du vin de messe.

Les trois hommes éclatèrent de rire alors qu'il lampait son verre. Il les observait du coin de l'œil. Ils arboraient tous des calots militaires. Spinale reposa le verre et demanda prudemment :

— Vous revenez du front ?

Le borgne opina du chef.

— Oui. Enfin, depuis trois mois… 63e légion d'assaut « Tagliamento », que des fascistes ! On a été reconduits dans la mère patrie après l'offensive des Rouges à Stalingrad. Hélas, mes deux camarades et moi sommes devenus inaptes au service.

Il tapota son bandeau noir d'un index taquin.

Le père Spinale poussa un soupir de soulagement intérieur, ces trois-là ne faisaient pas partie des auxiliaires de carabiniers qui l'avaient raté de peu dans son monastère. Les fascistes apprentis policiers étaient les plus impitoyables.

Sa peau devenait moins humide.

— Mais on rempile dans les chemises noires, fanfaronna le manchot. On a encore du muscle et du courage. Et vous, mon père, vous allez à Rome ? Au Vatican ?

— Oui, mon fils.

— Vous rencontrerez le pape ?

— Je ne crois pas. Je ne suis qu'un humble curé. Mais j'assisterai à sa messe.

Le mutilé se rapprocha de lui, le visage grave.

— Pouvez-vous allumer un cierge pour ma mère qui ne va pas bien du tout ? Elle a attrapé le typhus.

— Bien sûr, si vous me donnez votre nom, je glisserai un message dans le tronc.

— Merci, mon père. C'est très aimable à vous.

Le borgne changea de ton et apostropha le bénédictin :

— Que pensez-vous du dernier discours du Duce ?

Le moine croisa les doigts comme pour une prière, pour empêcher ses mains de trembler.

— Hélas, mon fils, je n'ai pas la radio dans mon presbytère. Mais je ne doute pas qu'il devait être fort inspirant.

— Oui ! Il a affirmé que les Américains seraient rejetés à la mer. Vous êtes quand même au courant qu'ils ont envahi la Sicile avec l'aide de la mafia et des communistes ?

— Oui… Oui. Tout cela est bien triste.

— Non ! L'Italie est invincible. *Eia eia alalà*[1] !

Celui qui avait une canne s'essuya les lèvres avec une moue peu convaincue.

— Tu parles… On va se prendre une raclée si les Allemands n'envoient pas du renfort. Le roi ne

1. Cri de ralliement des fascistes.

soutient plus le Duce et même au Grand Conseil fasciste, ils sont énervés.

— Abruti… Un fasciste est toujours énervé, sinon c'est pas un fasciste, répliqua le borgne, qui avait avalé un autre verre de chianti d'une traite.

— Tu vois très bien ce que je veux dire.

L'homme au bandeau noir se leva et brandit son pistolet vers le toit du compartiment.

— Prononce encore une fois une parole défaitiste et tu débarques à Rome les deux pieds devant. Le Duce a toujours raison !

— Arrête tes pitreries, répondit l'autre, nullement impressionné. Je te dis que notre armée s'effondre de partout. Les Allemands nous prennent pour des merdes et Mussolini supplie Hitler. Dire qu'il y a dix ans les nazis nous admiraient…

— Oh, ça suffit vous deux. La paix, maugréa le manchot. On est quand même mal barrés. Peut-être que Dieu pourrait nous donner un coup de main. Hein, mon père ?

— Je prierai en ce sens. Soyez-en certain, dit-il en prenant sa petite bible de cuir rouge pour signifier la fin de la discussion.

Il fit semblant de se plonger dans sa lecture. Les trois fascistes ne firent plus attention à lui et entamèrent une sieste pour digérer leur copieux repas. Dieu lui avait accordé un peu de répit. Il entrouvrit la fenêtre supérieure, un vent frais s'engouffra dans le compartiment et chassa les relents de ses compagnons de voyage.

Il fallait maintenant qu'il se prépare à l'entretien avec le cardinal Gianbatesti, quand il serait à Rome.

Il avait commis une énorme faute. Qui s'apparentait à un péché compte tenu des implications possibles de son acte. Dieu l'avait puni en le forçant à s'enfuir. Il mettait non seulement sa vie en péril, mais aussi celle de tous ceux qui s'étaient engagés corps et âme dans la même mission sacrée qu'on leur avait confiée quatre ans auparavant. Une mission sacrée dévolue aux descendants du très illustre saint Benoît. L'ordre le plus prestigieux de la chrétienté. Et maintenant il était rongé par le remords. Son élan du cœur dans le monastère pour sauver les partisans l'avait conduit au bord de l'abîme.

Lui et la sainte Église.

Il fallait prier. Et encore prier. Pour anéantir sa peur et reprendre des forces. C'était sa seule arme face aux démons.

Par réflexe, il sortit la médaille portée autour du cou et qu'il dissimulait sous sa soutane. Un observateur attentif aurait remarqué qu'il s'agissait non pas d'un Christ ou d'une Vierge, mais d'un carré avec à l'intérieur un tableau rempli de lettres. Mais les fascistes ne s'intéressaient plus à ce petit curé.

Soudain, un coup sec retentit sur la vitre de la porte qui séparait le compartiment du couloir.

Les deux battants s'ouvrirent à toute volée. Deux hommes en uniforme et casquette grise apparurent dans l'encadrement. Le plus corpulent inspecta les quatre voyageurs d'un regard froid et articula lentement :

— Bonjour, messieurs, police ferroviaire. Contrôle d'identité. On nous a signalé la présence de partisans à bord de ce train.

Le père Spinale sentit son cœur bondir à tout rompre. Une senteur fétide monta en lui et l'imprégna de nouveau. L'odeur de sa sueur.

Il murmura une prière à voix basse. Mais cette fois, ce n'était pas une litanie à la Vierge.

— Sator, Arepo, Tenet, Opera, Rotas. Sator, Arepo, Tenet…

Comme tous les membres de l'Ordre, il connaissait par cœur les cinq mots gravés sur la petite médaille cachée sous sa soutane.

7

Allemagne
Rhénanie

— *Schnell ! Schnell !*

Un violent coup de pied dans le sommier du lit superposé fit dégringoler Tristan sur le plancher puant du stalag. Avant même qu'il ne se relève, un sous-officier en tenue camouflée lui jeta un paquetage en plein visage avant de frapper à coups de trique un de ses camarades qui ne se levait pas assez vite.

— Plus vite, bande de larves.

Tristan sentit une bile âcre lui brûler la gorge. Une semaine qu'il vivait dans ce cantonnement qui suintait la mort et le désespoir. Sept jours de cauchemar où tout n'était que violence et humiliation. Le matin, les gardes les frappaient dès le réveil. Et la journée était pire. Quant aux nuits, elles tournaient à l'enfer : les chiens, lâchés dans l'enceinte du camp, hurlaient de rage en tentant d'enfoncer les frêles portes des baraquements. L'envie de vomir ne le quittait plus.

— *Schnell ! Schnell !*

Il enfila ses bottes, gluantes de sueur, saisit son sac et, suivi de ses camarades d'infortune, sortit dans la cour, aussitôt aveuglé par la lueur brûlante de projecteurs disposés en arc de cercle. À ses côtés, hagards et incrédules, se trouvaient d'autres SS, allemands, norvégiens, baltes… Tous officiers et que l'on traitait désormais comme du bétail pour abattoir. Face à lui, Tristan distinguait vaguement une estrade où des silhouettes prenaient place. Un instant, il se demanda s'il n'était pas face à un tribunal militaire qui, après une semaine d'avilissement, allait les condamner à mort. Un à un, les projecteurs s'éteignirent, sauf celui de droite qui éclairait l'estrade de biais. Le temps que ses pupilles s'adaptent, Tristan aperçut, debout sur la tribune, un officier en grand uniforme noir avec deux runes d'argent à son col. Un géant avec une balafre ivre qui courait du menton à l'oreille droite. Le SS semblait être passé dans les mains d'un apprenti Frankenstein. Marcas le reconnut aussitôt : Otto Skorzeny. L'homme qui l'avait exfiltré de Russie. Il ne fallait surtout pas se fier à son visage cabossé : derrière sa gueule de reître se cachait une intelligence sauvage qui en faisait un des officiers SS les plus appréciés d'Hitler. Autour de Tristan, les bras fusaient, comme les cris.

— *Heil Hitler ! Heil Hitler !*

Seul Tristan resta immobile.

— Camarades !

La voix de Skorzeny était grave et chaude comme lorsque Marcas l'avait rencontré. Les mauvaises langues disaient que le schnaps dont il était un fervent adepte y était pour beaucoup.

— Si vous êtes ici, c'est que vous avez été choisi, sélectionné, pour subir un entraînement exceptionnel. Entraînement qui a commencé par une épreuve qu'aucun de vous ne pouvait imaginer. Cette épreuve, ce fut de vivre comme des sous-hommes.

D'un geste théâtral, Otto tendit la main vers les baraquements.

— *Ein Volk, Ein Führer*[1] *!* hurlèrent les SS comme une meute derrière son mâle dominant.

Tristan observa Skorzeny et crut apercevoir l'ombre fugitive d'un sourire sur son visage. Un sourire de mépris. Erika le connaissait. Selon elle, beaucoup dans le parti doutaient que ce « bon Otto », comme le surnommait Hitler, soit un véritable nazi. Issu de la bourgeoisie viennoise, ingénieur de formation et parlant couramment quatre langues, il n'avait pas le profil du nervi SS. En revanche, il savait parfaitement en jouer le rôle. Un opportuniste et qui aime le danger, pensa Marcas.

D'un geste, Skorzeny fit taire les vociférations exaltées.

— Notre Führer m'a confié une mission essentielle : sélectionner les meilleurs des SS pour constituer une unité d'élite. Vous êtes les premiers que j'ai choisis, mais vous êtes encore trop nombreux. Je ne veux que les meilleurs…

— *Meine Ehre heisst Treue*[2] *!* hurla la meute.

1. « Un pays, un peuple, un chef » : un des slogans de ralliement des nazis.

2. « Mon honneur s'appelle fidélité » : devise des SS.

Chacun attendait l'épreuve suivante avec fébrilité.

— Cette nuit, vous êtes douze, demain, il ne doit en rester qu'une poignée…

Un camion surgit, bâches levées. Aussitôt, les SS se précipitèrent pour grimper sur le plateau. Juste avant de partir, Tristan vit les lèvres de Skorzeny se muer en un sourire diabolique.

— … une poignée de vivants.

Heisterbach

Malgré un vent humide qui montait du Rhin, la chaleur au milieu des bois devenait insupportable. Les douze hommes marchaient silencieusement sous la voûte étoilée.

— On ne bouge plus.

L'officier qui les guidait venait de lever le bras. Devant eux s'ouvrait une vaste clairière où se dressait la silhouette décharnée de ruines fantomatiques. Sous la lumière laiteuse d'un croissant de lune, Tristan distingua la dépouille d'un ancien cloître aux colonnes abattues. Juste à côté, des grenouilles coassaient dans un étang.

— L'abbaye d'Heisterbach, votre nouveau terrain de jeu.

De la main, il désigna les ruines qui se perdaient parmi les arbres.

— Dispersez-vous où vous voulez. Au premier coup de sifflet, vous ouvrirez votre sac. Ensuite, vous devrez affronter un ennemi très particulier. Et survivre.

Les vestiges de l'abbaye s'étendaient dans une clairière que la nuit étoilée éclairait faiblement. Par réflexe, les SS s'étaient fondus dans les bois. Sans doute espéraient-ils être protégés par les dieux de la forêt. Marcas, lui, se dirigea vers les restes du cloître.

Un étrange ronronnement continu se fit entendre. Il semblait provenir du fond de la forêt. Comme une bête que la nuit venait de réveiller. Le ronronnement devint grondement. Et il se rapprochait.

Un coup de sifflet retentit. Chaque SS devait ouvrir sa besace. Pour une fois, Tristan obéit : il était curieux de savoir ce qu'elle contenait. Il dégagea les deux courroies, releva le battant de toile et plongea la main à l'intérieur. Ce qu'il trouva le surprit. Une sorte de boîte ronde comme celle qui enfermait la pellicule d'un film, surmontée d'un disque à la surface granuleuse. Si c'est avec ça qu'il devait combattre le monstre inconnu, il était bien parti.

Un hurlement surgit sur la gauche, suivi d'une débandade d'ombres affolées courant en tous sens. Un bruit monstrueux résonnait dans toute la forêt. En un instant, Tristan vit la cime des arbres partir en lambeaux. Il reconnut le tir d'une mitrailleuse lourde qui hachait menu la végétation. Le grondement ne cessait de grandir. En face, deux SS tentaient de s'échapper. Le premier ne franchit même pas la lisière, déchiqueté par une rafale qui le fit s'encastrer en morceaux épars dans un tronc, le second roula à terre, échappant de peu à l'effondrement d'un arbre, et rampa vers le cloître. Tristan s'extirpa de sa tombe pour tenter de l'aider. À ce moment, une langue de feu dévora les derniers arbres encore debout.

— Dragon rouge ! Dragon rouge, hurlait le SS en tentant de se mettre à l'abri derrière un tas de pierres écroulées.

Marcas comprit. Ce cri, il l'avait déjà entendu à Stalingrad. C'était celui des soldats allemands quand ils voyaient surgir les T34, les chars d'assaut soviétiques, ces monstres d'acier qui écrasaient tout sur leur passage. Marcas regardait la forêt flamber. En plus d'une mitrailleuse, le T34 devait être équipé d'un lance-flammes.

Tristan n'avait plus le temps de retourner sous terre. Il se glissa près du SS qui fouillait dans sa besace.

— Et merde, je n'ai qu'un poignard… Et toi, tu as quoi dans ton sac ?

Le Français lui montra l'intérieur. D'un coup, le SS se mit à jubiler.

— Une mine antichar, putain !

— Et ça marche comment ?

— La boîte circulaire contient la charge. Quant au disque dessus, en le faisant pivoter, il enclenche le détonateur. Il y a juste à le fixer sur le dragon…

Tristan sursauta.

— Le fixer où ?

— Eh bien, sur le char. Le disque est aimanté. Tu peux le coller sur une des roues de la chenille : ça l'empêche d'avancer, mais pas de tirer. Non, le mieux, c'est de…

Il n'eut pas le temps de terminer. Une grappe de balles fit voler son crâne en éclats. Tristan jeta un œil sur le blindé. Son canon pointait vers le sol comme le museau d'un chien de chasse. Marcas comprit pourquoi on les avait dispersés dans des ruines : ceux qui n'étaient pas encore mitraillés ou brûlés allaient être écrasés vivants.

Il saisit la mine antichar et se mit à ramper. Dans la nuit, le T34 était un géant aveugle. Il tuait au hasard. La tourelle du char pivota en direction des ruines. Malgré le bruit assourdissant du moteur qui faisait trembler le sol, Marcas ne sentait plus ni sa peur ni ses blessures. Il avançait toujours, la mine collée contre sa poitrine. Il imaginait l'intérieur du char. Un des hommes prenait un obus, l'autre ouvrait la culasse du canon pour le charger.

Encore une minute et ils allaient tirer. Il se jeta entre les chenilles, plaqua la mine, arma le détonateur et se mit à ramper à nouveau. Il sentait la fumée, saturée de diesel, qui s'échappait du tuyau d'échappement. Encore quelques mètres… Brusquement, les chenilles se mirent à vibrer. Tristan entendit les plaques de métal écraser la terre. Le char redémarrait.

Marcas se précipita. Le martèlement impitoyable des chenilles qui broyaient tout sur leur passage lui déchirait les tympans, mais il avançait toujours. D'un coup, la voûte d'acier disparut de sa tête. Il se releva et se mit à courir. L'étang n'était plus qu'à quelques pas. La déflagration éclata alors qu'il sautait dans l'eau. Un goût âcre de vase entra dans sa bouche. Mais il était vivant.

8

Italie
Express Bologne-Rome

Les deux policiers se tenaient dans l'encadrement de l'entrée du compartiment, les mains accrochées aux poignées de cuir qui pendaient du plafond. Le train ne cessait de brinquebaler en tous sens.

— Vos papiers, redemanda le cerbère.

— *Me ne frego*[1] *!* lança le borgne. T'as rien à exiger, bouffon.

Le policier restait de marbre.

— Je ne fais que mon travail au service du Duce. Il y a souvent des partisans en fuite qui prennent ce train pour gagner le Sud. Ils n'hésitent pas à usurper l'identité de soldats en permission, de fascistes ou de… curés.

Le mutilé se leva, releva la manche de sa chemise et lui exhiba son moignon sous le nez.

1. Autre cri de ralliement des chemises noires qui ont participé à la marche sur Rome en 1922.

— Et ça, c'est un déguisement ? Écoute-moi bien. Tu as devant toi trois *squadristi*[1] qui ont passé deux ans sur le front russe. 63e légion ! On a marché sur Rome quand tu chialais sur les seins de ta mère. Dégage !

Celui qui avait une canne éclata d'un rire mécanique et joua avec son poignard.

— Ce serait peut-être à nous de leur demander leurs papiers, à ces deux planqués. Hein, Luigi ?

Les deux policiers échangèrent un regard furtif, puis le second, plus âgé, s'avança dans le compartiment.

— Excusez-nous, messieurs, ça ira pour cette fois. (Puis, s'adressant à Spinale :) Mon père, vos papiers s'il vous plaît. Et aussi l'autorisation de déplacement émis par le poste de carabiniers de votre commune.

Spinale nageait dans sa soutane, s'il avait bien ses papiers d'identité, personne ne lui avait fourni de laissez-passer de transport. Il se redressa sur la banquette.

— Euh, je dois les avoir dans ma… valise. Attendez…

La peur était revenue. C'était la fin du voyage. Il se leva en vacillant sous le regard des chemises noires et des policiers.

— Pardon, c'est la chaleur, je ne me sens pas bien, dit-il en s'épongeant à nouveau le front.

— Dépêchez-vous, mon père, répliqua le policier en s'avançant dans le compartiment. Nous avons encore quatre wagons à contrôler avant notre arrivée à Rome.

1. Fascistes de la première heure.

Le manchot rota et tendit sa jambe pour bloquer l'intrus.

— J'aime pas ta façon de parler à ce bon curé…

— Je ne fais que mon travail.

— T'as pas compris ce qu'on t'a dit ? dit le mutilé. Va contrôler ailleurs, le père est avec nous.

Le policier posa la main sur le pistolet accroché à son ceinturon. Mais l'homme en chemise noire fut plus rapide. Il dégaina de nouveau son Beretta et le pointa sur lui.

— T'amuse pas à ça, mon gars. Ça fait trois mois que je n'ai pas tué un type. Ça me manque… Ne me tente pas.

Le policier en retrait chuchota quelque chose à l'oreille du premier. Celui-ci recula d'un pas tout en gardant la main sur son ceinturon.

— Je ferai un rapport !

— Ben voyons. Ça nous fera gagner la guerre contre les Américains. C'est ce qui manque au Duce, des rapports. Je peux même le lui donner quand je le verrai pour le congrès fasciste… Donne-moi ton nom, ça t'aidera dans ta carrière.

Le policier s'avoua vaincu et sortit du compartiment, la mine sombre. Il jeta un dernier coup d'œil aux trois fascistes et s'attarda plus longuement sur le père Spinale, comme s'il mémorisait son visage. Puis il disparut avec son collègue dans le couloir.

— Merci, mes fils, dit Spinale en s'asseyant avec soulagement. Je n'ai pas l'habitude de voyager, je n'ai pas eu la présence d'esprit d'emporter mon autorisation.

— Mon père, vous êtes notre protégé. Si vos prières pouvaient nous donner un coup de pouce pour se sortir de toute cette merde…

Le père Spinale ne put s'empêcher de se signer. Le Seigneur avait exaucé ses prières en lui envoyant des anges gardiens vêtus de… chemises noires. Mais pour combien de temps ? Il se rassit. Le cœur en ébullition. Sa peau était toujours moite. Le dernier regard suspicieux jeté par le policier l'avait glacé, mais il fallait tenir jusqu'au Vatican. Son seul espoir. Son seul refuge. Il visualisa le visage bienveillant du cardinal Gianbatesti, son ami de toujours. Le prince de l'Église qui lui avait confié sa mission et qu'il avait trahi par son inconséquence.

Mais il lui pardonnerait, il en était certain.

Spinale se recroquevilla dans sa soutane humide, ferma les yeux et pria dans le silence glacé de son esprit tourmenté.

— *Pater noster*...

9

Rome
Vatican

Les petites pierres colorées n'auraient jamais dû se trouver sur le sol de marbre. Cela faisait presque un demi-millénaire qu'elles décoraient les parois du dôme, à plus de cent trente-six mètres de haut. Sous l'effet de la pesanteur et de l'inexorable tyrannie du temps, leur chute révélait la faiblesse insigne de toute œuvre architecturale. Fussent-elles à la gloire de Dieu.

Debout sous l'immense coupole de la basilique Saint-Pierre, le cardinal Gianbatesti devisait avec l'architecte en chef du Vatican, qui tenait une poignée de gravats dans la paume de sa main.

— Votre Éminence, elles sont tombées hier soir. La troisième fois en un mois. Il faut monter un échafaudage afin d'inspecter la structure. Sinon…

— Sinon quoi ?

— Je n'aimerais pas que le dôme s'effondre pendant la messe dominicale.

— On en est vraiment là ?

— Il a fallu à peine deux ans à Bramante pour le construire, on peut s'estimer heureux qu'il dure tant de siècles. Peut-être que ça n'est rien, juste une érosion superficielle, mais je ne veux pas prendre de risques. Tendez votre main, Éminence.

L'architecte laissa s'écouler la poignée de petites pierres dans la paume du prélat.

— La prochaine fois, elles pourraient être bien plus grosses, et chuter sur notre Saint-Père.

Le cardinal hocha la tête d'un air maussade. Depuis qu'il avait été nommé par Pie XII à la tête de la commission des bâtiments du Vatican, une responsabilité de plus, il ne cessait de contempler la décrépitude de la cité sainte. Voûtes souffreteuses, cryptes gangrenées d'humidité, charpentes rongées par les termites, fresques souillées de moisissure. Il lui semblait que la corruption des édifices saints offrait une cruelle parabole de la fragilité de l'Église depuis le début du conflit planétaire.

L'envers du décor assombrissait chaque jour son humeur. Surtout qu'en temps de guerre l'argent manquait, le denier du culte fondait à vue d'œil, autant que les meilleurs ouvriers, enrôlés pour la gloire de l'Italie et du Duce.

— Je ferai ce que je pourrai, Genario. Vous savez que notre bourse est bien maigre.

— Je pourrais arrêter le chantier de Santa Pietra et envoyer les ouvriers ici.

— Faites… Il ne manquerait plus que le Saint-Père meure écrasé pendant qu'il célèbre l'eucharistie. Certains y verraient la main de Dieu…

— Votre Éminence, répondit son interlocuteur en baisant sa main.

Le cardinal regarda s'éloigner le petit homme voûté avec compassion. L'architecte venait de perdre son deuxième fils sur le front russe et ne laissait transparaître aucune émotion. Lui, comme des millions de parents, espérait la fin de cette guerre absurde dans laquelle Mussolini et son infernal jumeau allemand les avaient entraînés.

Gianbatesti jeta les petits cailloux à terre et s'avança vers la statue de la Vierge qui tenait le corps de son fils martyrisé. Cela faisait presque deux millénaires que le Christ était monté sur la croix pour sauver les hommes. Pour leur apporter son message d'amour et de salut éternel. Et au bout du compte, le monde avait enfanté des démons à visage humain. Des Staline, des Mussolini, des Hitler.

La foi du cardinal restait plus inébranlable que la voûte du dôme du Vatican. Sans faille, sans aspérité. Dieu existait au plus haut des cieux, il n'en avait jamais douté. Ce qu'il ne comprenait pas, c'était le but de ces souffrances, de ces épreuves. Les desseins du Très-Haut n'étaient pas aussi lumineux que les paroles de l'Évangile. L'humanité avait-elle donc péché à ce point pour endurer autant d'épreuves ? Les peuples s'anéantissaient avec une férocité telle que Dieu et Satan avaient sûrement dû enrôler des kyrielles d'anges et de démons pour accueillir les armées de trépassés qui se pressaient aux portes du paradis et de l'enfer.

À propos d'enfer...

Le cardinal consulta sa montre. La nuit était déjà tombée. Plus qu'une petite heure avant d'en goûter les bas effluves. Le pape allait finalement accomplir son œuvre. Tout était prêt, dans l'attente de sa décision. Gianbatesti avait lui-même choisi les deux officiants qui les aideraient dans leur tâche. Il frissonna, jamais il n'avait conduit un tel rituel. Il avait bien besoin de prendre des forces spirituelles et de prier devant la Vierge. Soudain, des claquements de talons résonnèrent dans la basilique. Une silhouette sombre et élancée arrivait à toute allure depuis le transept.

— Ah, Éminence, je vous cherche partout, lança un jeune prêtre.

— Reprenez votre souffle, vous allez nous faire une syncope.

— Un certain père Spinale désire vous voir. Il attend dans votre bureau.

Le cardinal fronça les sourcils.

— Spinale à Rome ? Je le croyais dans son monastère en Toscane.

— Non. Il est ici. Il a fait un long et éprouvant voyage. Il dit que c'est très urgent.

Une dizaine de minutes plus tard, le cardinal était assis sur la banquette de son bureau, au troisième étage de l'aile gauche du palais apostolique.

À ses côtés, le fuyard avalait une tasse de thé et mangeait une brioche avec voracité. Il jetait des coups d'œil effrayés autour de lui. Voûté, la barbe sale, le visage exténué et amaigri, le père supérieur de l'abbaye de Santa Maria del Monte semblait avoir vieilli de dix ans. Sa peau paraissait comme laquée par une couche de sueur translucide. Le cardinal n'en revenait pas de cette métamorphose. L'érudit bénédictin, au caractère calme et posé, qu'il avait vu pour la dernière fois quatre ans auparavant, s'était transformé en un pauvre hère apeuré.

— Père Spinale… Êtes-vous malade ? Nous avons de bons médecins au Vatican…

Le bénédictin reposa sa tasse en secouant la tête.

— J'ai peu dormi depuis des jours. Mon voyage a été éprouvant.

— Que se passe-t-il ?

— J'ai commis une erreur. Une grave erreur.

— Nous en faisons tous. Je peux vous entendre en confession si…

— Vous ne comprenez pas !

Le moine s'était levé d'un bond. Son regard semblait halluciné.

— Il y a une semaine, le monastère a recueilli deux jeunes partisans traqués par la police. Je connaissais personnellement ces gamins, je les ai baptisés moi-même quand ils étaient bébés.

— Au moins, ils sont chrétiens…

— Ils sont restés quelque temps au monastère, puis nous ont quittés pour rejoindre les maquis. Hélas, ils ont été arrêtés deux jours plus tard et livrés aux Allemands. Un policier du commissariat local nous a prévenus qu'ils avaient été torturés de façon atroce. Ils ont lâché les noms des membres du réseau qui les avaient aidés.

— Réseau dont vous faites partie, je suppose ?

Le bénédictin baissa la tête.

— Oui, enfin… par intermittence… En mon âme et conscience, je ne peux pas me rendre complice de ce régime. Je me suis enfui avant que les fascistes et les Allemands ne viennent au monastère.

— Et les autres moines ?

— Ils ne risquent rien. Il n'y a que moi qui faisais partie du réseau. Mais, s'ils me retrouvent, je ne tiendrai pas sous la torture. Je ne suis pas un… saint. Je risque d'avouer tout ce qu'ils voudront et bien plus… Et je risque alors de révéler… Enfin… vous voyez ce que je veux dire.

Le cardinal secoua la tête d'un air sévère. Une onde de colère le parcourut.

— Asseyez-vous, Spinale ! Vous rendez-vous compte de la gravité de la situation ? Que pèse la vie de ces deux hommes, des rouges probablement, en regard de la mission que je vous ai confiée ? Ce ne sont pas ces imbéciles de fascistes qui me préoccupent, mais les Allemands. Il est hors de question qu'ils apprennent le secret que nous avons juré de protéger. Que l'Ordre a juré de protéger.

— *Pater noster*, murmura Spinale en embrassant la curieuse médaille carrée qui pendait à son cou.

— *Pater noster*, en effet… Mais une prière ne servira à rien dans votre situation.

Il s'était levé à son tour pour se rendre devant la fenêtre. Cette journée était maudite. Face à la place Saint-Pierre, les mains jointes, il tournait le dos au fuyard.

— Tu es Pierre, et sur cette pierre je bâtirai mon Église…

En d'autres temps, le bénédictin aurait repris au vol les paroles du cardinal en citant la suite du verset de l'Évangile de Matthieu, mais il n'osait répondre.

— Et voilà qu'aujourd'hui, continua Gianbatesti, les pierres s'effondrent sous mes yeux…

— Je ne comprends pas, Éminence.

— Père Spinale, avant de vous retrouver dans mon bureau, j'étais dans la basilique avec l'architecte en chef qui m'alertait sur la présence de fissures dans le dôme. Il fallait intervenir de toute urgence pour mesurer l'ampleur des dégâts. J'étais sous le choc. Je croyais cet édifice sacré aussi indestructible que notre sainte Église.

Il tourna les talons, s'approcha du moine et posa ses mains puissantes sur les épaules efflanquées du fuyard.

— Et maintenant vous sortez de nulle part pour me signifier l'imminence d'une catastrophe à côté de laquelle l'effondrement de la basilique Saint-Pierre est une broutille.

10

Allemagne
Rhénanie

Un groupe de prisonniers polonais effaçaient les dernières traces de l'exercice macabre qui avait eu lieu dans la forêt d'Heisterbach. Beaucoup abattaient des squelettes d'arbres aux ramures noircies. D'autres, le visage blême, faisaient disparaître les restes des cadavres dispersés dans le parc. Enfin, une équipe plus spécialisée disloquait méticuleusement les débris du char. Encore quelques heures et il ne resterait plus rien du carnage de la nuit.

Pour superviser l'exercice, Skorzeny avait installé ses quartiers dans une chapelle gothique située à l'entrée du domaine de l'abbaye. En investissant les lieux, les SS avaient d'abord arraché les deux grilles en fer forgé de l'entrée, puis détruit un par un les vitraux. « Je veux de l'air et de la lumière », avait ordonné le « bon Otto » avant d'installer une table recouverte d'une nappe impeccable où, entre deux ripailles, il recevait ses subordonnés comme un roi barbare ses vassaux. Un café à la main – le quatrième de la matinée –, Otto écoutait le rapport sur les événements de la nuit. La conclusion était sans appel : sur douze concurrents engagés, seuls deux avaient survécu.

— Dans quel état sont les corps, Armant ?

Le sous-officier qui avait présenté le rapport laissa échapper un rire cruel.

— Ça va être difficile pour leur mère de les reconnaître !

Skorzeny réfléchit rapidement. Les ordres étaient stricts : nul ne devait être mis au courant de cette opération de sélection qui n'avait même pas de nom de code.

— Rassemblez les cadavres dans un camion, faites-lui percuter un obstacle et incendiez-le. Ensuite, envoyez à chaque commandant de division SS une lettre indiquant que l'officier qu'il nous avait détaché est malheureusement mort dans un accident de la route. C'est vous qui signerez.

Le colosse balafré sourit perversement. Il fallait toujours impliquer un subordonné : Armant allait être encore plus motivé pour réussir son opération d'enfumage. Maintenant que ce premier problème était réglé, et afin d'avoir les idées encore plus claires, Otto décida d'avancer d'une heure son premier verre. Derrière lui, l'autel, débarrassé de ses oripeaux religieux, servait de bar et le Christ en croix de support pour des chopes à bière. Il choisit une bouteille d'armagnac millésimé. Moins brutal qu'un schnaps, mais plus vif qu'un whisky : exactement ce qu'il lui fallait pour bien commencer la journée.

— Comment le Français s'en est-il sorti ?

— Il s'est jeté sous le T34 et l'a détruit avec la mine antichar de son paquetage. Une chance de damné !

— Allez me le chercher.

Le « bon Otto » fixa Tristan qui se tenait appuyé contre une des colonnes d'entrée de la chapelle. Le Français ne payait pas de mine : son uniforme était quasiment carbonisé, ses cheveux trempés de vase, et il ne lui restait plus qu'une seule botte aux pieds. Un loqueteux tout droit remonté de l'enfer. Skorzeny ouvrit un dossier dont il parcourut les pages avec nonchalance.

— Barcelone en 1939, Londres en 1942, Stalingrad en 1943. Vous aimez les villes en ruine, Herr Marcas ?

Tristan redressa la tête. Le duel venait de commencer.

— Oui, c'est pourquoi je compte me rendre à Berlin très prochainement.

— Je vois qu'en plus du don de survie, vous avez celui de l'humour, voilà qui fait de vous un homme précieux.

— *Un homme précieux* que vous avez tout fait pour tuer.

Otto saisit un nouveau verre. Il était temps de passer de l'armagnac à un alcool plus relevé.

— *Un homme encore plus précieux* depuis qu'il a terrassé un char en combat singulier. Votre valeur vient de repartir à la hausse.

— À croire que j'avais encore des preuves à faire.

Agacé par les reparties du Français, Skorzeny changea brusquement de ton.

— Vous croyiez quoi ? Que parce que le Reichsführer avait décidé de vous exfiltrer de Stalingrad, vous aviez retrouvé sa confiance ? Vous êtes naïf ou, pire, vaniteux ! Saviez-vous que des agents à Londres vous avaient dénoncé ?

— Des hommes de l'Abwher : ils détestent les SS et ils feraient tout pour affaiblir leur chef.

Le « bon Otto » prit son temps pour déguster son verre, cette fois rempli de grappa. Il adorait cet alcool italien auquel il était le seul à trouver une ineffable douceur.

— Mais dites-moi, l'année dernière sur l'île de Bornholm, quand les Russes ont failli anéantir tout l'état-major de la SS, comment avez-vous réagi ?

Méfiant, le Français ne répliqua pas. Ce jour, il avait failli coller une balle dans la tête d'Himmler.

— Votre silence devrait en dire long, mais, heureusement pour vous, quelqu'un a témoigné en votre faveur : Erika von Essling, la directrice de l'Ahnenerbe. Elle vous a vu dégainer votre arme pour protéger le Reichsführer.

Tristan baissa les yeux au sol pour masquer sa joie : Erika était donc toujours vivante. Non seulement elle n'avait pas été démasquée, mais en plus elle venait de lui sauver la mise. Il brûlait de la revoir, de la prendre dans ses bras, de dormir à ses côtés… Loin de ce cloaque et de ces SS inhumains.

— Si la parole d'une proche d'Himmler ne vous suffit pas !

— Sauf que Frau von Essling est votre amante.

Marcas encaissa sans répliquer. Sa position redevenait vacillante.

— Vous pensiez que personne n'était au courant ? Encore une vanité de Français ! Cette liaison rend la parole de votre amie von Essling particulièrement suspecte. Voilà pourquoi le Reichsführer a voulu en avoir le cœur net.

— En m'envoyant un T34 pour me tenir compagnie ?

— Vous vous méprenez sur son attitude. C'est un homme profondément attaché à des valeurs qui vous dépassent. Vous avez l'esprit trop rationnel, trop français. Himmler, lui, sait qu'il faut interroger le passé pour décider du présent.

— Ne me dites pas que le chef des SS a consulté un voyant pour décider de mon sort, ce serait trop d'honneur.

— Himmler n'est pas un être superstitieux comme l'était cette pauvre cervelle creuse de Rudolf Hess ! C'est un homme de culture et c'est d'ailleurs dans un récit du Moyen Âge qu'il a trouvé la solution au problème que vous lui posiez. Connaissez-vous l'ordalie ? Au Moyen Âge, quand un suspect était accusé de meurtre et que les juges ne pouvaient prouver ni son innocence ni sa culpabilité, ils s'en remettaient au jugement de Dieu.

Tristan avait entendu parler de cette pratique barbare et oubliée, mais à propos de femmes suspectées de sorcellerie. Enfermées dans un sac, souvent lesté de pierres, on les jetait dans une rivière en crue et, si elles s'en sortaient vivantes, on criait au miracle. L'épreuve de l'eau, alors que lui venait de subir celle du feu. Skorzeny continua :

— Quand il s'agissait d'un chevalier, on donnait une épée à l'accusé et on l'obligeait à se battre contre un adversaire plus expérimenté que lui. Ainsi, si le suspect triomphait, c'était parce que Dieu avait choisi de le soutenir pour prouver son innocence, s'il perdait, c'était la preuve irrécusable de sa culpabilité.

Malgré son état de faiblesse, Tristan manqua de bondir.

— Vous voulez dire que vous m'avez envoyé contre un T34 pour prouver ma loyauté ?

Otto leva son verre comme s'il portait un toast.

— Voyez ça comme une épreuve initiatique. Un combat contre les ténèbres que vous avez vaincues par le feu.

Au bruit d'un moteur provenant du parc, Tristan se retourna. À travers la bâche mal fixée pendait un bras dont la main à demi sectionnée battait contre le flanc du camion.

— Vos camarades n'ont pas tous eu la même chance que vous.

La mort, toujours la mort, pensa Marcas. Des années qu'elle ne le quittait pas, qu'elle le traquait sans cesse. Ce n'était plus un cauchemar, dont on pouvait espérer se réveiller, mais la vérité. La vérité de sa vie. Skorzeny se leva et lui posa la main sur l'épaule.

— Vous avez terrassé le *dragon rouge.* Désormais, vous êtes un vrai SS.

11

Rome
Vatican

Le cardinal Gianbatesti revint vers le canapé et s'assit à côté du fuyard.

— J'ai honte, Éminence, dit le père Spinale. Je suis indigne de votre confiance, balbutia-t-il, le visage larmoyant. Aidez-moi.

— Dieu vous met à l'épreuve.

Sa voix s'était radoucie.

— Pardon, Giuseppe, je me suis emporté. Le cœur du Christ vous a inspiré en venant me voir. Mais vous n'êtes pas en sûreté ici, au Vatican. Il y a des mouchards de Mussolini partout, surtout au sein de la Curie. Pensez-vous avoir été suivi ?

Le moine se frotta les yeux.

— Je ne sais pas… Je suis moine, pas détective de *fumetti*[1].

— C'est très important. Essayez de vous rappeler.

1. Nom des bandes dessinées en Italie.

— Il y avait tellement de monde dans le car et le train. À Rome, j'ai fait attention en prenant le bus pour venir jusqu'ici, mais je n'en suis pas sûr. Peut-être les policiers dans l'express de Bologne…

— Je ne peux pas vous héberger ici, ce serait trop dangereux. On va vous faire transférer dans un hôpital, vous y resterez le temps que je vous trouve un lieu sûr en dehors de Rome.

— Un hôpital ?

— Oui… Il nous sert de couverture pour protéger certaines personnes des griffes des fascistes. Vous serez un patient comme un autre. Ne perdons pas de temps. J'ai rendez-vous avec Sa Sainteté, je vais vous raccompagner.

Le bénédictin se leva lentement.

— Vous allez le mettre au courant ?

— Je ne crois pas. Ce n'est pas vraiment le moment. Ça ne sert à rien de l'inquiéter inutilement. Je doute que les Allemands ou les fascistes vous retrouvent.

Il raccompagna le fuyard vers la sortie en le tenant par les épaules.

— Et les… autres ? L'Ordre… Vous allez les prévenir ? demanda le moine avec tristesse.

— Oui, car je vais avoir besoin de l'aide de l'Ordre pour vous faire sortir de Rome le plus rapidement possible.

— Je m'en remets à vous, Éminence.

Dans le bureau annexe, le cardinal aperçut son chauffeur en grande discussion avec son secrétaire. Il lui adressa un petit signe.

— Vittore, accompagnez le père Spinale à l'Ospedale Fatebenefratelli. Je vais les prévenir de son arrivée.

— Merci, je prierai pour vous aussitôt, murmura le moine, le visage transfiguré.

Gianbatesti vit s'éloigner le bénédictin qui titubait, soutenu par son chauffeur. Son cœur se serrait. Il connaissait le père Spinale depuis tant d'années, le vieil homme avait été son supérieur au séminaire. C'était lui qui l'avait fait muter dans le monastère en Toscane, pour le protéger après une mission secrète dans le nord de l'Italie, en 1939. Il pria le Ciel pour que le pauvre homme échappe à ses démons.

En revenant à son bureau, il vit que le ciel s'était obscurci au-dessus de Rome, les nuages qui s'étaient accumulés depuis deux jours ne tarderaient pas à crever. Le Tibre allait déborder en plein juillet.

Un mauvais signe de plus.

Le cardinal marchait de long en large devant la fenêtre. Non seulement il répugnait à retrouver le Saint-Père dans les minutes qui venaient, mais encore l'irruption de Spinale le plongeait dans une profonde perplexité. Il pensait que tout avait été réglé quatre ans plus tôt. L'opération organisée par ses soins s'était déroulée avec la plus grande efficacité. Et le secret bien verrouillé. Ceux qui avaient prêté leur concours avaient juré de garder le secret. Au prix de leur vie. Des vies qui ne valaient pas grand-chose en regard des implications d'une découverte fortuite par leur ennemi. Et voilà que maintenant, pour la première fois depuis toutes ces années, une faille était apparue dans le dispositif.

Le cardinal revint à son bureau. Il fallait parer au plus pressé. Mettre en sûreté Spinale. Il s'installa dans son fauteuil et appela son secrétaire.

— Pouvez-vous appeler le médecin-chef de Fatebenefratelli et lui annoncer l'arrivée d'un nouveau patient ? Dans la plus grande discrétion. Il comprendra.

— Ce sera fait, Éminence. Autre chose ?

Le cardinal garda le silence quelques secondes. Il hésitait. Il allait avoir besoin d'aide pour exfiltrer le père Spinale de Rome.

— Éminence ?

Gianbatesti crispa sa main sur le combiné. Il fallait prévenir les membres de l'Ordre. Eux seuls avaient les moyens de mettre le fuyard à l'abri de leurs ennemis. Il répondit d'une voix lente.

— Pardon… Appelez aussi la comtesse d'Urbino dans son palais du Quirinal. Par la ligne de San Deodato. Dites-lui que je dois lui parler de toute urgence.

Il posa le combiné et raccrocha. San Deodato était le nom de code pour utiliser une ligne sécurisée. L'année précédente, le capitaine des gardes suisses chargé de la sécurité du pape avait découvert la pose de lignes de dérivation téléphonique pendant des travaux de rénovation du central de communication du Vatican. Toutes les conversations du pape et de la Curie étaient écoutées par la police secrète de Mussolini. Il avait fallu faire venir des techniciens de Genève pour poser de nouvelles lignes, inaudibles pour le Duce.

Gianbatesti prit un petit cube de pierre posé sur son bureau et le fit tourner entre ses mains. Sur l'une des faces étaient gravées une série de lettres, alignées dans des cases. Les mêmes que celles martelées sur la petite médaille qui pendait au cou du père Spinale.

S	A	T	O	R
A	R	E	P	O
T	E	N	E	T
O	P	E	R	A
R	O	T	A	S

L'Ordre… Cela faisait maintenant presque quatre ans que la mission s'était déroulée sans encombre. Spinale et tous ceux qui avaient été choisis pour l'accomplir avaient juré de garder le silence. L'Ordre était garant de la protection du secret jusqu'au moment où il serait levé. Et ce n'était pas pour demain.

Le téléphone sonna à nouveau. La voix de son secrétaire résonna dans le combiné.

— La comtesse doit se rendre à une chasse. Elle demande si cela peut attendre.

— Non.

— Elle semblait prête à partir, je ne sais pas si je…

— Je ne vous demande pas de savoir, mais d'obéir, répondit le prélat d'une voix douce mais ferme.

Le cardinal observait le ciel au-dessus de Rome. Le vent des vents romains, le *maestrale*, s'était levé et poussait les énormes nuages remplis de ténèbres vers l'est. Peut-être qu'en fin de compte ils éviteraient l'orage. Gianbatesti avait toujours eu le don de prévoir le temps. Un don transmis de père en fils dans sa famille de paysans. Une voix de femme résonna dans le combiné.

— Éminence, c'est toujours un plaisir de vous parler, mais cette fois vous tombez mal. J'étais sur le point d'emmener des invités à Vigna Grande pour la chasse.

— Je suis navré, Sophia, l'urgence est réelle. Le père supérieur Spinale de l'abbaye de Santa Maria del Monte est ici, au Vatican. Il est recherché par les autorités.

— À cause de…

— Non, la coupa Gianbatesti. Rien à voir, heureusement. Ce crétin a hébergé des partisans dans son monastère, des communistes probablement. En tant que père supérieur, il est devenu leur complice.

— Mmm… N'est-ce pas un péché grave pour un serviteur de Dieu de protéger des ennemis de l'Église ? Il mériterait d'être arrêté, votre Spinale. Et de recevoir une bonne correction des fascistes, tout prêtre qu'il soit.

Le ton de la voix était volontairement traînant et ironique, mais Gianbatesti y décelait un fond de vérité. Au début des années vingt, le grand-père de la comtesse, grand propriétaire terrien dans le Mezzogiorno, avait été assassiné dans d'obscures circonstances. Certains y avaient vu la main des communistes, qui ne lui avaient pas pardonné son soutien au Duce pendant son ascension vers le pouvoir.

— Vous pensez vraiment cela, comtesse ?

— Non, bien sûr… Et je suppose que vous avez peur qu'il ne devienne trop bavard sur l'opération de 1939 s'ils le malmènent un peu ?

— Oui. D'autant que les SS prêtent main-forte à la police et aux fascistes quand des partisans, ou leurs sympathisants, sont capturés. Je ne vous fais pas un dessin si une copie de l'interrogatoire remonte en haut lieu à Berlin.

Il y eut un court silence à l'autre bout du fil, puis la comtesse reprit sur un ton plus grave :

— Les SS… Vous avez bien fait de m'appeler. Je vais annuler ma chasse. Voulez-vous que je vienne vous voir au Vatican ?

— Non. J'ai mis Spinale en lieu sûr et j'ai rendez-vous avec le pape et un invité de marque dans une demi-heure.

— Vous ne pouvez pas décaler ?

— Ça m'étonnerait. En l'occurrence, l'invité est le diable en personne.

12

Allemagne
Nuremberg
Obere Schmiedgasse, 52

Les rares passants qui remontaient l'Obere Schmiedgasse ne prêtaient guère attention à l'une des premières maisons de la rue. La ville de Nuremberg présentait tant de joyaux architecturaux du Moyen Âge que la haute façade blanche du numéro 52 n'attirait pas le regard, pas plus que ses deux portes voûtées en pierre ocre, ni ses nombreuses fenêtres basses aux rideaux toujours tirés. D'autant qu'il suffisait de reculer de quelques pas pour pouvoir admirer la haute silhouette du château médiéval qui, depuis des siècles, veillait sur la cité. Une maison anonyme parmi tant d'autres, mais qui pourtant avait récemment changé de mains. Son propriétaire avait mis peu de temps à accepter l'offre généreuse qu'une société berlinoise lui avait faite. La vieille demeure, inoccupée depuis des années, était délabrée et personne n'avait été surpris de voir une entreprise, qui n'employait que des prisonniers de guerre, la restaurer de fond en comble. On s'était juste étonné de ne pas voir de propriétaire, puis la vieille maison était retombée dans l'oubli.

Un anonymat que recherchait Otto Skorzeny qui, depuis plusieurs mois, à la tête d'une société-écran financée par la SS, achetait maisons en ville et fermes isolées dans toute l'Allemagne jusqu'à la frontière suisse. Peu après la défaite de Stalingrad, Himmler l'avait convoqué pour lui donner l'ordre de créer une *Nachtstrasse* – une « route de la nuit » – permettant d'évacuer, dans la plus grande discrétion, aussi bien des personnalités de haut rang que des objets précieux. Le tout financé par la vente, à l'étranger, d'œuvres d'art raflées par les nazis[1]. Une mission clandestine que le « bon Otto » avait entamée en achetant précisément cette maison au pied du château de Nuremberg.

Venant directement du Berghof, le Reichsführer était arrivé la veille et, encadré par son escorte, s'était aussitôt enfermé dans l'appartement qui lui était réservé à l'étage. Skorzeny n'avait même pas pu le voir. La rencontre avec Hitler avait dû mal se passer.

Installé dans une pièce transformée en bureau volant, Otto examinait encore une fois les deux rapports qu'il devait présenter au Reichsführer. La « route de la nuit » était presque achevée. Sur une carte qu'il conservait toujours avec lui, Otto avait indiqué chaque étape permettant de gagner la Suisse avec le moins de

1. Voir *La Relique du chaos,* éditions Jean-Claude Lattès, 2020.

risques possible. Ainsi, la distance entre chacune ne dépassait jamais trente kilomètres afin d'être accessible en une journée de marche. Avec les bombardements aériens qui se multipliaient, un convoi de voitures, même banalisées, pouvait se transformer en un piège mortel. Pour l'instant, la *Nachtstrasse*, pour des raisons de discrétion, commençait à Leipzig, au centre de l'Allemagne, mais le Reichsführer allait vouloir rapidement la faire partir de Berlin. Skorzeny allait devoir redoubler de précautions pour que tout reste secret. L'occasion de s'offrir un nouveau verre de cognac. Surtout que la bouteille, une fine Napoléon, lui avait été offerte par Goering. Depuis longtemps, le « bon Otto » savait qu'il ne fallait pas mettre les deux pieds dans le même sabot. Et, pour l'instant, on ne savait pas lequel des deux dignitaires allait l'emporter dans la confiance du Führer.

Restait la deuxième mission que lui avait confiée Himmler : constituer un commando SS de choc, capable d'intervenir à tout moment dans des conditions extrêmes. Otto passa la main sur la cicatrice qui lui balafrait le visage comme chaque fois qu'il était confronté à un problème. Son épreuve de sélection à Heisterbach avait tourné au massacre. Sur les douze officiers SS qu'il avait sélectionnés, seuls deux avaient survécu à l'exercice. Un taux de perte nécessaire à ses yeux pour ne garder que les meilleurs, mais, à ce rythme, le commando ne serait pas prêt avant des mois. Seul point de satisfaction, le Français, qui intéressait tant le Reichsführer, en était sorti indemne. Après avoir été enlevé par les Russes, puis récupéré par les

Allemands dans la débâcle de Stalingrad, ce Marcas était vraiment un miraculé. D'ailleurs, Himmler avait ordonné qu'il soit présent ici à Nuremberg. Skorzeny se demandait bien pourquoi.

L'appartement qu'occupait Himmler à l'étage était strictement anonyme. Rien ne devait déceler qu'il pouvait servir de repaire au chef des SS. Une sobriété qui convenait parfaitement au Reichsführer. Et encore plus à Hedwig Potthast, sa maîtresse, habituée à vivre son amour dans la clandestinité, même si elle était toujours une des secrétaires officielles d'Himmler. Leur liaison datait de 1938 et cette jeune femme, dont le caractère chaleureux et bienveillant détonnait dans l'entourage d'Himmler, consacrait désormais sa vie à son amant. Hedwig avait la beauté modeste, les yeux uniformément clairs, les cheveux sagement noués en chignon, le corps frêle et consentant. À la différence des autres égéries des dignitaires nazis, elle ne débordait ni de vanité outrageuse ni d'ambitions déçues. Elle ne ressemblait en rien à Magda Goebbels ou à Eva Braun. Hedwig savait écouter, soutenir, conseiller, et sa loyauté était absolue. Depuis qu'il l'aimait, Heinrich l'inflexible ne pouvait se passer de sa présence. Et même dans sa tanière secrète de Nuremberg, il exigeait qu'elle soit là.

À son entrée dans le salon, Himmler posa sur l'unique table la serviette de cuir noir qui ne le quittait jamais. Vêtue d'une robe grise, Hedwig se leva pour l'accueillir.

— Comment s'est passée la réunion au Berghof?

Heinrich ôta la veste de son uniforme avant de

répondre. En chemise, il avait un corps fluet qui étonnait toujours sa maîtresse.

— Goering m'a humilié et Hitler battu froid.

Pour toute réponse, Hedwig se contenta de prendre la main de son amant.

— Goering a ressorti son serpent de mer. Son projet de bombes volantes, les V1. Après l'échec pitoyable de la première tentative de lancement, j'étais certain de ne plus jamais en entendre parler. Je me suis trompé. J'ai péché par orgueil.

Hedwig avait déjà remarqué que Himmler, malgré son anticléricalisme forcené, employait des expressions chrétiennes dès qu'il se sentait menacé.

— C'est sans doute une erreur, dit-elle calmement. Mais ne la transforme pas en faute.

Himmler hocha la tête, convaincu. Elle avait raison, il lui fallait réagir, mais sans céder à la colère ni à la rancœur.

— Il me faut absolument des renseignements fiables sur cette nouvelle arme secrète. Goering est un mythomane : il ment tous les jours au Führer sur l'état désespéré de la Luftwaffe. Ce porc est tout à fait capable d'inventer une fable pour sauver sa peau.

— Si tu veux, je ferai, en ton nom, un courrier confidentiel au SD[1] leur demandant d'enquêter en priorité… Ainsi, tu seras bientôt fixé.

À son tour, Heinrich lui serra les mains. Hedwig ne connaissait pas de problèmes, rien que des solutions. Pourtant, il avoua :

---

1. Service de renseignements de la SS.

— Face aux fanfaronnades de Goering pour sauver notre situation militaire, je n'avais rien à proposer : c'est la première fois que je déçois le Führer.

— Et la dernière. Tu vas reconquérir sa confiance.

Elle se leva pour tirer les rideaux et ouvrir la fenêtre. La haute tour du château coiffée de tuiles rouges lui apparut. Himmler à son tour s'approcha. Lui aussi fixait l'antique tour. Maintes fois détruite, maintes fois relevée, elle dominait toujours la ville.

— Tout dépend de *lui*. Mais il faut que tu saches, Hitler n'est plus vraiment le même homme, annonça le Reichsführer. Il est de plus en plus en proie à un mélange détonant de violente dépression et d'exaltation incontrôlée, qui tétanise son entourage. Même Eva Braun m'en a parlé.

Sa maîtresse se tut. Elle n'intervenait jamais à propos du maître de l'Allemagne. Himmler poursuivit :

— Je ne te l'ai pas dit mais, lors de mes dernières réunions avec lui, je me suis fait accompagner par des responsables SS. Pour la plupart, des spécialistes des questions militaires. Mais il y avait aussi des médecins. Des hommes de toute confiance. J'avais absolument besoin d'être fixé. L'état de santé du Führer est une priorité absolue.

— Tu as bien fait, approuva Hedwig, même si, dans son for intérieur, elle tremblait déjà qu'un jour Hitler n'apprenne la vérité.

— Et le constat a été immédiat : il est épuisé, totalement vidé de sa substance. Le verdict clinique, lui, est sans appel : il risque à tout moment l'effondrement.

Hedwig se lova dans les bras de son amant. Elle savait combien Heinrich était attaché au Führer.

— L'insomnie chronique, les tremblements répétés, la volubilité effrénée, ce sont des signes qui ne trompent pas… J'ai lu avec attention tous les rapports des experts : l'état physique et psychologique d'Hitler ne peut que se dégrader. Et si par malheur il s'effondre…

Son amante prononça pour lui les paroles qu'il redoutait :

— L'Allemagne entrera dans une guerre de succession.

— Et je la perdrai.

— Tu as tes SS. Ils te soutiendront.

— Ils sont dispersés sur tous les fronts, mais surtout je ne pourrai rien faire contre l'armée et le parti s'ils appuient Goering.

— Ce drogué et ce débauché, s'étonna sa maîtresse. Mais personne ne peut raisonnablement l'imaginer à la tête du Reich ?

— Tout le monde connaît ses vices, mais Hermann a une réputation de diplomate. Et c'est une qualité qui compte pour tous ceux qui commencent à douter.

À pas discrets, Hedwig quitta l'embrasure de la fenêtre et s'installa dans un fauteuil en paille. Elle savait que Himmler avait besoin de mener son raisonnement jusqu'au bout. Il ne devait pas être interrompu.

— En clair, une fois Hitler disparu, s'il faut parler avec les Alliés, le *porc* reste le mieux placé. Et pour certains généraux et dignitaires du parti, il est plus que temps de négocier avec les Anglo-Américains. Un plan de paix séparée est même en préparation.

L'annonce était si stupéfiante qu'Hedwig brisa son vœu de silence.

— Mais ce n'est pas possible !

— Si, un plan en trois points : l'Allemagne laisse d'abord tomber Mussolini, puis abandonne la France et, une fois repliée sur le Rhin, engage toutes ses troupes dans une guerre à outrance contre les Russes. En échange, Anglais et Américains, eux, interrompent leur soutien matériel aux Soviétiques.

Comme s'il venait de proférer un blasphème, Himmler haussa les épaules de dégoût. Comment des Allemands pouvaient-ils être aussi stupides ? Si une pareille folie voyait le jour, Londres et Washington n'auraient plus qu'à laisser nazis et communistes s'entre-tuer : ils gagneraient tout sans même avoir à combattre. Hedwig, elle, était stupéfaite.

— Mais, pour m'abattre, mes adversaires doivent compter sur un événement qui sera un véritable coup de tonnerre mondial : l'effondrement d'Hitler. Ce jour n'arrivera jamais. Je vais l'empêcher.

Il posa la main droite sur sa serviette noire.

— Et je sais comment.

13

Italie
Rome
Vatican

— *Très glorieux prince de la milice céleste, saint Michel Archange...*

Le pape murmurait sa prière, les yeux clos, à genoux devant un crucifix de bois sombre accroché au mur. Il se concentrait de toutes ses forces pour tendre sa foi comme un archer sa corde. Il visualisait le chef de la milice céleste dans toute sa splendeur rayonnante. L'armure étincelante, l'épée d'argent brandie d'un bras puissant, prêt à terrasser le démon.

Rasséréné, Pie XII ouvrit à nouveau les paupières et se leva. Il était temps de commencer le rituel. Tout autour de lui, le salon papal était plongé dans une semi-obscurité, volets fermés, lourds rideaux tirés. Quatre longs cierges jaunes frappés de l'effigie de la Vierge, posés à terre aux coins de la pièce, diffusaient une lumière fantomatique et mouvante.

Il joignit les mains devant lui et articula d'une voix lente et posée.

— *Saint Michel, défendez-nous dans la lutte et le combat que nous devons affronter contre les principes et les puissances qui ourdissent dans ce monde de ténèbres, contre tous les esprits pervers.*

Il s'avança au centre de la pièce et vit que chacun était à son poste. Outre le cardinal Gianbatesti, qui avait troqué sa robe cardinalice rouge pour son habit de messe, il avait convoqué en urgence deux personnages singuliers. Un prélat à l'allure distinguée et aux cheveux couleur sel, qui portait une cicatrice sur le front, ainsi qu'une sœur de l'ordre de la Miséricorde, dont la moitié droite du visage était cachée par un linge mouillé. Pie XII avait tenu à s'entourer de serviteurs de Dieu ayant fréquenté le démon. Une expérience plutôt rare au sein de la Curie. Les cardinaux et responsables de dicastère avaient passé bien trop d'années dans la cité sainte pour y croiser Satan, et l'armée de jeunes curés qui officiaient dans les bureaux ne croyaient pas plus au démon qu'à une intervention divine pour stopper la guerre.

Le pape héla Gianbatesti en lui indiquant l'horloge posée sur la cheminée de marbre.

— Vous avez bien noté l'heure ? C'est très important, vous le savez.

— Oui. Il est dix-huit heures. Je l'ai inscrit sur un papier.

— Parfait. Nous nous devons de faire preuve de rigueur, même dans des circonstances aussi particulières.

Le souverain pontife se plaça alors devant le curé émacié qui tenait un livre de cuir rouge. Ce dernier s'inclina avec déférence.

— Très Saint-Père, accompagnez-moi pour faire face au possédé. Nous réciterons alors ensemble le petit exorcisme de Léon XIII. Vous ne serez jamais seul avec le Malin.

— Je vous fais entière confiance.

Le père Moussone était le seul exorciste officiel du Vatican. C'était la première fois que Pie XII le rencontrait depuis son accession au trône de saint Pierre. Tout pape qu'il était, il n'avait jamais conduit d'exorcisme, mais il connaissait l'histoire étrange de Léon XIII, l'auteur du rituel, son prédécesseur, quatre décennies plus tôt. Ce souverain pontife de la chrétienté avait rencontré Satan en plein cœur du Vatican et avait devisé avec lui juste après la messe. Au terme d'un entretien houleux, le diable avait prophétisé la fin de l'Église et la prise de possession de la terre au siècle suivant. Épouvanté, Léon XIII avait perdu connaissance. À son réveil, son esprit était encore rempli de visions de l'enfer : Rome et la cité sainte en flammes, les hommes chassés par des hordes de démons… À la stupéfaction de son entourage, il avait écrit, dans un état de quasi-somnambulisme, une longue prière à saint Michel et un exorcisme, destiné à remplacer celui rédigé en 1626.

Une fumée blanche envahit tout d'un coup la pièce, suivie d'une puissante odeur d'encens. Le secrétaire particulier Gianbatesti arpentait la pièce sombre en balançant un lourd encensoir en argent.

Le pape et l'exorciste se placèrent devant la nonne au visage martyrisé. La religieuse n'avait pas été choisie par hasard. Vingt ans plus tôt, sœur Maria Estrella était censée avoir rencontré Satan dans son couvent. Il s'était présenté à elle sous la forme d'un bel éphèbe, nu avec des pieds fourchus. Refusant ses avances, elle avait été possédée pendant trente jours avant que le père Moussone ne chasse le démon qui était en elle. La sœur y avait perdu la moitié de son visage, mais gagné une santé de fer, et jouait de temps à autre les guérisseuses pour les malades de sa paroisse.

Elle tenait entre les bras un tableau et s'inclina à son tour devant le pape.

— Votre Sainteté. C'est un honneur d'être à vos côtés.

— J'en suis fort aise, ma sœur. Après tout, vous avez vaincu le démon. (Puis se tournant vers le prêtre :) Vous êtes sûr qu'il ne lui arrivera rien ?

— Nul ne connaît l'étendue de la puissance de Satan, très Saint-Père. Mais nous sommes armés et sœur Maria Estrella ne fléchira pas. Elle a connu la possession et en est revenue victorieuse.

— J'en ai hélas gardé quelques traces, ajouta la nonne en posant l'index sur sa joue flétrie.

Pie XII lui renvoya un sourire de compassion et fixa l'homme représenté sur la toile.

La peinture était d'un réalisme saisissant, le dictateur qui avait mis le monde à feu et à sang affichait un regard aussi intense qu'un brasier de l'enfer. Pie XII détailla le visage d'Adolf Hitler avec une profonde tristesse et sentit son cœur submergé de remords. Comme tant d'autres, il avait été dupé par ce monstre à visage humain et n'avait pas écouté les avertissements. Il avait rencontré l'Autrichien fanatique alors qu'il était nonce à Munich en 1928. Quand Hitler n'était pas encore le Führer, mais le chef d'une bande de voyous qui se prenaient pour le messie d'une Allemagne humiliée. Et lui, le jeune cardinal Pacelli, s'était illusionné sur cet homme. Des années plus tard, alors que la guerre faisait rage, il n'avait pas voulu l'affronter, croyant plus aux vertus de la diplomatie qu'à celles de l'indignation. Mais ses yeux s'étaient dessillés après la lecture d'un rapport d'enquête apostolique qu'il avait commandé aux jésuites l'année précédente. Un volumineux dossier qui l'avait horrifié et poussé à une seule conclusion : Adolf Hitler était possédé par le démon.

Cette guerre mondiale, cet holocauste à ciel ouvert avec son cortège d'horreurs, cette sauvagerie, ces massacres de masse… Ce ne pouvait être que l'œuvre du Malin.

— Saint-Père, c'est le moment, murmura l'exorciste en ouvrant le livre sous les yeux du pape.

Pie XII ajusta ses lunettes et intercepta le regard bienveillant du cardinal Gianbatesti. C'était lui qui avait trouvé l'exorciste et la nonne pour l'aider dans sa tâche. Le secrétaire lui adressa un sourire apaisant et hocha la tête. Le pape revint à l'infernal Führer, puis au rituel de Léon XIII tenu par le curé. Il articula d'une voix lente :

— *Nous t'exorcisons, qui que tu sois, esprit immonde, puissance satanique, horde de l'infernal ennemi, légion démoniaque, toute assemblée et secte diabolique ; au nom et par la « Vertu » de Jésus-Christ, Notre-Seigneur, sois extirpé et chassé par l'Église de Dieu, des âmes créées à l'image de Dieu et rachetées par le précieux Sang du Divin Agneau. Désormais, n'aie plus l'audace, perfide serpent, de tromper le genre humain, de persécuter l'Église de Dieu, de secouer et de « cribler comme le froment » les élus de Dieu.*

Il reprit son souffle, puis haussa le ton en levant la main au-dessus du portrait.

— *Il te le commande, le signe sacré de la Croix et la vertu inhérente à tous les mystères de la foi chrétienne. Elle te le commande, la très auguste Mère de Dieu, la Vierge Marie qui, dès le premier instant de son Immaculée Conception, a, par son humilité, écrasé ta tête trop orgueilleuse. Elle te le commande, la Foi des saints Apôtres Pierre et Paul et des autres Apôtres.*

Il s'interrompit pour reprendre son souffle. Rien ne se passait, la pièce était toujours aussi silencieuse. Le visage du dictateur le fixait de son air arrogant. À quoi pouvait-il s'attendre ? Que le tableau s'enflamme ? Qu'Hitler se mette à parler et hurler en crachant des insultes ?

— Continuez, très Saint-Père. Il ne faut pas s'interrompre, martela le père Moussone. Le Malin peut s'introduire dans les failles de vos silences.

— *Maudit dragon et toute légion diabolique, nous t'adjurons par le Dieu vivant, par le Dieu vrai, par le Dieu saint, par ce Dieu qui a tant aimé le monde au point de lui donner Son Fils unique, afin que quiconque croit en Lui ne périsse pas, mais ait la vie éternelle. Cesse de tromper les humaines créatures et de leur verser le poison de la damnation éternelle. Cesse de nuire à l'Église et d'entraver sa liberté. Arrière, Satan, inventeur et maître de toute tromperie, ennemi du salut des hommes. Cède ta place à...*

Soudain, une supplication interrompit le pape. La nonne avait collé son visage contre le tableau et se balançait sur elle-même comme si elle berçait Hitler.

— Ne lui fais pas de mal. Il est l'enfant prodigue...

Pie XII restait tétanisé. La nonne avait changé d'expression. Son visage se découpait d'un sourire radieux. Plus stupéfiant, la partie sclérosée de son visage s'était animée. Comme si elle vivait une extase.

— Ne lui fais pas de mal, reprit la sœur, il est le serviteur de la vraie croix. La croix des forts ! La croix de feu et de sang plantée dans le cœur des hommes. La croix aryenne de la victoire.

Pie XII avait déjà lu des rapports sur les cas de possession au séminaire, mais ne les avait jamais pris au sérieux. Des manifestations de folie que la psychiatrie pouvait guérir. Mais ce qu'il avait sous les yeux le stupéfiait. La nonne parlait avec une voix d'homme. Ses pupilles étaient dilatées pour former deux grosses billes noires et brillantes. Ses lèvres se retroussaient, laissant apparaître une rangée de dents irrégulières et jaunâtres. Cette folle pouvait à tout moment se jeter sur lui pour le déchiqueter.

— Gianbatesti ! Notez l'heure précise de la possession de cette sœur, dit Pie XII. Cela nous sera utile.

— C'est fait.

Un nouveau ricanement malsain sortit de la bouche de la sœur.

— Il est aube et crépuscule ! Il est légion… Il dominera le monde.

La voix de la possédée montait en puissance alors qu'elle serrait à présent le portrait contre sa poitrine. Le visage du Führer oscillait au rythme de l'étreinte de la nonne. Impressionné, Pie XII voulut reculer, mais l'exorciste le retint.

— Non, surtout pas. Sœur Maria Estrella est le réceptacle du démon. Elle l'a forcé à se révéler. Continuez le rituel !

Le pape jeta un œil au cardinal Gianbatesti qui acquiesça, puis reprit sa lecture d'une voix mal assurée :

— *Cède ta place à l'Église. Incline-toi sous la main puissante de Dieu, tremble et fuis à l'invocation que nous faisons du saint et redoutable Nom de ce Jésus qui fait trembler les enfers, à qui sont soumises les vertus des Cieux et les Puissances et les Dominations.*

Un ricanement jaillit. La nonne se redressa d'un coup comme un ressort et siffla entre ses dents, les mains solidement agrippées au tableau. Son cou se tendait en avant, les yeux exorbités. Son sourire était sinistre.

— Petit pape… Tu n'es rien face à celui qui règne ici-bas. Je crache sur le Nazaréen ! Tu es lâche, petit esclave, ta langue s'est desséchée face au massacre des agneaux. Bientôt… je t'accueillerai en enfer.

— Faites-la taire ! cria Pie XII.

La sœur secouait sa tête échevelée en riant.

— Tu n'as rien fait pour nous arrêter, petit pape. Rien. Ton dieu t'a abandonné comme tu as abandonné les innocents. Tu viendras danser à mes côtés.

Pie XII sentit un frisson glacé remonter sur sa nuque. Il n'aurait jamais dû se lancer dans cet exorcisme. Jamais.

— Ça suffit…

— Non, Saint-Père. C'est ce qu'il veut. Vous devez continuer. Par tous les saints !

Voyant le trouble du pape, l'exorciste sortit un goupillon en or et le tendit à Pie XII.

— Ne fléchissez pas, Saint-Père. Aspergez-la d'eau bénite de la basilique Saint-Pierre, l'eau la plus sacrée !

Sans réfléchir, Pie XII agita le goupillon vers le tableau et la nonne.

— Porc… Tu ne peux pas m'atteindre, hurla la sœur avec rage. Mais je vais m'occuper d'elle. Regarde ta truie, ta servante dévouée.

La sœur lâcha le tableau et s'effondra à terre. Ses yeux s'étaient révulsés, son corps s'arquait comme si elle était traversée de secousses électriques.

— Pitié… J'ai mal… Si mal… Prenez-moi dans vos bras, Saint-Père.

Le pape voulut s'agenouiller pour la réconforter, mais le père Moussone le retint.

— Non, c'est un piège du démon. Laissez-la ! Vous devez continuer le rituel. Cette fois en latin. Lisez. Je vous en conjure !

La sœur se roulait sur elle-même. Elle tirait sur sa robe et frappait le sol avec ses souliers. Hitler semblait dévisager le pape avec un regard ironique. Pie XII détourna son regard de la pauvre femme et lut le chapitre que lui montrait le curé. Sa voix enfla dans la pièce. Les flammes des cierges semblaient elles-mêmes onduler avec une vigueur inattendue. Le cardinal Gianbatesti avait lâché l'encensoir et s'était posté à côté du pape.

— Saint-Père, ayez la force d'aller jusqu'au bout !

— *Exorcisamus te, omnis immunde spiritus, omnis satanica potestas, omnis incursio infernalis adversarii, omnis legio, omnis congregatio et secta diabolica, in nomine et virtute Domini nostri Jesus Christi, eradicare et effugare a Dei Ecclesia, ab animabus ad imaginem Dei conditis ac pretioso divini Agnis sanguine redemptis.*

Les hurlements décuplèrent.

14

Allemagne
Nuremberg
Obere Schmiedgasse, 52

Le château impérial de Nuremberg, en plus de sa tour altière et de ses vieux murs chargés d'histoire, avait une particularité que peu de personnes connaissaient. Bâti pour résister à des siècles d'assauts et de sièges, ses constructeurs avaient imaginé qu'il s'enfonce aussi profond sous la terre qu'il s'élève haut dans le ciel. Ainsi, de nombreux étages souterrains avaient été creusés dans la roche non seulement pour stocker des réserves de nourriture et des dépôts d'armes, mais aussi pour servir d'ultime réduit. C'est cette forteresse de la nuit, oubliée depuis longtemps, qui avait convaincu Skorzeny d'acquérir la maison de Nuremberg. Elle était placée au pied de la butte féodale, et ses caves donnaient dans les souterrains du château. Il n'avait qu'à les moderniser pour les transformer en un bunker, aussi secret qu'invulnérable : la caverne des merveilles de Heinrich Himmler.

Après avoir embrassé Hedwig, le chef de la SS s'était rendu dans sa chambre pour se reposer. Pourtant, ce n'est pas vers le lit qu'il se dirigea, mais vers une armoire dont il fit pivoter le panneau du fond. Derrière, un sas étroit donnait sur un ascenseur aménagé afin de descendre directement jusqu'au dernier sous-sol. Là l'attendaient des SS triés sur le volet pour ouvrir la porte blindée qui donnait sur son royaume souterrain. Au claquement sec des talons, Himmler répondit par un ordre :

— Un invité va arriver par l'escalier. Faites-le entrer. Sans escorte.

Himmler n'avait jamais réussi à s'habituer à la température particulièrement fraîche qui régnait dans le long couloir d'entrée. Il frissonna. Les veilleuses électriques qui ponctuaient l'accès donnaient l'impression de pénétrer dans la nef sombre d'une église, éclairée seulement par quelques cierges. S'il n'y avait pas eu le vrombissement de la ventilation, on aurait pu se croire revenu des siècles en arrière. Les hommes de la préhistoire qui descendaient sous terre pour pratiquer leurs rites secrets, songea Himmler, devaient avoir la même sensation que lui : l'effroi mêlé à l'espoir. L'un aussi tenace que l'autre.

— On gèle ici. Vous devriez faire installer du chauffage.

Le chef des SS se retourna. Tristan venait d'arriver. Il marchait à pas lents, une raideur dans l'épaule. On lui avait fourni un uniforme neuf, dans lequel il semblait flotter. Mais le regard frappait toujours par sa détermination. Quant à son sourire, même si les lèvres semblaient amincies, il était toujours aussi ironique. Himmler s'autorisa un bref hochement de tête.

— Vous êtes un ressuscité, Tristan ! Survivre aux rigueurs de Stalingrad comme aux épreuves de Skorzeny, c'est une véritable prouesse.

Le Français se rapprocha.

— Un exploit dont je me serais bien passé…

— Quand on m'appartient, ni les regrets ni les remords n'existent. Tâchez de vous en souvenir.

— Oui…

— Et quand vous vous présentez devant moi, portez vos décorations. Vous avez oublié que je vous ai décoré de la croix de fer de première classe ?

Tristan claqua des talons. Ce qui lui évita de répondre. Dire qu'il avait failli abattre cet homme, quelques mois auparavant.

— Suivez-moi.

En quelques pas, ils arrivèrent devant une nouvelle porte blindée qu'un soldat, rouge d'émotion, se précipita pour ouvrir.

— Je sais que vous êtes un fin connaisseur en art, Marcas. Rosenberg l'a appris à ses dépens[1]. Pourtant, aujourd'hui, c'est moi qui vais vous révéler quelque chose.

Le soldat se rangea sur le côté. Le passage était dégagé. Himmler entra le premier. Tristan fut surpris : c'était une pièce entièrement circulaire, aux murs nus, d'où partaient trois couloirs, dont l'un était barré par

1. Voir *La Relique du chaos,* éditions Jean-Claude Lattès, 2020.

une porte cylindrique semblable à celles des coffres de banque.

— Jusqu'à ce que vous travailliez pour nous, vous avez consacré votre temps à satisfaire des collectionneurs, des monomaniaques prêts à tout pour s'offrir une œuvre devenue leur obsession. Leur avez-vous déjà fourni une œuvre totalement inédite ?

— Oui, mais dans la plupart des cas il s'agissait d'une œuvre mineure. Une esquisse préparatoire, une ébauche oubliée… Sauf une fois, un recueil de nus dessinés par Rodin. Un chef-d'œuvre.

Himmler eut une moue de dégoût. Il détestait la moindre allusion au sexe.

— Je crois d'ailleurs savoir qu'elle a rejoint la collection du maréchal Goering.

— Alors, sachez que ce que vous allez voir, ce cher Hermann, lui, ne le verra jamais.

Ils prirent le premier couloir pour entrer dans une vaste pièce en forme de rotonde. Toute la salle était taillée dans le rocher qui formait comme un écrin de pierre noire autour d'un amoncellement inouï de tableaux, de sculptures, de livres anciens et de trésors d'orfèvrerie. Ébloui, Tristan repéra un *Saint Sébastien* de Mantegna totalement inconnu. Les couleurs étaient d'une vivacité exceptionnelle. Comment une œuvre pareille avait-elle pu échapper aux experts et aux musées ?

— Le tableau vient d'Italie. Une famille de nobles romains qui se le sont transmis de génération en génération. Ils ont eu la mauvaise idée de ne pas soutenir Mussolini. Le Duce, lui, a pris la bonne initiative de nous l'offrir.

Mais déjà Tristan s'immobilisait devant un bronze sculpté de Cellini. Un *Œdipe* aux yeux crevés bouleversant d'émotion. La patine, sans une seule ride, était d'une douceur de miel. Proposé dans une vente publique, pensa Marcas, les enchères dépasseraient l'imagination. Du doigt, Himmler lui indiqua un livre richement relié.

— La première édition imprimée de la Bible. Il n'y en a que quelques exemplaires dans le monde, mais celle-là est unique : toutes les marges sont annotées de la main de Gutenberg.

Tristan était sans voix.

— Nous avons découvert ces pièces chez des collectionneurs privés, partout en Europe, qui les détenaient jalousement, parfois depuis des décennies. Aujourd'hui, elles sont la propriété du Reich. Son trésor le plus secret.

Le Français avait l'impression que Himmler était en train de le tenter. *Tends la main au diable et il te prendra tout.*

— Pourquoi me montrez-vous ces merveilles ?

— Parce qu'elles n'ont aucune valeur. Venez.

Suivi de Tristan stupéfait, Himmler se dirigea vers l'autre salle. Encore plus vaste, elle était pourtant presque vide. Seules deux vitrines se dressaient dans son immensité.

Le Reichsführer appuya sur un commutateur. Une première vitrine s'illumina. Une couronne d'or apparut, constellée de pierres précieuses dont les couleurs éblouissantes flamboyaient sous la lumière électrique.

— Voilà ce qui est la puissance. Depuis la nuit des temps, cette couronne est celle que l'on pose sur la tête des empereurs du Saint Empire germanique lors de leur avènement. Aujourd'hui, c'est nous, les nazis, qui la possédons.

Un instant, Marcas imagina l'effet de ce serre-tête de luxe juste au-dessus de la mèche rebelle du Führer. Le ridicule était garanti.

— Approchez-vous et regardez.

Autour de la tiare impériale étincelaient un sceptre d'or et un globe surmonté d'une croix. Himmler le pointa du doigt.

— Bientôt, il portera la vraie croix, celle qui est destinée à diriger le monde entier : la croix gammée.

— Et dans l'autre vitrine ? osa demander Tristan.

Himmler appuya sur un deuxième bouton.

— Une relique chrétienne. La Lance de la destinée.

Fasciné, Marcas se précipita. Avec la couronne d'épines du Christ, c'était l'une des reliques les plus convoitées de tous les temps. Sans compter qu'elle était souvent associée au Graal. Mais sa déception fut immédiate : enchâssée dans une sorte de fourreau d'or, on voyait à peine le fer noirci de la lance.

— D'après les Évangiles, elle appartenait à un centurion romain, un certain Longinus. Touché par les souffrances du Christ, il lui perça le flanc pour hâter sa mort.

La voix d'Himmler avait pris un débit mécanique, comme s'il récitait une leçon.

— Elle est ensuite passée en Bourgogne avant de devenir la propriété des empereurs du Saint Empire germanique.

Tristan, qui se souvenait de ses cours à l'université, évita de préciser qu'il existait cinq autres lances par le monde. Visiblement, Longinus était un centurion bien équipé…

— Est-ce parce que la légende raconte qu'elle a accompagné Charlemagne dans toutes ses victoires que cette lance intéresse aujourd'hui le Reich ?

Derrière ses lunettes rondes, l'Allemand le regarda avec commisération.

— Le Grand Reich n'a que faire d'une lance qui a tué un simple juif.

Himmler coupa l'électricité des deux vitrines. L'immense salle retomba dans une semi-pénombre. Sans mot dire, il se dirigea vers l'entrée où il s'arrêta devant le couloir barré d'une porte circulaire.

— Von Essling et vous n'êtes entrés à l'Ahnenerbe qu'après le début de la guerre. Mais les recherches de l'institut avaient déjà commencé depuis plusieurs années et partout dans le monde.

— Comme au Tibet ?

Un par un, le Reichsführer manipulait les quatre boutons à crans qui permettaient de former le code pour ouvrir la porte.

— Une excellente opération de communication, l'expédition du Tibet, répondit le chef des SS. Exotique, mystérieuse, tout ce qu'il fallait pour que les journaux du monde entier s'en emparent. Pendant ce temps, d'autres opérations, plus discrètes, n'attiraient aucune attention.

Malgré son poids énorme, la porte blindée pivota avec une légèreté imprévue. Himmler passa le premier. Juste avant qu'il ne pénètre dans la salle, il montra une photo en noir et blanc accrochée au mur. On y voyait de jeunes Allemands en short, exhibant le brassard nazi. L'un d'eux avait déployé un large drapeau à croix gammée sur une terrasse blanche.

— Regardez mieux.

Derrière les nazis tout sourires, une ville s'étendait, mais on n'y voyait ni toitures ni immeubles à l'européenne. De l'index, Tristan montra une coupole qui étincelait à l'horizon.

— C'est bien le dôme d'une mosquée ?

— Oui, celle de Jérusalem.

— Mais que font des nazis au cœur de la capitale spirituelle des juifs ? s'étonna Tristan.

Himmler répondit sans hésiter :

— À partir du XVIIIe siècle, des centaines de milliers d'Allemands ont émigré sur tous les continents pour bâtir une nouvelle vie et fonder de nouvelles colonies. Notre diaspora n'a pas autant essaimé que celle des juifs, mais nous sommes établis un peu partout dans le monde. Saviez-vous que notre communauté était si importante aux États-Unis que ça s'est joué de peu pour que l'allemand n'en devienne la langue officielle ?

— Je l'ignorais.

— Ça ne m'étonne pas de la part d'un Français. Bref, notre peuple s'est aussi implanté en Amérique du Sud, principalement en Argentine, mais aussi en Afrique et au Moyen-Orient. Et précisément en plein cœur de Jérusalem depuis 1870. Près de deux mille personnes, dans le quartier d'Emek Rephaïm.

À l'origine, il s'agissait de protestants fanatiques qui voulaient vivre leur foi au cœur de la Terre promise de Moïse. Vous voulez connaître leur nom ? La Société du Temple.

Tristan ne put se retenir.

— Vous plaisantez ?

— Non. Eux-mêmes se nommaient les Templarim. Et quand ils n'exploitaient pas des orangeries près de Jaffa, ils se passionnaient pour l'histoire juive. À cette époque, n'importe qui pouvait fouiller n'importe où.

La dernière salle où ils venaient d'entrer ressemblait à un musée archéologique : des stèles gravées, des fragments de colonne, d'immenses morceaux brisés de bronze et de longues dalles funéraires. Tout semblait avoir été minutieusement étudié.

— Au fil des ans, les Templarim sont devenus moins rigides et ont attiré pas mal d'Allemands en quête d'exotisme ou saisis d'une fièvre mystique à l'idée de vivre sur la terre natale de Jésus. Les Templarim étant des gens avisés, ils filtraient les demandes et n'admettaient que des gens aisés. Pas question de voir débarquer des bouches à nourrir.

— Je ne vois pas trop pourquoi vous avez besoin de mes services. Je n'ai jamais mis les pieds en Palestine et j'entends parler pour la première fois de vos Templarim.

— J'y viens. En 1939, à l'approche de la guerre, nous avons évacué les descendants des Templarim, en butte à l'hostilité croissante des Anglais qui administraient le pays. L'un de mes services SS, le

Sonderkommando Hexen, a récupéré une partie des archives des Templarim.

— Je ne connaissais pas ce commando. Hexen, ça veut bien dire sorcières ?

— Ne m'interrompez pas, je vous en reparlerai une autre fois. Il y a quelques semaines, au cours d'un transfert de ces archives, un document curieux a refait surface. Le journal intime de Marie Berna. Cette femme, très pieuse, s'était installée chez les Templarim à la fin de ses jours pour se rapprocher de Dieu. Elle avait légué tous ses biens à la communauté, dont son journal.

— Vous m'intriguez.

— Dans ses écrits, la veuve révèle qu'un secret est caché dans un tableau.

— Quel secret ?

— Vous n'avez pas à le savoir.

Himmler fit un geste de la main comme s'il chassait une mouche.

— Et c'est là que vous intervenez. Les œuvres d'art sont bien votre spécialité ?

— Montrez-moi la toile. J'espère que ce n'est pas la croûte d'un peintre templarim.

— Oh non, c'est une œuvre majeure et d'un très grand artiste vénéré par notre Führer en personne. Hélas, elle n'est pas en ma possession. Mais je sais où elle se trouve. Ce que je veux, c'est que vous la voliez.

— La voler ? Mais où ?

Pour la première fois de la journée, Himmler sourit.

— Chez Goering.

DEUXIÈME PARTIE

« Le christianisme est une rébellion contre la loi naturelle. »

Adolf HITLER.

15

Italie
Rome

Échouée au milieu du Tibre, l'île Tibérine avait la forme d'un navire cuirassé. Un navire de presque trois cents mètres de long lesté d'une imposante basilique qui abritait les restes de San Bartolomeo, et de l'Ospedale Fatebenefratelli, un vénérable et massif complexe hospitalier. Ses façades de pierre recouverte d'ocre jaune formaient les flancs du navire. En période de crue, quand le puissant fleuve se mettait en colère, l'île tout entière semblait prête à se détacher de son socle de limon pour s'élancer vers le sud. Mais cela n'arrivait jamais, la *Tiberina* était solidement ancrée à Rome par les ponts Cestio et Fabricio, les plus vieux de la ville, qui reliaient les deux rives de la cité éternelle.

C'était aussi une terre magique.

Une terre de guérison.

Dans l'Antiquité, les Romains venaient déposer leurs offrandes au seul temple consacré à Esculape, dieu de la médecine. Avec l'arrivée du Christ, la continuité des soins avait été assurée par l'Église triomphante, la divinité païenne avait été simplement remplacée par Barthélemy, l'apôtre patron des pauvres et des malades.

Le père Spinale n'avait cure des vertus hospitalières du saint, il aurait préféré se mettre sous la protection d'un archange guerrier, tel saint Michel ou saint Georges. De la fenêtre de sa minuscule chambre au dernier étage de l'aile ouest de l'Ospedale, il scrutait avec anxiété le pont qui menait au quartier du Trastevere. Guettant un uniforme policier ou militaire ou, pire encore, une chemise noire. Contrairement à ce que lui avait assuré le cardinal, il ne se sentait pas en sécurité dans cet hôpital. Voitures et flots de passants traversaient l'île pour se rendre d'une rive à l'autre, et il avait la sensation amère que l'établissement était ouvert aux quatre vents. Il s'était senti beaucoup plus en sécurité dans la grange toscane protégée par les partisans.

Arrivé la veille au soir, il s'était réveillé plusieurs fois dans la nuit et blotti au fond de son lit au moindre claquement de talons dans le couloir. Pire, il se sentait encore plus vulnérable qu'à son arrivée, on lui avait enlevé sa soutane pour lui faire enfiler une blouse bleue de malade en coton fin.

Las, le bénédictin quitta son poste d'observation et passa devant une glace fêlée qui pendait à un mur pour se contempler furtivement. Il ne ressemblait à rien. Tous ces déguisements le déprimaient, même s'il savait que c'était pour son bien. Quand on est moine, on porte la même robe de bure pendant toute une vie.

Une robe qui devient comme une seconde peau. Une armure confiée par le Seigneur à tous les moines dans le monde. Mais il n'avait plus son armure. Comme si Dieu lui-même l'avait abandonné.

Des coups retentirent sur la porte. Il se souvint des conseils de l'infirmière et revint se mettre dans le lit. Il tira le drap sur lui jusqu'au menton.

Un homme en blouse blanche entra dans la chambre, suivi d'une infirmière. Ils portaient tous les deux de longs gants noirs en plastique et des masques chirurgicaux sur le visage.

— Bonjour, mon père, je suis le docteur Borromeo, médecin-chef de l'hôpital. Le cardinal vous a confié à nos bons soins. J'ai cru comprendre que vous aviez besoin d'un peu de… solitude.

— Le cardinal Gianbatesti m'a assuré que je ne resterais pas longtemps. Il doit venir me chercher !

— Et il n'a pas menti. En attendant, vous serez tranquille ici, même si nous avons depuis quelque temps des visites inopinées de la police. Bon, je suis quand même obligé de vous ausculter. Pour la forme. Il ne faudrait pas que vous contaminiez mon établissement. Ça ne vous dérange pas ?

— Euh… non.

— Vous avez bien mauvaise mine, dit le médecin en appliquant son index sous le menton. On dirait que vous avez des ganglions.

— Je suis épuisé par mon voyage. Pourquoi portez-vous ces masques ?

— Une sale épidémie s'est répandue dans Rome. Le ministère de la Santé n'en parle pas pour ne pas affoler les gens, mais ici nous prenons toutes les précautions.

Le médecin passa son stéthoscope, le posa sur la poitrine du moine, inspecta la langue, les yeux, puis toucha le front.

— Beaucoup de sueur. Trop de sueur. Vous êtes brûlant, murmura le médecin en fronçant les sourcils.

— Je n'ai pas de fièvre…

L'infirmière appliqua un linge mouillé sur le front du moine.

— Je n'aime pas ça, je n'aime pas du tout ça, murmura le médecin.

— Je ne comprends pas.

Le docteur Borromeo échangea un coup d'œil inquiet avec l'infirmière.

— Je crains que lui aussi ne soit touché, ma sœur.

— Je mets tout de suite la chambre en isolement.

Le père Spinale se redressa sur son lit. Le médecin le plaqua d'une main ferme.

— Vous êtes malade, mon père. Une sale maladie…

De l'autre côté du pont, il y avait foule dans le quartier populaire du Trastevere. C'était la fin du marché aux fruits et légumes, les commerçants remballaient les caisses vides. Les clients, eux, se hâtaient de rentrer chez eux avec leur maigre butin. La disette revenue, l'approvisionnement ne suivait plus en dépit des proclamations ampoulées du Duce. De pauvres hères se précipitaient pour ramasser des tomates et des salades avariées jetées par les primeurs. Des camions commençaient déjà à partir pour rejoindre les fermes du Latium. Ça klaxonnait et s'injuriait de partout comme il se devait dans tout marché.

Les deux occupants de la Fiat 1100 *Musone*[1], stationnée devant le fleuve, n'avaient pas des têtes à faire les marchés. Le conducteur avait le visage épais, le crâne rasé et les épaules larges. L'autre, plus mince, plus jeune, les cheveux soigneusement coupés et lissés sur les côtés, affichait un air froid et dédaigneux. Il regardait les mendiants qui fouillaient les détritus avec un mépris non dissimulé.

Cela faisait une heure qu'ils attendaient en silence à l'intérieur de la traction avant. Le conducteur s'alluma une cigarette tandis que son compagnon braquait à nouveau ses jumelles sur la façade de l'Ospedale. Plus précisément sur le dernier étage. La fenêtre aux arcs ouvragés se découpait dans les oculaires. Un médecin et une infirmière apparaissaient à intervalles réguliers devant les vitres.

Il posa ses jumelles sur ses genoux et prit une cigarette dans le paquet qui traînait sur le tableau de bord.

— Le moine reçoit la visite du médecin-chef, commenta-t-il d'une voix neutre. L'hôpital est sécurisé ?

— J'ai un informateur à l'intérieur qui m'a confirmé la présence d'un garde suisse en civil, répondit le chauve. D'un gardien et d'infirmiers, cinq ou six tout au plus. Je ne pense pas qu'ils fassent de difficultés. De toute façon, cet hôpital est une vraie

1. *Musone* veut dire museau. La 1100 présentait un profil en forme de museau de félin.

passoire. On pourrait y faire entrer un bataillon entier de putains sans que les frères et les sœurs s'en aperçoivent.

— Tu es déjà venu ?

— Oui, ma femme y a accouché d'un de mes fils avant-guerre. J'ai failli m'y perdre pour la retrouver. N'importe qui pouvait rentrer dans la nurserie pour y enlever un bébé. Je me souviens d'avoir piqué une colère… Mais bon, c'est l'un des meilleurs hôpitaux de la ville… Et ça porte bonheur de naître sur l'île de San Bartolomeo. T'as pas de mômes, toi ?

— Non. C'est une perte de temps…

Il rangea la paire de jumelles dans la boîte à gants et prit le Beretta 657 pour l'insérer dans l'étui de sa ceinture.

— J'en ai marre de poireauter dans cette voiture.

Puis, se tournant vers les monceaux de cagettes et d'ordures amoncelés entre les camions :

— Et en plus ça pue ici.

Le conducteur haussa les épaules.

— On attend les ordres du chef. Il tient à prendre les choses en main personnellement. Probablement avec du renfort.

— L'affaire doit être grave et le moine important pour qu'il nous demande d'intervenir en urgence.

— Oui, ce matin, je l'ai entendu en parler. Il avait l'air nerveux. Très nerveux.

Son interlocuteur lissa ses cheveux noirs, le regard songeur.

— Alors oui, ce moinillon doit être quelqu'un d'important…

16

Allemagne
Berlin

— Allez, Marcas, on y va.

Skorzeny sortit sa large carcasse de la voiture qui venait de se garer devant un immeuble bourgeois du quartier de Charlottenbourg. Devant la porte se tenait un cerbère, à la nuque violacée et aux yeux de fouine, qui sentait la Gestapo à plein nez. Un instant, Tristan crut qu'il allait venir les renifler tant il les observait avec insistance.

— À la niche, le cabot, gronda Skorzeny. On est des SS.

Le gestapiste s'écarta en grognant, fouillant déjà la rue du regard pour voir s'il ne trouvait pas une nouvelle proie.

— Ne vous laissez pas impressionner par ce chien de garde, Marcas. Beaucoup de muscles et pas de cervelle. Comme nous sommes en civil, il ne nous a pas identifiés.

Tristan passa la porte et se retrouva dans un hall

aux carreaux de marbre losangés blancs et noirs. Un escalier, brillant comme un miroir, montait à l'étage d'où s'échappaient les accents entraînants d'une musique de cordes. Se levant d'un sofa, une femme, vêtue d'une robe ample qui peinait à dissimuler son âge véritable, les aborda d'un sourire hautain.

— Ces messieurs connaissent-ils la maison ?

— De la cave au plafond, fais libérer la loge principale et envoie du champagne !

La tenancière disparut dans un tourbillon de parfum acide que Tristan identifia aussitôt : la peur.

— La dernière fois que je suis passé, c'était une délicieuse petite Tchèque qui accueillait les invités, une brune aux yeux en amande, tout à fait le genre du docteur Goebbels. Rien à voir avec cette triste momie desséchée. Heureusement, nous allons vite nous rattraper.

Avant de prendre l'escalier, Tristan, que les lieux intriguaient, demanda :

— Où sommes-nous ?

— Dans un immeuble réquisitionné par la SS. Un hôtel particulier du siècle dernier. Son ancien propriétaire bénéficie d'un traitement de faveur de la part du Reich : il est logé, blanchi et nourri au camp de Birkenau.

Ravi de cette plaisanterie, le « bon Otto » tapa sur l'épaule du Français.

— Détendez-vous ! Vous allez adorer cet endroit ! Surtout le premier étage !

Engoncé dans un costume trop serré, le cou sanglé d'une cravate couleur de deuil, Tristan n'avait pas goût à la fête. Et encore moins avec ce soudard de Skorzeny dont le regard s'égarait de plus en plus sur les jeunes pensionnaires qui, attirées par son rire tonitruant, surgissaient sur le seuil des chambres. Depuis qu'il était revenu sur le sol allemand, il voulait revoir Erika, mais on ne lui laissait aucun moment de répit. Himmler savait pourtant qu'ils étaient amants. À l'évidence, le chef des SS ne voyait pas d'un bon œil leur histoire d'amour.

— Écoutez, le Reichsführer m'a confié une mission…

Otto secoua la tête. Décidément, ce petit Français ne savait pas s'amuser. Un vrai gâte-sauce.

— Oui, je sais : alléger ce bon Hermann d'un de ses biens les plus précieux. Eh bien, comme c'est moi qui dois vous y aider, j'ai besoin de sentir de l'excitation tout autour de moi.

Skorzeny se dirigea vers le fond du couloir, ouvrit une porte à deux battants, et Marcas découvrit une vaste loge de théâtre où s'affairait déjà un serveur.

— Installez-vous. La famille qui a fait édifier cet hôtel y a ajouté un théâtre privé. Aujourd'hui, il sert toujours, mais ce n'est plus la comédie qu'on y joue.

Le SS se tourna vers le serveur qui rajoutait des glaçons dans les seaux à champagne.

— Doublez le nombre de bouteilles. On a du travail.

Tristan se pencha vers la scène : elle était invisible, masquée par un rideau rouge aux reflets moirés. En tournant la tête, le Français remarqua une autre loge sur sa gauche d'où s'échappaient des bruits de verres entrechoqués.

— Ne cherchez pas à voir ! C'est sans doute un dignitaire du parti qui prend du bon temps. Une huile qui pense pouvoir se payer tous les plaisirs tandis que la jeunesse allemande se fait trouer la peau sur tous les fronts.

La voix de Skorzeny avait viré au grave.

— Un corrompu qui se croit tout permis, un pervers entièrement livré à ses vices… Des dégénérés, mais surtout des imbéciles : il suffit d'un peu de sucre pour qu'ils accourent se jeter dans le piège. Vous voulez une preuve ? Levez les yeux, Marcas.

Tristan s'exécuta. Une scène peinte de mythologie formait une frise au-dessus de la scène. On y reconnaissait les dieux du panthéon grec regroupés autour du trône de Zeus, le foudre à la main.

— Concentrez-vous sur la représentation de Dionysos.

Tristan remarqua juste que le dieu de l'ivresse portait d'énormes raisins noirs à sa bouche.

— Dissimulé derrière la grappe, il y a l'œil d'une caméra qui tourne en continu. Un plan fixe, mais qui vaut le détour. Le Reichsführer en est très friand.

— Et je suppose que les acteurs involontaires de ces films finissent tous dans des camps ?

Skorzeny secoua la tête en se servant une coupe de champagne.

— Que vous êtes naïf, Marcas ! Un corrompu démasqué est bien plus utile à son poste. Un homme dont on tient l'existence entre ses mains peut rendre bien des services… Vous en savez quelque chose.

Au-dessus de la scène, le rideau s'écarta, dévoilant

le décor d'un salon rouge où éclataient le cramoisi de profonds sofas et le velours lie-de-vin de larges poufs.

— Le spectacle va commencer, mais avant…

Le SS sortit une photo qu'il posa sur la table en bois précieux. Elle était en noir et blanc, légèrement floue, mais on y reconnaissait un tableau, richement encadré, accroché à un mur en pierre apparente.

— Un cliché unique, pris par un de nos agents, à Carinhall, la résidence préférée de Goering. Un pavillon de chasse transformé en palais et musée en pleine forêt, à une soixantaine de kilomètres au nord de Berlin.

Tristan se souvenait qu'Erika lui avait parlé de cette demeure luxueuse où le maréchal entassait ses rapines artistiques, organisait des fêtes somptueuses et surtout se livrait à sa passion dominante : la chasse.

— Si cette photo est bien la preuve que le tableau se trouve à Carinhall, reprit Skorzeny, en revanche, nous ignorons où. Notre agent n'a pas survécu à une partie de chasse organisée par le Reichsmarschall.

— Un malencontreux accident, je suppose ?

Otto ne releva pas l'ironie du propos.

— Nous avons plusieurs agents présents parmi le personnel. Ils vous aideront : par exemple pour vous exfiltrer, si ça devient nécessaire. Croyez-moi : tout est prévu pour que vous rentriez indemne. En attendant, concentrez-vous sur le tableau.

Face à l'imprécision de la photo, Tristan chercha la meilleure distance visuelle pour distinguer le plus de détails. Le sujet était des plus fantomatiques. Sur une mer grise, un long canot s'avançait vers une île qui semblait un aérolithe tombé du ciel.

— Vous connaissez cette peinture ?

— Oui, *L'Île des morts* de Böcklin, un peintre suisse. J'ai fait des études d'histoire de l'art...

Marcas regardait le bateau que guidait un rameur assis à l'arrière tandis qu'une forme en blanc se tenait debout devant ce qui semblait être un autel. Otto lui tendit un dossier noir frappé des runes d'argent de la SS.

— Voici tous les renseignements disponibles sur cette œuvre. Ils vous permettront surtout de la mémoriser pour mieux la reconnaître. Vous n'aurez que très peu de temps pour la récupérer.

Un bruit sec indiqua à Tristan que Skorzeny venait d'ouvrir une nouvelle bouteille de champagne.

— Vous trouverez aussi une carte du domaine, établie à partir de photographies aériennes, et, surtout, un plan précis de la demeure.

Sur la scène, des jeunes femmes, suggestivement dévêtues, venaient de prendre place. Tristan fixa la carte. Carinhall se trouvait au centre d'une forêt immense bordée par deux lacs. Un véritable repaire de Barbe-Bleue.

— Goering l'a baptisé du nom de sa femme décédée, Carin. D'ailleurs, elle est enterrée dans le domaine. Elle se retournerait dans sa tombe si elle voyait celle qui l'a remplacée : Emmy, une actrice ratée, mais un corps de rêve...

Otto tourna son regard vers la scène où des officiers SS, déjà copieusement éméchés, venaient d'entrer, dégrafant leur uniforme.

— Je suppose que le palais est bien gardé ? demanda Marcas.

— Par une unité spéciale de la Luftwaffe, dont les hommes patrouillent aussi bien dans la forêt que sur le lac.

— Et vous voulez que je pénètre sans me faire remarquer dans le domaine, que je fouille cette caricature de Versailles, pièce par pièce, que j'y découvre un tableau, au milieu de centaines d'autres, et que je vous l'apporte sur un plateau d'argent, c'est bien ça ?

Le regard rivé sur la scène qui se transformait en spectacle vivant, Skorzeny répondit posément :

— Vous avez tout compris, sauf que vous n'aurez pas besoin d'échapper aux patrouilles, au contraire, elles vont vous escorter.

— Vous plaisantez ?

— Jamais. Vous êtes invité à la prochaine soirée que va donner le maréchal Goering en l'honneur de sa dernière acquisition – si l'on peut dire –, une sculpture en marbre de Carrare attribuée à Michel-Ange. À mon avis, même en la volant, Goering a quand même réussi à se faire rouler. Mais voici votre invitation.

Tristan repoussa le carton.

— Ne me prenez pas pour un imbécile ! Je porte un nom français et je travaille pour l'Ahnenerbe. Je n'ai rien à faire sur la liste des invités. À moins de vouloir m'envoyer à l'abattoir !

Otto lui fit signe de baisser de ton. Il n'entendait plus la montée en puissance des cris et autres gémissements qui s'échangeaient sur scène.

— Vous n'êtes pas sur la liste des invités, mais

parmi ceux qui les accompagnent. Ce soir-là, vous êtes le cavalier d'Erika von Essling. Vous savez que ses parents sont des familiers du Reichsmarschall.

Le cœur de Tristan bondit.

Enfin.

Il allait la revoir.

— Je serais surpris qu'elle nous aide à organiser un cambriolage…

Skorzeny poussa un soupir d'agacement. Ce satané Français commençait à lui gâcher la fête.

— Je crois savoir que Frau von Essling n'est plus vraiment dans les petits papiers du Reichsführer, vous savez ce que ça signifie ?

Tristan tâcha de rester impassible.

— Alors, je ne saurais trop vous conseiller de réussir votre mission si vous tenez à votre cavalière d'un soir… Mais en attendant venez vous amuser. Je vois en bas deux corps de rêve encore inoccupés qui n'attendent que nous.

Marcas se leva. Il avait hâte d'être seul pour penser à Erika.

— Pas pour moi, merci.

17

Italie
Rome
Ospedale Fatebenefratelli

La Lancia noire filait à toute allure sur le Lungotevere Farnesina. Un soleil magnifique faisait miroiter les eaux du fleuve, mais le cardinal Gianbatesti, assis à l'arrière, restait plongé dans ses pensées. De sombres pensées. Les images de l'exorcisme de la veille tournaient encore dans sa tête. Il avait fallu que le Saint-Père récite le rituel en latin pour que la nonne se réveille de son épisode psychotique sans se souvenir de quoi que ce soit. Elle avait présenté des signes de possession évidents, mais cela aurait pu tout aussi bien être la manifestation d'un psychisme perturbé.

Pie XII en était ressorti épuisé et s'était couché immédiatement. Gianbatesti avait renvoyé l'exorciste et la *possédée* en leur faisant jurer de garder le silence.

Le cardinal était éprouvé par la scène terrible qui s'était déroulée sous ses yeux. Comme tout prince de l'Église et garant de la foi, il se devait de croire à l'existence de Satan, mais on était au XXe siècle et la science était passée par là. Cependant, quand il avait entendu une voix venue des ténèbres insulter le pape par la bouche d'une nonne, il avait été sidéré. Il ne comprenait pas pourquoi le Malin perdait son temps avec une bonne sœur alors qu'il croulait sous le travail : partout, il empoisonnait le cœur de millions d'hommes, les forçant à s'entre-tuer sur les champs de bataille.

La Lancia ralentissait et tournait sur sa gauche en empruntant le pont Cestio qui menait en plein cœur de l'île Tiberine. Elle passa les grilles ouvertes en fer forgé, ornées du blason avec tiare et clés de saint Pierre, emblème de l'État du Vatican, et s'inséra dans une ruelle sombre bordée de hauts bâtiments aux murs austères.

Gianbatesti était déstabilisé par le comportement du souverain pontife.

Pie XII croyait réellement qu'Hitler était possédé par le diable. Et cela depuis la fin de l'année 1942, à la lecture d'un rapport sur le Führer, résumé d'une longue enquête commandée à l'ordre des Jésuites. Les yeux et les oreilles du Vatican à travers le monde depuis des siècles. À partir de ce moment précis, son attitude avait changé. Pie XII était sorti de son silence diplomatique pour désavouer la politique raciale du dictateur allemand. Son allocution radiodiffusée le soir de Noël 1942 avait fait bondir Hitler et même Mussolini. Gianbatesti, lui, avait été ravi de cette inflexion, même s'il le trouvait encore trop timoré. Le cardinal lui avait demandé communication du rapport des jésuites, mais le Saint-Père s'y était refusé.

« Le moment venu, Gianbatesti, le moment venu…

Il s'agit de choses bien trop terrifiantes pour un serviteur de Dieu, fût-il prince de l'Église. Il nous faut l'exorciser ! »

Si seulement un exorcisme suffisait à rendre Hitler doux comme un agneau…

Cette séance avait eu au moins une vertu. Celle de lui avoir fait oublier le danger lié au père Spinale. La comtesse Sophia d'Urbino lui avait assuré que l'Ordre mettrait en place un dispositif d'exfiltration. Mais pas avant trois ou quatre jours, compte tenu de la difficulté de voyager dans le Sud. L'invasion de la Sicile par les Américains avait durci les contrôles de sécurité sur toutes les régions qui s'étendaient de Rome jusqu'aux Pouilles. Les fascistes étaient au bord de la crise de nerfs et multipliaient les contrôles sur les routes et les gares. Ils voyaient des espions partout et craignaient une deuxième invasion, cette fois sur la péninsule. Contrarié, le cardinal avait décidé de se rendre en personne à l'hôpital pour s'assurer de l'installation du fuyard.

La Lancia effectua un arc de cercle dans une cour pavée avant de s'arrêter devant le perron de l'entrée de l'hôpital.

Le cardinal s'extirpa de la voiture sans attendre son chauffeur. Il monta les marches du grand escalier quatre à quatre, le visage soucieux. Quand il poussa la porte d'entrée, il aperçut avec satisfaction le garde suisse, habillé en civil, installé à son poste. Il le salua d'un signe de tête, puis se dirigea vers le bureau des admissions. Deux infirmières, une sœur et une laïque de l'Addolorata, la confrérie de la Madone des douleurs, s'arrêtèrent de parler en le voyant arriver.

— Votre Éminence, je ne savais pas que vous veniez, dit la plus âgée. Vous voulez voir le docteur Borromeo ?

— Oui, ainsi qu'un patient admis hier en fin d'après-midi. Un ami très cher.

— Sœur Clara, appelez le médecin-chef, dit la sœur laïque à sa collègue. (Puis, fixant le gros cahier relié des admissions de la semaine :) Voyons voir, hier nous avons eu cinq nouvelles entrées. Quel est le nom du malade ?

Gianbatesti se crispa, apparemment, l'infirmière n'avait pas reçu les instructions. Il s'approcha du comptoir.

— J'avais exigé la discrétion la plus absolue sur son entrée. Il ne doit y avoir aucune trace de sa présence en cas de contrôle de la police ou des fascistes.

La sœur secoua la tête d'un air navré.

— Je n'étais pas au courant. J'ai pris mon service il y a seulement deux heures.

Le cardinal sentit un agacement désagréable monter en lui. Borromeo n'avait pas pris la mesure de ses instructions.

— Je vais au bureau du médecin-chef, lança-t-il d'une voix sèche.

Il planta l'infirmière médusée et traversa le long couloir qui longeait un vaste patio baigné de soleil. La petite musique apaisante de l'eau qui jaillissait d'une fontaine surmontée d'une statue de saint Bartolomeo ne calmait pas son irritation.

Il arrivait au niveau du bureau du médecin-chef quand la porte s'ouvrit.

— Cardinal, quel plaisir de vous voir ici, lança l'homme au front bombé et à la petite moustache de dandy. Venez prendre un rafraîchissement dans mon bureau. Cette chaleur n'est pas chrétienne ! Je garde au frais une limonade agrémentée d'un zeste de Campari. Une merveille…

Le cardinal restait sur le pas de la porte.

— Merci, mais je ne suis pas venu pour boire un verre, répliqua-t-il d'un ton courroucé. Vous n'avez pas mis l'infirmière à l'accueil dans la confidence.

Le médecin secoua la tête en gardant son sourire.

— Ah, Éminence, depuis toutes ces années, vous ne me faites pas confiance ? Ne vous préoccupez pas de ces détails. Je l'ai fait inscrire sous un faux nom. Celui de mon beau-frère. Teodorico Rocco. Votre protégé est en sécurité au dernier étage de ce bâtiment. Personne ne viendra l'importuner.

— Certes, mais imaginez que la police débarque et tombe sur le registre, grommela le prélat. Ils voudront vérifier les identités. Ce ne sont pas des crétins.

Borromeo referma la porte de son bureau et l'entraîna dans le couloir.

— Rassurez-vous, nous avons eu un contrôle avant-hier, je doute qu'ils reviennent. Suivez-moi, je vous emmène dans sa chambre. Attention à vous.

Les deux hommes s'effacèrent devant un infirmier qui poussait un lit roulant sur lequel reposait une femme âgée, les yeux clos, le visage en sang. Les mains croisées sur sa poitrine.

— Quelle pitié. Elle s'est fait attaquer par deux gamins qui en voulaient à son sac à provisions. Elle a voulu résister et ils l'ont jetée à terre. On n'a rien pu faire, fracture du crâne et hémorragie foudroyante. Mourir pour trois tomates et un bout de mascarpone… Quelle pitié. La faim est fille du démon.

— En ce moment, j'entends un peu trop parler du diable.

Le cardinal arrêta le lit. Il se pencha sur la morte et la bénit en récitant quelques mots en latin. Le médecin et l'infirmier se signèrent. Les deux hommes reprirent leur marche vers l'ascenseur, qui se trouvait à quelques pas.

— À mon grand regret, vous allez devoir garder votre patient encore quelques jours, dit le cardinal. Ça ne vous pose pas de problèmes de disponibilité de chambres ?

— Non, du moins si le séjour ne se prolonge pas, répondit le médecin en ouvrant la porte de l'ascenseur. On a de plus en plus de cas de typhus et aussi d'une autre épidémie bien étrange. Je vais…

Il ne termina pas sa phrase, la tête tournée en direction du bureau des admissions.

— Je crains d'avoir été un peu trop optimiste, Éminence. Nous avons de la visite.

Un attroupement s'était formé au fond du couloir. Un groupe de quatre chemises noires, mitraillette en bandoulière, et un homme en costume croisé venaient de surgir bruyamment et étaient en train de parlementer avec l'infirmière.

— Ça ne me dit rien qui vaille, murmura le médecin qui avait entraîné le prélat dans un recoin. Rien qui vaille. Ne bougez pas d'ici, Éminence.

18

Allemagne
Forêt de Schorfheide
Juillet 1942

Dans l'habitacle où il se tenait avec Erika, le vacarme était assourdissant. Les trois moteurs de l'hydravion broyaient l'air de leurs hélices juste au-dessus de leurs têtes. Conception néerlandaise et fabrication française, avait expliqué le pilote, seule la croix gammée peinte sur le fuselage était allemande. L'Europe selon les nazis, pensa Tristan : pillage, exploitation et récupération.

Ils avaient décollé de Berlin une demi-heure plus tôt.

Quand elle était apparue sur le tarmac, Tristan en avait eu le souffle coupé. Elle portait une robe scintillante de pierreries sur des jambes galbées de soie, ses cheveux retombant en rouleaux sur ses épaules nues : la directrice de l'Ahnenerbe ressemblait à une actrice fatale sur le point d'entrer en scène.

Ils s'étaient jetés dans les bras l'un de l'autre. Se

couvrant de baisers sans se soucier des regards des soldats autour d'eux. Leurs effusions furent intenses, mais rapides. Ils devaient arriver à l'heure à la soirée de Goering.

Dans l'avion, ils avaient fait attention à ne pas évoquer des sujets sensibles, Himmler avait sûrement sonorisé l'intérieur de l'hydravion. Pas question d'évoquer ce qui était arrivé sur l'île de Bornholm.

La frustration rongeait Tristan. Il avait tant de questions à lui poser. Son rôle d'agent secret pour les Russes, ce qui lui était arrivé depuis leur séparation, un an plus tôt. Il avait remarqué que son regard avait perdu quelque chose. Il était plus triste.

— Toujours ton poste de directrice de l'Ahnenerbe ?

Le visage de la jeune femme s'était durci.

— Officiellement oui, mais en pratique mes responsabilités ont été réduites. Le département de recherche médicale a pris une importance considérable à l'Institut et je n'y ai pas autorité. Il dépend directement d'Himmler. Ça m'arrange.

— C'est sûr qu'une archéologue n'est pas le profil idéal pour conduire des travaux de médecine.

Elle lui prit les mains avec force et se pencha contre son oreille.

— Tu ne comprends pas. Ils font des choses horribles sur des prisonniers dans les camps. Des horreurs indicibles. J'ai demandé à quitter l'Institut, mais Himmler refuse.

Puis Erika se redressa et observa le paysage d'une monotonie accablante qui défilait sous leurs yeux.

De vastes pans de forêt s'étendaient à l'infini, à peine troués par des étangs aux eaux sombres.

— Quand Berlin était la capitale de la Prusse, expliqua von Essling, le roi chassait dans ces bois. Ils ont la réputation d'être très giboyeux, surtout en cerfs et sangliers, sans doute la raison pour laquelle Goering s'y est installé.

De l'index, elle montra à travers le hublot deux lacs qui enserraient une bande de terrain entièrement boisée. Une sorte de presqu'île cernée par des eaux couleur de plomb.

— Le plus grand, à l'ouest, c'est Grossdöllner See, c'est là que nous allons amerrir. Le pavillon de chasse de Goering donne directement sur la rive. Mais avant…

Elle tapota la vitre qui les séparait du cockpit. D'un geste lent et circulaire, elle indiqua au pilote de faire un tour complet au-dessus du domaine. L'hydravion bascula sur la droite.

— Tu vois les deux toitures rouges au fond ? Ce sont les maisons des gardes forestiers. C'est là que débute la route qui conduit jusqu'à Carinhall. Regarde, il y a des torches allumées tout le long pour guider les invités.

Penché sur le hublot, Tristan remontait le chemin de terre jusqu'à un rond-point dont une bifurcation se perdait en plein bois. Il avait déjà remarqué ce sentier forestier sur le plan. Cette voie étroite, à peine visible sous la voûte des arbres, semblait mener jusqu'au bord de l'eau. Il la montra du doigt à Erika.

— Un embarcadère ?

Depuis le début, Tristan s'interrogeait sur les solutions de repli si leur mission tournait mal. Un ponton isolé pouvait être un point de fuite possible. Von Essling secoua lentement la tête pour ne pas déranger sa coiffure.

— Non, c'est l'entrée d'une crypte. Elle aussi est illuminée. C'est là où est enterrée Carin, la première femme du Reichsmarschall. Goering, même remarié, lui voue une sorte de culte. D'ailleurs, tu verras, il y a des photos d'elle partout.

L'hydravion commençait sa descente. Réduisant sa vitesse, il se rapprochait des eaux miroitantes du lac. À gauche, on apercevait la masse minérale de Carinhall : de hauts murs de pierre ocre surmontés de vastes toitures qui lui donnaient un aspect médiéval.

— Il y a plus de cinquante pièces, annonça Erika. Les agents infiltrés d'Himmler les ont presque toutes visitées. En vain, aucune n'a de mur en pierre apparente comme sur la photo du tableau.

Marcas montra les nombreux bâtiments d'intendance qui bordaient la résidence.

— Goering n'a quand même pas exposé sa toile dans les écuries ou les granges ?

Von Essling lui tendit un plan du domaine où presque toutes les pièces étaient marquées d'une croix rouge : là où les espions d'Himmler avaient mené leur inspection.

— Il y a deux endroits où personne n'a pu entrer : le *studiolo*, où on dit que sont enfermées les œuvres les plus précieuses, et l'oratoire : une sorte de chambre mortuaire dédiée à la mémoire de Carin. Ces deux pièces sont les seules à ne pas avoir de croix sur le plan. Bien sûr, seul Goering en a la clé.

Le ventre de l'hydravion glissa sur l'eau dans un tourbillon d'écume tandis qu'un canoë quittait l'embarcadère pour les récupérer. Tristan aida Erika à prendre pied sur l'embarcation qui les mena jusqu'à la façade arrière de Carinhall. Juché sur un socle en pierre, un énorme sanglier en bronze, les défenses dressées, accueillait les visiteurs.

— Tu ne trouves pas qu'il ressemble à Goering ? lança Marcas.

— Question de corpulence, sans doute ! En revanche, il n'y a plus grand-chose qui se dresse chez le Reichsmarschall, dit-on.

Décontenancé par le ton acerbe d'Erika, le Français tourna son attention vers les trophées de chasse qui ornaient le dessus de chaque fenêtre. Combien avait-il fallu abattre de cerfs pour obtenir une mise en scène aussi macabre ? Entre ces crânes aux orbites vides et l'obsession de Goering pour sa femme morte, Tristan avait l'impression d'entrer dans le royaume des ombres.

Un rire carnassier le fit sursauter.

Ils venaient de pénétrer dans la cour intérieure où le maître de la Luftwaffe recevait ses invités. Vêtu d'un somptueux uniforme blanc, constellé de décorations, mais le ventre saillant et le visage grassement bouffi, Goering avait tout d'un ogre qui venait à peine de terminer son repas. Si ses traits étaient gonflés à l'extrême, son regard s'alluma en un éclair quand il vit Erika.

— Cette chère von Essling, dire que je vous ai connue toute jeune fille chez vos parents ! Vous êtes une fleur qui embellit chaque nouvelle saison. Que ne puis-je vous cultiver dans mon jardin ! Mais qui vous accompagne ?

— Tristan, un ami venu de Paris. Un grand ami de l'Allemagne.

Goering émit un rire méprisant.

— Depuis que nous occupons leur pays, c'est fou le nombre de Français qui manifestent leur amour de notre Grand Reich. Chère amie, faites-moi la joie et l'honneur d'entrer la première à Carinhall à mes côtés.

Erika lança un regard contrit à Tristan, elle ne pouvait pas refuser l'invitation. Sans un mot, mais en souriant, elle donna la main au Reichsmarschall.

— Mes amis, annonça Goering, que la fête commence !

Tristan les regardait s'éloigner le cœur lourd. Il aurait voulu profiter de la soirée pour s'isoler avec elle avant de se lancer dans son cambriolage. Dépité, il se fondit dans la masse des invités. Aristocrates en smoking, officiers en grand uniforme encombraient les escaliers ou s'entassaient dans les galeries pour admirer les œuvres d'art que l'« Ogre » avait volées dans toute l'Europe. Cette politique de rapine ne troublait pas le Français. Que serait le Louvre sans les marbres et les toiles raflés par Napoléon de Madrid à Rome ? Quand on connaissait bien l'histoire, on évitait de donner des leçons de morale. Néanmoins, à la différence de l'empereur corse, Hitler et ses sbires avaient élevé le pillage à l'échelle industrielle.

Plus Tristan montait dans les étages, plus la réception tournait à la fête sauvage. On déambulait déjà parmi les cadavres de bouteilles de champagne et les rires troublés de proies féminines entraînées dans des chambres obscures. Un climat de débauche qui convenait à merveille à l'anonymat du Français. Pendant l'amerrissage, Marcas avait mémorisé la position des deux pièces que personne n'avait réussi à fouiller. Il allait commencer par le *studiolo*, qui se trouvait dans l'aile ouest de la demeure. Pour l'instant, il n'avait repéré aucun garde, même en civil, ce qui l'étonnait : Goering était connu pour son obsession de la sécurité.

Une porte s'ouvrit brusquement, une jeune femme brune aux sous-vêtements en désordre jaillit, visiblement affolée.

— Venez, vite ! Il ne respire plus.

Tristan la suivit dans la chambre. Étendu sur un lit aux draps froissés, un homme gisait inanimé, sa veste d'uniforme jetée au sol. Marcas repéra l'aigle rouge de la Luftwaffe sur les épaulettes.

— C'est votre mari ?

Au silence obstiné qui suivit, le Français comprit que le destin venait de lui tendre une carte à jouer.

— Rhabillez-vous et redescendez au salon. Je suis médecin. Je vais m'en occuper.

Ramassant en trombe robe et talons, la jeune femme disparut aussitôt : son mari n'allait pas tarder à la revoir. Tristan s'approcha de l'officier et lui prit le pouls qui battait distinctement. C'était un malaise, pas un cadavre. Exactement ce qu'il lui fallait. Le Français enfila bottes et uniforme de parade et jeta les vêtements intimes de l'inconnu par la fenêtre. Quand il se réveillerait, il ne risquait pas de se balader en tenue d'Adam dans la demeure du Reichsmarschall.

Devenu colonel de la Luftwaffe, la visière de sa casquette d'officier rabattue sur son front pour masquer son âge, Marcas fonça en direction du dernier étage. Il fallait juste qu'il ne croise pas Goering.

Protégé par son nouvel uniforme, il passa une porte en fer forgé qui donnait sur l'escalier du grenier. Grâce aux recherches de Skorzeny, il savait que tous les combles étaient aménagés pour servir de salle de jeu à Goering. C'était en effet là que le satrape se livrait à l'une de ses passions les plus secrètes : faire tourner inlassablement wagons et locomotives sur un gigantesque circuit de trains électriques. Sous sa chair tourmentée d'ogre, Hermann avait gardé une âme d'enfant.

L'entrée du *studiolo* était juste à côté, fermée par une porte en bois décorée de symboles alpestres. Comme la porte, la serrure était basique. Elle céda aussitôt à la lame de la dague de parade qui allait avec l'uniforme de colonel. Éclairé par une fenêtre qui donnait sur le couchant, le *studiolo* doucha aussitôt les espoirs de Marcas. Tous les murs étaient recouverts de boiseries, reconstituant l'intérieur d'un chalet de montagne du siècle dernier. Il n'y manquait ni le fauteuil à bascule ni le coffre à sel… Décidément, Goering était un incorrigible nostalgique. Pourtant, ce qui surprit le Français, c'était l'absence totale d'œuvres d'art. Pas une toile, pas un bronze. Pas même une statuette.

Que pouvait bien faire le gros paladin d'Hitler dans une pièce aussi sobre ? Tristan se dirigea vers le pan de mur face à l'entrée. Ce qu'il avait pris pour des boiseries se révéla en fait une succession superposée de longs et fins tiroirs, totalement invisibles si on ne mettait pas le nez dessus. D'excitation, Marcas claqua des doigts. Et si la toile qu'il cherchait était conservée à plat dans l'un de ces tiroirs ? Sans plus réfléchir, il appuya sur un des rebords. Un ressort joua.

Ce qu'il vit le stupéfia.

Délicatement alignés sur du velours cramoisi, des soutiens-gorge d'un noir satiné venaient de surgir.

Incrédule, Tristan appuya sur les autres tiroirs. Un à un, ils révélèrent leur butin. Des soutiens-gorge de toutes tailles, de toutes formes, de toutes couleurs, de la simple cotonnade à la broderie de luxe. Marcas avait l'impression d'avoir mis le doigt dans un pot de miel strictement réservé aux plaisirs secrets du Reichsmarschall. Une découverte par effraction qui pouvait lui coûter très cher. Prudent, il referma soigneusement les tiroirs à délices ainsi que la porte du *studiolo*.

Désormais, il ne lui restait plus qu'un lieu où espérer trouver le tableau recherché par Himmler. Après le royaume des plaisirs, il allait devoir pénétrer dans celui de la mort.

19

Italie
Rome
Ospedale Fatebenefratelli

L'homme élégant en costume croisé affichait un sourire patelin qui contrastait avec les mines sévères de ses quatre adjoints en chemise noire. L'infirmière laïque des admissions lui trouvait une ressemblance avec le séduisant Vittorio De Sica, qu'elle avait vu dans un film de détective une semaine plus tôt. Il avait présenté sa carte de l'OVRA, la redoutable police secrète de l'État fasciste. Personne ne savait très bien ce que voulaient dire les initiales de cet office qui chapeautait toutes les activités de renseignements et de répression des ennemis du régime. On murmurait que Mussolini en personne avait choisi un nom qui marque les esprits, en référence à la pieuvre[1].

— Je ne veux pas vous déranger, susurra le policier qui remit sa carte dans la poche de son veston d'où

1. *Piovra*, qui veut dire « pieuvre » en italien.

dépassait la crosse noire et luisante d'un pistolet. J'ai des ordres de mes supérieurs.

— Mais vos collègues sont déjà passés avant-hier !

— Nous devons juste nous assurer de l'identité des nouveaux arrivants. Rien de plus. Ça ira très vite. Vous en avez eu combien depuis deux jours ?

— Je ne sais pas. Quatre ou cinq, je crois...

— Fort bien ! Pouvez-vous me confier votre registre ? Nous irons les voir dans leurs chambres et nous nous ferons aussi discrets que possible. N'est-ce pas, messieurs les *squadristi* ?

Les chemises noires arborèrent des mines qui se voulaient avenantes. Alors qu'il allait emporter le cahier, le médecin-chef arriva dans leur direction.

Borromeo les héla :

— Messieurs, que puis-je pour vous ?

Le policier lui renvoya un sourire mécanique.

— Capitaine Almirante de l'OVRA, ne vous dérangez pas pour nous, docteur. Juste une inspection de routine. Continuez à soigner vos patients. Nous nous ferons aussi petits que des *topolini*[1].

Le médecin se raidit.

— C'est ce que nous ont déjà dit vos collègues la dernière fois. Ils ont mis l'hôpital sens dessus dessous. Et ils n'ont rien trouvé à part des tuberculeux, des amputés et des cancéreux.

— Ce sera plus rapide cette fois-ci, je vous le promets. Selon votre registre, je n'ai que quatre malades

1. « Souris » en italien.

à contrôler. Mes amis et moi allons nous partager les patients.

Sans se soucier de l'acceptation du médecin, il aboya ses ordres :

— Deux gardes à l'entrée. Toi, Ricardo, tu me vérifies Fabiano de Sonvida, chambre 18, au rez-de-chaussée. Gustavo, tu files au troisième étage pour un certain Bruno Calanova, numéro 35, et dans l'aile sud, à la 89, pour un certain Rocco. Moi, je m'occupe d'une Sandra Elaino dans le pavillon des femmes. J'espère qu'elle est à croquer.

Le médecin s'interposa :

— Écoutez-moi. Je suis toujours prêt à rendre service aux autorités dans la lutte contre les ennemis de notre glorieux Duce. Mais je ne vous conseille pas d'aller voir le malade du troisième étage. Il est dans une chambre d'isolement. Hautement contagieux.

Le policier afficha un regard méfiant.

— Chambre d'isolement… Vraiment ? Dans ce cas, je ne veux pas mettre en danger la santé de mes subordonnés. Je vais m'occuper de lui avant d'aller voir Sandra.

— À vos risques et périls. Suivez-moi, répliqua Borromeo d'un ton sec.

Il tourna les talons et se dirigea vers le fond du couloir. Le policier le rattrapa d'un pas rapide.

— Docteur, on dirait que nos visites ne vous font pas plaisir.

— Pas du tout. La dernière fois, vos collègues ont même vérifié s'il n'y avait pas des juifs dans mon personnel.

— C'est la loi, docteur. La préservation de la race italienne justifie une certaine dureté.

— La race italienne… Ben voyons. Ici, nous sommes dans une propriété du Vatican, ce n'est pas le genre de concept qui a cours.

— Je suis un bon catholique, docteur. Mais l'Église est parfois bien naïve sur l'influence réelle des juifs.

En tournant à l'angle du couloir, ils tombèrent nez à nez avec le cardinal qui attendait devant l'ascenseur.

— Ça tombe bien, capitaine, vous pourrez en discuter avec l'un de nos administrateurs, le cardinal Gianbatesti, secrétaire particulier de Sa Sainteté le pape. Il est en visite d'inspection à l'hôpital.

En voyant le prince de l'Église, le policier s'inclina respectueusement et prit une expression mielleuse.

— Votre Éminence ! Je suis honoré.

Le médecin ouvrit la porte de l'ascenseur et laissa passer les deux hommes.

— Que faites-vous ici, mon fils ? demanda Gianbatesti au policier.

— Comme vous, j'inspecte.

— Vous avez des compétences médicales ou administratives particulières ?

— Non, je ne fais que mon devoir.

— Curieux devoir…, répliqua-t-il d'un ton dédaigneux.

Le policier était mal à l'aise. Le cardinal remercia le Ciel d'avoir gardé sa robe rouge qui en imposait toujours. L'uniforme de Dieu valait bien celui des hommes. Les trois hommes sortirent de la cabine pour se trouver dans un couloir sombre, à travers lequel étaient tendues des bâches de plastique transparentes. Assise sur une chaise derrière un bureau, une infirmière leur remit des masques chirurgicaux et des gants.

— Vous devez les porter en toutes circonstances.

— Mais de quoi s'agit-il ? demanda le policier, qui semblait moins sûr de lui. La peste, le choléra ?

Le médecin secoua la tête et prit un air inquiétant.

— Si seulement... Là, c'est une nouvelle maladie, très contagieuse. Un peu comme le typhus, mais en bien plus redoutable. Je l'ai appelée le syndrome K. Lié à un virus très probablement.

Les trois hommes enfilèrent les masques et arrivèrent au bout du couloir. Une nouvelle bâche de plastique recouvrait l'entrée de la porte. Le médecin écarta l'un des pans et poussa le loquet. Les volets avaient été fermés, la chambre était plongée dans les ténèbres. Une faible ampoule électrique tombait du plafond. Un homme gisait dans un lit, avec au-dessus de lui un crucifix. Il respirait faiblement.

— Surtout, ne l'approchez pas à moins de deux mètres, sinon je ne garantis pas votre sécurité.

Le cardinal et le policier s'avancèrent derrière le médecin.

Les draps étaient tachés de sang. Au pied du lit, un linge pendait dans une cuvette souillée. Mais le plus impressionnant était le visage du malade. Des traces de sang barbouillaient son menton. Gianbatesti reconnut avec effarement le père Spinale. La veille, dans son bureau, il n'avait présenté aucun symptôme. Un frisson glacé courut le long de son dos. Il était peut-être lui aussi contaminé.

— Capitaine, si vous désirez l'interroger, faites-vous plaisir, dit le médecin. Mais nous serons obligés de vous garder en quarantaine.

— En quarantaine ?

— Oui, trois semaines au moins. C'est le tarif. Vous ne voulez pas contaminer votre famille ou vos collègues qui œuvrent pour le Duce ?

Le policier jeta un regard écœuré sur le malade.

— Ça ira comme ça.

Le médecin déclara, inquiet :

— Il faudrait que je déclare votre visite à vos supérieurs. Ils devront peut-être vous mettre en quarantaine.

Le policier secoua la tête.

— Non, ne les appelez pas. Je vous le demande comme un service.

— C'est que… Le règlement sanitaire. C'est la loi…

— Et si je rédigeais un rapport laudateur sur votre établissement ? Ça vous évitera de nouveaux contrôles.

Le cardinal intervint :

— Le capitaine a raison. Mieux vaut s'arranger. Tout le monde s'y retrouvera.

— Si l'Église me donne sa bénédiction… C'est d'accord, répondit Borromeo.

Le policier salua les deux hommes avec effusion, tourna les talons et fila vers l'ascenseur à la vitesse de l'éclair comme s'il était poursuivi par Satan en personne. Le médecin referma la porte derrière lui.

— Giovanni ! s'exclama le cardinal d'une voix angoissée, j'ai côtoyé longuement le père Spinale hier. Je suis sûrement contaminé. Comment se transmet votre virus ?

Le médecin entrouvrit les volets à moitié, laissant le soleil entrer à profusion, puis il retira son masque chirurgical devant le cardinal effaré.

— Le virus K se transmet par la… bêtise et la peur, Votre Éminence. J'ai inventé cette maladie pour terroriser les ennemis du genre humain que sont les nazis et les fascistes[1]. Le père Spinale se porte à merveille.

1. Authentique.

20

Allemagne
Carinhall

Une fois débarrassé de son uniforme, Tristan descendit dans le grand salon où la fête battait son plein. En passant près d'un groupe d'hommes en train de discuter, le Français remarqua qu'ils ne parlaient pas allemand. Aux sonorités, il devina une langue nordique, peut-être du suédois. À leurs costumes compassés, Marcas supposa qu'il devait s'agir de diplomates. Que faisaient-ils chez Goering ? Surtout dans une fête privée. L'« Ogre » avait-il d'autre ambition que la chasse et la collection de soutiens-gorge ?

— Tu es devenu pilote ?

La voix surprise d'Erika le fit sursauter. Dans l'hydravion, ils n'avaient pu se laisser aller aux confidences. Discrètement, il lui prit la main. Ce que lui avait assené Skorzeny à Berlin sur la perte de confiance d'Himmler envers Erika le troublait.

— J'ai fouillé le *studiolo* : il n'y a rien, enfin… Rien qui nous intéresse.

Erika saisit une coupe de champagne qui tinta contre son bracelet d'argent.

— Il y a cinq hommes d'Himmler présents à la réception. On m'a fait passer leurs fiches et j'ai mémorisé leurs visages.

— Pourquoi tu ne m'as rien dit ?

Elle lui serra fortement la main.

— Ne m'interromps pas. *Ils* nous surveillent. Dès que tu auras identifié le lieu où est caché le tableau, viens me prévenir. Ils iront le récupérer : ainsi, toi et moi ne serons pas soupçonnés.

Erika parlait sur un ton pressant, presque implorant, comme si elle voulait se convaincre de ce qu'elle affirmait. Tristan se demanda si, après l'attentat raté contre Himmler[1], elle n'avait pas été soupçonnée et interrogée. Les hommes du Reichsführer étaient capables de faire avouer et de retourner n'importe qui.

— Il reste l'oratoire. Tu sais où il est ?

Tristan hocha la tête. Il se trouvait, après quelques pièces, dans le prolongement du salon. Goering l'avait placé face à l'est, comme une chapelle.

— C'est juste à côté, mais je doute que la serrure soit aussi facile à crocheter que celle de son cabinet des plaisirs.

Erika von Essling n'eut pas le temps de répondre. D'autorité, un invité venait de la prendre par le bras pour aller danser. Un geste impérieux qui laissait deviner un sbire d'Himmler. Marcas ne s'attarda pas.

---

1. Voir *La Relique du chaos,* éditions Jean-Claude Lattès, 2020.

S'il y avait une chance de sortir Erika des griffes SS, c'était de trouver ce tableau.

Le couloir qui menait à l'oratoire était désert. Ni invités ni tableaux de maître.

Juste, sur une colonne de marbre rose, le buste d'un empereur romain. Mutilé par le temps, le bas du visage avait disparu, ne laissant qu'une lèvre dédaigneuse et des yeux de pierre. Un instant, Tristan crut voir un double d'Hitler. Comme il arrivait près de l'oratoire, un personnage imprévu l'arrêta net. Vêtu d'un strict habit de pasteur, une bible à la main, il prit le bras de Tristan.

— Vous venez rendre hommage à la comtesse ?

À la mine stupéfaite du Français, l'homme de Dieu expliqua :

— Lors de ses réceptions, le Feldmarschall laisse ouvert son oratoire privé afin que ses invités puissent se recueillir en mémoire de sa défunte femme. Permettez-moi de vous y conduire.

Tristan se laissa amener, déjà conscient de sa défaite. Si le tableau qu'il cherchait était si précieux, il n'avait aucune chance de le trouver dans un lieu aussi ouvert au public.

— Le mot « comtesse » m'a troublé…, précisa Marcas pour faire diversion à la déception qui devait se deviner sur son visage.

— C'est un détail que peu connaissent, mais la première femme du Reichsmarschall était née von Fock.

Le Français venait d'entrer dans l'oratoire, pour autant qu'on puisse donner un tel nom à pareil endroit : le sol était couvert de dalles de marbre frappées de la croix gammée, quant à l'autel, il était submergé par une robe de bal écarlate sur laquelle trônait une photo de Carin. Juste au-dessus s'ouvrait un vitrail dont le motif représentait Dionysos… sous les traits de Goering.

— Le Reichsmarschall est inconsolable de la mort de son épouse, expliqua le pasteur comme s'il voulait excuser le paganisme provocateur des lieux.

Mais Tristan se moquait bien des excentricités de Goering. Non, ce qui venait de le saisir, c'était une autre photo. Il la désigna du doigt.

— Ah, ça ? C'est la crypte où repose la comtesse. Elle est située au bord du lac. Saviez-vous que le Führer lui-mêmc était présent quand le Feldmarschall en a fait la dernière demeure de son épouse ?

À la vérité, Marcas s'en foutait complètement si les deux gâteux du Reich perdaient leur temps à inaugurer des tombes, en revanche, la crypte avait un attrait absolu à ses yeux : tous ses murs étaient en pierre apparente.

Erika était toujours dans le salon qui ne désemplissait pas. Profitant de l'alcool qui échauffait les esprits, il la conduisit discrètement dans l'embrasure d'une porte-fenêtre qui donnait sur le parc. La lune venait de se lever.

— Je sais où est le tableau.

D'un coup, le visage de von Essling s'anima. Elle lui saisit la main qu'elle serra.

— Où ?

— Dans la crypte où est enterrée la première femme de Dionysos.

— Pardon ?

— Je veux dire de Goering.

Erika posa son verre et montra discrètement de la tête un homme chauve en smoking qui se délectait d'un cigare en compagnie d'une blonde à la décoloration hâtive. Il avait le visage, long et impassible, d'un acteur du cinéma muet.

— Je dois le prévenir. Ils vont organiser la récupération.

Marcas la retint.

— Non, tu vas leur demander de faire diversion exactement dans une demi-heure.

— Mais pourquoi ? Comment ?

— Fais-moi confiance. Qu'ils déclenchent une bagarre, par exemple. Ça nous laissera le temps d'atteindre la crypte, de forcer la grille et de récupérer le tableau.

Von Essling semblait désemparée.

— Ils vont se méfier… Ils vont…

Le Français comprit qu'il ne parviendrait pas à la convaincre. Elle était sous influence. La pire, celle de la peur. Il la saisit par l'épaule et la poussa dehors, mais, avec ses talons, elle ne pourrait pas marcher longtemps.

— On va se rendre aux écuries.

Erika le suivait comme une somnambule. Le Reichsmarschall était un grand amateur de chevaux pour ses chasses. Ses écuries étaient somptueuses. Tristan évita les étalons, trop nerveux, et choisit deux juments qu'il fit sortir côté lac. Il aida Erika à monter.

— Tu suis l'allée centrale jusqu'à un rond-point. Puis tu prends le chemin de droite, à travers la forêt. Au bout, il y a la crypte. Tu m'attends là. Je te rejoins très vite. Mais, avant, j'ai une surprise à faire à tes amis.

Erika disparut dans la nuit. Tristan sortit des écuries et marcha vers la rive du lac, toute proche. Il y avait un hangar à bateaux en bois. Et à l'intérieur, tout ce qu'il pouvait souhaiter : des voiles pliées et un bidon d'essence à moitié plein. Rapidement, il arrosa les toiles avant de les enflammer avec son briquet. Dans moins de deux minutes, le Reichsmarschall aurait, malgré lui, un nouveau spectacle à offrir à ses invités.

Il y avait longtemps que Tristan n'était pas monté à cheval, mais sa monture avançait sans trop d'à-coups malgré l'obscurité. Il suivit l'allée jusqu'au rond-point, puis bifurqua dans la forêt. Il n'y avait que quelques centaines de mètres jusqu'à la crypte, mais il ressentait déjà une sensation d'oppression. Le chemin, sous la voûte des arbres, lui semblait sans fin. Les branches griffues qui le frappaient au visage lui donnaient l'impression de mains avides et décharnées tout juste sorties de terre. Son imagination commençait à l'emporter sur son sang-froid. Heureusement, il aperçut le cheval d'Erika.

Piqués dans le sol, deux flambeaux brûlaient encore devant l'entrée de la crypte, crépitant sous le vent. Marcas en saisit un et descendit l'escalier. La grille de la chambre funéraire était ouverte. D'innombrables bougies brûlaient sur le dallage en pierre. Sans aucun doute était-ce Goering qui exigeait que la tombe de sa femme soit toujours inondée de lumière. Il se demanda où était Erika. Il prit une veilleuse dans chaque main et s'avança vers le fond de la crypte. Quand on connaissait les goûts baroques de son mari, la pierre tombale de Carin était d'une sobriété étonnante : une simple dalle de granit noir gravée de son seul prénom. Mais ce qui le figea était ailleurs.

Dans son encadrement doré, le tableau convoité par Himmler trônait juste au-dessus de la tombe. Marcas s'approcha. Il était moins grand qu'il ne se l'imaginait. Ça lui faciliterait les choses.

Mais pourquoi l'avoir placé à pareil endroit ?

Décidément, tout était lugubre dans cette affaire. Mais Tristan n'avait plus le temps de se poser de questions. Cette œuvre, s'il réussissait à s'en emparer, était le sésame pour sauver Erika. Il prit le tableau, qui pesait étonnamment lourd pour ses dimensions, et se précipita dehors.

— Herr Marcas…

Juste à l'entrée de la crypte se tenait Erika, encadrée par deux SS en civil. À quelques pas, fumant une cigarette, Marcas reconnut l'un des hommes en smoking aperçus à la soirée.

— On m'avait vanté vos talents de limier, mais vous venez de vous surpasser. En quelques heures, mettre la main sur un tableau que le Reichsführer ne cesse de chercher, je suis admiratif ! Je m'appelle Ernst, enchanté. En revanche… partir en chasse sans nous prévenir, quel manque de confiance en vos amis ! Heureusement que nous ne perdons jamais de vue Frau von Essling. Même à cheval.

Le type tendit la main.

— La toile, s'il vous plaît. Le Reichsführer n'aime pas attendre.

Tristan sortit sa dague et enfonça la lame entre les pans de toile roulée.

— Vous allez d'abord lâcher Erika. Ou alors c'est un puzzle que va devoir reconstituer votre Reichsführer.

Ernst fit un geste. Les deux sbires s'écartèrent. Aussitôt libérée, la jeune femme se précipita dans les bras de son amant.

— Voilà ce que nous allons faire, dit Marcas. Retourner à Carinhall, récupérer le pilote de l'hydravion et partir avec lui. Juste avant de décoller, je vous donnerai *L'Île des morts*.

L'agent de Himmler frappa dans ses mains comme s'il était au spectacle.

— Excellente idée ! Sauf que nous avons prévu un tout autre scénario : celui d'un cambriolage. Mes hommes ont déjà forcé la serrure de la grille…

Tristan éclata de rire.

— Et vous croyez que Goering va gober une histoire de cambriolage aussi minable ?

À nouveau, Ernst applaudit.

— Mais vous avez tout à fait raison ! Il manque un élément… un élément crucial… pour que ce cambriolage devienne criant de vérité.

Il se tourna brusquement vers un des SS.

— Hans, tue-la !

Marcas n'eut même pas le temps de hurler.

La balle traversa la poitrine de la jeune femme de part en part. Elle ouvrait de grands yeux étonnés en s'agrippant à Tristan. Il lâcha le tableau et la retint contre lui pour empêcher qu'elle ne s'affaisse sur le sol. Du sang coulait entre ses mains.

— Erika !

— Je… C'était court… nos retrouvailles… Tu…

Son regard se figea.

— Non !

Il la serrait de toutes ses forces, comme si son étreinte avait le pouvoir de la ressusciter. Sa bouche la couvrait de baisers. Ses mains glissaient dans ses fins cheveux blonds. Il était fou de douleur. Elle était comme une poupée de chiffon entre ses bras. Son visage semblait encore plus beau, figé dans la mort.

— On n'a pas le temps pour les effusions, venez ! Un canoë nous attend.

— Pourquoi ? Pourquoi l'avoir assassinée ?

Couvert de sang, Tristan fixait le cadavre d'Erika, les yeux écarquillés de douleur.

— Elle a avoué travailler pour les Russes. C'était une traîtresse qui mérite son sort. J'étais présent à son interrogatoire. Vous croyiez être son seul amour ? Détrompez-vous. Elle en aimait un autre. Un communiste. Venez, ne perdons pas de temps. Si Goering vous trouve ici en compagnie du cadavre de cette traînée, et sans le tableau dans la crypte, il vous fera passer un sale quart d'heure. Ses hommes sont tout aussi redoutables que ceux de la Gestapo.

Le ronronnement d'un canot se rapprochait de la rive. Ernst indiqua la direction du ponton.

— On ne peut pas la laisser, dit Tristan, le cœur brisé.

— Au contraire. Elle fait la parfaite victime d'un cambriolage qui a mal tourné.

Tristan ne se décidait pas à partir. Il ne voulait pas l'abandonner sur cette terre lugubre.

— Je reste avec elle. Je me fous de Goering. Vous êtes… impitoyables !

— Pas tant que ça. Sinon, la mort aurait eu aussi rendez-vous avec vous ce soir.

Il sortit son Mauser et le braqua sur Tristan.

— Mais je peux remédier à cela. Vous avez trois secondes pour vous décider.

21

Italie
Rome
Ospedale Fatebenefratelli

— *Sator... Arepo... Tenet... Opera... Rotas... Sator... Arepo... Tenet... Opera... Rotas... Sator...*

Agenouillé face au mur blanc, le père Spinale ne pouvait détacher son regard de la médaille de l'Ordre qu'il serrait de toutes ses maigres forces.

Il répétait sans cesse, comme une prière, les cinq mots sacrés du blason. Sa peur s'était atténuée. Mais ce n'était qu'un répit. Il allait devoir partir de nouveau pour trouver un autre refuge. Tout allait trop vite pour lui. Il gardait encore en mémoire l'irruption du policier dans sa chambre quelques heures plus tôt. Le médecin l'avait sauvé de ses griffes avec son virus K, mais pour combien de temps... Le cardinal Gianbatesti était formel, il n'en avait que pour quatre jours au maximum. Il serait ensuite transféré dans le Sud, probablement vers Naples ou sur l'île d'Ischia.

Spinale se leva et massa ses articulations endolories.

Il détestait cet hôpital qui excrétait la souffrance et la mort. À intervalles réguliers, les gémissements de douleur des malades montaient comme des sirènes de cargo. Spinale dormait depuis des décennies dans la cellule de son monastère, havre de paix loin de la fureur des hommes. Il ne pouvait trouver un sommeil réparateur dans une chambre d'hôpital.

Le bénédictin s'appuya sur une chaise posée contre le mur. Son corps n'était que courbatures. Il marcha quelques pas, puis ouvrit la porte afin de jeter un coup d'œil dans le couloir silencieux. Il aperçut tout au fond la silhouette de l'infirmier de garde de nuit. À cette heure avancée, il n'y avait plus aucune visite, les repas avaient été servis aux malades et la quasi-totalité du personnel était repartie dans ses foyers. L'équipe médicale de garde était logée dans un autre bâtiment, plus confortable.

Rassuré, il referma la porte et alla s'asseoir devant une petite table collée contre la fenêtre. Dix minutes plus tard, on frappa à la porte.

— Je n'ai besoin de rien, merci.

— C'est pour votre départ, mon père.

Spinale sentit son cœur bondir. Il se leva et ouvrit la porte. Deux infirmiers apparurent dans l'encadrement. Il ne les avait jamais vus auparavant. L'un avait le crâne rasé, l'autre les cheveux plaqués en arrière. Ils ne ressemblaient pas au personnel soignant habituel.

— Bonjour, mon père, nous venons vous faire sortir de cet hôpital maintenant. La police doit revenir demain matin, à la première heure.

Spinale recula, méfiant.

— Qui êtes-vous ?

Le chauve esquissa un sourire.

— Pardon, mon père. Nous faisons partie de la garde suisse du Vatican. C'est le cardinal Gianbatesti qui nous envoie.

— Je peux voir vos papiers ?

Les deux hommes échangèrent un regard interrogateur, puis le brun sortit une carte qu'il tendit au moine. Celui-ci l'inspecta avec soin, il n'avait jamais vu de carte de garde suisse, mais ce qu'il avait sous les yeux le rassurait.

— Comment savez-vous que les fascistes vont revenir ? demanda Spinale en rendant la carte.

— L'Église a des amis partout, même dans la police. Dépêchez-vous, mon père, le temps presse. J'ai pour consigne de vous emmener, pas d'affronter les chemises noires. Nous risquerions l'incident diplomatique.

— Je pensais que je reverrais Son Éminence avant mon départ.

— Il viendra vous voir là où nous vous transférerons. Le couvent de Santa Croce, juste à côté de la résidence de Sa Sainteté à Castel Gandolfo.

— Je croyais que je devais partir dans le Sud.

— Ce n'est plus possible. Trop de contrôles.

Le père retira sa blouse et enfila sa soutane pendant que le chauve prenait sa valise. Spinale retrouvait du courage, le simple fait de porter une tenue de serviteur de Dieu le rassérénait. Il allait partir quand il s'aperçut qu'il oubliait son crucifix. Il le prit dans sa main et le serra. Le Christ ne l'abandonnait jamais.

— Dépêchez-vous, mon père.

Les trois hommes sortirent de la chambre et traversèrent le couloir d'un pas rapide. Arrivé au niveau de la porte d'ascenseur, le père nota l'absence du gardien à l'étage.

— Où est passé l'infirmier ? demanda Spinale.

— Il est allé manger un bout à la cuisine, répondit le chauve en haussant les épaules.

La porte de l'ascenseur s'ouvrit. Au moment où il allait passer dans la cabine, le bénédictin eut un mouvement de recul.

— L'infirmier a ordre de ne jamais quitter son poste. C'est le médecin-chef qui me l'a affirmé.

— Vous connaissez les infirmiers, dès que le docteur a le dos tourné… Allez, montez, mon père, on n'a pas toute la nuit.

Le moine resta planté dans le couloir en secouant la tête.

— Je n'irai nulle part. Je veux que l'on appelle le garde suisse à l'entrée.

Le chauve et le brun échangèrent de rapides coups d'œil.

— On le retrouvera en bas.

— Non, ici, répondit Spinale en montrant le téléphone posé sur la table de l'infirmier.

Le brun passa la main sous sa blouse et sortit un Beretta qu'il agita sous le nez du moine.

— Bon, maintenant, ça suffit. Tu nous suis sans faire d'histoires.

Spinale sentit la sueur perler sur son front. Une onde de panique l'envahit. Ces hommes étaient ses ennemis. Le Christ ne pouvait pas l'abandonner. Pas maintenant. Il serrait le crucifix dans sa main.

— Tu obéis tout de suite, gronda le chauve qui se colla contre lui.

Le moine sentit la colère prendre possession de son esprit. Jamais il ne livrerait le secret qui lui avait été confié. Il devait se racheter de son erreur. Ne plus avoir peur. Le salut de l'Église dépendait de lui. Tout était désormais clair.

— Christ me pardonnera mon geste.

Il brandit son crucifix de métal et le propulsa sur le visage de son ravisseur. La branche supérieure de la croix entra directement dans son orbite et s'inséra entre l'os et l'œil. Le chauve poussa un cri atroce et tomba à la renverse, entraînant le brun dans sa chute. Le père Spinale enjamba les deux hommes et fila dans l'escalier qui longeait l'ascenseur.

Mon Dieu, donne-moi la force. Je t'en supplie.

Il descendait les marches à en perdre son maigre souffle. Ses jambes semblaient se dérober à chaque instant. Là-haut, ses deux ravisseurs s'étaient relevés. Le chauve avait la moitié du visage ensanglanté et s'était collé contre le mur.

— Putain, ce salaud m'a éborgné ! Rattrape-le.

— Et toi ?

— On s'en fout. Je descendrai par l'ascenseur. Il ne faut pas qu'il nous échappe.

Arrivé au rez-de-chaussée, le père Spinale hésita un court instant pour savoir dans quelle direction il se rendrait. Les deux hommes devaient sûrement avoir des complices à l'entrée. Le moine se plia en deux pour reprendre son souffle. Autour de lui, l'hôpital semblait avoir été vidé de tous ses habitants. Pas une âme qui vive dans les couloirs ou le patio. Il courut vers la sortie, mais stoppa net.

Un corps était allongé en travers du couloir, la main tenait encore un pistolet. Une flaque de sang baignait le côté droit de son corps.

Spinale reconnut le garde suisse qui était censé le protéger.

Son cœur battait la chamade, sa gorge et ses poumons le brûlaient. Il essaya d'appeler à l'aide, mais aucun son ne sortait de sa bouche sèche.

Soudain, il entendit les pas de son kidnappeur qui dévalait à son tour les marches. Le moine n'était plus en état de réfléchir, il fonça à travers le patio et aperçut un escalier en colimaçon collé contre un angle et qui grimpait jusqu'à une promenade aux étages supérieurs. Il rassembla toutes ses forces et monta les marches de pierre en soufflant comme la vieille chaudière de son monastère un soir de décembre.

Son poursuivant était arrivé à son tour dans le patio. Il ne lui fallut que quelques instants pour repérer le fuyard. Il sourit, l'affaire allait être rapidement réglée. Le moine n'était plus en état de continuer à ce rythme et il ne referait pas le coup du crucifix. Il courut à son tour pour prendre l'escalier. Il leva la tête et vit le moine arriver tout en haut, exténué, replié sur lui-même. Ce n'était plus qu'une question de secondes avant de lui mettre la main dessus.

De son côté, le père Spinale rampait sur la promenade en surplomb. Tout tournait autour de lui. Il n'avait plus de forces. Ses muscles ne lui obéissaient plus. Il ne pourrait pas aller plus loin. Le malheureux leva la tête vers le ciel d'encre noire, mais aucune étoile ne luisait ; elles étaient masquées par les armées déferlantes de nuages menaçants. Son esprit, lui, devenait clair.

Il n'y avait désormais qu'une seule décision à prendre.

Sa damnation éternelle pour sauver l'Église. Le sacrifice suprême.

Le suicide, le péché le plus grave pour un serviteur de Dieu.

Il jeta un œil en bas du patio et imagina son corps désarticulé comme un pantin. À cette hauteur, il ne souffrirait pas longtemps.

Il prit sa médaille gravée du carré énigmatique dans sa paume et la serra avec force. Puis il enjamba le parapet alors que son ravisseur venait d'accéder en haut de l'escalier.

— Non, ne faites pas ça ! cria l'homme aux cheveux plaqués.

Spinale n'écoutait plus, il rachetait sa faute. Il murmura son ultime prière… Celle de l'Ordre.

— *Sator... Arepo... Tenet... Opera... Rotas...*

Au fond de lui, il espérait que le Christ lui pardonnerait.

Et il s'élança dans le vide.

22

Allemagne
Banlieue de Berlin
Siège de l'Ahnenerbe

Quand la voiture ralentit face au portail d'entrée de l'Ahnenerbe, Marcas demanda au chauffeur de continuer. Ils longèrent le mur d'enceinte jusqu'à une porte couverte de lichen gris. Tristan voulait entrer par le fond du parc, le temps de marcher avec ses souvenirs, avant d'assister à la cérémonie funèbre d'Erika. Le corps de la jeune femme avait été rapatrié de Carinhall la veille. Goering n'avait fait aucune déclaration aux inspecteurs de la Kripo sur le vol du tableau dans la crypte de sa femme. L'affaire serait étouffée comme il se doit, la police était aux ordres d'Himmler.

La porte basse qu'il avait si souvent franchie pour échapper aux yeux inquisiteurs des SS n'était pas fermée : elle donnait sur la partie la plus sauvage du parc depuis longtemps laissé à l'abandon. Il écarta soigneusement une branche folle d'aubépine et marcha sur un tapis de feuilles dorées et craquantes qui dataient de l'automne dernier. À cette époque, Erika était vivante et il l'aimait. Il s'arrêta pour s'appuyer contre le tronc d'un chêne. Il était submergé par les souvenirs. Les images s'entrechoquaient, accélérées par l'émotion. Il se retourna et saisit l'arbre à pleins bras comme s'il voulait se nourrir de sa puissance immobile. Il fouillait l'écorce rude de ses doigts pour décharger sa colère. Ceux qui, aujourd'hui, allaient lui rendre hommage étaient ceux-là mêmes qui l'avaient assassinée. L'hypocrisie meurtrière portée à son comble. Malgré sa rage, le contact de l'arbre commençait à l'apaiser. Il se souvenait d'une phrase que répétait son grand-père paysan bourguignon : « Si le malheur te frappe, colle-toi contre un arbre. Le malheur ne disparaîtra pas, mais la peine, oui. » La peine, peut-être, pensa Marcas, mais pas la haine.

Il venait de passer la lisière du bois. Devant lui s'étendait la pelouse, encore luisante de rosée, qui menait jusqu'à la façade du palais. Au-dessus du fronton, le drapeau à croix gammée avait été mis en berne. Quelle ironie pour une espionne froidement exécutée ! Tristan avançait lentement, foulant l'herbe de ses chaussures cirées. Il avait refusé de porter un uniforme de SS pour rendre hommage à son amante. Cela aurait été une ultime offense.

Si la vie d'Erika était une tragédie, la sienne n'était plus qu'une comédie lugubre. Pourtant, dans ce maelström de mensonges et de manipulations, il avait un point fixe désormais. Ni le Bien ni la Vérité.

Seulement la vengeance.

Comme il avançait vers le perron, Skorzeny surgit. Il avait dû surprendre l'arrivée discrète de Tristan et voulait l'intercepter avant le début de la cérémonie.

— Je représente Himmler qui n'a pu se déplacer. Je vous présente mes sincères condoléances pour la mort de votre… amie.

Le géant paraissait mal à l'aise. Marcas était certain qu'il connaissait les causes réelles de la mort d'Erika.

— Merci.

Tristan préféra ne pas prendre le risque de montrer son amertume. Désormais, il serait caméléon pour l'apparence et serpent en dedans pour le venin. Mais il ne put s'empêcher d'ironiser.

— Bel uniforme, vous ne le sortez que pour les enterrements ? Au rythme où l'on meurt dans la SS en ce moment, surtout ne l'enlevez pas…

— Dois-je le prendre pour une menace, Marcas ?

— Ah, Otto… l'esprit français vous échappera toujours.

— En tout cas, l'opération à Carinhall est un succès. Nous avons le tableau. D'ailleurs, le Reichsführer veut que vous vous mettiez tout de suite à l'œuvre pour le décrypter.

Avant même que Marcas ne réponde, le SS lui mit un épais dossier entre les mains.

— Montez dans votre bureau et enfermez-le dans le coffre. Immédiatement. Ce sont tous les renseignements que nous avons rassemblés sur le tableau et son auteur. À vous d'en faire le meilleur usage, mais vite.

Himmler est pressé. Quant à la peinture, elle vous sera remise à la fin de la cérémonie. Les spécialistes terminent les dernières analyses matérielles dont vous aurez aussitôt le rapport.

— Et si vous me disiez ce que je dois chercher ?

Skorzeny lui tapa sur l'épaule.

— On n'en sait strictement rien.

Dans le hall de réception, tous les responsables de l'Ahnenerbe attendaient, le visage tendu, l'arrivée de Skorzeny. La mort brutale de la directrice de l'Institut de recherche ouvrait la course pour sa succession. Sauf que personne ne se précipitait sur la piste de départ. Devenir le chef officiel d'une organisation dont certains membres faisaient mourir des déportés dans d'ignobles expériences scientifiques était un engagement risqué, un véritable pari sur sa propre tête. Comme Otto avait terminé de saluer les responsables, il fit signe au Français de le rejoindre un peu à l'écart.

— Alors, Tristan, vous avez mis le dossier en sécurité ?

Tristan ne répliqua pas. Une autre question le taraudait.

— Qui va remplacer Erika à la tête de l'Ahnenerbe ?

— Ce ne sera pas un archéologue…

Otto connaissait sans doute la décision d'Himmler, mais resta silencieux. Marcas lui montra un géant à barbe blonde dont le costume trop serré semblait sur le point d'exploser.

— Bruno Beger, par exemple ? Il adore décapiter des cadavres de juifs pour récupérer leurs crânes.

Tristan désigna un autre chercheur au visage décharné d'oiseau de proie.

— Ou bien le docteur Hirt, il s'intéresse beaucoup à la stérilisation des *races inférieures* et il a de très bons résultats avec les rayons X : les parties génitales sont instantanément calcinées. Malheureusement, aucun cobaye n'a survécu.

La balafre d'Otto vira au pourpre.

Dans la salle, tous attendaient le début de la cérémonie. Le corps d'Erika avait été déposé dans la bibliothèque. Posée sur une ancienne table de monastère, elle reposait dans un cercueil de chêne. La famille avait accepté que ses collègues puissent se recueillir devant sa dépouille avant l'inhumation. Au bas de l'escalier, deux gardes SS en uniforme de parade présentaient les armes. À la suite de Skorzeny, les chercheurs montèrent à l'étage en silence. Tristan était le dernier. L'idée de voir Erika morte lui coupait la respiration. Il s'agrippa à la rampe. Le pire était de l'imaginer à jamais glacée dans son cercueil.

L'entrée de la bibliothèque était masquée par une longue draperie frappée de deux runes d'argent. Skorzeny se retourna pendant qu'un soldat tirait les deux pans du rideau.

— Camarades SS, nous sommes réunis pour rendre un dernier hommage à Erika von Essling, directrice de cet institut, lâchement tuée lors d'une tentative d'assassinat contre le maréchal Goering.

Tristan manqua de tomber à la renverse. Le cambriolage tragique de Carinhall s'était transformé en un acte terroriste. Et Erika, l'espionne éliminée sans pitié, allait devenir une martyre de la SS.

— Allons rendre hommage à notre camarade, tombée en héroïne au champ d'honneur. Et pour elle entonnons ensemble le chant du parti.

Aussitôt, tous les participants se mirent à chanter le *Horst Wessel Lied*, l'hymne des nazis. Le Français n'en revenait pas. Devant le cadavre d'Erika, on célébrait la gloire d'un nervi du parti nazi, abattu par des communistes : Horst Wessel, dont la Gestapo s'était aperçue ensuite qu'il s'agissait d'un petit maquereau tué dans une basse affaire de mœurs. Tristan avait l'impression de vivre éveillé un cauchemar surréaliste.

— Vous ne chantez pas, Marcas ? l'interrogea Skorzeny.

— Jamais avec les loups.

La chanson s'arrêta brusquement dans un martèlement de talons qui fit trembler le plancher. Sans prévenir, un chercheur sortit du rang et s'approcha du cercueil où était posée une dague dans un fourreau noir. Le Français reconnut Herman Wirth, le pire illuminé de l'Ahnenerbe. Certain que le nazisme devait devenir une religion, il s'était mis en tête de retrouver la langue d'origine des Aryens pour créer une nouvelle liturgie. Il était aussi convaincu que les premières femmes aryennes, durant la préhistoire, disposaient d'un don de voyance inné. Un don qu'il prétendait pouvoir réactiver. Erika, à laquelle il avait voulu révéler ce secret en lui plaquant les deux mains sur la poitrine, l'avait gratifié d'un aller-retour sonore qui avait calmé, pour un temps, ses délires occultistes. Mais il était encore plus ambitieux que fou. Placé devant le catafalque, il leva les mains, dont il plia les deux derniers doigts comme pour une invocation.

— Ô toi, grand Odin, accueille l'âme noble d'Erika von Essling dans le Walhalla, qu'elle n'erre pas dans les terres froides de la mort, mais qu'elle prenne place à ton banquet sacré !

Si Herman Wirth avait nourri la moindre illusion de devenir le prochain chef de l'Ahnenerbe, le visage de Skorzeny lui dit le contraire. Pourtant, il ne renonça pas et posa les mains sur le cercueil.

— Ô toi, grand Wotan, ouvre grand les six cent quarante portes d'Asgard !

Otto détestait les fêlés. D'un coup d'épaule, il renvoya Wirth parmi ses congénères. Devant l'assistance médusée, il fit le signe de croix et d'une voix grave prononça ces mots définitifs :

— Repose en paix, Erika von Essling.

Puis, dans un bruit de bottes retentissant, il quitta la salle comme s'il avait la peste à ses trousses. En descendant l'escalier, la voix forte de Tristan le rattrapa.

— Dites au Reichsführer que je n'oublierai jamais Erika. Jamais.

23

Nord-ouest de Rome

La voiture venait de dépasser le bourg de La Storta sur la droite. À l'intérieur, le cardinal, le regard fixe, contemplait le défilé des champs déjà arides sous le soleil. La terre, blanchie par la lumière, lui irritait les yeux. Pourtant, il ne détournait pas le regard, comme s'il cherchait, dans la douleur ressentie, une pénitence pour la mort violente du père Spinale. Une disparition horrible, qu'il avait réussi à faire passer pour un accident tragique, dû à un accès fulgurant de fièvre. Le docteur Borromeo, lui, s'était occupé d'obtenir le silence des soignants sur l'irruption des sbires venus enlever le prêtre. Aucun de ces hommes n'avait pu être rattrapé ou identifié mais, pour le cardinal, il n'y avait aucun doute : il s'agissait d'hommes de main de l'OVRA.

— Nous arriverons chez la comtesse dans moins d'une heure, annonça le chauffeur.

Brusquement, la voiture ralentit. La route était bloquée par le passage d'un convoi militaire. Précédés d'automitrailleuses, des camions avançaient en bon ordre, charriant hommes et matériel. Le cardinal reconnut des troupes allemandes. À Rome, dans les milieux proches du roi, on prétendait que les nazis, depuis Stalingrad, en étaient à recruter des adolescents et des vieillards pour boucher les trous béants du front de l'Est, mais ce que voyait le cardinal, c'étaient des soldats aguerris et suréquipés. Le chauffeur s'était arrêté sur le bas-côté. Lui aussi regardait avec appréhension ce qui ressemblait de plus en plus à une armée d'occupation.

— Si on doit affronter ces types-là, on n'est pas sortis de l'auberge avec nos casques à plumes[1].

Gianbatesti ne répliqua pas. L'Italie, plongée dans la grisaille mussolinienne depuis des années, risquait maintenant de sombrer dans les ténèbres nazies. Le pape avait raison. Seul le diable avait le pouvoir d'entraîner dans la mort et le chaos tant de vies innocentes, anéantissant des êtres, brisant des familles, abattant un à un tous les principes de l'humanité. Bientôt, l'Europe ne serait plus qu'un vaste charnier, un océan de flammes. L'Apocalypse était en marche. Le moteur de la Lancia ronronna de nouveau. Comme le dernier camion s'éloignait, emportant sa cargaison de chair à canon, le cardinal se retourna et fit un signe de croix. Il se sentit subitement apaisé. Et pourtant… il n'y avait rien de plus difficile que de pardonner à ses ennemis… Mais eux aussi étaient des enfants de Dieu.

---

1. Les *bersaglieri*, unité d'élite de l'armée italienne, portaient un casque orné de plumes noires.

Le lac de Bracciano, à une heure trente de route de la cité éternelle, était depuis longtemps la villégiature de l'aristocratie huppée de Rome. Cet ancien volcan aux eaux profondes attirait sur son rivage aussi bien des nantis, affamés de plaisirs mondains, que les amateurs de chasse à l'automne. C'est ainsi que la famille de la comtesse d'Urbino possédait depuis des siècles une demeure de maître à Vigna Grande, dont le confort et le luxe n'avaient rien à envier à son palais romain. Situé au centre d'une oliveraie, en bordure du lac, le domaine s'adossait à de hautes collines touffues de pins maritimes et d'arbousiers où l'on chassait aussi bien le sanglier que le loup.

— Votre Éminence ? Nous arrivons.

Gianbatesti leva les yeux. La voiture venait de franchir un portail de pierre et remontait une large allée bordée de rangées de vignes. Des ouvriers agricoles, sécateur à la main, éclaircissaient le feuillage pour que les grappes puissent se gorger de soleil. Le contraste entre cette activité millénaire et les troupes qu'il venait de croiser redonna force et espoir au cardinal. La mort de Spinale à l'Ospedale Fatebenefratelli l'avait profondément touché… et soulagé en même temps. Un sentiment horrible. C'était un péché de se réjouir de la disparition d'un homme, serviteur de Dieu de surcroît. Mais les circonstances de sa mort, son corps disloqué sur le sol de la cour, indiquaient que ses assassins n'avaient pas pu le faire parler. Un des gardiens présents le soir de la tragédie avait certifié avoir vu des hommes en train de le poursuivre sur le toit au moment du drame. Le pauvre Spinale avait dû choisir le suicide plutôt que de tomber entre les mains des fascistes. Torturé de remords, le cardinal avait dérogé à ses principes et autorisé un enterrement chrétien avec les sacrements. Pour lui, ce n'était pas un suicide, mais un sacrifice pour le bien de l'Église. Un martyre.

La Lancia obliqua sur une allée de gravillons et s'approcha d'un parking sous de vénérables oliviers aux troncs charnus et noueux. Une dizaine de voitures étaient déjà garées, alignées en rang d'oignons. Toutes des voitures de luxe, appartenant à des membres de la branche laïque de l'Ordre.

Gianbatesti fronça les sourcils. Ces aristocrates devenaient décadents et bien trop attachés aux signes extérieurs de richesse. D'ailleurs, ils avaient échoué dans la mission de protéger Spinale. Quand il avait rappelé la comtesse d'Urbino pour lui faire part de son irritation à la suite de la mort violente de Spinale, l'aristocrate, sans nier sa responsabilité, s'était banalement excusée : un malheureux retard avait empêché ses hommes. Mais elle lui avait fait alors une étrange proposition : assister à une cérémonie d'initiation. Une première. Jamais dans l'histoire de l'Ordre un religieux n'avait été admis à l'une des cérémonies du rameau laïc. Une tradition séculaire instituée pour protéger l'Église. Au cours des siècles, les méthodes employées par le bras armé de l'Ordre ne devaient pas éclabousser le Vatican. Du recrutement à l'initiation de ses membres, tout était décidé en cercle fermé.

À la vérité, Gianbatesti n'avait jamais apprécié cette organisation qui regroupait la fine fleur de l'aristocratie romaine et dont la mission sacrée lui donnait une influence certaine au Vatican.

Par principe, le cardinal était hostile à ces confréries secrètes, officiellement au service exclusif du pape, mais qui finissaient souvent par échapper à tout contrôle. L'Église en avait fait la tragique expérience avec les templiers. Sauf que, dans le chaos politique que traversait l'Italie, le Vatican avait un besoin impérieux de l'Ordre pour protéger un de ses secrets les plus menacés.

Le visage ombragé par un fin panama, un homme tout de blanc vêtu, comme s'il se rendait dans un casino de la Riviera, s'approcha du cardinal.

— Comment se porte Votre Éminence ? Je vois que vous avez pris la précaution de voyager en civil. Eh oui, nous traversons des temps très troublés, très troublés…

— Si troublés que même votre organisation se révèle incapable de protéger ses frères de la branche spirituelle. Ce qui est l'un des fondements de votre mission, si je ne m'abuse.

Gianbatesti tendit son anneau à son interlocuteur qui l'embrassa avec respect. Du respect, Fabrizio di Colonna aurait pu en faire commerce tant il en débordait, il en dégoulinait même. Une véritable spécialité héréditaire qui avait permis à sa famille de toujours se trouver du côté du manche, quel que soit le coup de balai politique qui tentait d'assainir l'Italie.

— Une tragédie, mais les deux hommes qui devaient le protéger ont été sévèrement punis.

— N'y aurait-il pas du relâchement dans vos rangs ? De guerriers, ne seriez-vous pas devenus des mondains ?

— Votre Éminence se trompe, je puis l'en assurer !

— Vraiment ? Moi, j'ai l'impression que votre ordre ne sert plus à grand-chose depuis le début de cette guerre.

Gianbatesti s'abstint de souligner que c'était aussi depuis que la grande maîtrise de l'Ordre était assurée par une femme. Fille unique, la comtesse Sophia en avait hérité de son père, le général d'Urbino, mort début 1941 pendant l'invasion de la Grèce. C'était la première fois que la branche laïque de l'Ordre était dirigée par une femme. Ce qui n'avait pas manqué de faire sourciller jusqu'au plus haut niveau du Vatican.

— C'est tout juste si désormais je reçois de vagues rapports, reprit-il, deux ou trois fois par an, sur vos activités. Des réunions qui, d'ailleurs, ressemblent plus à du bon temps pris entre gens du même monde.

Fabrizio avait du mal à soutenir le regard du cardinal.

— Je vous assure que non, Votre Éminence, mais venez, éluda-t-il en lui indiquant le chemin. Vous allez voir que nous ne prenons pas *du bon temps*, comme vous dites. Moi le premier, si je suis un pauvre pécheur, je suis aussi l'humble serviteur de l'Église.

— Justement, à propos de péchés, il y a bien longtemps que je n'ai pas entendu les vôtres en confession, mon fils.

Si l'Ordre laïc avait son autonomie propre, en revanche, le pape avait imposé que son secrétaire soit le confesseur particulier de chacun de ses membres. Un moyen subtil de contrôle que le cardinal était bien décidé à utiliser.

— J'ai été négligent, je le reconnais. Mais nous vivons dans une telle époque que l'on en oublie ses devoirs les plus sacrés.

— Et c'est mon rôle de vous les rappeler. Je vous attends demain à Rome. Vous savez combien le salut de votre âme m'importe.

— Vous êtes un saint !

Ils venaient d'entrer dans la cour intérieure du domaine où se pressaient les invités. Une odeur de crottin montait des écuries tandis que, du pressoir, des domestiques sortaient des tonneaux poussiéreux pour les laver à grande eau. Ce qui frappa le cardinal, c'était la totale séparation de ces deux mondes, entre les prolétaires, suant et peinant, qui s'usaient à travailler, et les nantis, riant et plaisantant, qui n'avaient jamais pris d'autre peine que de naître. La preuve visible du grand écart que l'Église pratiquait, depuis des siècles, avec un talent consommé et une réussite aléatoire : être l'espoir des pauvres et l'alliée des riches.

— Cardinal, c'est un honneur que de vous recevoir dans mon humble demeure. Je suis ravie que vous ayez accepté mon invitation. Jamais un serviteur de Dieu n'a assisté à une cérémonie.

Mimant une révérence, la comtesse Sophia d'Urbino s'inclina ironiquement devant le cardinal. L'insolence était dans son sang depuis l'époque des Croisades. Gianbatesti fut perturbé par sa beauté. Ses cheveux noirs tressés avec un ruban de velours retombaient sur sa haute poitrine qu'un corset avait le plus grand mal à discipliner. Mais ce qui le troubla le plus, ce fut ce regard de charbon incandescent qui se ficha dans le sien.

Il détourna les yeux pour ne pas être tenté.

— La cérémonie se déroulera dans la chapelle, expliqua la comtesse. Nous l'avons aménagée à cet effet. Comme vous le savez, c'est une initiation. Par les temps qui courent, nous avons besoin de sang neuf.

— Et qui a été choisi ?

La comtesse désigna un homme, vêtu avec élégance, qui s'appuyait sur une canne en acajou. Un accessoire mondain évidemment indispensable à la campagne. Comme si elle prévoyait la réticence du cardinal, Sophia reprit :

— Pour remplir la mission que l'Église nous a confiée, ce sont des initiés au bras long que nous devons recruter. Des gens dont l'entrelacs relationnel, les sphères d'influence nous permettent d'avoir accès à des informations privilégiées.

— J'en ai mesuré l'efficacité avec la mort de Spinale.

— Encore une fois, je vous présente toutes nos excuses.

— Passons, coupa-t-il d'un ton sec. Et que disent vos informateurs ?

— Que l'ambassadeur allemand qui a offert au Saint-Père un si beau portrait du Führer est en train de monter un réseau d'espionnage à Rome.

— Rien de nouveau. La Gestapo s'en charge depuis un certain temps. Nous aussi, nous avons des oreilles dans la cité éternelle.

— Oui, mais cette fois le recrutement touche aux plus hautes sphères. Les prétendants ne manquent pas, d'ailleurs : fascistes convaincus, opportunistes politiques… on dit même que, dans certaines vieilles familles du Quirinal, on fait ample provision de Reichsmarks, depuis quelque temps.

— Des familles proches de la confrérie ? interrogea Gianbatesti.

La comtesse balaya la question.

— Si tel était le cas, nous réglerions le problème comme nous l'avons toujours fait.

— Espérons que ce soit avec plus de succès que dans le cas du père Spinale.

La chapelle se situait au bout du domaine, juste au pied des collines. Depuis des générations, c'est là qu'on inhumait les membres de la famille de la comtesse, à tel point que, à plusieurs reprises, il avait fallu repousser les murs de la chapelle qui avait maintenant la taille d'une église de campagne. Surmontée d'un campanile qu'on apercevait depuis le lac, elle était la manifestation visible du rang social qu'occupaient les Urbino, même dans la mort.

À l'intérieur de la chapelle, le sol, d'habitude jonché de dalles funéraires, avait été recouvert de lourds tapis. Les murs, eux, disparaissaient sous des tentures sombres, provoquant une impression de profonde solitude. Mais ce qui frappa le plus le cardinal, ce fut la disparition de tous les ornements religieux. Plus de statues de saints ou de chemin de croix. Seul subsistait l'autel, mais entouré de hautes pierres dont la signification lui échappait. Il reconnut néanmoins sur l'une d'entre elles le blason de l'Ordre.

Le carré SATOR. Que l'on retrouvait dans toutes les demeures des membres de haut rang de l'Ordre. Même chez ceux de la branche religieuse. À son entrée dans la confrérie, on lui en avait expliqué l'étonnant symbolisme.

— Il est temps, Votre Éminence.

La comtesse lui tendit une cape blanche en tissu rêche. Il l'enfila à contrecœur, comme chaque participant, et prit place au milieu des autres membres. Ce genre de déguisement lui répugnait au plus haut point, mais sa curiosité était attisée. Il allait enfin savoir ce qui se déroulait dans ce curieux cénacle.

— Frères et sœurs, prononça une voix invisible derrière un pilier, la chaîne sacrée qui nous unit depuis l'Événement va s'agrandir d'un nouveau maillon dont nous devons éprouver aujourd'hui le courage et la loyauté.

Une voix, elle aussi sans visage, lui répondit :

— Pour le savoir, il n'y a qu'un chemin, celui de l'Épreuve ! Que l'on fasse entrer le néophyte.

Gianbatesti tourna la tête vers l'entrée. Solidement encadré par deux frères, le futur initié avançait d'un pas hésitant, la tête recouverte d'une cagoule opaque et les mains liées par une corde.

— Mes frères et mes sœurs, celui que nous amenons devant vous a des yeux, mais ne voit pas.

— Qu'il demeure dans les ténèbres, répliqua l'assemblée, il est indigne de contempler la vérité.

— Mes frères et mes sœurs, celui que nous vous présentons a des mains, mais ne peut s'en servir.

Le cardinal entendit son voisin parler à son tour :

— Qu'il demeure enchaîné, il n'est pas digne d'œuvrer à la vérité.

D'un coup d'épaule brusque, le néophyte fut jeté au sol. La comtesse s'avança, lui arracha sa cagoule et posa son pied talonné sur sa poitrine.

— Homme vaniteux et téméraire, comment oses-tu demander l'entrée dans notre confrérie ?

Un bredouillement lui répondit. Le cardinal laissa échapper un sourire : il se rappelait l'homme négligemment appuyé sur sa canne, contemplant le monde du haut de ses certitudes. Elles venaient de chuter avec lui.

— Homme lâche et indigne, tu oses réclamer l'Épreuve suprême ?

Un son inaudible monta du sol. Sophia leva son talon.

— Alors, qu'il en soit ainsi ! Qu'il connaisse la voie du Seigneur !

Si la comtesse était la première femme à diriger l'Ordre, elle le faisait de main de maître.

— Préparez la Traversée.

Aussitôt, six membres se précipitèrent vers la sacristie et resurgirent avec une barque qu'ils posèrent au sol. Gianbatesti remarqua qu'un des flancs portait un blason. Il eut le temps de voir une croix et deux lettres : A et O.

A pour Alpha et O pour Oméga. Une référence à l'Apocalypse de saint Jean. Le début et la fin.

Stupéfait, le néophyte fut déposé au fond de l'embarcation.

— Qu'on l'engloutisse dans les ténèbres !

Un tissu couvrit la barque que les adeptes chargèrent sur leurs épaules.

— Que la Traversée commence.

Abasourdi, le cardinal regardait cette scène incroyable. Il n'en comprenait pas le sens. Était-ce une simple mise en scène destinée à impressionner le futur adepte ou bien l'Ordre disposait-il d'un savoir, d'une connaissance, que l'Église ne possédait pas ? Le cortège s'arrêta devant l'autel, entouré de hautes pierres, et tourna trois fois autour. Au dernier passage, Gianbatesti aperçut que l'autre flanc de la barque portait aussi un blason. Toujours la même croix mais, cette fois, l'ordre des lettres était inversé : O et A.

Ce voyage initiatique une fois terminé, le drap fut ôté, plié, et une nouvelle voix jaillit d'entre les piliers.

— Le voyageur est mort ! Il n'a pas survécu à la Traversée. Que l'on retire son corps de la barque et qu'on lui rende les derniers honneurs.

Malgré l'étrangeté de la cérémonie, Gianbatesti commençait à s'y retrouver. Dans tous les rituels ésotériques, depuis l'Antiquité, l'initié devait toujours mourir symboliquement pour atteindre un nouvel état de conscience, ce qui correspondait aux symboles inversés de l'Oméga à l'Alpha inscrits sur la barque. De la fin au début. La boucle symbolique était bouclée.

C'est ce qui se passait. Posé sur un tapis, le néophyte semblait, lui, dépassé par les événements. On lui fit joindre les talons et croiser les mains sur la poitrine. Un vrai cadavre, pensa le cardinal. Puis on déplia de nouveau le tissu et on y enserra son corps. Accroupis à ses côtés, deux membres de l'Ordre lui tenaient fermement bras et jambes.

— Que l'Événement ait lieu.

Le cardinal vit le corps trembler. Chacun de ses mouvements s'imprimait sur le tissu qui prenait de plus en plus forme humaine. Même s'il savait qu'il s'agissait d'une mise en scène, Gianbatesti sentit une angoisse imprévue monter en lui. Sous le drap qui l'enserrait de toute part, le néophyte commençait à gémir. L'immobilité devait l'oppresser, la respiration déjà lui manquer…

— Serrez les nœuds plus fort, ordonna la comtesse.

À chaque bout du drap, un membre de l'Ordre donna une brusque torsion pour affermir l'emprise du tissu sur le néophyte qui, maintenant, semblait se débattre pour sa vie. Inquiet, le cardinal voulut se précipiter, mais deux de ses voisins le saisirent pour le ramener à sa place.

— Serrez encore !

Gianbatesti entendit un hurlement. Celui de l'homme qui voit sa mort en face et sait qu'il ne peut plus lui échapper.

— Et maintenant, comptons le temps de l'éternité.

Un à un, les présents égrenaient les secondes au ralenti.

— 1, 2, 3…

Le corps était agité de soubresauts frénétiques.

— 4, 5…

Sous le drap, le silence se fit subitement. Anxieux, Gianbatesti jetait des regards inquiets vers ses voisins qui, impassibles, continuaient à compter.

— 6, 7.

— Il suffit.

On enleva le tissu et l'initié apparut, les yeux dilatés et aspirant frénétiquement le moindre souffle d'air.

— L'Événement a eu lieu, prononça une voix solennelle.

La comtesse s'approcha du cardinal dont le visage était encore livide.

— Une initiation réussie ! Vous voyez que nous savons être efficaces… Vous nous avez porté chance, Votre Éminence. La dernière fois, le postulant a fini à l'état de cadavre.

24

Château de Wewelsburg
Bibliothèque Hexen Sonderkommando

Kirsten Feuerbach tournait les pages jaunies à l'aide d'un gant de fin chevreau. Le moyen le plus efficace pour ne pas corrompre l'ouvrage. Cela faisait plus d'une heure qu'elle prenait des notes. Rédigé en flamand, l'une des neuf langues qu'elle parlait couramment, le livre datait du XVIe siècle. Il s'agissait d'annales de l'Inquisition récupérées par le Sonderkommando H dans la collection privée d'un collectionneur belge, passé par les armes pour une sombre histoire de marché noir.

Kirsten plissa ses lèvres minces avec agacement. À son grand regret, la majeure partie de l'ouvrage ne relatait que des interrogatoires de juifs et d'hérétiques luthériens, torturés par les sbires de l'évêque d'Utrecht. Il lui avait fallu attendre les dernières années du volume pour découvrir quelques rares actes de procès en sorcellerie. Seules informations dignes d'intérêt pour Himmler.

Les yeux rougis, elle posa son stylo et leva la tête vers la bibliothèque. Le nouveau pan d'étagère aussi haut et large qu'une vitrine de chez KaDeWe[1] était déjà à moitié plein. Les autres pans qui couvraient les deux murs de la salle aussi vaste qu'une écurie croulaient sous les volumes. Elle n'aurait jamais dû accepter ce travail. Même si elle ne venait que quelques jours par mois au Wewelsburg, l'ampleur de la tâche était titanesque. Sur les douze membres du Sonderkommando H, deux seulement résidaient à plein temps au château pour trier et étudier les ouvrages. C'était ridicule, il aurait fallu au moins dix autres spécialistes à plein temps pour travailler correctement.

Et puis, elle ne l'avouerait jamais au Reichsführer, mais cette pièce la plongeait dans le désarroi. En apparence, c'était une magnifique bibliothèque. Un temple d'encre et de papier consacré aux sciences aussi occultes que maudites par les religions. Mais en réalité, et Kirsten en était persuadée, ce n'était pas une bibliothèque. Non, c'était une pieuvre cupide et vorace, en perpétuel mouvement, qui étendait ses tentacules sur toute l'Europe. Une pieuvre à la faim insatiable, qui tressaillait d'une joie aveugle quand elle recevait chaque mois sa cargaison de nouvelles victimes dont elle faisait son encre.

Kirsten avait parfaitement conscience de l'immoralité de cette collection, qui ne cessait de grossir et d'enfler sous ses yeux. Derrière chaque livre, chaque

1. Grand magasin de Berlin.

manuscrit de valeur, s'était produite un vol, une extorsion. Un meurtre.

— Frau Feuerbach ? Où dois-je mettre les trois exemplaires du *Malleus Maleficarum*[1], une édition illustrée imprimée à Prague ?

L'experte interrompit le flot de ses pensées et tourna la tête en direction du jeune bibliothécaire, qui déballait l'une des caisses du dernier envoi. Lui, au moins, n'était pas envoyé sur le front de l'Est, où l'espérance de vie chez les soldats de son âge ne dépassait pas une poignée de mois.

— Sur la table contre la fenêtre, Hermann. Je ne vais pas tarder à partir, pouvez-vous prévenir le chauffeur ? J'aimerais être à Paderborn avant la tombée de la nuit. J'ai un train pour Berlin dans la soirée.

Elle ne voulait pas se l'avouer, mais elle détestait aussi le château sombre de Wewelsburg. Toute sa vie, elle avait été sensible aux atmosphères, que ce soient celles de demeures ou de forêts. Un don transmis dans sa famille de mère en fille. Ici, elle ne sentait que froid et ténèbres. La semaine précédente, après qu'elle eut dévoilé au Reichsführer le dossier trouvé chez les Templarim, il lui avait fait visiter la crypte de la tour nord. Un lieu normalement interdit, à l'accès réservé à lui seul et aux douze plus hauts généraux de l'ordre noir.

Elle avait découvert, ébahie, une étrange et vaste pièce circulaire, éclairée par des torches. Douze bancs de pierre étaient alignés en cercle contre les murs, et de

1. *Le Marteau des sorcières.*

chacun partait une rigole creusée dans la pierre, toutes convergeant vers un puits central. Himmler n'avait pas voulu lui expliquer la signification de cette curieuse architecture. Et elle n'avait pas insisté. À quoi servaient ces bancs et surtout ces rigoles et ce trou dans le sol, elle ne voulait pas le savoir. Sa gorge s'était nouée d'un coup. Une angoisse irraisonnée l'avait foudroyée et s'était répandue dans tout son être, comme le venin d'une vipère. Une présence hostile, aveugle et inhumaine hantait ces lieux. Elle avait prétexté une fatigue soudaine pour quitter cette crypte malsaine.

La bruyante sonnerie du téléphone marron posé sur sa table la tira de ses pensées. Elle décrocha avec lenteur. La voix aigrelette d'Himmler résonna à son oreille.

— Bonjour, Kirsten, comment vous portez-vous ?

— Bien, je vous remercie. J'allais partir.

— On m'a indiqué que vous aviez reçu une nouvelle livraison en provenance des Pays-Bas. La moisson est-elle fructueuse ?

— Oui, mais nous allons bientôt être débordés. Et je ne peux pas rester à plein temps ici, j'ai beaucoup de travail en retard à Berlin.

— Abondance de biens ne nuit pas. J'ai hâte de revenir fureter dans cette bibliothèque chère à mon cœur. Toucher ces incunables, caresser leur reliure, humer l'odeur de papiers vieux de plusieurs siècles. Vous savez ce que je veux dire ? Nous nous comprenons, entre amateurs de livres…

La conseillère ne répondit pas, elle se doutait qu'il ne l'appelait pas pour livrer ses états d'âme de bibliophile.

— Je voulais vous tenir au courant du dossier Templarim. Nous avons récupéré la quatrième version de *L'Île des morts*, volée par ce gros lourdaud de Goering. Le Français va commencer son décryptage avec l'aide de l'experte dont vous nous aviez parlé. Ulrike quelque chose.

— Ulrike Meyer, une spécialiste très compétente.

— Mais qui n'a jamais eu sa carte du parti et dont le mari militait, lui, dans les rangs du SPD[1] avant qu'il ne soit interdit. Un profil suspect à mes yeux. Mais bon, nous avons trouvé un moyen pour la motiver.

— Je n'en doute pas, répondit son interlocutrice, qui préférait ne pas demander plus de détails. Votre fin limier a-t-il besoin de la lettre que nous avons retrouvée et qui nous a mis sur la piste du tableau ?

— Non. Je préfère que Tristan ne connaisse pas la nature du secret. Qu'il se contente de déchiffrer l'énigme du tableau. À mes yeux, cet homme est un outil. Un outil n'a pas besoin de savoir à quoi on l'utilise.

Banlieue de Berlin
Siège de l'Ahnenerbe

Une fois revenu dans son bureau à l'étage, Tristan s'arrêta près d'une des deux fenêtres qui donnaient sur le parc. Suivi par des officiels, le cercueil d'Erika, porté par quatre SS, sortait de l'Ahnenerbe. Un

1. Parti social-démocrate d'Allemagne.

drapeau noir frappé des runes de la SS l'entourait comme un linceul. Marcas avait refusé de suivre le convoi funéraire. Il avait prétexté l'urgence de son travail sur *L'Île des morts* pour ne pas participer à cette mascarade. Un cortège de voitures attendaient à la grille d'entrée pour conduire le corps d'Erika vers son ultime demeure. Elle serait inhumée en Poméranie, dans le domaine familial. Le Français se souvenait de l'endroit, un manoir fantomatique entre d'immenses forêts de pins, et une mer toujours grise. Le lieu était lugubre, comme la mort d'Erika.

Pour ne pas succomber à la mélancolie, il ouvrit son coffre où était déposé le dossier constitué par les services d'Himmler sur le tableau. Il fut surpris de son épaisseur. Il défit la lanière de tissu qui fermait les couvertures cartonnées. La masse de documents – photos, reproductions de textes, rapports, analyses de spécialistes – était impressionnante. Tant mieux, il avait besoin de travailler comme un acharné pour ne pas penser au corps tant aimé qui le quittait à jamais.

— Herr Marcas !

La voix de Skorzeny résonnait comme une trompette. Visiblement, il était ravi d'en avoir terminé avec la corvée de la cérémonie.

— Regardez ce que je vous apporte !

Porté comme le Saint Sacrement par des aides de l'Ahnenerbe, *L'Île des morts* avait été réencadré. Skorzeny fit poser le tableau sur un bureau d'appoint, face aux fenêtres, pour que l'éclairage soit maximal. Tristan s'approcha. Ainsi révélé, le tableau paraissait très différent de ce qu'il avait entrevu dans la pénombre de la crypte de Carinhall. De toute part jaillissaient des détails qui, déjà, sollicitaient son imagination. D'un coup, il retrouvait sa passion des énigmes. Voilà pourquoi il était devenu un corsaire de l'art : pour avoir la chance de découvrir des trésors perdus.

— Le Reichsführer est impatient. Il vous faudra des jours et des jours pour assimiler tout ce que contient le dossier d'enquête. Nous n'avons pas le temps. Quelqu'un va vous aider. Moi, je dois partir.

— J'ai pour habitude de travailler seul.

— Vous ferez une exception.

Skorzeny se tourna vers la porte.

— Je vous présente Ulrike. Archiviste de profession. C'est elle qui a coordonné les recherches sur le tableau.

— Je ne veux pas d'un SS, même en jupe.

Une femme d'une quarantaine d'années, au visage mince, fit son entrée. Elle avait les cheveux relevés dans un chignon qui tirait ses traits déjà marqués. Ses souliers étaient élimés comme l'ourlet de sa jupe. En même temps que la triste banalité de ses vêtements, Tristan remarqua une lueur d'angoisse dans son regard.

— Je ne fais pas partie de la SS, monsieur.

— Ulrike fait partie du personnel des Archives d'État. Elle est remarquablement consciencieuse. Encore plus depuis que son mari a été arrêté.

Tristan n'attendit pas la suite.

— D'accord, nous travaillerons ensemble.

Satisfait, Skorzeny lui tapa sur l'épaule.

— Tant mieux, car vous n'avez que deux jours pour satisfaire le Reichsführer.

Dès que le SS fut sorti, Marcas fit asseoir sa nouvelle collaboratrice et l'interrogea sur son mari. Ses yeux se voilèrent, mais elle réussit à se reprendre.

— Aux Archives, je suis chargée de chercher des documents pour établir l'origine et la filiation de tableaux de grands musées allemands. Le plus souvent, on me demande d'identifier les propriétaires successifs d'une toile. C'est un travail qui n'attire jamais l'attention. Mais quand on m'a demandé de travailler sur *L'Île des morts*…

Tristan avait compris.

— Alors, la Gestapo a arrêté préventivement votre mari, pour s'assurer de votre efficacité et surtout de votre discrétion, c'est bien ça ?

— Oui, *ils* l'ont arrêté hier soir. Je n'ai quasiment pas dormi... Ils l'ont enfermé à la prison de Plötzensee à Charlottenbourg. C'est là qu'ils exécutent leurs opposants. On dit qu'ils les suspendent à des crocs de boucher, puis qu'ils les pendent lentement avec des cordelettes de nylon… de véritables ordures.

L'archiviste était passée de la peur à la colère. Un éclair traversa son regard clair.

— Il n'arrivera rien à votre mari, l'interrompit Marcas en posant la main sur son épaule. Gardez votre rage pour nous donner de l'énergie. On va en avoir besoin pour ramer à notre tour vers cette île des morts. Et percer son mystère.

25

Rome
Quartier Colosseo

Pour ses rendez-vous discrets, le cardinal Gianbatesti disposait d'un appartement dont la terrasse donnait directement sur le Colisée. Selon la tradition, c'était là que les premiers chrétiens avaient été persécutés au nom du Sauveur. Des femmes et des hommes qui avaient tout sacrifié pour que la promesse du Christ : « Tu es Pierre, et sur cette pierre je bâtirai mon Église » devienne une vérité. Contemplant les ruines du Colisée, Gianbatesti se demandait ce que penseraient ces martyrs s'ils savaient qu'aujourd'hui le Vatican possédait des appartements par centaines dans toute la ville et que la papauté était le véritable propriétaire de Rome…

Il regarda la cité éternelle qui s'étendait sans fin.

L'Église catholique, devenue une puissance dominante, avait largement rempli la promesse de son fondateur : elle avait bien bâti sur la pierre. Au propre comme au figuré. Mais la pierre elle-même se fissurait, se lézardait, comme la voûte de la basilique. L'Église avait affronté et triomphé de bien des ennemis depuis sa création : hérétiques, rois, empereurs, sultans… Mais, cette fois, ses adversaires détenaient une puissance militaire jamais atteinte dans l'histoire de l'humanité. Et, contrairement au récit de l'Apocalypse, il n'y avait pas un antéchrist, mais deux. Hitler et Staline. Les jumeaux de l'enfer qui ne cachaient pas leur haine de l'Église. Et le premier pouvait, sur un coup de folie, rayer le Vatican de la surface de la Terre. Il lui suffisait d'envoyer une escadrille de bombardiers au-dessus de Rome pour déclencher l'Armageddon de la cité sainte.

Et que faisait l'Église pour se défendre contre ce démon à la croix gammée ? Rien, ou si peu. Un exorcisme… Le cardinal se demandait encore s'il n'avait pas rêvé cette cérémonie d'un autre temps dans les appartements du pape. La sœur possédée, le grand exorciste et le Saint-Père en train de prononcer le rituel contre le Führer. Contre un chef d'État… Personne ne le croirait jamais.

Hitler… Depuis longtemps, Gianbatesti avait lu tous les dossiers que le Vatican avait constitués sur ce démon. Des premiers rapports de l'évêque de Munich, à l'époque de la naissance du parti nazi, jusqu'aux confidences de nombreux diplomates européens, l'Église catholique avait suivi pas à pas l'ascension de cet inconnu. Et rien ne pouvait expliquer comment cet homme, en apparence banal, avait pu passer d'artiste raté à quasi-maître de l'Europe. Maître et organisateur d'un holocauste à l'échelle industrielle. Rien, si ce n'était le diable… Gianbatesti s'épongea le front, il était fiévreux. Les images de la nonne possédée par l'esprit maléfique ne le quittaient pas. Une abomination. Désormais, il savait que le Mal pouvait s'incarner, avoir un visage et s'attaquer à n'importe qui, même aux serviteurs de Dieu.

Pour échapper à ces terribles pensées, il alla s'asseoir sous l'oranger qui ombrageait la terrasse. Malgré la guerre et le chaos, Rome était toujours aussi belle. Il regardait la course dorée du soleil se refléter sur ces pierres qui avaient traversé tant de siècles. Heureusement, la beauté était encore de ce monde. Cette idée l'apaisa, mais il ne devait pas se relâcher.

Le pape, en lui ordonnant de s'occuper de l'Ordre, lui avait confié une mission qui se révélait plus difficile que prévu. Maintenant que les fascistes reniflaient l'odeur du secret, jusqu'à pousser le malheureux Spinale au suicide, le cardinal se demandait si les membres de l'Ordre laïc étaient toujours aptes à remplir leur tâche. Et puis, cette cérémonie étrange chez la comtesse l'avait dérangé. À la fin de l'initiation, le novice avait presque failli mourir. Son étouffement avec le drap n'avait rien de factice. Les dernières paroles de l'aristocrate insinuaient clairement que certains néophytes étaient morts pendant l'initiation. Son ton désinvolte et ironique l'avait glacé.

À nouveau, il regarda l'horloge. Encore un quart d'heure avant son rendez-vous. Il y avait des années qu'il n'avait pas entendu quelqu'un en confession. Et, depuis qu'il était entré au service du pape, il s'était bien gardé de proposer ses services en ce domaine : il aurait eu trop peur d'entendre des secrets inavouables !

Une règle qu'il allait devoir transgresser pour faire enfin la lumière sur l'Ordre laïc, d'autant qu'il avait la désagréable impression qu'on lui taisait une bonne partie de la vérité. L'Organisation existait depuis au moins quatre siècles – ses archives antérieures avaient, paraît-il, disparu lors du sac de Rome par les protestants, en 1527 – et recrutait quasi exclusivement dans l'aristocratie romaine, dont les palais fleurissaient sur la colline du Quirinal. Une consanguinité sociale qui inquiétait le cardinal. Elle permettait, favorisait même, toutes les dérives : des menues compromissions aux pires trahisons. Gianbatesti se signa. Sa mission était sacrée. Il serait intransigeant. Le terrible sacrifice du père Spinale ne serait pas vain.

Dans quelques minutes arriverait Fabrizio di Colonna pour passer en confession. C'était le premier membre qu'il allait entendre. Fabrizio était un roué : il avait dû se préparer méticuleusement. Sans doute allait-il égrener des péchés bien choisis, avouant une malversation par-ci, un adultère par-là, pour ne surtout pas avoir à s'expliquer sur ce qui intéressait vraiment le cardinal. Gianbatesti fit craquer ses phalanges comme chaque fois qu'il devait prendre une décision difficile : si di Colonna voulait l'absolution, il allait devoir en dire plus. Beaucoup plus.

La sonnette d'entrée retentit alors que le cardinal rentrait dans le salon. Il entendit son secrétaire ouvrir la porte pour laisser la place au visage onctueux et à la démarche souple du vieil aristocrate, qui n'était pas seul.

— Cher cardinal, annonça Fabrizio, je me suis permis d'amener *notre* ami Constantino Vallas. Vous l'avez aperçu chez la comtesse. Lui aussi a grand besoin de purifier son âme.

Quoique étonné, Gianbatesti salua poliment, puis fit signe à di Colonna de passer sur la terrasse.

— Vous ne vous formaliserez pas du lieu de votre confession, mais j'ai pensé que la vue du Colisée, où sont morts tant de nos martyrs, serait propice à un examen minutieux de vos actes.

Di Colonna ne marqua aucune surprise. Fidèle à son caractère, il s'extasia aussitôt :

— Éminence, vous n'auriez pu faire meilleur choix. C'était déjà un privilège de me confesser à vous, mais là, face à un lieu si saint… j'avouerais presque un péché d'orgueil.

— Un péché presque inévitable quand, comme vous, on a reçu en héritage un nom célèbre, une fortune considérable et une influence certaine pour la faire fructifier.

Fabrizio prit un air contrit.

— L'orgueil… un des péchés les plus dangereux, car il est parfois tellement naturel en nous que nous en arrivons à l'ignorer. Je vous suis si reconnaissant, Votre Éminence, de me mettre face à moi-même.

Le cardinal laissa échapper un bref sourire. Le duel venait de commencer.

— L'orgueil ne se niche pas que dans l'habitude qui nous aveugle, il est parfois conscient, réfléchi, assumé, et là, il n'est pire péché, car c'est Dieu même qu'on offense en décidant que notre volonté est supérieure à la sienne.

L'aristocrate pencha la tête comme s'il cherchait au plus profond de lui-même une faute irréparable.

— Vous venez de m'éclairer, monseigneur, vous avez tellement raison… L'orgueil m'a fait commettre une faute terrible. Je vis avec un tel secret, un tel poids qu'aujourd'hui, je le sens, il faut que j'avoue ma faute.

Le cardinal croisa les mains sous son menton.

— Je vous écoute, mon fils.

— Mon père, j'ai péché. J'ai pensé que vous étiez moins intelligent que moi… Et je le pense toujours.

Gianbatesti sursauta.

— Vous vous oubliez, Fabrizio !

— C'est vous qui vous êtes oublié, monseigneur. Au point de ne plus distinguer le Bien du Mal.

— Que pouvez-vous savoir du Mal ? s'écria le cardinal, qui voyait le visage possédé de la nonne ricaner devant ses yeux.

— Je sais qu'il est nécessaire. Sans lui, Dieu est sans pouvoir.

— Vous blasphémez !

— Non, monseigneur, je sais ce que je dis. Et ce qui me prouve que j'ai raison, c'est que vous n'avez toujours pas compris.

— Ce que je comprends, di Colonna, c'est que vous et vos amis êtes tombés dans la pire des hérésies : vous prétendez savoir, mieux que l'Église, ce qu'il convient de faire.

Di Colonna releva la tête et son regard onctueux se changea en pierre.

— Parce que vous pensez qu'avoir confié la défense du Secret à Spinale a été une réussite ?

— Je vous rappelle que c'est l'Ordre qui devait le protéger, et que vous avez failli à votre mission.

— Notre mission, c'est de protéger le secret comme nous le faisons depuis des siècles ! Et vous avez osé confier cette responsabilité à un moine stupide. C'est vous qui avez failli !

— L'Église n'a besoin de personne pour se protéger. Nous le faisons depuis deux mille ans. Vous, vous n'existez que depuis une poignée de siècles.

— Une poignée de siècles où nous nous sommes sali les mains pour vous, où nous avons fait couler le sang pour vous. Voilà pourquoi nous sommes devenus indispensables. À votre avis, pourquoi la comtesse vous a-t-elle invité à assister à l'une de nos cérémonies ?

— Parce que je mettais en doute votre efficacité ?

— Ah, vos remontrances quand je vous ai accueilli à Vigna Grande ! J'avais envie de vous gifler, tout cardinal que vous êtes... Si Sophia a dérogé à la règle de ne jamais admettre un prélat à nos cérémonies secrètes, c'était pour vous montrer jusqu'où nous sommes capables d'aller. L'initiation est une épreuve dangereuse, mortelle...

Gianbatesti se leva.

— Je ne veux rien entendre de plus. Votre confession est terminée et n'attendez pas de moi une absolution. Ni pour vous ni pour vos *frères* de l'Ordre. Je vais informer le pape de vos... Je ne trouve même pas de mot. Et dès demain, la garde du Secret vous sera retirée.

À cette annonce, l'aristocrate retrouva d'un coup toute sa suavité naturelle.

— Il va sans dire que nous nous plierons à la moindre des remontrances de Sa Sainteté. Mais, voyez-vous, je doute fort que vous préveniez le Saint-Père…

— Pourquoi ?

— Parce que vous n'en aurez pas le temps.

Le cardinal se leva. Sa décision était prise. Le serpent pouvait siffler autant qu'il voulait, il allait l'écraser. À commencer par cette tête rampante qui se croyait menaçante.

— Vous ne me faites pas peur, Fabrizio.

À son tour, di Colonna se leva et ouvrit paisiblement la porte du salon.

— Vous permettez que je demande à mon ami Constantino de venir nous rejoindre ? Vous verrez, c'est un homme charmant et surtout si dévoué.

Comme Vallas entrait, di Colonna traversa le balcon pour se pencher vers la rue.

— Vous n'avez jamais pensé qu'il existait des accords secrets entre les êtres, monseigneur ? Des points communs invisibles que l'on ne découvre que par accident ?

Méprisant, Gianbatesti haussa les épaules. Ce vieux débris d'aristocrate s'écoutait parler. Il devisait comme s'il était encore un prince de la Renaissance… Mais il n'était plus qu'un pantin, une ombre. Dès demain, le cardinal mettrait un terme à l'activité de l'Ordre et renverrait ses membres à leurs parties de chasse, leurs parties de cartes et leurs parties fines… Le vent de l'Histoire se chargerait de les balayer.

— Quatre étages de votre balcon jusqu'au sol, précisa di Colonna. Voilà le point commun que vous partagez avec Spinale. Quatre étages, c'est ce que le corps de ce malheureux a franchi avant de s'écraser au sol, c'est bien ça, Constantino, vous qui étiez là ?

Outré, le cardinal saisit le bras de di Colonna.

— Vous n'avez pas osé…

— Lâchez-moi ! Vous avez vraiment cru que c'étaient les nervis du Duce qui avaient *suicidé* Spinale ? Alors, vous êtes encore plus stupide que prévu. Vous croyez vraiment que nous allions prendre le risque de voir le secret éventé par votre faute ?

— Assassiner un prêtre, mais vous êtes devenu complètement fou ! s'écria Gianbatesti.

Di Colonna eut un sourire de dédain.

— Allons, Dieu a bien tué son propre fils, le Christ, pour nous sauver… Et puis, c'est vous qui êtes le véritable meurtrier de ce pauvre Spinale. Sans vos informations, nous n'aurions jamais pu le retrouver. Vous avez péché par orgueil, monseigneur !

Le cardinal ne répondit pas. D'un geste, il indiqua la porte.

— Nous prenons congé, Votre Éminence, s'inclina di Colonna. Parler avec vous est toujours un plaisir.

26

Berlin
Siège de l'Ahnenerbe

Une île mystérieuse. Une barque funéraire. Et un secret dont on ignorait tout.

Debout face à la toile énigmatique, Tristan et Ulrike restaient silencieux. Tous deux avaient l'impression d'entrer dans un labyrinthe.

Éclairée par une haute lumière, l'île aux hautes falaises ocre se détachait sur un ciel tourmenté. Les murailles de pierre étaient percées de portes, taillées dans la roche, tandis qu'un embarcadère donnait sur une mer couleur de plomb.

Une barque voguait vers l'île.

Cette fois, Tristan put l'examiner dans le détail. À l'arrière, un nautonier ramait mais, ce qui l'intriguait le plus, c'était la silhouette blanche debout qui contemplait une sorte d'autel revêtu d'un drap blanc. Il désigna la barque à Ulrike.

— Dites-m'en plus sur cette œuvre.

— L'histoire commence en 1880. Cette année-là, à Vienne, un peintre, Arnold Böcklin, commence une œuvre dans laquelle il veut peindre une île totalement isolée, au milieu d'une mer hostile.

— Tout le contraire des confettis paradisiaques et tropicaux qui saturent l'imaginaire collectif depuis Paul et Virginie, remarqua le Français.

— Oui. Cette île, Böcklin l'imagine minérale, verticale, cernée par les flots, inaccessible sous un ciel d'encre.

— Plus je la regarde, plus je me demande pourquoi cette toile a connu et connaît autant de succès.

— Eh bien, elle ne serait sans doute pas devenue aussi célèbre si, en avril 1880, Arnold n'avait reçu la visite d'une certaine Marie Berna. Cette femme, veuve depuis quinze ans, devait se remarier. Pour faire son deuil, elle voulait rendre un ultime hommage à son mari, Georg, mort très jeune, à vingt-cinq ans. Un hommage en forme de tableau. Quand elle entra dans l'atelier du peintre, elle découvrit le tableau que peignait Böcklin, et elle eut une sorte de révélation… C'est elle qui a demandé au peintre d'ajouter la barque, en s'inspirant d'un récit de la mythologie grecque : la traversée du Styx.

Le Français rebondit aussitôt. Il avait toujours été fasciné par cette légende.

— Les Grecs de l'Antiquité pensaient qu'après la mort ils gagnaient l'au-delà en traversant une rivière sur une barque, conduite par un rameur, Charon.

— C'est lui que vous voyez assis, de dos, à l'arrière du tableau.

— Et la silhouette debout, toute blanche ?

— Il s'agit de la veuve elle-même, Marie Berna. Elle accompagne le corps de son époux dans sa dernière demeure.

Marcas fut surpris par cette précision, mais ne releva pas : il était happé par un détail. Ce qu'il avait d'abord pris pour un autel était en fait un cercueil recouvert d'un linceul. Cette veuve éplorée avait eu une idée de génie : elle avait métamorphosé un tableau, qui sans doute serait resté inconnu, en une œuvre universelle parce qu'elle parlait d'amour et de mort.

— Très vite, reprit Ulrike, Böcklin a compris la valeur de son tableau et il en a fait une deuxième version, exposée dans son atelier. C'est là qu'un marchand d'art la découvrit, l'acheta et lui donna son nom actuel : *L'Île des morts*.

— Il y a donc deux versions du même tableau ?

— Non. Cinq. Avec des variations mineures, mais en gardant les deux éléments fondamentaux, l'île et la barque. Un cas unique dans l'histoire de la peinture. C'est peut-être là, la clé du mystère…

— Cinq versions du même tableau ? Comme si Léonard de Vinci avait peint une série de *Joconde* en changeant quelques détails, la couleur des cheveux, la coupe de la robe…

— Des détails, oui. Mais qui ont fait la fortune de Böcklin. Quatre versions appartiennent à des collectionneurs, dont une à notre Führer qui l'a installée dans le bureau de sa chancellerie. La cinquième a disparu.

L'archiviste fit une pause avant de reprendre, la voix beaucoup plus basse :

— En fait, pas exactement.

— Je ne vous suis plus, s'étonna Marcas, que l'inflation du nombre de tableaux commençait à dérouter.

— La cinquième version a été officiellement détruite dans le bombardement de Rotterdam, en mai 1940. Sauf qu'il s'agit du tableau qui est juste devant nous !

— Expliquez-vous.

— Les SS m'ont appris qu'une opération secrète avait été ordonnée directement par le maréchal Goering. Profitant du chaos et de la panique, un commando de la Luftwaffe s'est emparé de la toile juste avant l'attaque aérienne de la ville. Goering a ainsi réussi à mettre la main sur une toile que tout le monde croit désormais disparue. La même que celle appartenant au Führer. Le maréchal la conservait dans sa demeure de Carinhall, à l'abri des regards.

— Ceci expliquant cela. Décidément, le pillage des œuvres d'art est une véritable spécialité allemande…

— Les reproductions détaillées des cinq versions sont dans le dossier, je vais vous les sortir. J'ai aussi ajouté la gravure qu'en a fait tirer Fritz Gurbitt, le marchand d'art. Elle a beaucoup circulé en Europe. Clemenceau, votre compatriote, en possédait une. Lénine aussi. Et puis un médecin viennois, dont on a beaucoup parlé avant-guerre, le docteur Freud.

Quelle incroyable fascination, pensa Tristan tandis qu'Ulrike disposait avec soin les photos de chaque tableau sur le bureau.

— Les deux premières versions datent de 1880. Les trois suivantes s'étalent jusqu'en 1886. Après cette date, Böcklin n'a plus jamais peint d'*Île des morts*.

— On peut le comprendre, refaire le même tableau toute sa vie, ça doit être frustrant pour un artiste. Même pour de l'argent.

— Böcklin s'est rattrapé par la suite. Avec la popularité de son œuvre, il s'est inscrit comme l'un des plus grands artistes symbolistes de son temps.

Marcas détourna son regard des autres œuvres et s'avança vers le tableau volé.

— On va aller au plus simple. Admettons que cette toile donne la clé de l'énigme. N'y aurait-il pas une inscription, un message, un code ou des symboles derrière la toile ? Aidez-moi à retourner ce tableau, il est aussi lourd qu'un panzer. Quelle déplaisante manie d'utiliser des encadrements en bois massif.

Ils retournèrent le tableau et il arracha l'épaisse feuille de carton qui en protégeait l'arrière. Un fond uniforme, nu et grisâtre apparut. En haut à droite, il y avait une inscription.

Lugano. 1884. Marie Christ Berna.

— Tiens, je ne savais pas qu'elle s'appelait aussi Christ.

— C'était son nom de jeune fille, j'aurais dû vous le préciser. Böcklin a dû vouloir mettre son nom dans toutes les versions.

Tristan brandit avec peine le tableau à hauteur de regard.

— Il doit y avoir pas mal de cadavres sur cette île, ce tableau pèse son poids…

Il le fit tourner sous la lumière pour tenter de discerner une autre inscription. En vain.

— Bon. L'astuce du message caché derrière le tableau ne marche pas toujours. Cela m'aurait étonné aussi. Rien non plus dans l'encadrement.

Il reposa l'œuvre sur la table, sortit un carnet de sa poche et un crayon, et scruta attentivement les différentes versions du tableau.

— On va procéder avec logique. Notre exemplaire doit sûrement posséder un détail qui le différencie des autres. Charles Quint ! J'invoque ton esprit facétieux, murmura-t-il, aide-nous dans cette quête.

Il intercepta la mine surprise de l'Allemande.

— N'ayez pas peur. Je ne suis pas adepte du spiritisme. Connaissez-vous l'histoire des portraits jumeaux de Charles Quint ?

— Non…

— En 1532, l'empereur Charles Quint commanda au peintre autrichien Jakob Seisenegger un portrait en pied de sa personne en compagnie de son fidèle toutou. Mais il craignait que ses admirateurs ne s'ennuient à le contempler, alors il demanda au Titien de reproduire la même toile, mais en changeant sept détails. Il les exposa côte à côte et promit d'offrir un magnifique cheval blanc à celui ou celle qui les identifierait.

— Petite, avec mes frères, nous adorions le jeu des sept erreurs. J'ignorais son origine.

— Ça me rassure de savoir que les enfants allemands ne passent pas leur temps libre à défiler au pas de l'oie.

Le visage de l'archiviste se crispa.

— Je plaisante, Ulrike, ne le prenez pas mal. Bon, revenons à cette joyeuse *Île des morts*. Que voyons-nous comme point commun à toutes ces versions ? La composition globale et les éléments principaux sont quasi identiques. L'île avec son massif de cyprès au centre, enchâssé dans des pans de roche taillés à angle droit aux deux extrémités de l'île. Et, à l'avant-plan, une frêle embarcation sur laquelle on distingue un matelot et un passager devant un cercueil. L'esquif s'avance vers un débarcadère. Selon les versions, le ciel change de couleur. Tantôt un crépuscule, tantôt une aube tourmentée. Quant à l'île, on aperçoit çà et là des changements de structure dans les pans de roche…

Ils restèrent de longues minutes à contempler en silence les différentes versions du tableau pour finir par échanger des regards découragés. Excédé, Tristan frappa du poing sur la table et se leva brusquement. Ulrike sursauta.

— Vous m'avez fait peur.

Tristan fouilla dans sa veste pour prendre son paquet de cigarettes et un briquet.

— J'ai le cerveau en feu. Pause !

— Vous savez qu'*ils* sont impatients, dit-elle d'une voix implorante. On ne peut pas s'arrêter là.

— Je vais juste faire un tour dans le parc. Ce tableau me sort par les yeux.

27

Rome
Quartier du Trastevere

L'odeur âcre du Tibre montait des berges et s'insinuait dans les ruelles aux façades serrées qui dataient du Moyen Âge. Le Trastevere avait toujours été un quartier populaire, pour ne pas dire miséreux : on y était pauvre de père en fils. Depuis longtemps, aucun médecin n'osait s'aventurer dans les rues en dédale de ce quartier. Et, quand il y avait un problème, c'est vers Dieu que l'on se tournait, en frappant à la porte du couvent voisin. Aujourd'hui, comme les autres jours, c'était sœur Maria Estrella que l'on envoyait. Elle remontait les rues de son pas de somnambule, un sourire toujours à demi perché sur ses lèvres mutilées. Dans le quartier, tout le monde savait que la nonne avait combattu le diable jusqu'à en porter la terrible marque sur le visage. Comme on savait aussi que lorsqu'elle passait la porte de son couvent, c'était pour apporter son aide à une famille désespérée. Sœur Maria Estrella s'enfonçait dans des ruelles aux murs rongés de salpêtre, là où personne ne mettait les pieds de peur de se faire détrousser, ou pire. La nonne s'arrêta devant une porte à demi dégondée pour emprunter un escalier recouvert de fientes de rat. Sur le premier palier, une mère qui allaitait un nourrisson la fit entrer dans un appartement aux allures de terrier. Sur un matelas aux relents d'urine, un enfant gémissait lentement. On avait apposé sur son front un linge sale et mouillé.

— Depuis ce midi, il ne nous reconnaît plus, annonça la mère. Il délire. C'est la fièvre du Tibre.

Assis sur une chaise dépaillée, un homme, sans doute le père, observait la scène, un mégot pendant aux lèvres.

— Toi, le bon à rien, tu prends une casserole et tu vas la remplir à la fontaine, lui lança la religieuse.

Comme s'il avait reçu une décharge électrique, l'homme se leva et disparut aussitôt. Dans le quartier, on murmurait que, durant son combat avec le diable, la nonne avait arraché au prince des ténèbres certains de ses secrets. Et qu'il ne faisait pas bon la contrarier.

— Quant à toi, tu vas me chercher de l'huile.

La mère revint de la cuisine avec une bouteille en terre cuite dont elle fit sauter le bouchon. Postées sur le pas de la porte, des voisines jetaient des regards dévorés de crainte et de curiosité.

— Vous autres, au lieu de faire les yeux ronds, aidez-moi à asseoir l'enfant.

Quand le père arriva, Maria Estrella saisit la casserole et la posa sur le haut du crâne du gosse dont le front était brûlant de fièvre. Lentement, elle fit un signe de croix sur l'eau, puis demanda à la mère de verser l'huile. Une flaque dorée, parfaitement concentrique, apparut en surface.

— Voilà le soleil, annonça-t-elle, il brûle. C'est lui qui consume l'enfant.

Les yeux fermés, elle posa les mains à plat au-dessus de la casserole et prononça des phrases énigmatiques. Autour d'elle, les voisines priaient à voix haute tandis que la mère baisait avec passion un crucifix. Emporté par la ferveur, le père était tombé à genoux et implorait le Très-Haut.

— Je vais lui enlever le feu, annonça sœur Maria Estrella.

Devant l'assistance stupéfaite, la flaque d'huile au centre de la casserole éclata tout à coup en une myriade de gouttelettes, comme si le soleil explosait en une nuée d'étoiles. La nonne s'écarta. Son rôle était terminé.

— C'est fini. La fièvre tombera dans deux jours. Il est sauvé.

— Miracle ! Miracle ! hurlèrent en chœur les voisines tandis que les parents gémissaient et sanglotaient.

Comme elle se dirigeait vers la porte, la demi-heure sonna au clocher de Santa Maria. Maria Estrella sentit une douleur vive s'enfoncer comme un clou ardent dans la partie martyrisée de son visage. Elle vacilla. Déjà ses mains s'agitaient comme si elle sentait la proximité d'une présence hostile. Sa gorge subitement devint sèche. Elle se retourna et ordonna d'une voix déjà saccadée :

— Allez chercher le curé de Santa Maria et dites-lui de courir tout de suite au Vatican. Qu'il ramène le père Moussone.

Aussitôt, une nuée de voisines se précipitèrent. On ne discutait pas les ordres de la religieuse.

— Quant à toi, dit la nonne en désignant le père abasourdi, soutiens-moi jusqu'au couvent. Sinon, je n'y parviendrai jamais… *Il* arrive !

Depuis des siècles, le couvent des sœurs de la Perpétuelle Miséricorde était niché dans un des rares endroits aérés et lumineux du Trastevere. Édifié sur la pente d'une colline, le monastère, qui donnait sur le cours du Tibre, profitait des vents marins qui venaient d'Ostie. Dans le jardin, les oliviers gonflés de sève, les rosiers grimpant jusqu'au ciel donnaient l'impression d'un paradis perdu au cœur des rues emplies de misère. C'est d'ailleurs sous l'ombre du plus vieil olivier que l'on avait déposé sœur Maria Estrella. Ses hurlements de bête enragée quand elle était arrivée, écumante et blasphématrice, à la porte du monastère avaient terrorisé les novices. On avait préféré la mettre à l'écart, tant son état effrayait. Il y avait des années que la nonne n'avait pas eu de *crise* en public et tout le couvent cédait à la panique. Seul le parloir, situé à l'entrée du couvent, semblait échapper au chaos en marche. C'est là que la mère supérieure avait choisi de recevoir le père Moussone. Déjà affolée par l'état sulfureux de Maria Estrella, elle avait manqué de s'évanouir quand elle avait compris que son visiteur était l'exorciste officiel du Vatican.

— Reprenez-vous, ma sœur, et répondez à mes questions. À quelle heure précise est arrivée sœur Maria Estrella ?

— Je ne sais plus.

Étrangement, l'exorciste sourit avant de sortir un calepin noir où il prit quelques notes.

— D'où venait-elle ?

— D'apporter des soins à un enfant du quartier atteint de fièvre. Mais quand elle est rentrée, elle n'était plus la même.

— Décrivez-moi son état. Sans négliger le moindre détail.

Le visage de la mère supérieure, déjà blanc de peur, devint spectral.

— Tout son corps tremblait… surtout ses mains… et puis ses yeux… on ne les voyait plus… comme si la pupille avait disparu… Et puis elle s'est mise à éructer… Une voix rauque… comme sortie de l'enfer… Le père de famille qui l'avait ramenée a pris peur… il s'est enfui.

Sur son carnet, le père Moussone avait dessiné une silhouette. Il désigna d'une flèche les mains, les yeux et la gorge. Quand il eut terminé, le sourire qui ne le quittait pas semblait plus profond.

— Et que dit-elle ?

— On n'y comprend rien… c'est comme une langue étrangère… quand elle parle, on dirait des chevaux lancés au galop…

L'exorciste ferma son calepin et saisi la mallette posée à ses pieds. Il l'ouvrit et en sortit une étole mauve qu'il fit tomber sur ses épaules. Ahurie, la mère supérieure regardait le crucifix d'ébène et le flacon d'eau bénite que le prêtre tenait à la main.

— Qu'allez-vous faire avec ça ?

— Chasser un visiteur impromptu : le diable !

Le père Moussone avait demandé à être seul avec la nonne. Quoique dubitatives, les religieuses avaient fini par obtempérer, impressionnées par le charisme sans faille de cet homme qui avait fait du combat contre le diable une mission sacrée. Tout en lui, de son caractère à son profil, avait le tranchant d'un couteau. Une lame faite pour porter sa pointe au cœur des puissances obscures. Étendue sur une chaise longue défraîchie, Maria Estrella avait les paupières rabattues, les extrémités des membres agitées de soubresauts, et de sa bouche sortaient, par rafales, des éructations verbales aux sonorités métalliques. Délicatement, l'exorciste lui prit les mains, les croisa sur la poitrine avant d'y déposer un crucifix.

— Que l'entrée de ce corps te soit barrée, ange déchu ! Que ce cœur te soit scellé, ange maudit ! Que cet esprit te soit fermé à jamais !

Un rugissement lui répondit.

— Ce n'est ni cette chair ni cette âme que tu dois posséder.

Une violente ondulation parcourut le corps de la nonne.

— Quitte ce regard ! Abandonne cette bouche ! Les ténèbres doivent s'incliner devant la Lumière.

D'inerte, le visage de Maria Estrella sembla reprendre vie. Du moins la partie qui lui restait. Ses yeux s'ouvrirent brusquement tandis que son rictus s'effaçait.

— Que s'est-il passé ?

Le père Moussone lui passa la main sur le front.

— Vous avez été victime d'une récidive. Le Malin s'est emparé de vous à nouveau. C'est comme un accès de fièvre après une grave maladie. Mais il vous faudra vous y habituer.

La nonne, qui avait l'impression que tout son corps était passé dans un pressoir, le fixa avec effarement.

— M'y habituer ?

— Quand nous avons tenté d'exorciser Hitler à travers son portrait, c'est en vous que le Malin a trouvé refuge. Et c'est en vous qu'il va se développer.

Cette fois, Maria Estrella n'y comprenait plus rien. Elle se demandait même si le diable n'avait pas pris les traits de l'exorciste pour achever de la perdre.

— Le diable a besoin de notre chair, de notre âme pour exister. Sans nous, il n'est rien. Et quand il a trouvé un corps, il y retourne à heures fixes pour se nourrir, prendre de nouvelles forces.

— Alors, il va revenir ?

Le père Moussone eut un étrange sourire. Celui du chasseur qui voit sa proie avancer inexorablement dans sa direction.

— Oui, et nous allons le laisser faire. Jusqu'à ce qu'il soit assez fort pour vous quitter.

— Mais pour quoi faire ?

— Pour aller hanter un autre corps.

28

Berlin
Ahnenerbe

Assis sur un vénérable banc de pierre niché sous un sapin lourd et fatigué, Tristan contemplait le parc. Les yeux rougis de fatigue, il fumait une immonde cigarette allemande d'un paquet laissé par Skorzeny. Avec l'archiviste, il avait passé des heures à contempler l'île funèbre, sans rien trouver. Ce n'était pas un tableau, mais un sphinx. Ou plutôt cinq sphinx imperméables à sa sagacité. Une sagacité défaillante, il le savait. Erika revenait sans cesse dans ses pensées.

Il tenta de la chasser d'une volute de fumée. Ça ou autre chose… De toute façon, déchiffrer les mystères de cette foutue toile était en fait le cadet de ses soucis. Même s'il arrivait à quelque chose, il n'allait pas continuer à jouer l'auxiliaire des SS pendant des mois. Il fallait trouver un moyen de fuir l'Allemagne, cette caserne à l'échelle d'un pays.

Il balaya le paysage d'un regard fatigué. Le parc était parfaitement entretenu. Une délicieuse senteur vint chatouiller ses narines. Il tourna la tête sur sa droite et aperçut une magnifique haie de rosiers multicolores qui se dressait le long d'un sentier herbeux. À intervalles réguliers étaient accrochés des panneaux noirs rectangulaires siglés des deux runes de la SS et de la croix gammée.

Même dans un jardin...

Marcas écrasa sa cigarette et fit une grimace.

Un gémissement strident retentit au-dessus de lui. Un corbeau perché sur la branche d'un chêne s'excitait à gorge déployée. En temps normal, Tristan aurait apprécié son chant, mais on aurait dit que le volatile se moquait de lui.

Un corbeau SS probablement...

Irrité, Tristan prit un caillou qui traînait et le lança sur l'oiseau, qui changea de branche en un clin d'œil. Et continua ses croassements de plus belle.

— Vous ne devriez pas tourmenter cette créature du Seigneur.

Tristan se retourna et aperçut un homme d'un certain âge, revêtu d'une salopette verte, qui arrivait en claudiquant dans sa direction. Il avait le visage aussi raviné qu'une citrouille, des bajoues impressionnantes et un râteau broussailleux en guise de moustache. Il trimbalait avec lui deux petits arrosoirs cabossés.

— Pourquoi lui vouloir du mal ? demanda le jardinier en s'arrêtant devant les rosiers.

— Je déteste les corbeaux, surtout s'ils sont allemands.

— Ah, cet accent français...

Tristan s'approcha du vieil homme qui arrosait les pieds des rosiers avec application.

— La lune sera pleine ce soir, dit le vieil homme. C'est le meilleur moment pour apporter de l'engrais. Les nutriments pénètrent plus vite dans les racines. Mon père m'a transmis cette pratique. Et si vous me donnez une cigarette, je vous révélerai bien d'autres secrets.

Le Français lui en tendit une.

— Cadeau sans contrepartie. Désolé, je ne rêve pas d'avoir la main verte et j'ai toujours vécu en appartement. Ne me dites pas que vous êtes un SS vous aussi.

— Non, juste le jardinier du domaine. Le Reichsführer tient à ce que le parc soit parfait. Il a choisi lui-même les variétés plantées autour de nous et il est très exigeant sur la sélection des espèces. Je dois faire très attention.

— Pas étonnant, ce type est tout aussi impitoyable avec le genre humain.

— Vous dites ?

— Rien, je plaisantais.

Le moustachu avait terminé d'arroser ses plantes et contemplait l'un des blasons SS qui trônaient entre deux coulées de roses écarlates. Tristan l'entendit maugréer et lui tendit le paquet.

— Prenez-le, je n'aime pas leur goût.

Le vieil homme le fourra dans la poche de sa salopette avec une vivacité qui surprit Tristan.

— Les jeunes comme vous font trop les difficiles de nos jours.

Tristan observait son manège, fasciné. Le type se

plantait devant un autre blason floqué d'une swastika et recommençait à marmonner dans sa moustache.

— Vous n'aimez pas les croix gammées ? Ça m'étonne d'un bon Allemand.

— C'est pas bon. Pas bon du tout. Le Reichsführer ne sera pas content. Je leur avais dit de ne pas prendre des supports en bois pour leurs blasons. Ils sont rongés par l'humidité. La peinture ne tient pas. À la première pluie, ils gondolent et absorbent la peinture. Ils auraient dû m'écouter et utiliser des plaques d'émail ou de métal.

Marcas s'approcha et jeta un œil fatigué.

— Ça ne sera pas une perte pour le monde de l'art. Bonne journée.

Le jardinier le prit par l'avant-bras. Son regard s'illumina.

— Attendez ! Vous, les Français, vous êtes des romantiques, non ?

— Je ne comprends pas…

Le vieux montra du doigt le blason au-dessus de leurs têtes et reprit en chuchotant à son oreille :

— Ça, c'est le seul écu peint sur plaque de cuivre. Je m'en suis occupé moi-même. Sans leur dire, j'ai gravé mon prénom et celui de ma femme. Hans et Greta ! Avec un cœur au milieu. Juste avant de passer un fond de couleur et de dessiner la swastika. Nous aussi, on est dans le jardin de roses. C'est notre petit secret.

— Charmant, répondit Tristan qui n'écoutait que d'une oreille.

— C'est comme pour un tableau. Si vous voulez que la peinture tienne, il vaut mieux un bon support.

Je sais de quoi je parle, je peins depuis que je suis gamin. Des fleurs et des chiens. J'ai remporté plusieurs concours quand j'étais plus jeune à Grundbreck, mon village natal. On me surnommait le petit pinceau d'or.

— Félicitations..., répondit sans conviction Marcas, qui n'en pouvait plus.

Le jardinier afficha un sourire triste et grommela des paroles pour Tristan qui crut reconnaître l'expression « crétin de Français ». Il s'éloigna en direction du bâtiment principal en sifflotant.

Des blasons de la SS et des croix gammées jusque dans des rosiers. Ces nazis sont obsédés...

Quand il entra dans le salon, la pièce était faiblement éclairée. L'archiviste s'était assoupie.

— Ulrike...

— Je dois vous aider ! dit-elle en ouvrant de grands yeux affolés. Je dois...

Tristan l'interrompit et posa la main avec bienveillance sur son épaule.

— Quelques heures de sommeil ne changeront rien à l'affaire. On peut faire une pause. Il y a une chambre libre à droite du salon.

— D'accord...

Elle se leva et recouvrit le tableau avec la couverture qui avait servi à le protéger.

— Je ne crois pas qu'il risque grand-chose, dit Tristan. Ce n'est pas comme leurs foutus blasons dans le jardin qui partent en décrépitude.

— Un réflexe machinal. Je sais, vous avez raison. D'autant que ce modèle est le plus résistant de toute la série. Il durera encore des siècles alors que nous ne serons qu'os et poussière. Réveillez-moi dans une petite heure.

Elle prit son sac et elle s'éloignait en direction de la porte quand la voix de Marcas l'arrêta :

— Pourquoi avez-vous dit ça ?

Ulrike se retourna avec lassitude.

— Des cinq tableaux, ce modèle est le seul à avoir été peint sur une plaque de cuivre, les quatre autres sont exécutés sur des toiles ou des panneaux de bois. Ça se faisait à l'époque.

Tristan la regarda fixement en se massant la tempe.

— Hans et Greta… Hans et Greta.

Saisi d'une impulsion soudaine, il arracha la couverture de laine et saisit le tableau.

— Je me disais que ce truc était bien lourd, ce n'est pas l'encadrement.

Il le retourna et passa son index sur la surface couleur plomb qui recouvrait l'arrière du tableau.

— On dirait une couche d'enduit ou d'apprêt.

L'archiviste s'était rapprochée de lui. Le regard de Tristan brillait.

— Vous n'allez pas me croire si je vous dis que le jardinier du parc va peut-être nous sauver la mise. Et la peau de votre mari.

— Que voulez-vous faire ?

— Et si Böcklin avait recouvert l'arrière de la plaque de cuivre avec une couche de peinture pour dissimuler quelque chose ? Ça vaut le coup d'essayer. Il n'y a qu'à la gratter avec la pointe d'un couteau.

L'archiviste secoua la tête.

— Et prendre le risque d'effacer s'il y a une inscription ? On voit que vous n'avez pas fait souvent le ménage…

— Pardon ?

— Du vinaigre mélangé à de l'eau bien chaude, puis on frotte avec patience. Un truc de grand-mère. Il y a une cuisine ici ?

— Oui, à l'étage, je vous rapporte ça.

Il revint quelques minutes plus tard avec un broc, une serviette et une bouteille de vinaigre de vin. Elle procéda au mélange, puis y trempa le carré de tissu à carreaux noirs.

— On utilise le vinaigre pour nettoyer des tas de saletés dans les maisons. Évier, toilettes, etc. Mais je suppose qu'en France comme en Allemagne, on n'apprend pas le ménage aux garçons ?

— En effet…

— Ça changera peut-être un jour.

— Avec votre Hitler à la tête du pays et notre maréchal Pétain dans le mien, c'est pas gagné…

Elle lui tendit le chiffon d'un air décidé.

— Il y a un début à tout.

Marcas lui renvoya un sourire surpris et s'exécuta.

Les minutes s'écoulèrent avec une lenteur désespérante pour Tristan.

— Pas l'impression que votre astuce de grand-mère prussienne, ou bavaroise, fonctionne. Et en plus ça pue.

— Ma famille est originaire de Thuringe. Pour vous les Français, l'Allemagne se réduit toujours à la Prusse et à la Bavière. Dites-moi, la patience n'est pas votre vertu première !

— Je n'ai aucune vertu, que des vices. Et tant qu'on y est, sachez que…

Il s'interrompit brutalement, un éclat furtif venait de jaillir sur un coin de la surface grise. Ils échangèrent un regard de connivence, Tristan redoubla d'efforts. Un éclair d'excitation perla son regard. La peinture grise commençait à partir pour laisser apparaître des fragments de cuivre rutilants.

— Je retire que ce j'ai dit… Mais je ne vois rien de…

— Vous voilà bien impatiente !

Il s'arrêta brusquement.

— Si je m'attendais à ça…, murmura Ulrike.

Il y avait un message gravé sur le cuivre. On ne peut plus visible. Sous forme de deux phrases rédigées d'une écriture fine et déliée.

Ad aeternam insulam navigat, suus nomem primus est. Arcanum aureo tauro confessus est. Domus ejus tegit.

29

Banlieue de Berlin
Ahnenerbe

— *Ad aeternam insulam navigat, suus nomem primus est. Arcanum aureo tauro confessus est. Domus ejus tegit*... On approche du but. Visiblement, Böcklin était un latiniste distingué. Hélas, pas moi…

— Moi oui, répondit Ulrike d'un ton assuré.

L'archiviste lut attentivement le texte, puis rédigea à son tour une traduction, en changeant et en biffant plusieurs fois son texte.

Il vogue vers l'île éternelle, son nom est mon premier. Il a confié son secret au taureau d'or. Sa maison le protège.

Tristan s'affaissa sur sa chaise.

— Qu'est-ce que c'est que ce texte fumeux… « Son nom est mon premier », « taureau d'or »… Encore une énigme dans l'énigme ? Comme ces poupées russes qui s'emboîtent à l'infini ? Ce peintre était un dément.

— Ne vous découragez pas. Nous touchons au but. Je dois le faire pour mon Gustav.

Elle leva un doigt accusateur vers le tableau.

— Je ne suis pas encore sur cette maudite barque. Pas question d'accompagner le cadavre de mon mari dans le domaine des morts !

— Dans le message, « l'île éternelle » renvoie sans aucun doute à l'île des morts du tableau.

— Sauf qu'il n'y a aucun taureau d'or caché dans la toile. Pas plus que de maison.

Ulrike opina nerveusement.

— En revanche, reprit Tristan, la phrase : « Il vogue vers l'île éternelle » me semble claire : elle fait référence à l'un des trois personnages présents dans la barque. Est-ce celui qui rame, le passager debout ou le mort dans le cercueil ?

— Ce que nous savons déjà, c'est que Marie Berna a choisi de se représenter en veuve éplorée dans la barque.

— On peut donc la rayer de la liste, puisque la phrase latine dit « Il vogue » et pas « Elle vogue » ?

— Déduction trop hâtive, monsieur Marcas. En latin, les verbes conjugués ne connaissent pas de différence de genre.

Dépité, le Français se servit une nouvelle tasse de café.

— Quelque chose nous échappe… Vous avez sous la main un livre qui donnerait plus de détails sur la conception de l'œuvre ?

Ulrike lui tendit un volume relié. Tristan se rua sur la table des matières, puis feuilleta les pages à toute allure.

— Voilà qui change la donne : après son deuxième mariage avec un certain comte von Oriola, Marie, ex-Berna, va rester en contact permanent avec le peintre. Ils deviennent très amis et entretiennent une correspondance régulière. Apparemment, elle n'était pas très heureuse dans son nouveau ménage. Von Oriola est accaparé par la politique locale, Marie s'ennuie et finit par se rendre en Italie où réside Böcklin… Je passe… Le mari étant jaloux, Marie décide de…

Il s'interrompit net.

— Que se passe-t-il ?

Le visage de Tristan venait de s'illuminer.

— Écoutez bien ce passage : « Marie était une femme de lettres et d'esprit comme on en rencontrait dans la haute bourgeoisie de l'époque. Elle adorait les charades et raffolait des énigmes. Elle avait mis au point un code secret pour envoyer des messages cachés dans ses lettres à Böcklin. Et ainsi tromper la vigilance de son époux qui faisait ouvrir son courrier. » Je me suis fourvoyé sur l'auteur du message du tableau. J'ai fait preuve d'un machisme éhonté ! Ce n'est pas Böcklin le cryptographe, mais Marie Berna.

— Elle serait donc l'auteur du message ?

— Oui. Le « Il vogue » la concerne bien. « Son nom est mon premier. » Mon premier quoi ? On y est presque… Bon sang.

Ulrike hocha la tête, prit le livre, mais ne l'ouvrit pas.

— « Mon premier »… Je pense avoir trouvé. Quel est l'intitulé de son nom complet quand elle commande le tableau ? Marie Christ Berna.

— *Christ* est son nom de jeune fille… Son *premier* nom.

Tristan se leva d'un bond, comme s'il avait reçu une décharge électrique.

— Bon sang, c'est le Christ qui est représenté sur la barque.

Il vogue vers l'île éternelle, son nom est mon premier. Il a confié son secret au taureau d'or. Sa maison le protège.

Il frappa dans la paume de sa main.

— On y arrive, Ulrike, on y arrive ! Je vois déjà la porte de la cellule de la Gestapo s'entrouvrir pour libérer votre Gustav… Reprenons le message. Sur le tableau, c'est donc Jésus qui vogue vers l'île des morts. Là, il confie un secret à un taureau doré. Mais il n'y en a aucun de représenté sur l'île.

— C'est peut-être une référence au veau d'or de la Bible.

— Peut-être… Mais remarquez que notre cryptographe de salon, Marie Berna, n'utilise jamais de référence à la Bible. Elle reste sur des repères latins classiques. De fait, le latin est omniprésent dans cette énigme. Et s'il ne fallait pas prendre l'image du taureau d'or au pied de la lettre ? Le mot initial est *aureo tauro*. Ça vous évoque quelque chose d'autre qu'un taureau ?

— Non… Mais mes études remontent à loin. Il nous faudrait un dictionnaire de latin.

Tristan n'avait pas attendu qu'elle finisse sa phrase et s'était levé pour se diriger vers la porte du salon.

— On est au siège de l'Ahnenerbe, le centre intellectuel et rayonnant du grand peuple aryen, c'est bien le diable s'ils n'ont pas des dictionnaires dans leur bibliothèque au rez-de-chaussée ! Attendez-moi ici.

Dix bonnes minutes plus tard, il revenait, triomphant, avec quatre gros ouvrages dans les bras.

— J'ai ratissé large. J'ai pris deux dictionnaires, une encyclopédie sur les noms et expressions utilisés dans la Rome antique, et un livre sur les coutumes et les religions dans l'Empire. À vous les dicos, à moi les autres pavés. Prenons le taureau par les cornes !

— Pardon ?

— C'est une expression française pour dire qu'il faut s'atteler à la tâche avec résolution.

— Je reconnais ce dictionnaire, dit la jeune femme avec une pointe d'émotion, le Karl Göttingen. C'était ma bible pendant mes études de latin, une traduction en allemand de l'œuvre du professeur José Alves de l'université de Poitiers. Que de souvenirs…

— Moi, je me coltinais le Gaffiot, et ce n'était pas ma tasse de thé.

Les minutes s'écoulèrent alors qu'ils épluchaient avec application leurs ouvrages.

— Les dictionnaires ne nous avancent pas beaucoup, lâcha Ulrike. Si l'on part du mot *Taurus*, *Taureo*, quelle que soit la déclinaison employée, on revient au taureau.

— Moi, j'ai quelque chose sur le culte du taureau. C'était l'animal sacré du culte de Mithra dans la Rome des premiers siècles de notre ère. Un culte indo-iranien rapporté par les légions et qui faisait concurrence au christianisme. Au point qu'il a failli devenir religion officielle dans l'Empire. On sacrifiait des taureaux vivants et leurs prêtres se baignaient dans leur sang. Avec le triomphe du christianisme sous l'empereur Constantin, le culte a été interdit, mais aurait survécu de façon clandestine dans certaines parties de l'Empire.

— Quelle horreur ! Je vois mal une bourgeoise allemande comme Marie Berna égorger une pauvre bête.

— Vous avez raison… Qu'avons-nous d'autre ? Il existe aussi une constellation zodiacale du taureau ainsi que des monts Taurus en Turquie. Marie Berna veut peut-être nous indiquer un lieu… Mais aucun n'est doré…

Ulrike posa la main sur l'avant-bras de Tristan.

— J'aurais dû y penser plus tôt. Pendant mes études, les professeurs nous obligeaient à apprendre l'étymologie des noms des grandes villes européennes qui avaient été sous influence latine ou construites par les Romains.

— Et donc ?

Elle reprit l'un des dictionnaires et l'ouvrit en partant de la fin de l'ouvrage.

— De mémoire, dans le Göttingen, il y a une liste des cités… Et…

Elle frappa le livre du plat de sa main.

— « *Tauraunarum*, ou *Taurinorum*, origine du nom de la ville de Turin. S'appelait ainsi en référence à la tribu celtique des Taurins implantée au IIIe siècle après Jésus-Christ. Le blason de la ville représente un taureau doré. »

L'archiviste poussa le gros dictionnaire sous le nez de Tristan.

Le Français observa le blason, l'air étonné, puis se leva pour prendre une cigarette qu'il alluma avec impatience.

— Turin… La ville de Turin. Le message de Marie nous indiquerait donc que le Christ a confié son secret à la ville de Turin. Elle y ajoute *sa maison le protège*. La maison de qui ?

Ulrike secoua la tête.

— Je me suis trop emballée. L'hypothèse de Turin est séduisante, mais c'est un non-sens. Jamais Jésus n'a mis les pieds à Turin ni ailleurs en Italie.

Tristan s'était planté devant *L'Île des morts* qu'il fixait avec acuité.

— Sa maison le protège… À Turin… Il s'agit de la maison du Christ… Une église, une abbaye, une cathédrale ? Mais il n'y en a aucune sur ce tableau, seulement ce Christ dans cette barque, emballé dans sa toge comme un Romain… Comme… Bon sang ! C'est là sous nos yeux depuis le début.

Les derniers rais de lumière disparurent dans le salon, qui plongea dans la pénombre. Derrière la fenêtre, des grappes de nuages couleur cendre obscurcissaient le ciel. Tristan s'approcha du tableau. Il désigna de l'index le personnage censé représenter le Christ.

— Regardez la couleur de son vêtement. D'un blanc immaculé !

— Exact, on dirait une toge.

— Vous ne voyez pas ? Regardez le drapé de l'étoffe qui lui couvre le corps jusqu'au visage. Ce n'est pas un vêtement, mais un suaire. Pas n'importe lequel. Un suaire qui est conservé dans la maison du Christ à Turin. La cathédrale de Turin.

Ulrike se figea net, les yeux écarquillés.

— Mon Dieu… C'est le saint suaire. Le suaire du Christ…

30

Vatican

Dès sa prise de fonctions auprès du pape, le cardinal Gianbatesti avait intrigué les innombrables fonctionnaires du Vatican, des jardiniers aux gardes suisses, par son goût répété de l'exploration. Pas un jardin de buis, une arrière-cour pavée, une bibliothèque oubliée ou un vieux cloître que le cardinal n'avait fini par découvrir dans ses promenades au hasard de la cité. Et c'est lors d'une de ses errances qu'il avait découvert au fond d'un parc négligé un ancien atelier d'artiste – sans doute un peintre oublié chargé de restaurer des tableaux – dont il avait décidé de faire son lieu de méditation. Retrouver la clé avait pris des semaines, mais il avait fini par obtenir ce rare privilège d'avoir à sa disposition, dans la cité de tous les secrets, un lieu aussi discret pour prier que serein pour réfléchir. Et il n'en avait jamais eu autant besoin qu'aujourd'hui.

À genoux sur un prie-Dieu au velours défraîchi, le visage tourné vers un crucifix qu'il avait lui-même installé au mur, le secrétaire aux affaires extraordinaires tentait d'apaiser les tourments et les incertitudes qui l'agitaient. Mais il avait beau s'abîmer en oraison, les mots qui franchissaient sa bouche n'atteignaient ni son cœur ni son esprit. Pour la première fois depuis des années, la prière coulait sur lui comme de l'eau sur une pierre brute. À croire que même Dieu ne voulait pas lui accorder son pardon. Le cardinal laissa échapper un gémissement de douleur : il n'avait su ni protéger le secret ni sauver la vie du père Spinale. Un double péché qu'il ne se pardonnait pas. Mais désormais la culpabilité et la souffrance devaient cesser : il fallait prendre une décision. La plus difficile de sa vie de prêtre.

Il ne pouvait laisser l'Ordre continuer son chemin de mensonges et de mort. Et pour cela, il n'y avait d'autre choix que de prévenir le pape. Pourtant, quelque chose en lui regimbait. La peur, oui, mais pas celle de perdre la vie comme l'en avait menacé di Colonna. Non, une autre peur, plus insidieuse, plus trouble, la peur de l'inconnu dans lequel il allait s'engager.

Comme il demandait à nouveau à Dieu de l'éclairer, deux coups discrets résonnèrent à la porte de l'atelier. Le cardinal se leva lentement et se signa. Son secrétaire, qui était le seul à le savoir ici, entra, les mains jointes.

— Votre Éminence, le père Moussone est arrivé à votre bureau. Il demande à vous voir. Ça a l'air pressé.

Et maintenant l'exorciste, pensa Gianbatesti, *comme si je n'avais pas assez de problèmes à régler !*

— Je vais le recevoir. En attendant, passez au

secrétariat du Saint-Père. Dites-leur que je dois voir Sa Sainteté dans les plus brefs délais. Ne revenez qu'avec un rendez-vous.

À la vérité, le secrétaire aux affaires extraordinaires n'appréciait guère l'exorciste du Vatican. Il trouvait que les hommes causaient assez de problèmes pour ne pas avoir à y mêler le diable. Comme pour beaucoup de prêtres de sa génération, Satan avec sa cohorte bigarrée de démons relevait d'un passé révolu, du domaine frelaté de la superstition. Sauf que ce qu'il avait vu, dans les appartements du pape, l'avait profondément troublé. Il ne parvenait pas à s'en détacher. Ces derniers jours, il lui semblait voir le diable partout à l'œuvre. Ça ne pouvait pas continuer ainsi. Cette pensée lui faisait perdre sa lucidité et il en tenait le père Moussone pour responsable. Cet exorciste d'un autre temps était comme un médecin surgi de nulle part pour vous apprendre que vous êtes atteint d'une maladie terrible et incurable. Mais Gianbatesti n'avait pas le choix, il devait aussi gérer cette affaire, *extraordinaire* s'il en était.

— Alors, père Moussone, vous avez demandé à me voir ?

Le prêtre s'agenouilla pour baiser l'anneau du dignitaire de l'Église. D'habitude, le cardinal dispensait ses visiteurs de cette formalité, plutôt humiliante, mais pas cette fois. Il tenait absolument à mettre de la distance entre ce fauteur de troubles surnaturels et lui.

— Votre Éminence, vous avez assisté à l'exorcisme que le pape a souhaité faire et…

Gianbatesti le coupa aussitôt :

— Père Moussone, sachez tout de suite que j'étais totalement opposé à cette cérémonie. À mes yeux, elle était aussi ridicule que dangereuse. Quant à la *crise* de cette nonne, devant le pape en plus, je n'ai pas de mots assez durs pour qualifier pareil scandale !

Malgré la violence de l'attaque, l'exorciste ne se démonta pas :

— C'est justement d'elle que je veux vous parler, elle vient d'avoir une nouvelle crise – pour reprendre votre propre mot – à l'heure exacte de l'exorcisme d'hier.

— Vous n'allez pas me faire croire que le diable, en plus, est ponctuel ? ironisa le cardinal.

— Le diable est dans cette femme, Votre Éminence, il se nourrit d'elle. Mais il en sortira bientôt.

— Pour retourner en enfer, après un bon repas ? renchérit Gianbatesti.

— Non, pour investir une nouvelle âme et un nouveau corps.

L'exorciste sortit son carnet et montra le dessin qu'il avait ébauché pendant la dernière possession.

— Voyez, la nonne a été touchée aux yeux, à la main droite et à la bouche. C'est là que le diable s'exerce, c'est là qu'il frappera la prochaine fois.

Malgré lui, le cardinal frissonna. Entre les menaces de l'Ordre et les manifestations démoniaques dans l'enceinte du Vatican, il avait l'impression d'être en plein cauchemar.

— Père Moussone, j'ai le plus grand respect pour vos connaissances en démonologie, mais moi c'est contre des hommes, qui incarnent le mal, que je dois me battre et je ne peux pas perdre de temps avec un démon en quête d'un nouveau dîner.

L'exorciste se leva.

— Pardonnez-moi de vous avoir importuné. Je voulais simplement vous prévenir.

— Considérez que c'est fait. Et ne prenez plus la peine de venir me voir si votre diable remet le couvert.

Le père Moussone s'inclina avant de sortir.

— Un dernier mot, Votre Éminence. Vous m'avez dit combattre des hommes de mal ? Alors, n'oubliez jamais que c'est Satan qui les inspire.

Le cardinal haussa les épaules.

— En tout cas, si votre nonne a un nouvel *accès,* j'exige qu'elle soit placée dans un établissement adapté à son état psychiatrique. Me suis-je bien fait comprendre ?

— Totalement, répondit l'exorciste avant de disparaître.

Le secrétaire du cardinal venait de rentrer. Le Saint-Père allait le recevoir. Gianbatesti souffla. L'Ordre était comme une dent cariée et il allait extirper une des racines du mal.

L'entrée dans les appartements du pape s'accompagnait d'un rituel que le cardinal détestait. Escorté par des gardes suisses qui changeaient à chaque nouvelle porte, accompagné par des secrétaires toujours plus renfrognés, le secrétaire aux affaires extraordinaires se sentait rapetisser au fur et à mesure qu'il se rapprochait de la salle d'audience. Aux regards courroucés qu'on lui lançait, le cardinal comprenait que, pour lui trouver un rendez-vous, on avait dû modifier l'agenda du pape, ce que les fonctionnaires du Vatican détestaient par-dessus tout. Sans le vouloir, il venait de se faire une tribu irréductible d'ennemis. Juste avant de franchir la dernière porte, les gardes suisses s'arrêtèrent brusquement et le secrétaire tourna la poignée comme s'il s'agissait de l'entrée du paradis. Dans l'embrasure, Gianbatesti aperçut le visiteur du pape. Il le reconnut aussitôt. Le comte Ciano, ambassadeur d'Italie auprès du Saint-Siège et… gendre de Mussolini. Il se demanda si le comte venait plaider la cause de son beau-père, avec lequel la rumeur publique le disait en froid, ou s'il cherchait au contraire, par l'intermédiaire du Vatican, à promouvoir une paix séparée avec les Alliés. En tout cas, pensa le cardinal, après pareille entrevue, ce qu'il allait demander au pape à propos de l'Ordre risquait de paraître anecdotique. Et pourtant, en ces temps où l'espoir d'une paix mondiale était entre les mains d'une poignée d'hommes, préserver le plus grand secret de tous les temps était aussi crucial. Le secrétaire referma la porte et se retourna vers Gianbatesti. À la différence des précédents secrétaires, il était souriant. Beau aussi. Ce qui frappa le cardinal.

— Le Saint-Père va vous recevoir. Je vous en prie, asseyez-vous.

Gianbatesti prit place dans un fauteuil de cuir de style anglais qui tranchait avec le décor tout en dorure de la pièce.

— Vous travaillez ici depuis longtemps ? demanda le cardinal. Je crois ne vous avoir jamais vu.

Le jeune secrétaire sourit obligeamment. Il semblait sortir d'un magazine de mode. La coiffure impeccable, le teint d'un blanc de statue, seuls ses yeux, légèrement rougis, troublaient cette perfection.

— Je ne suis là que depuis ce matin, le titulaire du poste est tombé brusquement malade. Et comme mon oncle…

Le cardinal fit un geste d'assentiment. C'était une coutume de faire entrer les jeunes prêtres prometteurs comme secrétaires dans le Saint des Saints. Même pour quelques jours. *Même pour coller des timbres*, pensa Gianbatesti, toujours surpris par le nombre incalculable de secrétaires qui s'activaient dans les antichambres du Saint-Père.

— Puis-je vous proposer un café, Votre Éminence ?

Le cardinal secoua la tête. Il en consommait déjà beaucoup trop ces derniers jours.

— Alors, puis-je vous suggérer de la lecture pour patienter ? Les imprimeries du Vatican viennent justement de publier une édition exceptionnelle de *L'Enfer* de Dante, illustré par Botticelli.

Gianbatesti tourna son regard vers la porte derrière laquelle le pape recevait le gendre de Mussolini. L'entretien risquait de se prolonger.

— Je serais ravi de découvrir cette merveille.

Le secrétaire se précipita. Le livre était si volumineux qu'il dut le saisir à deux mains. L'une tremblait à cause du poids.

— Permettez-moi de le poser sur le guéridon, ce volume est aussi lourd que précieux.

Le cardinal n'avait jamais été un lecteur passionné de Dante mais, passé quelques pages, il se laissa prendre par la beauté des illustrations. L'une d'elles le frappa. C'était la reproduction d'un dessin à l'encre. On y voyait une cohorte de damnés s'enfoncer dans un entonnoir de chair humaine. Ils semblaient tous aspirés par un tourbillon d'abominations. Curieux de savoir où ces âmes maudites allaient achever leur ronde macabre, Gianbatesti tourna la page, qui lui résista : elle était collée par son extrémité supérieure à la suivante. Il mouilla son index pour les séparer, mais ne réussit qu'à se tacher d'encre.

— Son Éminence veut-elle un mouchoir ? s'inquiéta le secrétaire.

Le cardinal secoua la tête et passa un coup de langue sur le bout de son doigt. Enfant, il adorait le goût métallique de l'encre dans sa bouche. L'encre d'imprimerie, elle, avait un autre goût, comme de l'amande amère. Les feuillets collés venaient enfin de se séparer, le cardinal tourna la page et tomba sur du vide. Ni reproduction ni texte. Le feuillet était vierge. Il retourna le livre et le montra au secrétaire.

— Votre exemplaire est défectueux. Il s'arrête sur une page blanche.

— Vous vous trompez, regardez bien au centre.

Le cardinal pencha le visage et aperçut une minuscule barque imprimée.

— Mais quel rapport avec Dante ?

— Avec Dante, aucun. Mais pour vous, ça veut

dire que le voyage vient de commencer. Changez de page.

Stupéfait, le cardinal s'exécuta. Un autre dessin apparut.

— Je ne comprends pas. On dirait un sac fermé par des nœuds.

— C'est un linceul, le vôtre.

Gianbatesti essaya de se lever, mais ses jambes l'avaient déjà abandonné. Le secrétaire s'approcha et tourna la page suivante.

— Pardonnez-moi de vous aider, Votre Éminence, car je sais que déjà vous ne pouvez plus vous servir de vos mains. C'est un des premiers effets du poison. Ensuite, ce sera le tour de vos organes vitaux. En revanche, vos yeux vont encore fonctionner quelques secondes. Profitez-en.

Cherchant désespérément à retrouver sa respiration, le cardinal n'eut que le temps de voir deux lettres : A et O, qui se brouillèrent aussitôt. Puis il entendit la voix du secrétaire devenir subitement caverneuse.

— Bienvenue en enfer, cardinal Gianbatesti. Les deux pages collées l'étaient au cyanure. Fabrizio di Colonna vous souhaite un bon voyage : l'Ordre ne pardonne jamais !

31

Banlieue de Berlin
Siège de l'Ahnenerbe

Debout face au tableau, Tristan détaillait la petite silhouette blanche statufiée à la proue de la barque. Ulrike avait pris une cigarette à son tour et fumait nerveusement. Le Français était encore stupéfait.

— Le saint suaire représenté sur un tableau symboliste… Jésus en personne, et bien vivant, revêtu de son linceul, prêt à débarquer sur une île cimetière. De mémoire, je n'ai pas souvenir d'un tel épisode dans les Évangiles. Je doute que l'Église catholique apprécie cette interprétation.

— D'autant plus que le Vatican n'a jamais authentifié le saint suaire. Mais je peux me tromper, je ne suis pas catholique.

— Vous avez raison. De mémoire, ils l'exposent au regard des fidèles, mais ça s'arrête là. La chrétienté croule sous les reliques de toutes sortes. Entre les épines de la couronne du Christ, les fragments de la vraie croix et les bouts du manteau de la Vierge, les monceaux d'ossements d'apôtres et de saints, on pourrait ouvrir un musée aussi grand que la basilique Saint-Pierre. Enfin… Le plus important, c'est que nous ayons honoré notre part du marché. Votre mari est sauvé.

— Je l'espère, mais je n'ai aucune confiance dans la parole d'un SS. Autant exiger de la compassion de la part d'un scorpion.

Tristan reposa délicatement le tableau à l'envers sur la table. Il continuait de deviser tout en nettoyant de son chiffon les traces d'enduit gris qui restaient accrochées à la plaque de cuivre. Elle le regardait avec amusement.

— Vous avez pris goût aux travaux ménagers ?

— Dieu m'en garde… Non, je suis parfois un peu maniaque sur la conservation des œuvres d'art.

— En tout cas, bravo pour votre perspicacité.

— Merci, mais ce n'est que la moitié du chemin, ou plutôt de la traversée. Nous ne connaissons rien de la nature du secret lié à cette relique. Ni pourquoi Marie Berna Christ et Böcklin ont pris du temps, beaucoup de temps, pour graver cette énigme au dos du tableau, juste pour nous parler du suaire. Mais j'en connais un que ça va étonner, Himmler. Connaissant sa répulsion pour le christianisme, j'ai hâte de voir sa tête quand je lui apprendrai notre découverte.

— Votre découverte. Je n'ai pas fait grand-chose.

— Votre expertise de latiniste distinguée nous a sauvé la mise. Et je ne parle même pas du coup du vinaigre. Il faudrait aussi que je crédite le jardinier qui m'a mis sur la piste de la gravure sur cuivre. Tiens, c'est curieux…

— Quoi donc ?

Tristan s'était penché sur la plaque.

— Il y a une sorte de symbole gravé en tout petit, en bas. On dirait un…

Il frotta avec plus d'entrain, effaçant jusqu'à la dernière parcelle grisée.

— Un carré magique…

S	A	T	O	R
A	R	E	P	O
T	E	N	E	T
O	P	E	R	A
R	O	T	A	S

— Le carré SATOR ! s'exclama Marcas. L'un des symboles les plus énigmatiques d'Occident. On le retrouve un peu partout en Europe depuis les premiers siècles de notre ère. Si mes souvenirs sont bons, le plus ancien a été découvert dans les ruines de Pompéi dans les années trente. Mais qu'est-ce qu'il fait là ?

— Jamais entendu parler. Vous m'expliquez ?

— Ce carré est composé d'une série de cinq mots en latin, qui peuvent se lire dans les deux sens. Des palindromes. Par exemple : *Sator,* à la première ligne, devient *Rotas* à la dernière. De même, *Arepo* a pour inverse *Opera.* Seul *Tenet* ne change pas.

Tristan reposa la lampe, prit un calepin et reproduisit les lettres, mot à mot.

SATOR. AREPO. TENET. OPERA. ROTAS.

— Les interprétations divergent. Si l'on s'en tient au sens le plus strict, *Sator* veut dire le laboureur ou le semeur. *Arepo* pourrait être, lui, un nom propre. *Tenet* est une déclinaison du verbe tenir ou utiliser.

— *Opera* pour la musique ? murmura Ulrike d'un air goguenard.

— Non, sourit Tristan, plutôt pour le travail. *Rotas* correspond à roues, ou rotation. Donc, si l'on traduisait au pied de la lettre, on aurait une phrase du genre : le laboureur, un certain Arepo, utilise des roues pour son travail. Ou tient la roue de son œuvre.

— Pourquoi Marie Berna aurait-elle fait graver pareil symbole ?

— Ou le peintre. Certains d'entre eux sont coutumiers du fait, je me souviens que…

Il n'eut pas le temps de continuer, la porte d'entrée du salon s'ouvrit avec fracas, laissant apparaître le colonel Skorzeny encadré de quatre SS. L'officier arborait un sourire chaleureux.

— Félicitations, Herr Tristan. Et à vous aussi, Fraulein Meyer, vous formez un excellent duo d'enquêteurs, lança-t-il d'une voix tonitruante pendant que deux de ses hommes embarquaient le tableau. Notre chef sera aux anges.

— Ne me dites pas que vous avez passé tout ce temps l'oreille collée à la porte ? répliqua Marcas, agacé par l'interruption du SS alors qu'il n'avait pas élucidé la présence du carré SATOR sur le tableau.

— La supériorité technologique allemande est valable dans de nombreux domaines, dont la mise au point de micros performants, répondit l'Allemand en montrant de son index un lustre et un pot de fleurs sur une commode. À cette minute même, notre Reichsführer doit déjà être au courant de votre exploit… Tristan, il est temps de dire au revoir à votre collaboratrice. Mademoiselle, prenez vos affaires et suivez-nous.

La jeune femme lança un regard suppliant à Tristan. Ses mains tremblaient.

— Maintenant ?… répondit-elle d'une voix faible.

— Non, à Noël… N'avez-vous pas hâte de retrouver votre mari ?

Il fit un signe à deux de ses hommes qui empoignèrent Ulrike. Elle n'essaya même pas de se débattre.

— Vous êtes fou, Skorzeny, lâchez-la ! cria Tristan qui se précipitait vers la jeune femme.

Le SS s'interposa en braquant un Mauser sur son ventre.

— Allons… Ne faites pas de bêtise. Je serais navré de maculer ce superbe tapis avec votre sang. Nous l'emmenons rejoindre son mari. Ni plus ni moins.

Marcas serra les poings. Il n'avait qu'une envie : fracasser le sourire arrogant du SS.

— Ça ira, Tristan, je vais obéir, balbutia l'archiviste. Je suis… ravie de vous avoir connu. Dommage que nous n'ayons pas le temps de décrypter votre carré magique.

— Je peux la saluer ? Ce n'est pas trop demander ? lâcha Tristan d'une voix blanche.

— Ah, les Français. Incurables romantiques, s'esclaffa Skorzeny en baissant son arme. Je ne suis pas un monstre, allez-y.

Tristan serra l'archiviste contre lui.

— Je parlerai à Himmler pour qu'il ne vous arrive rien, à vous et à votre mari, chuchota-t-il à son oreille. Je vous en fais le serment.

Elle se contenta de le presser furtivement contre elle en guise de réponse, puis se dégagea, en prenant son sac à main.

— J'espère que vous tiendrez votre promesse, Skorzeny. Je vous crois homme de parole.

— Moi oui, je peux vous le garantir. Mes collègues du RSHA[1], eux, je ne peux rien promettre.

— Et moi ?

— Votre travail est terminé. Après toutes ces prouesses intellectuelles, prenez un peu de repos ici. Le parc est magnifique et le jardinier est impatient de vous montrer ses œuvres d'art.

— Vous fourrez aussi des micros dans les rosiers ?

Le SS éclata de rire.

— Non, le brave homme nous a fidèlement rapporté votre conversation de cette nuit. Mettez-vous au jardinage en sa compagnie, c'est idéal pour retrouver le goût des choses simples. Comme le dit votre maréchal Pétain, la terre ne ment pas.

— Vous vous moquez de moi ?

— Du tout, vous êtes libre de vos mouvements.

1. Reichssicherheitshauptamt. Office central de la sûreté du Reich, regroupant tous les services de police et d'espionnage.

Sous surveillance naturellement. D'ailleurs, je peux vous indiquer une excellente maison close, contrôlée par la SS. Ils font des prix pour les membres… Je vais vous rédiger un mot d'introduction.

— Je ne sais pas si vous me dégoûtez ou si je dois en rire.

— Allons, Marcas. Prenez un peu de bon temps, un vrai luxe en temps de guerre. Et pour votre sécurité, pas un mot sur cette histoire de suaire. Ce serait dommage qu'il vous arrive un malheureux accident…

32

Berlin
Siège du RSHA
Prinz Albrecht Strasse

Debout devant la fenêtre, les mains jointes dans le dos, Himmler observait l'embrasement du ciel au-dessus de Berlin. Les nuages tiraient sur un orange incandescent comme il en avait rarement vu dans cette ville polluée. Il ne regrettait pas d'avoir installé son bureau à l'ouest, les crépuscules d'été y étaient souvent de toute beauté.

Les voix de Tristan et d'Ulrike résonnaient en fond sonore, crachées par le gros magnétophone AEG K1 fourni par la Gestapo. Assise en retrait sur un canapé, Kirsten Feuerbach prenait des notes à toute vitesse. Himmler se retourna et stoppa la bande au moment où la voix de Skorzeny jaillissait. Le chef des SS s'assit derrière son bureau et tapota le crâne déplumé d'un aigle en bronze, posé sur un sous-main couleur argent.

— Ça s'est déroulé hier soir. Ils sont allés beaucoup plus vite que je ne pensais. Le saint suaire. Qui aurait cru que cette histoire nous mènerait à cette relique chrétienne ?

— Je sens que ce résultat ne vous enchante guère.

Il s'écoula un léger silence avant que Himmler ne réponde :

— J'étais persuadé que ce tableau allait nous conduire à une piste plus germanique, plus aryenne. Comme pour les quatre swastikas. Je me retrouve avec un secret lié à ce mendiant israélite créateur d'une religion larmoyante…

— Vu l'enjeu du secret révélé dans le journal intime de Marie Berna, son origine reste secondaire. Non ?

— Votre pragmatisme vous honore. Disons que je garde de mauvais souvenirs d'une précédente expédition de l'Ahnenerbe, avant-guerre, en Égypte. Tout un commando qui était sur la piste de l'Arche d'Alliance des Juifs a été porté disparu.

Il toussa légèrement, comme si son irritation lui faisait cracher quelques morceaux de la croix.

— Mais vous avez raison, ne sombrons pas dans la superstition. Quelle chance que vous ayez rédigé un mémoire pour le Führer sur l'histoire des reliques en Europe. J'en avais reçu copie à l'époque. C'est comme ça que je vous ai remarquée.

— Je l'ai apporté, comme vous me l'aviez demandé. C'était en 1938, le Führer avait réalisé l'Anschluss et voulait rapatrier les Regalia, les reliques du musée de Vienne, à Nuremberg. Il y avait la couronne de Charlemagne et la lance de Longinus, censée avoir percé le flanc du Christ. Notre chef bien-aimé avait besoin d'un avis d'expert pour valider le transfert des reliques en Allemagne, une sorte de retour aux sources.

— La lance de Longinus. Celui qui la détient a le destin du monde entre ses mains… Je me souviens très bien de cette légende. C'est moi qui ai organisé la cérémonie de réception des reliques dans la cathédrale de Nuremberg, en 1938. Un magnifique événement.

— Je m'en souviens, j'y étais aussi.

— Le Führer était très ému, il m'a raconté avoir été comme frappé par la foudre quand il l'avait contemplée pour la première fois. À l'époque, il croyait à cette légende et à bien d'autres choses. Moi, non. J'ai peu de goût pour les reliques chrétiennes, à part le Graal[1] et encore… Je suis persuadé que c'était un objet païen à l'origine.

— J'ai appris que la lance et les autres reliques des empereurs avaient été retirées de la cathédrale de Nuremberg.

Himmler prit un air énigmatique.

— Oui… Je les ai moi-même mises à l'abri dans un lieu tenu secret. Mais revenons à notre suaire. Que pouvez-vous me dire à son sujet ?

— Selon la légende, après sa crucifixion, le Christ a été déposé de la croix par Marie et ses disciples l'ont enveloppé dans un linceul. *Mandylion* en grec. On n'en entend plus parler jusqu'au XIVe siècle où il réapparaît mystérieusement en France, en Champagne plus

1. Voir *Le Triomphe des ténèbres*, éditions Jean-Claude Lattès, 2018.

précisément, à l'abbaye de Lirey. Il est ensuite acheté par Louis Ier de Savoie, puis transféré à la cathédrale de Turin un siècle plus tard. Depuis cette époque, le suaire appartient à la maison de Savoie, devenue par la suite la famille royale d'Italie, mais le Vatican en assure la conservation. Il fait l'objet d'ostensions publiques et de vénération. Sa texture est faite de lin, ses dimensions sont de 442 centimètres sur…

— Concentrez-vous sur l'essentiel ! la coupa Himmler. Je me souviens de vives controverses sur son authenticité.

— Pardon… Oui, depuis le XVIe siècle, beaucoup de voix se sont élevées, y compris au sein de l'Église, pour dénoncer une supercherie. Mais c'est en 1898 que les débats ont redoublé d'intensité. Un photographe, Secondo Pia, a pris le premier cliché de la relique. En développant sa photo, il a eu la surprise de voir apparaître l'image distincte, visage et corps, d'un homme barbu. Image que l'on ne voyait pas sur le tissu original. La photo de Pia a été diffusée dans le monde et la controverse a repris de plus belle. Les scientifiques s'en sont mêlés, au grand embarras de l'Église.

— Quelle est la position du Vatican ?

— D'une grande prudence. Il l'encourage comme objet de vénération, mais pas question de l'authentifier officiellement.

— Ça ne m'étonne pas. L'hypocrisie catholique dans toute sa splendeur…

— Que comptez-vous faire ?

— Je vais demander directement au Führer de

se mettre en contact avec Mussolini pour exiger le suaire. Que ce bouffon italien aille le réclamer auprès du pape. Et si ça ne suffit pas, nous irons le récupérer dans la cathédrale de Turin. J'ai une division SS stationnée dans le nord de l'Italie.

— Ça vous sera difficile.

— Et pourquoi ?

— La relique a été retirée de la cathédrale en 1939, j'ai appris ça à l'époque quand je travaillais avec des homologues italiens. Elle est cachée dans un lieu tenu secret.

Himmler s'était levé, le visage irrité.

— Voilà qui ne m'arrange pas. J'espère que le Duce se montrera persuasif avec le pape. Mais vous ne m'avez pas donné votre avis sur la relique ?

— Vous connaissez mes croyances antichrétiennes. Je suis mal placée pour émettre un avis objectif sur cet objet.

— Peu importe, votre avis ?

— D'un point de vue terre à terre, les reliques catholiques font l'objet de trafics en tout genre depuis le haut Moyen Âge. Pour deux raisons, la première économique. Comme les œuvres d'art, elles ont fait l'objet de spéculation financière au fil des siècles. Si les ongles ou l'orteil d'un martyr de troisième ordre n'ont jamais valu grand-chose, en revanche, les reliques des saints majeurs ou de la Passion se sont vendues à des sommes folles. On a parfois atteint des sommets avec Saint Louis. Au XIIIe siècle, le roi de France Louis IX a acheté pour cent trente-cinq mille livres tournois la couronne du Christ à des marchands de Venise.

— Ça n'a pas l'air faramineux comme somme…

— Détrompez-vous, c'était à l'époque l'équivalent de la moitié des revenus du royaume de France. La moitié… Il a saigné son pays pour l'acquérir, mais, vu sous un autre angle, c'était aussi un excellent placement. Et une rente. Les reliques prestigieuses suscitent les pèlerinages, drainent des foules énormes et stimulent le commerce avec la tenue de foires. En cas de trou dans les caisses, les propriétaires peuvent revendre leur sainte marchandise à d'autres seigneurs, sans perdre d'argent. Voire en gagner. C'est pour ça que le saint suaire appartient toujours à la maison de Savoie et non au Vatican.

— Et la seconde raison ?

— De la même façon que l'Église a bâti ses cathédrales et ses lieux de culte dans toute l'Europe sur des sites de culte païen, elle a aussi récupéré la pratique de la vénération des idoles. Se prosterner devant une fiole du sang du Christ, tomber en pâmoison devant un linceul ou vénérer un crâne de saint Pierre, c'est perpétuer une coutume païenne ancestrale. C'est croire que ces objets détiennent une puissance surnaturelle emprisonnée dans un fragment de corps humain ou un objet ayant été en contact avec un être supérieur. Et comme je crois à ces antiques enseignements, il ne me paraît pas impossible que certaines de ces reliques soient mystérieusement et puissamment chargées en… énergie.

33

Rome

— Duce, dois-je me garer dans l'enceinte du Saint-Siège ?

— Non. Dépose-moi ici, devant la place Saint-Pierre.

Le chauffeur jetait des regards inquiets autour de lui, puis sortit pour ouvrir la portière arrière de l'imposante Alfa Romeo noire. En dépit de la brigade entière de gardes fascistes postés tout le long du chantier de la via della Conciliazione, il redoutait un attentat des partisans. Les services de l'OVRA ne ménageaient pas leurs avertissements, mais Benito Mussolini n'en faisait qu'à sa tête. Comme toujours.

Le maître de l'Italie sortit avec lenteur de sa décapotable blindée, le regard gris, les épaules rentrées, le cou lourd. Il était loin le temps où il paradait debout à l'arrière de la voiture dans les rues de Rome. Dix hommes en chemise noire, mitraillette en bandoulière, claquèrent des bottes devant le dictateur.

— Tu me prends pour un pleutre ? lâcha Mussolini

en tapotant l'épaule du chauffeur. Je doute que mes ennemis m'assassinent au Vatican. En Italie, même les communistes craignent Dieu.

— Duce, Jules César a été assassiné devant le Sénat, l'enceinte la plus sacrée de Rome.

— César n'avait pas de camarades fascistes à ses côtés. Va garer la voiture devant l'entrée officielle, je t'y rejoindrai après mon entretien avec Il Corvo[1].

Le dictateur contempla le gigantesque chantier de l'avenue qui reliait le château Saint-Ange au Vatican. Elle avait été tracée pour célébrer les accords de Latran[2], l'une de ses plus grandes réussites. Selon les plans, elle devait être la plus belle avenue du monde avec des obélisques dignes du temps des pharaons, et des réverbères plus scintillants qu'à Paris. C'était son œuvre et il en tirait une grande fierté, même si les travaux s'éternisaient.

Escorté de sa garde prétorienne, le dictateur arriva devant la place Saint-Pierre d'une allure lente et martiale. Les gardes suisses levèrent la barrière symbolique à son approche. Il rendit son salut aux militaires et traversa la place en fixant le deuxième étage du palais apostolique. Les rideaux étaient partiellement tirés, un scintillement jaune illuminait les appartements du souverain pontife.

— Et dire qu'on me reproche mon style dictatorial, ironisa Mussolini en prenant le bras du capitaine qui commandait sa garde. Regarde ce balcon qui

1. « Corbeau » en italien.

2. Accords entre l'Italie et le Vatican, devenu État souverain.

surplombe la place. Idéal pour haranguer la foule des fidèles. Quelle différence entre le pape et moi ? Le costume ? Il porte une soutane, moi une veste militaire. Les discours ? Il prône l'amour de Dieu, moi celui de la patrie… On est pareils.

Dix minutes plus tard, le dictateur était assis dans le bureau de Pie XII. Séparés par un bureau sans ostentation, les deux hommes se jaugeaient en silence. Ils se connaissaient depuis presque vingt ans. Lui était déjà le maître de l'Italie alors que le vicaire du Christ n'était qu'un jeune nonce ambitieux, en poste à Munich.

Le pape remarqua tout de suite que le dictateur avait sa tête de maquignon. Le Duce était un sanguin, un affectif, incapable de dissimuler. Tout son contraire.

— C'est toujours un plaisir de vous revoir, mon fils.

— Moi aussi, Saint-Père. Moi aussi, répondit le dictateur d'un ton qui démentait ses propos.

— Voulez-vous prendre une collation ?

— Non, je dois repartir rapidement.

Le pape avait remarqué que le dictateur était amaigri, il ne se montrait plus dans des poses avantageuses depuis plus d'un an.

— Que puis-je pour vous, mon fils ? Un péché à avouer ? Une confession ?

Mussolini écarquilla ses gros yeux à la satisfaction du pape. Comme tous les dictateurs, son sens de l'humour s'arrêtait à la pointe de ses bottes cirées.

— Je plaisantais, bien sûr… Je vous écoute.

Le Duce tapota nerveusement l'accoudoir de son fauteuil.

— Contrairement à vous, je n'ai pas le temps de faire de l'humour. Mon esprit est trop accaparé par le salut de l'Italie.

Plutôt ton salut personnel, songea Pie XII qui s'abstint d'émettre son opinion.

— Comme vous le savez, les Anglo-Américains ont pour objectif de me chasser du pouvoir, reprit Mussolini. Mais notre glorieuse armée défend chaque pouce de notre terre sacrée.

— Ne serait-il pas préférable de choisir une voie diplomatique afin d'éviter des milliers de morts ?

— Non. Ce serait avouer une faiblesse qui n'existe pas.

— Continuez.

Mussolini le fixait avec un regard farouche, celui qu'il utilisait pour impressionner ses interlocuteurs.

— L'Allemagne reste à ce jour notre plus fidèle alliée. Pour le prouver, Hitler va envoyer bientôt cinq divisions pour défendre notre patrie. Ses meilleures troupes. L'information est confidentielle, mais je voulais vous avertir pour que vous vous sentiez mieux protégé.

— Je doute que la préoccupation première du Führer soit de se soucier de mon bien-être. Et je n'ai aucun élément qui m'amène à croire que les Alliés saccageraient le Vatican.

— Eux non, les partisans communistes, oui. Je ne veux pas que l'Église catholique soit profanée par ces porcs. Je tiens à votre sécurité et à celle de votre institution. Ne l'ai-je pas toujours protégée ?

Le pape scrutait son interlocuteur d'un visage

impénétrable. Si Mussolini s'épanchait, c'est qu'il avait autre chose en tête.

— Je vous remercie de votre sollicitude, mais l'Église a traversé bien des crises au cours des siècles et elle s'en est toujours remise.

Il s'arrêta pour choisir ses mots. Un de trop et il pouvait déclencher une explosion de colère de la part de son interlocuteur.

— En revanche, mon fils, nous savons tous les deux que votre position est devenue plus… compliquée. Je crois savoir que le roi, l'armée et même certains hauts dignitaires de votre mouvement ne partagent plus votre vision sur la suite des événements. L'idée de négocier une paix séparée avec les Alliés fait son chemin.

Contrairement à ce qu'il attendait, le Duce resta calme.

— Je suis au courant, mes services de renseignements fonctionnent aussi bien que les vôtres. Mais mes ennemis savent aussi que si je suis évincé, les Allemands envahiront l'Italie, et cette fois de façon massive. Ils occuperont Rome et la traiteront comme Prague ou Varsovie. Je suis l'ultime rempart.

— Que Dieu vous entende, mon fils.

— M'adresser à vous, son représentant sur terre, suffira. J'ai besoin que l'Église me rende un service.

Pie XII resta du même marbre que celui qui ornait les murs de la basilique. Mussolini s'approcha du bureau et tendit le cou.

— Je voudrais avoir accès au saint suaire de Turin.

Pie XII s'était attendu à beaucoup de choses, mais pas à cette requête.

— Si c'est pour prier, vous n'avez nul besoin de cette relique. Le Christ est partout, au ciel comme dans votre cœur.

— Vous m'avez mal compris, Saint-Père, le coupa Mussolini d'un ton impatient. Je désire l'emprunter pour… un grand ami de l'Italie.

— Mmm… Je me souviens d'un « ami de l'Italie » qui s'intéressait vivement au saint suaire en 1939. Si c'est la même personne, en l'occurrence Adolf Hitler, je crains que ma réponse ne soit négative. Et de toute façon, la relique appartient à la maison de Savoie, qui est celle du roi. Vous n'avez qu'à le lui demander.

Mussolini se leva d'un bond et marcha à grandes enjambées dans le salon, le visage gonflé, les mains croisées en arrière.

— Ne jouez pas au plus fin avec moi. Je sais que vous et le roi Umberto avez caché le suaire en 1939 par peur des Allemands, alors même qu'ils étaient nos alliés. Avant de venir, j'ai eu une entrevue avec le roi, il m'a dit que tout dépendait de vous. Lui-même ignore où la relique a été cachée.

Nullement déconcerté, Pie XII hocha la tête.

— Et je peux vous assurer que moi aussi.

Tout à coup, le Duce se dressa devant le chef de l'Église.

— J'ai un besoin vital du suaire. C'est l'une des conditions pour que Hitler m'envoie du renfort. Vous comprenez ?

Le pape répondit avec calme :

— *Votre ami* enverra des troupes avec ou sans le suaire. Il ne peut se permettre que les Alliés s'emparent de l'Italie. Reste à savoir s'ils seront à Rome avant que vous ne soyez destitué par le roi et vos camarades du Grand Conseil fasciste.

Les joues de Mussolini prirent une teinte écarlate qui aurait pu rehausser la couleur des murs de l'enfer.

— Bon sang ! Je ne vous demande pas grand-chose. Un misérable bout de tissu qui a sûrement été fabriqué par un faussaire. C'est une insulte à l'intelligence de croire que le Christ a imprégné son image sur un vieux drap par la vertu du Saint-Esprit. Même vous, au Vatican, vous n'y croyez pas ! Ni vous ni aucun de vos prédécesseurs ne l'avez authentifié.

— Si ce suaire est sans valeur, pourquoi intéresse-t-il tant le Führer ?

Le Duce crispa la mâchoire, il voyait bien que son numéro n'impressionnait pas son interlocuteur. Il s'assit de nouveau et baissa d'un ton en posant les mains sur ses genoux.

— Très Saint-Père, je n'en sais rien et je m'en moque. Hitler s'est toujours passionné pour les mythes, l'astrologie, l'ésotérisme et toutes ces croyances stupides. Et je ne vous parle pas d'Himmler… Je vous fais une proposition. Confiez-moi ce bout de tissu, je ne ferai que le lui montrer. Un de vos secrétaires pourra même être présent.

— Quelle garantie me donnez-vous que votre « ami » nous rende le suaire ?

— N'ai-je pas toujours honoré mes engagements envers l'Église ? N'est-ce pas moi qui ai créé votre État ? Que vous faut-il de plus ? Vous avez la parole du Duce.

Pie XII le dévisagea longuement.

— Et je vous en remercie, mon fils. Bien sûr, j'ai toute confiance en vous. Mais hélas, aucune envers Hitler. Je crains donc de devoir refuser cette requête. Mais, si vous le voulez, nous pouvons prier ensemble dans ma chapelle privée. Je sais que vous traversez des moments éprouvants, le Seigneur peut vous aider, vous remettre sur le véritable chemin.

Mussolini bouillonnait de nouveau.

— Le Seigneur… Vous croyez que j'ai compté sur son aide pour devenir ce que je suis ? Je ne crois qu'à la force et à la volonté de puissance. Le reste n'est que jérémiades.

— Vous devriez baisser le ton, Benito. Vous êtes dans la maison de Dieu.

Le Duce éclata d'un grand rire féroce.

— Dieu n'a que faire des humains ! Je vais vous le prouver à l'instant. Je suis assis là, devant vous. Et je le maudis. Vous m'entendez ? Je le maudis. Dans sa maison. Au Vatican, sa bâtisse la plus sacrée. S'il existe vraiment, qu'il me foudroie à l'instant.

Le dictateur croisait les bras d'un air triomphant.

— Rien, pas un coup de tonnerre, pas un éclair pour me foudroyer. Dieu dort et son sommeil perdurera des millénaires.

Le pape se signa et, pour la première fois depuis des années, sentit la colère l'envahir. Il brandit un index accusateur.

— Je vous interdis de blasphémer dans cette enceinte sacrée. Cette entrevue est terminée !

— Je pourrais demander à mes chemises noires

de prendre d'assaut votre État ridicule. Vos gardes suisses seraient balayés en moins d'une heure.

— Et ensuite ? Vous allez m'arrêter et me torturer pour savoir où se trouve le suaire ?

— Bien sûr que non !

— Vous avez la force de votre côté, c'est vrai. Mais quand la nouvelle sera connue, vous perdrez tout appui des catholiques italiens, du moins de ceux qui croient encore en vous. Décidez en votre âme et conscience. Je ne vous retiens pas… mon fils.

— Vous me condamnez par votre refus.

— Vous auriez dû mieux choisir vos alliés en 1939, Duce.

Le dictateur se leva, le visage accablé, le corps lourd, et s'inclina devant le pape. Il se dirigea vers la porte en murmurant à voix basse :

— Un misérable bout de chiffon… Mon destin est sur le point de basculer à cause d'un misérable bout de chiffon…

34

Berlin
Théâtre national de Prusse

Les jeunes gymnastes tournoyaient avec grâce pour le dernier mouvement de leur ballet. Derrière la troupe, un décor en trompe l'œil représentait un village avec des huttes au toit de chaume. La trentaine de filles portaient toutes le justaucorps blanc siglé d'une croix gammée noire de la Jungmädelbund.

Dans une chorégraphie impeccable, elles virevoltaient autour d'une statue du dieu nordique et barbu Odin, lui aussi orné d'une swastika. Sur le côté droit de la scène, l'orchestre féminin enchaînait avec brio la fin du « O Fortuna », le dernier mouvement des *Carmina Burana* de Carl Orff, un compositeur un peu trop excentrique pour le régime, mais considéré comme aryen et créatif.

La musique atteignit son paroxysme dans une explosion finale, puis tout s'arrêta net. Les jeunes gymnastes en nage s'étaient statufiées en ligne dans un garde-à-vous presque militaire.

Dans le vénérable théâtre, le silence régnait. Personne n'osait applaudir, toutes les têtes étaient rivées vers l'homme à la casquette noire assis au premier rang. Il se leva lentement, enleva ses fines lunettes cerclées d'argent et se mit à applaudir avec force. Soulagée, l'assistance l'imita aussitôt. Tout sourires, les adolescentes accomplirent une révérence coordonnée sous le regard enthousiaste de leur maîtresse, en retrait près de l'orchestre.

L'une des jeunes filles sauta de l'estrade et courut se jeter dans les bras de l'homme en uniforme noir.

— Papa !

— Ma Püppi, tu as été magnifique ! s'exclama Heinrich Himmler en riant. Tu as encore grandi ! Une vraie femme !

— J'ai quatorze ans dans un mois. Et je vais quitter les bébés de la Bund pour rentrer dans la Frauenschaft, répondit la gamine en se collant à lui. Tu restes avec moi après la fin ?

— Oui, mais pas tout de suite. J'ai beaucoup de travail. On dînera ensemble.

L'adolescente se rembrunit. Elle martela l'épaule de son père avec ses poings.

— Je te vois de moins en moins… C'est pas juste.

— Je sais, mon enfant, et cela m'attriste au plus haut point. La prochaine fois, je te promets de passer deux jours avec toi. On mangera des glaces et on fera du canoë.

— Je ne te crois pas, dit-elle en se détachant brutalement de ses bras, et elle bondit sur l'estrade pour rejoindre ses camarades.

Himmler réajusta ses fines lunettes et soupira. Assis à sa droite, son aide de camp regarda la gamine avec amusement.

— Votre fille a du caractère.

— En effet, c'est bien le seul être qui me tienne tête dans tout le Reich. Excepté le Führer, bien entendu.

Le chef des SS enleva ses lunettes pour les essuyer et continua :

— Gregor, vous savez quand j'ai compris qu'elle était de la trempe d'une véritable Aryenne ?

— Non.

— En 1937, je l'ai emmenée au camp de concentration de Dachau lors d'une tournée d'inspection. Elle avait à peine six ans. Eh bien, je peux vous dire qu'elle n'a pas flanché.

— Elle ne vous a posé aucune question sur les prisonniers ?

— Si. Et je lui ai répondu que c'étaient des méchants, des ennemis de son père. Qu'il fallait les rééduquer comme des enfants qui n'obéissent pas à leurs parents. Ma petite Püppi a très bien compris et, une fois revenue à la maison, elle a joué avec Kiko, son chiot. Comme si rien ne s'était passé. Je suis sûr que je pourrais l'emmener à Auschwitz…

L'aide de camp tapota le cuir de sa sacoche.

— À propos de camp, j'ai le prérapport d'Adolf Eichmann sur les objectifs de productivité que vous aviez fixés. Les chiffres ne sont pas bons. Pas bons du tout.

— Vous choisissez toujours les plus mauvais moments pour me brandir vos rapports, Gregor !

— La cadence des fours ne parvient pas à suivre celle des chambres à gaz. Tous les commandants des camps affirment que ce sont des problèmes techniques et pas humains. Ils demandent une commission d'inspection. Déjà qu'ils manquaient de place pour parquer les hommes, femmes et enfants encore en vie, ils ne savent plus où mettre les cadavres en attente des fours. Par ailleurs, ils signalent une recrudescence du typhus un peu partout.

Himmler plissa à nouveau les yeux, comme chaque fois qu'il était mécontent.

— Mmm… Écoutez, Müller, je viens de quitter ma petite Püppi, je n'ai pas l'esprit à tout cela. Mes responsabilités font que je la vois de moins en moins. Et en plus, elle a mauvaise mine, vous ne trouvez pas ? Je crains que sa mère ne lui donne pas une nourriture équilibrée.

L'aide de camp ne broncha pas devant l'énormité des propos de son supérieur. Himmler envoyait des gamins juifs brûler dans des fours par milliers, mais s'inquiétait avec anxiété de la petite santé de sa fille.

— Vous êtes un père exemplaire, Reichsführer.

— Oh non. J'aimerais tant profiter de ma Püppi. Hélas, l'Allemagne passe avant tout.

Une femme au visage sévère s'inclina devant lui.

— Je suis la directrice de l'établissement, nos petites artistes seraient très honorées que vous puissiez les saluer.

Himmler secoua la tête. Il venait de jeter un œil vers les loges sur le côté droit et d'apercevoir la silhouette de Tristan assis derrière un balcon tendu de velours rouge. Le Français était arrivé au milieu de la représentation.

Depuis l'échec de cet incapable de Mussolini pour récupérer le suaire, il lui fallait absolument trouver une autre solution.

— Je suis désolé, mais j'ai un rendez-vous qui ne peut attendre.

— Juste quelques instants. Votre fille sera très déçue si vous ne la saluez pas devant ses camarades.

L'argument était imparable. Himmler monta sur scène en compagnie de la directrice qu'il félicita.

— Je suis émerveillé par l'œuvre de la Jungmädelbund.

— Merci, Reichsführer, quatre millions de jeunes filles en font déjà partie.

— Une réussite exemplaire ! D'ailleurs, la condition féminine est une priorité du Reich.

Sur scène, le chef des SS passa en revue les gymnastes alignées en rang d'oignons. Il distribuait des sourires avec bonhomie, ajoutant un compliment pour chacune. Quand il arriva devant sa fille, elle arborait un visage boudeur.

— Püppi, nous dînerons ensemble dans deux heures. Une voiture viendra te chercher. Et encore bravo pour ta prestation. Tu me fais honneur.

L'adolescente sourit de fierté. Himmler s'arrêta devant la maîtresse de ballet, une femme à la carrure imposante et au teint fleuri. Celle-ci se tortillait dans tous les sens.

— Reichsführer, votre présence irradie ce théâtre.

— Allons, Frau Keinsberg, c'est moi qui devrais

m'incliner. Et votre spectacle était remarquable. Une danse inspirée de la mythologie nordique, quel bonheur. Votre mission est essentielle. Vous formez les futures mères pour le Grand Reich. Vous avez des enfants ?

— Non, hélas, je n'ai pas pu pour des raisons… biologiques, répondit la maîtresse penaude. C'est pour ça que je consacre mon temps à éduquer ceux des autres.

— Quel dommage, répondit Himmler en plissant les yeux. Mais votre dévouement est exemplaire. *Heil Hitler !*

La maîtresse répondit d'une voix tonitruante en levant un bras aussi martial que sa chorégraphie. Himmler s'éloigna pour rejoindre la salle et prit la directrice à part. Son sourire s'était évanoui.

— Prenez note. Cette femme doit quitter immédiatement son poste. Qu'elle ne soit plus en contact avec ma fille !

— Je ne comprends pas, balbutia la directrice en affichant une expression étonnée.

— Une femme qui ne donne pas d'enfants au Reich n'a aucune valeur biologique. Comment peut-elle se permettre d'éduquer nos filles si elle est stérile ?

— Frau Keinsberg est très bien notée par ses supérieurs. Elle a adhéré au parti dès son plus jeune âge et elle travaille pour la Jungmädelbund depuis sa création. C'est une nationale-socialiste dévouée.

Himmler secoua la tête.

— Vous ne me comprenez pas. Une femme inféconde peut communiquer sa tare aux enfants. C'est une question d'énergie négative. Sachez que la stérilité peut se transmettre par le souffle et le toucher. Exactement comme les sorcières qui envoient des sorts. L'Ahnenerbe a mené des études incontestables sur la question.

— Vraiment ?

— Oui. Vous comprenez désormais pourquoi je ne veux pas que cette femme stérile contamine ma fille ni ses camarades.

— Mais de quoi va-t-elle vivre ? Frau Keinsberg est…

— Ne m'ennuyez pas avec ces détails. On l'expédiera dans une usine de munitions ou de parachutes. À un poste de cadre bien sûr, en raison de ses services rendus à la patrie. Je vous souhaite le bonsoir.

Il la planta sur place et emprunta un escalier menant aux étages supérieurs. Quand il poussa la porte de la loge, Tristan était assis sur le rebord du balcon.

— Toutes mes félicitations pour ce ballet aryen qui aurait sa place à l'opéra Garnier. Vous devriez organiser une tournée dans les pays occupés.

Himmler s'assit dans l'un des fauteuils, croisa les jambes et le fixa d'un air froid.

— N'allez pas trop loin dans vos sarcasmes, Marcas. Votre vie a autant de valeur à mes yeux que le cafard que j'ai écrasé sous ma botte dans l'escalier.

— Votre façon de motiver vos collaborateurs m'émerveille toujours… Pourquoi m'avoir convoqué dans cette loge ? Ce n'est pas pour discuter opéra. Ou plutôt folklore, compte tenu de la magnificence de ce que j'ai vu.

— Je vous mets sur une nouvelle mission.

Tristan secoua la tête d'exaspération, mais par prudence il se contenta de manier l'ironie.

— Quel est votre désir ? Que je dérobe des photographies érotiques chez Goebbels ou alors que je découvre un code secret dans *Mein Kampf* ?

— Je veux que vous vous rendiez en Italie pour récupérer le saint suaire.

35

Berlin

Tristan détestait être pris au dépourvu. De plus, il s'était convaincu que l'affaire du suaire ne le concernait plus.

— Pourquoi ne pas demander plutôt ce service à votre allié Mussolini : il ne peut rien refuser au Führer.

Himmler ôta ses lunettes et commença à les nettoyer méthodiquement.

— Nous avons déjà essayé. Le Duce a rencontré le pape pour le lui demander, mais le tyran du Vatican a refusé net.

— *Le tyran du Vatican*, reprit Marcas. Si les chrétiens du monde entier vous entendaient…

— J'ai en horreur ces bâtards du judaïsme. Et le Führer partage de plus en plus mon aversion. Nous ne les ménageons que pour des raisons politiques, mais, une fois la victoire acquise, nous procéderons à une déchristianisation de masse de l'Allemagne, même s'il faudra au moins deux générations pour purger les cerveaux de ces croyances stupides.

— Savez-vous que j'ai eu la même discussion avec un colonel russe du NKVD, avant que votre ami Skorzeny ne m'enlève ? Eh bien, il m'a sorti la même tirade, mais cette fois au nom du communisme et du camarade Staline ! À croire que les grands esprits se rencontrent !

Le Reichsführer ne releva pas la pointe.

— Partez sur-le-champ pour Rome et retrouvez-moi la relique, je saurai me montrer reconnaissant.

— Rome ? Le suaire n'est pas à la cathédrale Saint-Jean-Baptiste de Turin ?

Himmler le regarda fixement.

— Plus maintenant, l'Église, avec l'approbation de la maison royale de Savoie, propriétaire du suaire, l'a déplacé dans un lieu tenu secret depuis 1939. On tient peut-être une piste à Rome.

Tristan croisa les bras, pensif. Il n'avait aucune envie d'aider Himmler dans sa recherche. Si tant est que ce suaire avait quelque intérêt, il n'était pas question de le lui rapporter sur un plateau. D'un autre côté, s'il restait en Allemagne, il était piégé. L'Italie présentait un avantage, elle était en passe de tomber à plus ou moins long terme. Les Américains et les Anglais étaient déjà maîtres de la Sicile, ils allaient à tout moment envahir la péninsule et chasser Mussolini. Et Rome n'était qu'à quelques centaines de kilomètres du sud de la péninsule… Le destin jouait à nouveau aux dés avec lui. Mais, d'abord, il devait prendre certaines garanties.

— J'accepte. À deux conditions.

— Vous n'êtes pas en position d'imposer quoi que

ce soit. Un seul geste de ma part et vous quittez ce théâtre sur un brancard. Privé de l'usage de vos quatre membres. Nous avons d'excellents établissements de soins pour handicapés à Auschwitz et Birkenau.

Marcas ne se laissa pas impressionner.

— Si vous faites appel à moi plutôt qu'à l'un de vos experts de l'Ahnenerbe, c'est que vous m'attribuez une certaine compétence. Et comme vous ne pouvez plus compter sur Erika morte *par accident*...

Himmler restait de marbre ; le Français continua :

— Ma première demande est simple : libérez le mari de l'archiviste qui m'a aidé et laissez-les en paix.

— Vous avez ma parole. Ensuite ?

Tristan attendit quelques secondes pour faire monter la pression.

— Cela fait trois longues années que je travaille pour vous. J'ai arpenté l'Europe entière pour retrouver vos foutues swastikas sacrées en risquant ma vie un nombre incalculable de fois. Tout ça pour quoi ? Une croix de fer et la considération du Reich ? Je ne suis pas comme mes compatriotes collaborateurs qui se pâment devant votre Führer en levant le bras droit matin, midi et soir.

— Allez droit au but ! Vous voulez de l'argent, c'est ça ?

— Oui, une somme rondelette serait appréciée.

Himmler se fendit d'un sourire méprisant.

— Je m'en doutais. Vous êtes un mercenaire. Culturel certes, mais mercenaire. Vous vous vendez pour trente deniers.

— Vous ne m'avez pas compris. L'argent n'est qu'un moyen de changer de vie. En fait, je vous demande ma liberté ! Si je retrouve cette foutue relique, je veux quitter l'Allemagne et ne plus jamais rien vous devoir.

— Le monde est en guerre. Vous n'irez pas loin.

— Cette guerre n'est pas la mienne. Avec de l'argent en quantité suffisante, je peux refaire ma vie dans un pays neutre. Il en reste encore.

Le chef des SS le jaugea longuement de son regard opaque, puis il se leva de son siège en articulant lentement :

— Vous avez beaucoup de chance, Marcas, je suis d'excellente humeur depuis que j'ai vu ce ballet. Ce sera donc votre liberté contre le suaire.

Tristan sentit son cœur bondir. Il allait enfin sortir de la nasse dans laquelle il se débattait depuis des années. Un nouveau départ, une nouvelle existence, loin de la fureur et de la folie des hommes. Loin du nazisme et de ses démons en uniforme de ténèbres.

— Pour y parvenir, il faut que je sache pourquoi je cherche le suaire à Rome.

— Skorzeny vous remettra tous les documents utiles à votre mission quand vous prendrez l'avion.

Le Reichsführer consulta sa montre et se leva.

— J'ai rendez-vous avec quelqu'un de plus important que vous. Votre supérieur à Rome sera le major Dielsman. Le chef adjoint de la Gestapo. Un officier très efficace.

— Vous savez que je préfère travailler seul ?

— Vous savez qu'il n'en est pas question.

Tristan le regarda quitter la loge. L'envie était grande de prendre par la peau du cou cet avorton sanglé dans son costume Hugo Boss et de le balancer par-dessus le balcon. Himmler se retourna au dernier moment.

— Mes hommes vous colleront nuit et jour à Rome. Avisez-vous de leur fausser compagnie et j'enverrai une division entière de SS pour vous retrouver. Plutôt mort que vif.

— Vous avez un vrai don pour motiver vos troupes.

— Bonnes vacances romaines, Herr Tristan.

36

Berghof
Juillet 1943

Prise d'un point de côté, Eva Braun s'arrêta et s'appuya contre un rocher. Combien avait-elle fait de kilomètres ? Trois, quatre ? Le sentier qui montait du nid d'aigle, le repaire alpin d'Hitler, jusque vers les hauteurs se gagnait à la force du mollet, mais courir avec en point de mire le ciel bleu devenait vite redoutable, et là elle n'en pouvait plus. En plus, elle avait oublié sa gourde, un cadeau du Führer, marquée de ses initiales, et avec le soleil qui frappait entre ses frêles épaules… Enfin, tout valait mieux que de rester au Berghof, où l'ambiance était lugubre.

Depuis qu'il était rentré de son quartier général de la Tanière aux loups[1], Adolf avait sombré dans une passivité inquiétante dont personne ne savait s'il s'agissait d'un état de pleine concentration ou de dépression profonde. Eva s'intéressait peu aux

1. Quartier général d'Hitler en Pologne.

subtilités militaires, mais elle avait fini par comprendre que, sur le front de l'Est, une bataille de chars était en train de mal tourner pour le Reich. À Koursk, semblait-il, une ville qui ne risquait pas de finir dans les manuels scolaires allemands. Elle étirait méticuleusement ses bras pour assouplir ses muscles. Une technique qu'elle avait apprise à l'adolescence quand elle se rêvait championne d'athlétisme. Le moins que l'on puisse dire, c'était que son destin avait pris une tout autre tournure. Du bord du sentier où elle s'était arrêtée, elle apercevait la toiture du Berghof. Vu de cette hauteur, tout paraissait idyllique. Les cimes enneigées éclataient de lumière et les prés, malgré la chaleur, étincelaient comme des miroirs de verdure. On entendait même le grelot tinter à l'encolure des vaches. Eva s'assit. La guerre semblait si loin…

D'un coup lui revint le souvenir de sa première rencontre avec Hitler. À l'époque, elle travaillait comme assistante chez un photographe à Munich. Un jour, un client était arrivé. Un certain M. Wolf. Des yeux clairs et une moustache ridicule. Quand il était parti, son patron lui avait passé un savon : comment ça, elle n'avait pas reconnu Adolf Hitler ? Malgré les années passées, Eva se mit à rire. Non, elle n'avait pas reconnu l'idole des foules, le leader charismatique en pleine ascension. De toute façon, elle voulait devenir actrice, alors la politique… Et puis ce petit moustachu ne faisait pas le poids face aux stars de cinéma hollywoodiennes dont elle dévorait la vie palpitante dans les magazines à la mode. Ah, si seulement elle avait eu la chance de croiser Clark Gable… mais là aussi le destin en avait décidé autrement.

À côté du rocher se trouvait une flaque d'eau pure qui reflétait le bleu limpide du ciel. Eva se pencha. Elle avait trente et un ans. Elle qui aimait tant photographier les autres se regardait rarement dans un miroir. Elle se trouvait trop souvent insignifiante. Les cheveux d'un blond fade, un visage sans angles et des yeux qui n'attiraient pas le regard. Une femme qui ne faisait jamais sursauter les hommes, sauf un, et elle ne comprenait toujours pas pourquoi.

De la main, Eva brouilla son image, puis se leva. Adolf n'allait pas tarder à émerger. Il se levait de plus en plus tard. Désormais, c'était la nuit que se prenaient toutes les décisions politiques et militaires. Son entourage avait dû s'adapter : Hitler était devenu un oiseau nocturne. Le matin, en revanche, même embué de sommeil, il souhaitait toujours la présence d'Eva à ses côtés. Et lui, l'homme qui n'aimait plus la lumière, retrouvait sa verve devant cette jeune femme qui avait fini par lui consacrer sa vie.

Eva descendait le sentier sans se presser. Elle aimait ces seuls moments de la journée où elle était enfin elle-même. Le reste du temps, il lui fallait sans cesse composer avec les sautes d'humeur d'Adolf, de plus en plus fréquentes, et surtout supporter sa cour. Si elle tolérait Himmler qui se montrait toujours étonnamment courtois avec elle – il lui avait même remis un jeu de photos très légères qu'elle avait eu la bêtise de faire dans sa jeunesse –, en revanche, elle ne pouvait souffrir Goering. L'« Ogre », dégoulinant de gras sous ses uniformes rutilants, la dégoûtait profondément. Comment ce fringant aviateur dans sa jeunesse avait-il pu se transformer en un pareil tonneau de graisse, bâfrant et buvant sans cesse et ricanant ouvertement quand Hitler lui vantait les mérites d'un régime végétarien ? Elle ne pouvait pas le sentir.

Mais le pire, c'était Goebbels. Le Nabot, dont le sexe avait fini par cannibaliser le cerveau, et qui la regardait toujours d'un œil intensément lubrique. Comment lui, ce boiteux, aux cheveux gominés et aux joues creuses, pouvait-il espérer quoi que ce soit ? Même sa femme ne voulait plus de lui ! Brusquement envahie de jalousie, Eva s'arrêta net. Magda Goebbels, sa plus fidèle ennemie ! Sculpturale et blondissime, elle incarnait la beauté aryenne aux yeux de tous les Allemands et surtout d'Adolf, qui lui passait tout. Dès que le Nabot la trompait avec une actrice de troisième zone, elle se précipitait auprès du Führer qui, aussitôt, quittait tout pour l'apaiser. Eva la détestait. Magda était si belle, si cultivée, si solaire qu'elle exilait dans l'ombre tous ceux qu'elle approchait. Tous, pensa Eva, mais pas moi, car désormais, elle, l'ancienne petite dactylo de Munich, était la compagne reconnue du Führer.

Comme elle s'approchait de l'entrée de la zone sécurisée, un groupe de SS vint à sa rencontre. Ils la saluèrent sans dire un mot, certains la détaillant, le rouge aux joues sous leur casque. Ainsi, c'était elle ! Ils devaient l'envier : vivre dans l'intimité du plus grand génie politique de tous les temps, auprès de l'homme qui avait conquis l'Europe et maintenant le monde… Eva leur adressa un sourire de circonstance. S'ils savaient ! Un officier en grand uniforme s'avança pour l'accompagner jusqu'à l'entrée du Berghof. C'était la règle : elle devait toujours rester sous protection. Et, même quand elle allait courir – une liberté qu'elle avait conquise de haute lutte –, elle savait que les SS ne la perdaient jamais de vue, toujours prêts à intervenir. Cette surveillance lui paraissait insensée. Comme la vie qu'elle menait, qu'elle n'avait ni choisie ni désirée.

Silencieusement, la terrasse du Berghof s'animait. Un ballet impeccablement réglé de serviteurs disposait le petit déjeuner du Führer sur une table face aux sommets enneigés. À l'écart, Martin Bormann, le secrétaire particulier d'Hitler, consultait nerveusement sa montre. Une fois encore, l'agenda n'allait pas être respecté. Les visiteurs – des hiérarques du parti – se pressaient en bas du Berghof, attendant d'être reçus. Ils risquaient d'attendre longtemps. Un bruit de pas traînants se fit entendre. Le Führer arrivait. L'officier se figea. En vareuse marron, sans décorations, le visage englouti sous une casquette sombre, les mains serrées dans le dos, Hitler ressemblait à un somnambule. Il se laissa choir sur une chaise sans un regard pour le paysage, comme avalé, dissous par ses pensées. Seul détail nouveau que remarquait Bormann : désormais, le Führer saisissait sa serviette avec la main gauche, la droite restant posée sur son genou, dissimulée sous la nappe. Un serviteur fit couler le thé dans une tasse frappée de l'aigle nazi.

— Où est Mlle Braun ? demanda le maître de l'Allemagne.

Aussitôt, Martin se précipita. Malgré sa corpulence, il était d'une vélocité étonnante. Il lui suffisait de quelques secondes pour devenir l'ombre d'Hitler.

— Elle vient juste de rentrer au Berghof, mon Führer. Elle sera là dans quelques instants.

Hitler ne répliqua pas. Depuis plusieurs semaines, il limitait à l'extrême les conversations. Son mutisme déconcertait, inquiétait tout son entourage. Lui, en revanche, savait combien le silence était une arme de pouvoir : créer le doute, la peur, permettait de prendre la véritable mesure de ses collaborateurs. Ceux qui tremblaient avaient sûrement quelque chose à se reprocher, ceux qui fanfaronnaient aussi. Une manière discrète et efficace de faire le tri.

— Les dépêches de l'ambassade de Rome sont-elles arrivées ?

— Oui, mon Führer, je les apporte aussitôt.

Hitler but lentement son thé puis saisit ses lunettes. Il eut du mal à en déplier les branches, puis à les ajuster sur son nez. Sa main droite ne lui obéissait plus parfois. Il avait entamé un traitement, mais les médicaments n'y faisaient rien. Il devrait faire comme Staline : fusiller systématiquement les médecins dont les prescriptions échouaient. Ça stimulait la concurrence. En fait, il était trop bon.

— L'analyse de la situation en Italie.

Hitler posa les papiers à plat sur la table, commença à les lire, puis les écarta. Il n'en avait pas besoin. Il savait mieux que ces diplomates de salon ce qui n'allait pas à Rome. L'Italie était un allié de moins en moins fiable et le sentiment antiallemand montait dans le pays. Mais le vrai problème, c'était Mussolini. Le caractère de Mussolini. Derrière ses discours enflammés et sa tête confite d'empereur romain, Benito n'était en fait qu'une cervelle vide, uniquement remplie de sa vanité. Incapable de s'imposer à son peuple qui commençait à le lâcher. Et ce n'étaient pas les défaites à répétition des fascistes en Afrique qui allaient arranger les choses. De toute façon, l'armée italienne était un ramassis d'incapables. Si, à l'été 1941, la Wehrmacht n'était pas intervenue dans les Balkans, même les Albanais auraient mis une raclée aux troupes du Duce. Hitler secoua la tête. Le problème, c'est qu'il n'y avait personne pour remplacer ce lessivé de Benito, ses généraux perdaient bataille après bataille, quant aux dignitaires fascistes, à part parader en somptueux uniforme…

— Adolf?

Une ombre légère vint s'asseoir face à lui. Hitler sourit. Eva venait d'arriver.

Depuis longtemps, Mlle Braun ne posait plus de questions. Elle laissait Hitler parler. Elle se contentait de verser le thé, de s'assurer qu'Adolf ne donne pas trop de biscuits à leur chienne Biondi, puis se figeait sur un sourire muet et attendait que l'orage de mots passe. D'ailleurs, depuis quelques jours, Hitler semblait incapable de conjurer son besoin de se déverser en une pluie acide de phrases et de diatribes assassines.

Tout le monde subissait désormais son déferlement verbal : ses généraux, cloués au garde-à-vous, tandis qu'il dissertait sans fin sur l'évolution de la situation militaire, ses proches, d'Himmler à Goebbels, qui supportaient, impuissants, ses discours enflammés, jusqu'à Biondi auquel son maître parlait sans discontinuer lors de leurs promenades. Seul Bormann, le fidèle secrétaire, semblait épargné. D'une efficacité redoutable pour organiser l'emploi du temps du Führer, en revanche, il n'attirait pas la confidence : Hitler devenait toujours étrangement silencieux quand son secrétaire se tenait à proximité.

— Benito est un incapable. Trop de nourriture, trop de femmes…

Eva sursauta. Elle s'était perdue dans ses pensées. Devant elle, Adolf émiettait fébrilement un biscuit dont il roulait les miettes pour faire des boulettes qu'il écrasait aussitôt d'un coup de pouce.

— La dernière fois que je l'ai rencontré, il ne mangeait pas, il dévorait sans cesse. Un vrai cochon à l'engraissement. Ce n'est plus qu'un tas de graisse putride, un cerveau malade, un obsédé compulsif. Je suis certain qu'il est atteint d'une maladie vénérienne qui le pourrit de l'intérieur…

La voix du Führer s'élançait et se brisait comme une vague à l'assaut d'un rocher. Eva avait l'impression d'entendre une bête rugir au fond d'une caverne.

— J'ai chaud. J'étouffe.

Hitler tenta de saisir sa tasse de thé, mais sa main manqua l'anse et la tasse alla se briser sur le dallage de la terrasse.

— Bormann ! hurla le Führer.

Le secrétaire, qui se tenait toujours à portée de voix, se précipita.

— *Mein Führer !*

— Convoquez immédiatement Himmler, Keitel[1] et Goering. Nous devons tenir un conseil de guerre sur l'Italie. Tout de suite !

— Je vais prévenir le Reichsführer. Quant au maréchal Goering, il est encore dans sa résidence de Carinhall…

Devant une Eva sidérée, les yeux bleu-gris d'Hitler prirent une teinte de plomb. Tout à coup, il leva sa main, agitée de soubresauts, et se mit à vociférer comme un imprécateur.

— Goering est une épave, un déchet ! Il se vautre dans le stupre ! Carinhall n'est qu'un antre de débauche ! Sa femme, une putain ! La Luftwaffe, un nid de traîtres ! Je vais dégrader ce cochon puant, le faire chasser du parti, le pendre à un croc de boucher.

Hitler jaillit de sa chaise et se planta, ivre de haine, devant Bormann.

— Et ce n'est que le début. Je vais tout épurer, le parti, l'armée ! Et vous savez pourquoi, Martin ? Parce que ce sont des faibles, parce qu'ils n'ont pas la foi !

Comme un gladiateur entré dans l'arène, Hitler se frappa la poitrine.

---

1. Generalfeldmarschall Wilhelm Keitel, chef du haut commandement de l'armée.

— Moi, la foi, je la sens dans mon cœur, je la sens dans mon âme, elle me gagne, elle m'envahit, elle me possède ! Vous me croyez fini, Bormann ?

— *Mein Führer*, implora le secrétaire. Reprenez-vous !

— Ils me croient tous fini ! Ils ont tort. Il y a une force en moi que vous ignorez tous. Une force qui me dépasse et qui va tout anéantir.

Eva s'était levée. Elle regardait Bormann, qui semblait rétrécir à vue d'œil devant Hitler. *Lui aussi a peur*, pensa-t-elle. *Ils ont tous peur*. Le Führer se retourna brusquement. Terrifiée, sa chienne se terra dans un angle de la terrasse.

— Le monde ne sait pas encore ce que je vais lui infliger.

Hitler se rassit, le visage en sueur et les yeux brillants. Il regarda les débris de la tasse sur les dalles et se pencha pour les ramasser. Sa main ne tremblait plus.

— Savez-vous, Eva, que j'ai toujours été maladroit ?

Sa voix ne tremblait plus. La crise était passée. Bormann disparut aussitôt.

— Un jour à Vienne, quand j'étais étudiant aux Beaux-Arts…

Eva se rassit à sa place, Hitler lui sourit et entama aussitôt un nouveau monologue.

TROISIÈME PARTIE

« Le fascisme est une religion. »

Benito MUSSOLINI.

« Comme le vin, les légendes réjouissent le cœur de l'homme. »

Le Talmud.

37

30 km de Berlin
Aérodrome Luftwaffe-Luftgau 3

L'étrange oiseau d'acier hurla au-dessus des hangars, puis fila à la verticale pour disparaître derrière les nuages en un clin d'œil. Une poignée de secondes plus tard, un autre avion semblable suivit la même trajectoire dans un grondement encore plus assourdissant.

Sa valise de cuir bouilli à la main, Tristan venait de sortir de la voiture en compagnie de Skorzeny. Il restait bouche bée devant le stupéfiant ballet aérien. Il n'avait jamais vu d'avions aussi rapides de sa vie. Sur le tarmac, aviateurs et mécaniciens applaudissaient et sifflaient comme pour féliciter un invisible chef d'orchestre dans le ciel.

Le géant tapa sur l'épaule de Tristan.

— Ça fait toujours le même effet quand on le découvre la première fois… l'Hirondelle.

— L'Hirondelle ?

— Oui, c'est le surnom du Messerschmitt Me 262, l'avion le plus révolutionnaire du monde. Huit cent quatre-vingts kilomètres-heure au compteur… Presque le mur du son. En comparaison, les Spitfire anglais sont des escargots arthritiques.

— Je ne pensais pas qu'un avion pouvait aller aussi vite, répondit Tristan, fasciné par le chasseur qui, réapparu à la vitesse de l'éclair, entamait déjà sa manœuvre d'atterrissage. Il se posa dans un bruit de tonnerre.

— Technologie allemande… Tout simplement, fanfaronna le SS. Bon, si nous y allions ? Il ne faut pas faire attendre Tante Ju.

— Pardon ?

— C'est le sobriquet de nos bons vieux transports de troupes, les Junkers 52. Du solide, Tante Ju vous emmènera à Rome en toute sécurité, mais pas à la vitesse de ces bébés.

— Hirondelle, Tante Ju… Comme c'est charmant… Je ne savais pas la Luftwaffe si poétique.

— Tatie fera escale à Salzbourg pour le plein. Si tout se passe bien, vous serez chez nos amis macaronis en fin d'après-midi.

Alors que les deux hommes se dirigeaient vers un gros coucou bariolé de couleur camouflage, ils arrivèrent au niveau d'un Messerschmitt Me 262 à l'allure énigmatique. Son museau effilé et son fuselage laqué de gris lui donnaient des airs de squale d'acier. Sous chaque aile, on apercevait des sortes de cocons renflés aux extrémités.

— Mais il n'a pas d'hélice, murmura Tristant, stupéfait.

Il ralentissait le pas pour contempler l'incroyable

engin. Tout autour de lui, les soldats applaudissaient de nouveau et hurlaient à tue-tête au fur et à mesure que l'avion roulait majestueusement devant eux.

— *Wunderwaffen ! Wunderwaffen ! Wunderwaffen !*

— Pourquoi sont-ils aussi excités ? demanda Tristan.

— Le Me 262 utilise une nouvelle technologie que nos ingénieurs ont perfectionnée à son plus haut point : le moteur à réaction. Une *Wunderwaffe* ! Une des nombreuses armes miraculeuses mises au point par les ingénieurs du Reich qui vont nous faire gagner cette guerre.

— En tout cas, c'est raté pour la discrétion. Vous n'avez pas peur que j'en parle ?

— Tristan, j'ai autant confiance en vous que dans une tarentule. Mais nous savons, par nos services de renseignements, que les Alliés sont déjà au courant de l'existence du Me 262.

Ils arrivèrent devant la carlingue. Tristan jeta sa cigarette et l'écrasa de son talon.

— Voilà au moins une chose que je ne vais pas regretter, votre foutu tabac ! J'imagine que les Italiens ont meilleur goût. Comme pour bien d'autres choses, j'espère.

Skorzeny éclata de rire.

— J'aurais bien aimé vous accompagner à Rome, quelle ville magnifique ! J'aime les pays de la Méditerranée. Quand la guerre sera finie, je compte bien m'installer à Majorque, j'ai passé des vacances merveilleuses là-bas. Ah, que je n'oublie pas, voici l'enveloppe que m'a remise le Reichsführer à votre intention.

— Les fameuses informations qui vont me permettre de retrouver le saint suaire pour la plus grande gloire du Reich ?

— On dirait que vous ne prenez pas cette mission très au sérieux, répondit le colosse balafré d'une voix amusée. Mais je ne vous jetterai pas la pierre : quelle idée de perdre son temps avec ce bout de tissu alors que la guerre fait rage ! Himmler m'a toujours dérouté avec ses croyances bizarres.

— Ça m'étonne de vous entendre dire ça, vous êtes un officier SS.

— Oui… Oui… Je ne devrais pas vous le dire, mais c'est uniquement parce que ces enfoirés de la Luftwaffe n'ont pas voulu de moi en 1939, à la déclaration de la guerre. Trop vieux ! Quelle blague. Du coup, comme j'étais assez actif au parti, un copain Gauleiter m'a pistonné pour rejoindre la SS.

— L'élite…

— C'est surtout que la paie est meilleure – le double de l'armée régulière – et la promotion bien plus rapide : on peut devenir général à trente-cinq ans.

— Mmm… sauf que, pour devenir un très haut gradé SS, vous devez aussi vous prêter à certaines coutumes païennes.

Skorzeny haussa les épaules.

— Je suis un homme de terrain ! Je me contrefous de la pureté de la race, du sang mystique des Aryens et des délires ésotériques de l'Ahnenerbe. Je préfère me faire palper les couilles dans un bordel plutôt qu'invoquer celles de Thor au Wewelsburg. C'est pour ça que j'ai accepté de prendre la tête d'une unité d'élite.

— Je me souviens très bien de votre exercice de sélection…

Avec ses manières de reître des anciens temps, ce géant dégageait une sorte de bonhomie bienveillante. Le Français ne put s'empêcher de sourire, mais sans être dupe. Devant lui se dressait d'abord un tueur qui n'hésiterait pas à l'exécuter s'il en recevait l'ordre.

— Bon voyage et au plaisir de vous revoir parmi nous, monsieur le Français.

— Le plus tard possible, Otto, le plus tard possible. Comme vous me l'avez dit, Rome est une ville superbe.

Tristan monta les marches de métal de la passerelle. Les hélices commencèrent à tournoyer dans l'air chaud. La voix de Skorzeny résonna alors qu'il s'engouffrait dans l'habitacle.

— Ne vous faites pas trop d'illusions. Là-bas, les agents de la Gestapo vont vous coller au train, comme les morpions au cul d'un marin dans un cloaque de Hambourg.

Un nouvel éclair venait de zébrer la vitre du hublot. Le Junkers 52 n'arrêtait pas de chalouper depuis une bonne heure, slalomant entre les nuages qui ressemblaient à des champignons noirs et boursouflés. La carlingue tanguait comme dans un manège. Au grand déplaisir des cinq passagers rivés à leur siège. Deux d'entre eux avaient vomi consciencieusement. Une discrète mais tenace senteur de café froid et de bile imprégnait l'habitacle. À l'extérieur, une pluie d'été, blanche et soudaine, fouettait à intervalles réguliers les flancs d'acier de Tante Ju. Le copilote était sorti une poignée de secondes de son cockpit pour prévenir les passagers de la traversée d'une masse orageuse imprévue au-dessus de la Bavière.

Tristan avait voulu piquer un somme, mais le grondement des deux moteurs BMW de 800 chevaux l'en avait empêché. Il n'avait toujours pas ouvert l'enveloppe d'Himmler, incapable de se concentrer sur la suite de l'énigme du suaire.

L'avion à la gueule de requin tournait et retournait dans sa tête. Si les Allemands avaient mis au point ce genre d'armes, leurs chances de remporter la guerre étaient bien réelles. Ou, en tout cas, ils pourraient faire durer la guerre encore des années. *Wunderwaffen*. Ça sonnait comme un opéra de Wagner, un conte des Nibelungen ou un slogan de machine à laver aryenne. L'enthousiasme des soldats sur l'aérodrome n'était pas feint. Ils voulaient toujours en découdre. Depuis que Tristan les côtoyait de près, l'attitude des Allemands restait pour lui une énigme. À l'évidence, en dépit de ses défaites répétées, Hitler restait toujours aussi populaire. Pire, c'était comme si la chute de Stalingrad les avait rendus encore plus enragés.

Skorzeny ne lui avait probablement pas menti, les Anglais et les Américains devaient être au courant de ces nouvelles armes. Du moins, il l'espérait.

L'avion tangua de nouveau.

L'homme assis en face de lui était plongé dans sa lecture. Il avait une belle gueule de mouchard, peut-être un agent de la Gestapo chargé de le filer. Himmler ne se donnait même plus la peine de cacher ses hommes. Le type semblait hypnotisé par son gros pavé dont la couverture exhibait un visage aigre, livide et familier à Tristan.

Alfred Rosenberg, le philosophe du régime nazi. Mais aussi le pilleur en chef des œuvres d'art dans toute l'Europe. Un personnage aussi glauque qu'ignoble qu'il avait croisé à Paris, l'année précédente[1].

Un nouvel éclair, encore plus proche, illumina le ciel.

Tristan prit enfin l'enveloppe et la décacheta. Il y avait à l'intérieur une liasse de trois pages dactylographiées attachées par une agrafe, ainsi que deux photographies. Il les posa sur ses genoux et entama la lecture de la lettre, qui ne comportait pas l'en-tête habituel de la correspondance officielle d'Himmler.

Voici ce que vous devez savoir. À lire attentivement.

Tristan poussa un soupir. Le chef des SS ne s'embarrassait pas de politesse ni de circonlocutions pour commencer sa missive. Il l'imaginait bien dicter sa lettre à une secrétaire, droit et raide comme un coup de matraque.

Outre les références au tableau de L'Île des morts*, le journal intime de Marie Berna Christ, retrouvé dans les archives des Templarim à Jérusalem, comportait les extraits dont la transcription suit. Oubliez les passages sentimentalistes qui ne présentent aucun intérêt pour vous, concentrez-vous sur l'essentiel.*

Heil Hitler

1. Voir *La Relique du chaos,* éditions Jean-Claude Lattès, 2020.

Copie KZ 264.
Journal Marie Berna
1914

... Désormais, je suis une très vieille dame qui chevauche deux siècles et voit arriver la mort avec une tristesse infinie. Le soleil de Jérusalem me manquera : ici, les hivers ont des parfums de printemps et les automnes sont des bâillements de l'été. Bientôt, je rejoindrai mes deux époux partis bien avant moi. Heureusement pour eux, ils n'auront jamais connu les horreurs de ce que les journaux appellent la Grande Guerre et dont les échos lointains que j'entends sont terrifiants.

Si je prie souvent pour l'âme de mon second mari, le comte von Oriola, je repense aussi souvent à Georg Berna. Mon premier amour. Et mon cœur se serre toujours quand je revois son doux visage. Il est mort il y a un demi-siècle, en 1866, à vingt-cinq ans. On n'a pas le droit de mourir à cet âge-là. Il était fort et robuste comme un cheval de labour, il avait même participé à une expédition au pôle Nord durant des mois entiers. Hélas, je l'ai perdu en Italie, à Rome, par une belle journée de mai, quand l'été frappe à la porte et pousse les volets. Les médecins m'ont dit qu'il avait fait un arrêt cardiaque inexpliqué. En accord avec ses parents, nous avons fait rapatrier son corps en Allemagne, pour l'enterrer. Mon chagrin était si intense que j'ai voulu le rejoindre, mais je suis une bonne catholique : le suicide m'est interdit.

Je veux écrire ici que son âme n'est pas en paix. Elle gronde de rage, comme la mienne.

Je sais que mon tendre aimé a été assassiné.

C'est pour cela que j'ai demandé à mon cher Böcklin de coder un message dans son célèbre tableau. Si quelqu'un le déchiffre un jour, alors il embarquera aussi sur cet esquif et accostera sur l'île de l'éternel repos.

Tristan tourna la page, le texte continuait sur un autre feuillet.

... À vous qui terminez de lire ce journal, je vous demande, si vous avez pitié de moi, de faire éclater la vérité. Je suis certaine que mon mari, Georg Berna, a été assassiné alors qu'il devait être initié, pour son plus grand malheur, dans une terrible confrérie. Après sa mort, j'ai reçu une lettre envoyée de sa dernière résidence, la Villa Médicis : il avait découvert un terrible secret. Il voulait fuir.

La transcription s'interrompait à nouveau avant de reprendre plus bas. Une seule ligne énigmatique.

Le trésor du Temple est maudit pour l'éternité

Tristan reposa les feuillets sur ses genoux. Maintenant, il savait pourquoi Himmler souhaitait à tout prix retrouver le saint suaire : le chef des SS voulait mettre la main sur le fabuleux trésor des templiers.

38

Rome

L'eau ruisselait des quatre coins de la place pour converger vers une flaque boueuse qui ressemblait de plus en plus à un lac, surgi de nulle part, obligeant voitures et piétons à se vautrer dans une eau nauséabonde. Conséquence des fortes pluies de la veille, suivies d'une remontée subite de la température : une odeur fétide montait du bitume et stagnait dans l'air brûlant.

Assis à l'arrière d'une Lancia longue et grise, Tristan contemplait les gerbes des pneus qui éclaboussaient avec mépris les Romains. Il devait se l'avouer, son séjour dans la Ville éternelle ne commençait pas aussi bien qu'il l'aurait souhaité.

La voiture quitta la place et s'engagea dans une large avenue bordée de luxueux édifices baroques. Le passager assis à l'arrière près de Tristan remonta la vitre et pressa un mouchoir sur son nez effilé.

— Les entrailles putrides de la cité éternelle… Suburra infecte toute cette ville, affirma l'officier de la Gestapo.

— Je croyais que c'était seulement dans les quartiers mal famés.

— C'est une image… Le parfum délétère de la corruption irrigue chaque artère de Rome depuis des millénaires. Le plus grand miracle de cette ville, c'est qu'elle tienne encore debout sur des fondations aussi gangrenées par le vice et la pourriture.

Marcas tourna la tête vers le SS, un quadragénaire brun au visage allongé, le regard vif, les épaules étroites et le cou délicat, engoncé dans un complet passe-muraille. À vrai dire, l'Hauptsturmführer Dielsman présentait plus le profil d'un attaché culturel que d'un nervi de la Gestapo. Le policier l'avait accueilli avec courtoisie à son atterrissage dans un aérodrome militaire de la banlieue de Rome et l'avait embarqué dans sa voiture. En revanche, le conducteur de la Lancia collectionnait, lui, toutes les caractéristiques du fonctionnaire modèle de la police d'Himmler : un mastodonte blond au regard aussi épais que la viande qui lui servait de corps. De temps à autre, le colosse le fixait dans le rétroviseur avec une curieuse insistance. Tristan se retenait de lui demander s'il n'était pas attiré par les personnes du même sexe, histoire de le provoquer, d'autant que les nazis envoyaient les homosexuels dans des camps avec une énergie inépuisable. Mais ce n'était pas le moment.

— Je déteste Rome, reprit le capitaine Dielsman.

— Partez bouffer du rouge sur le front russe. J'en reviens, ils manquent de personnel, répondit Tristan sur un ton qui ne cherchait même pas à masquer son ironie.

— Ne plaisantez pas, je préfère mille fois Florence, Turin ou Venise, peuplées de descendants de Lombards et d'Ostrogoths. Ici, ce ne sont que des dégénérés : le Sud y étend ses tentacules poisseux.

— Si vous le dites, s'entendit répondre Tristan qui bâilla.

Il se frotta les yeux, il fallait absolument qu'il avale un litre de café pour s'extirper des brumes de son cerveau. Dans l'avion, il s'était assoupi à force de chercher dans sa mémoire ce qu'il savait sur les templiers. Quel était le secret qui liait le saint suaire aux chevaliers de cet ordre datant des Croisades ? Ses connaissances se réduisaient à ce qu'il avait appris au lycée et surtout lu dans des romans d'aventures, quand il était adolescent à Paris. Un ordre de moines soldats né à Jérusalem au Moyen Âge, qui avait amassé une fortune colossale pendant les Croisades, avant de se faire anéantir par un roi de France dont il avait oublié le nom. Des templiers au bûcher, des biens spoliés, mais aucun trésor. Fin de l'histoire.

Marie Berna laissait en outre entendre que son mari avait été initié dans une confrérie. Une société secrète qui l'aurait ensuite assassiné. Berna avait peut-être trahi cet ordre mystérieux. Pour révéler où se trouvait le trésor ? Tristan était perplexe. Dans l'enveloppe se trouvaient aussi deux photographies sous des angles différents du tableau qu'il avait *emprunté* à Goering. Avant de s'endormir dans l'avion, Tristan avait cherché la présence d'un symbole templier dans *L'Île des morts*. En vain.

La voiture accéléra brutalement, puis tourna dans

une petite rue à une vitesse bien trop rapide pour l'estomac de Tristan. Il avait le cœur au bord des lèvres.

— On ne roule pas sur le circuit de Monza ! Votre chauffeur pourrait arrêter de se prendre pour Caracciola[1] ? Il n'en a pas le talent. Ou alors, s'il est perdu, qu'il demande son chemin.

Le chauffeur le foudroya dans le rétroviseur.

— Hans connaît la ville à la perfection, répondit Dielsman. Il nous a juste débarrassés de nos confrères italiens de l'OVRA qui nous suivaient depuis l'aérodrome.

— Au temps pour moi, Hans, ricana Tristan. (Puis, se tournant vers l'officier :) Les Italiens nous pistent… Je croyais que vous étiez alliés ?

— Mais nous le sommes. Ça n'empêche pas de s'espionner mutuellement. Quand le numéro deux de la Gestapo à Rome prend la peine d'accueillir un voyageur à l'aéroport, c'est que celui-ci doit présenter un intérêt particulier. Même si je ne vois pas très bien le motif de votre séjour parmi nous, j'avoue qu'un Français envoyé en mission secrète par le Reichsführer en personne, ce n'est pas commun.

— Quelles sont les consignes que vous avez reçues à mon égard ?

— Nous devons vous apporter toute l'aide nécessaire, dans la mesure de nos moyens. Auriez-vous la bonté de m'éclairer pour que je puisse mieux vous… satisfaire ?

---

1. Rudolf Caracciola, pilote allemand qui remportait à l'époque tous les grands prix de compétition automobile.

— Désolé, c'est absolument confidentiel. De toute façon, si je vous le disais, vous ne me croiriez pas.

— Je n'insiste pas, soupira Dielsman. Et pour tout dire ça m'arrange. En ce moment, je suis submergé de travail.

— Vous piquez ma curiosité. Ça veut dire quoi un agent de la Gestapo accablé de boulot ? Un arrivage de détenus à torturer dans les caves ? Trop de juifs à déporter et pas assez de main-d'œuvre pour les extirper de leur lit la nuit ?

L'Allemand sourit.

— J'ai l'impression que vous avez une mauvaise image de la Gestapo, Herr Tristan. Pour ma part, et ça peut vous surprendre, je n'abuse pas de la persuasion physique. Ou alors quand cela est vraiment nécessaire, bien sûr.

— Bien sûr…

— Quant aux juifs italiens, ne vous faites pas de souci pour eux. En dépit de sévères lois raciales qui les excluent pratiquement de toute vie sociale, aucun d'entre eux n'a encore été… déplacé. Nos chefs à Berlin ont pourtant proposé leur expertise pour aider l'Italie à se débarrasser une bonne fois pour toutes de ces parasites, mais le Duce a refusé. Pour l'instant. En comparaison, vos compatriotes ont été, il y a un an, plus qu'efficaces avec la rafle du Vél' d'Hiv.

Dielsman se pencha vers le conducteur et lui murmura quelques paroles que Marcas n'arriva pas à saisir.

— Votre pied-à-terre n'est plus très loin, dit le SS en se calant sur la banquette.

La voiture longeait un gigantesque immeuble en

forme de cube blanc percé d'arcades. Des statues romaines en décoraient les entrées. Tristan avait déjà vu des photos de cet édifice dans un reportage diffusé au cinéma. Une des nombreuses pièces d'architecture fasciste qui pullulaient dans le nouveau quartier de l'EUR, vitrine de pierre à la gloire du Duce.

— C'est trop d'honneur d'être hébergé ici, lança Marcas.

— Nous avons prévu de vous loger dans un immeuble plus modeste. Pour votre sécurité, l'un de mes agents résidera dans la chambre la plus proche de l'entrée. Il sera votre ange gardien. Il vous conduira aussi où vous voudrez dans cette ville.

Tristan grimaça.

— Je garde la voiture, mais pas votre cerbère. Faites-lui préparer la cuisine…

Le véhicule freina brutalement à l'approche d'un croisement entre deux avenues. Tristan eut juste le temps de s'accrocher à la poignée de la portière. Le gestapiste bascula contre le siège du conducteur.

— Bon sang, Hans !

Une odeur de gomme brûlée monta du plancher de la Lancia.

Devant la voiture, une escouade entière de chemises noires armées barrait le passage. À côté d'eux se tenaient une dizaine de militaires de l'armée régulière. Des herses mobiles étaient dressées sur les deux artères pour filtrer la circulation. Tout en se redressant, Tristan aperçut un attroupement à un angle de la rue voisine. Quatre civils étaient alignés le long d'un mur, les mains croisées sur la nuque.

Un colosse en chemise noire élimée, le crâne déplumé, se planta devant la Lancia et cogna la vitre du bout de son pistolet Beretta. Il se pencha en scrutant d'un air mauvais l'intérieur du véhicule. Il avait un œil blanc et vitreux.

— Encore un contrôle de ces abrutis de fascistes, gronda l'officier de la Gestapo. Hans, occupe-toi d'eux.

Le conducteur baissa la vitre et brandit son portefeuille tout en baragouinant une diatribe en italien d'où émergeait le mot Gestapo. Le garde se redressa d'un coup et décocha un sourire édenté à faire la fortune d'une famille de dentistes pendant deux générations.

Le fasciste hurla en direction de ses collègues, les herses se levèrent comme par miracle. La Lancia s'avança lentement sous le regard bienveillant de la brute.

— Il semble que ce brave homme et vous n'avez pas la même perception de mon travail, murmura Dielsman d'une voix satisfaite. Vous voyez que nous pouvons être populaires.

La Lancia tourna dans la rue où étaient parqués les prisonniers, mais des chemises noires obstruaient le passage, obligeant le véhicule à rouler au pas. Tristan était happé par le spectacle humiliant qui s'offrait à ses yeux. Trois hommes et une femme étaient à présent agenouillés devant un magasin, pendant qu'un fasciste et un militaire s'invectivaient avec passion.

— Les crétins ! Arrête-toi, ordonna Dielsman au conducteur.

Tristan pouvait maintenant distinguer les visages apeurés des captifs. Ils n'étaient qu'à deux mètres de la voiture, pas plus. Un type corpulent avec une casquette défraîchie tentait de s'expliquer. Des gouttes de sueur perlaient sur ses joues rebondies. À ses côtés, une femme blonde, très jeune, jetait des regards terrifiés dans toutes les directions. Les autres, accablés, baissaient les yeux vers le trottoir.

Dielsman sortit du véhicule, brandit sa carte et s'approcha des deux hommes en colère, qui baissèrent le ton. Il s'écoula quelques minutes, puis l'Allemand serra la main de l'homme à la chemise noire qui affichait un air triomphant. Le militaire, lui, avait tourné les talons, furieux. Le nazi revint dans la Lancia et s'y engouffra.

— J'ai donné quelques conseils pour mettre fin à cette désorganisation. C'est réglé.

— Qu'est-ce qui est réglé ?

— Ça ! répondit Dielsman en tendant l'index vers le trottoir.

Deux coups de feu claquèrent. Le fasciste avait abattu de sang-froid l'homme et sa compagne. Des éclats de sang aspergèrent la vitrine. Écroulée sur le trottoir, la jeune femme avait encore les yeux grands ouverts, comme si elle ne comprenait pas ce qui lui arrivait. Les deux autres prisonniers, eux, avaient été embarqués sans ménagement dans un camion. Deux chemises noires tirèrent les cadavres par les pieds pour les traîner vers le barrage. La Lancia redémarra, la chaussée était à nouveau dégagée. Dielsman s'alluma une cigarette.

— Ces Italiens ! Pourquoi s'est-on alliés à ces foutus tocards. Ils sont incapables de s'entendre entre eux, comment voulez-vous qu'ils gagnent une guerre ?

— Pourquoi êtes-vous intervenu ?

— Souci d'efficacité ! Le petit groupe arrêté transportait des valises pleines de tracts appelant à la chute du Duce. Le militaire voulait les livrer à la police, le fasciste, lui, était partisan d'une option plus expéditive.

— Je vois à qui vous avez accordé votre faveur.

— C'est normal, non ? Le pays est au bord de l'éclatement, l'armée ne soutient plus Mussolini. Les fascistes eux-mêmes sont divisés entre couards et loyalistes. Les premiers veulent mettre le Duce à la retraite et installer un nouveau gouvernement pour négocier le moment venu avec les Alliés. Quant aux seconds, ils savent que leur salut passe par une collaboration inconditionnelle avec l'Allemagne.

— Un véritable panier de crabes à l'italienne !

— L'orage va bientôt éclater, croyez-moi. Et tout ce petit monde va se révéler au grand jour. Vous me demandiez la nature de mon surcroît de travail ? Je prépare notre riposte le jour où Mussolini sera trahi par les siens. Et elle sera impitoyable.

— Et tout est prêt ?

Dielsman posa l'index sur sa bouche.

— C'est comme pour vous, Herr Tristan. Confidentiel. Tout au plus, sachez que je suis devenu incollable sur la carte du ghetto juif de Rome. Ah, nous arrivons !

La voiture quitta la via Stratza pour tourner dans une rue sombre, puis s'engouffra sous un porche de pierre attaqué par l'humidité. Les pneus patinaient sur le pavé humide. Tristan crut que la voiture allait s'encastrer dans le palmier rachitique planté au milieu de la cour. Elle pila devant un immeuble aux murs ocre et aux larges fenêtres. Des pots de fleurs aux formes dodues et renflées jaillissaient des grilles des balcons en fer forgé.

Tristan sortit de la voiture et prit sa valise dans le coffre, ni le conducteur ni son passager n'avaient bougé de leur siège. Dielsman sortit sa tête de la vitre entrouverte.

— C'est au dernier étage, il n'y a qu'une porte sur le palier. Je passerai un coup de fil à Günther, votre chaperon, pour qu'il vous laisse circuler à votre guise dans Rome.

— Vous voilà bien confiant tout à coup…

— Ne vous y trompez pas, un agent est constamment affecté à votre surveillance. J'ai reçu des instructions très strictes vous concernant.

— Une délicate attention du Reichsführer sans doute ?

Dielsman ne releva pas l'ironie, et tendit à Tristan un bout de papier.

— Voici le numéro de l'ambassade, j'attends votre rapport détaillé chaque jour. Et n'essayez pas de nous fausser compagnie, sinon je serais obligé de vous réexpédier à Berlin. Et pas forcément en un seul morceau.

La voiture démarra avant que Tristan ait eu le temps de répondre. Le Français se dirigea vers le hall d'entrée de l'immeuble, qui exhalait un parfum agréable de cire chaude. Il gravit les marches. Cette histoire de templiers le taraudait. Mais il avait une piste : Marie Berna avait laissé un indice précieux dans sa lettre. Un indice qui s'appelait Villa Médicis. Si la chance lui souriait, il disposerait là-bas d'un allié précieux.

39

Rome

Tristan tapota d'un index satisfait le gros annuaire vert de Rome et composa le numéro de la Villa Médicis. La tonalité résonna. À tous les coups, il tomberait sur une secrétaire mal aimable, tradition française par excellence. Il croisait les doigts pour que Maxence soit encore en poste. Maxence Ostolazi, camarade de faculté à Paris quand il y étudiait l'histoire de l'art. Un Franco-Italien sympathique et roublard, avec qui il avait fait les quatre cents coups. Après l'avoir perdu de vue, il avait lu dans un journal qu'Ostolazi avait été nommé secrétaire à la Villa Médicis, la vitrine culturelle de la France en Italie qui hébergeait des artistes en résidence temporaire. Maxence s'était bien débrouillé. Un poste rêvé, au croisement de l'art et de la diplomatie.

On décrocha enfin, mais à son grand étonnement ce fut une voix masculine et prévenante qui répondit. En italien. Désarçonné, Tristan balbutia, puis chercha ses mots et demanda le poste de Maxence. Son interlocuteur passa de Dante à Molière sans le moindre effort.

— Vous êtes français… M. Ostolazi a quitté la villa il y a trois ans. Un homme charmant.

— Ah, serait-il possible d'avoir un rendez-vous avec son successeur ?

— Vous ne devez pas résider à Rome depuis longtemps. Notre glorieux gouvernement fasciste a chassé les Français du palais depuis la déclaration de la guerre. Ils se sont installés à Nice pour poursuivre leur mécénat culturel. Le Duce ne veut pas gaspiller le patrimoine de son pays pour héberger les artistes décadents oisifs d'un pays vaincu.

Tristan était pris au dépourvu. Inconcevable. La Villa appartenait à l'Académie de France depuis plus d'un siècle, Mussolini ne pouvait pas avoir infligé cette humiliation au maréchal Pétain, pourtant aligné sur une politique de collaboration avec l'Axe.

— Vous maîtrisez fort bien notre langue, s'entendit répondre Tristan d'une voix embarrassée.

— Ma famille travaille pour la Villa depuis presque cinquante ans et nous parlons tous la langue de Victor Hugo. Dans sa grande bonté, le Duce a conservé une modeste partie du personnel pour garder les lieux. Les autres ont abandonné la culture pour l'agriculture, un secteur plus utile au pays.

Tristan crut percevoir une pointe d'ironie dans le ton de son interlocuteur.

— C'est généreux de sa part… Est-il néanmoins possible de consulter vos archives ? Je cherche des documents sur l'un de mes grands-parents, qui a fréquenté la Villa à la fin du siècle dernier.

— Je suis navré, mais les visites sont interdites. La Villa est louée désormais au Banco di Roma. Je vous souhaite une bonne journée. En attendant des jours meilleurs…

Son interlocuteur lui raccrocha au nez, laissant Tristan désemparé avec son téléphone dans la main. Son enquête commençait mal. Même très mal. Il prit le paquet bleu de la Regia Italiana laissé à son intention et s'alluma une cigarette au papier fatigué. La fumée exhalait une senteur fermière putréfiée. Le tabac était encore plus infâme que celui des Allemands. Il retourna le paquet.

Du foin !

Dégoûté, il écrasa le mégot sur la tête du Duce qui ornait le cendrier. Son esprit tournait au ralenti. La cessation d'activité de la Villa Médicis stoppait net le début de son enquête. Il n'allait quand même pas se lancer une nouvelle fois dans un cambriolage.

Au bout d'un quart d'heure de vaines interrogations, il se résigna à composer le numéro de Dielsman. Peut-être avait-il un moyen de contourner le problème ? Après tout, les Allemands avaient le bras long dans cette ville. Ils pouvaient très bien demander d'ouvrir les archives aux autorités italiennes.

— Marcas… Je vous manquais à ce point ?

L'Allemand paraissait hilare au téléphone.

— Pas vraiment, je rends compte de mon enquête comme je m'y étais engagé. Je suis sur une piste.

— Celle qui vous a mené devant la porte de la Villa Médicis où on vous l'a claquée au nez.

Tristan soupira. Il aurait dû se douter que son téléphone était mis sur écoute. Il payait le prix de sa fatigue. Ça ne se reproduirait plus.

— Votre appel n'est en fait qu'un appel à l'aide. Mon aide, reprit le gestapiste. Je me trompe ?

— D'accord, j'ai voulu la jouer en solitaire, je ne recommencerai plus, mentit Tristan. Pouvez-vous demander à vos amis italiens de me faire entrer dans la Villa pour que je puisse consulter les archives ? La France et les Français ne sont pas en odeur de sainteté dans ce pays, si j'ai bien compris.

— La malchance d'appartenir à un peuple de vaincus.

— Certes… Et donc ?

— Ça ne servira à rien. Les archives ainsi que celles de toutes les représentations françaises dans la capitale romaine ont été déménagées au moment de la rupture des relations diplomatiques entre les deux pays. Le palais Farnèse[1] a été fermé en 1940. La France ne détient encore à Rome que quelques édifices : deux ou trois églises et un vieux palais. Que Mussolini veut d'ailleurs récupérer depuis le début de l'année.

— Je ne comprends pas. La France n'est plus représentée en Italie ?

— Oui et non. Il existe une ambassade française, mais elle est basée au Saint-Siège, assurée par Léon

1. Demeure de l'ambassade de France.

Bérard, un proche du maréchal Pétain. Suprême humiliation, votre compatriote a interdiction d'en sortir. Sa légitimité diplomatique dans l'État du Vatican n'est pas reconnue par l'Italie. Ça fait quatre ans que ce pauvre homme vit au milieu de ces culs-bénits, la vie doit lui paraître moins amusante qu'au palais Farnèse.

Tristan réfléchissait à toute vitesse. Cette fois, la dernière issue se fermait. Son séjour à Rome allait s'achever plus rapidement que prévu. Et l'espoir de sa liberté s'évaporait à vue d'œil.

— Le gardien m'a dit que l'activité culturelle se poursuivait à Nice, peut-être que les archives se trouvent là-bas.

— Pourquoi ne le demandez-vous pas directement à votre ami Maxence Ostolazi ?

Tristan se raidit.

— Je ne comprends pas. On m'a dit que le personnel français avait déguerpi.

— Le Reichsführer ne nous a pas envoyé son plus brillant limier, ricana Dielsman. L'avantage de faire partie de la Gestapo, c'est de savoir tout ce qui se passe dans cette ville depuis des lustres. Chaque année, je dépense des millions de Reichsmarks à arroser mon réseau de V-Mann[1], qui va du chauffeur de taxi au capitaine de police, en passant par des putes de haut vol et des généraux dépensiers. Votre ami est resté en Italie, c'est l'un des attachés de l'ambassadeur de Vichy. Il est d'ailleurs l'un des deux

1. V-Mann, surnom donné par la Gestapo à ses indics.

seuls Français de l'ambassade à avoir le droit de se déplacer à Rome.

Tristan ferma les yeux. La chance lui souriait de nouveau.

— Abuserai-je en vous demandant son numéro ?

— Il a un bureau au Vatican, ma secrétaire vous le fera parvenir.

— Merci pour votre aide, s'étrangla Tristan.

— C'est ainsi que je conçois mon métier d'officier de la Gestapo. Aider l'autre… Au fait, je vous conseille d'appeler votre ami depuis ce poste, je serai le seul à écouter votre conversation. Les rares cabines publiques de Rome sont raccordées au siège de la police politique italienne. Ne mêlons pas nos camarades fascistes à votre jeu de piste.

Dielsman raccrocha sans prévenir. Il y avait quelque chose de déroutant chez ce type, songea Marcas, mais ce côté plaisant et débonnaire le rendait encore plus dangereux. Tristan l'avait vu à l'œuvre lors de l'exécution du couple d'opposants au barrage des miliciens. Le même modèle de nazi que Skorzeny, un brouet malsain de fanatisme et de cynisme noyé dans un sens de l'humour acide.

Tristan avait laissé derrière lui la piazza Navona et se rapprochait du Tibre. Ses talons claquaient sur le pavé encore humide des pluies diluviennes de la matinée. Mais le temps avait tourné. Un soleil aussi vaniteux que les affiches de propagande du Duce placardées à tous les coins de rue avait balayé les nuages noirs du matin. Il défroissa le plan de la ville fourré dans sa poche et y jeta un œil. Il n'était plus très loin de sa destination.

L'aide de Dielsman avait été précieuse. Après avoir passé le barrage soupçonneux du standard du Vatican, Tristan était enfin tombé sur son vieil ami. À son grand étonnement, Maxence Ostolazi n'avait pas manifesté un enthousiasme débordant au téléphone. Son ancien camarade de faculté avait refusé de le voir au Vatican, se contentant de lui fixer un rendez-vous à une adresse dans le quartier de Ponte. Sur un ton aussi convivial qu'un curé administrant l'extrême-onction. Lui aussi lui avait raccroché au nez. La troisième fois de la matinée, ça devait être une coutume romaine.

Tristan passa une placette déserte et croisa un groupe de quatre femmes escortées d'une ribambelle de gamins dépenaillés. Le visage maigre, les yeux étincelants, tous avaient le même air de famille, celui de ceux qui vivent avec la faim au ventre. Derrière le groupe, deux militaires déambulaient d'un pas lent, semblait nager dans leurs uniformes bleu-gris délavé. À l'évidence, le petit peuple romain souffrait de privations, Tristan l'avait déjà remarqué sur le trajet depuis l'aérodrome.

Il s'engouffra dans une rue large et sombre, bordée de hauts immeubles décrépits qui occultaient le soleil. À mi-parcours de l'artère, il ralentit au milieu de la chaussée cabossée. Sur sa droite s'étalait un gigantesque portrait au pochoir du dictateur plaqué contre la façade d'un édifice à la peau putréfiée d'humidité. Un Duce casqué et sanglé sous une mâchoire en soc de charrue.

Credere. Obedire. Combattere.

Croire, obéir, vaincre... C'est mal barré, mon petit Benito, avec ton peuple qui crève de faim, songea Marcas en accélérant le pas.

Le slogan écrit en lettres de feu sous la bobine inquiétante du dictateur contrastait avec les murs lépreux et vaincus qui bordaient la rue. Cette manie des dictateurs de se vendre comme des savonnettes l'avait toujours fasciné. Car c'était de la publicité, ni plus ni moins. Plus jeune, Tristan avait été l'un des rares élèves à suivre des exposés sur le sujet pendant ses études d'histoire de l'art, alors que la plupart de ses condisciples méprisaient la *réclame*. Il se souvenait de leur professeur spécialiste de la Rome antique, mussolinien de la première heure, qui leur rapportait des photos de ses nombreux séjours italiens. On y voyait des immeubles, des façades de magasins décorés de visages gigantesques du Duce. Son singulier visage minéral, sphérique au-dessus et carré à la base, se prêtait à tous les délires d'artistes énamourés. Au rayon *réclame* du grand bazar des dictatures, Mussolini avait été le précurseur. Hitler, Staline, Franco, Pétain, Salazar... Tous les sauveurs de la patrie, les guides éclairés, les chefs suprêmes l'avaient imité pour s'offrir sans pudeur à leur peuple obéissant.

Deux coups de klaxon retentirent derrière lui, il eut juste le temps de se réfugier sur le trottoir. Un camion Fiat débâché fonçait dans la rue. L'arrière était occupé par des chemises noires, fusils hérissés, encadrant des civils au visage abattu. Une nouvelle rafle.

Le camion tourna au bout de l'artère et disparut, laissant derrière lui un sillage de suppliques et de terreur. À l'image de cette Rome sombre et cruelle où la mort s'invitait à chaque coin de rue. Tristan pressa le pas, il avait hâte d'arriver à destination. Son laissez-passer établi par Dielsman lui paraissait être une protection bien fragile, il pouvait à tout moment se faire embarquer par des fascistes un peu trop énervés. De mauvais souvenirs de sa période espagnole flottèrent à nouveau dans son esprit[1].

Il longea une charmante fontaine encastrée dans un bosquet de buis taillé à l'italienne et arriva enfin au numéro 26 de la via di Monte Giordano. C'était un bâtiment de trois étages, massif et carré, typique du XVIIIe, aux murs léchés d'ocre. Au moment où il sonnait, quelle ne fut pas sa surprise de découvrir une plaque dorée sur le côté.

Palazzo Taverna Orsini.

Il crut entendre un tintement résonner de l'autre côté de la porte, mais il n'en était pas sûr. Une gueule de loup en fer forgé, aux crocs apparents et babines retroussées, était accrochée sur le linteau de pierre. Tristan sonna une deuxième fois et tourna la tête pour balayer machinalement la rue du regard.

Il le repéra tout de suite.

Son ange gardien de la Gestapo était assis au volant d'une Fiat blanc crème garée sur le trottoir opposé. Günther l'observait sans se cacher. Tristan comprit

1. Voir *Le Triomphe des ténèbres,* éditions Jean-Claude Lattès, 2018.

que son cerbère ne s'était même pas donné la peine de le suivre, il l'avait précédé. De l'avantage d'être sur écoute. Mais Tristan s'en moquait, il n'avait rien à cacher à la Gestapo. Du moins, pour le moment.

La porte s'ouvrit enfin. Un homme maigre aux cheveux broussailleux, le costume aussi défraîchi que son visage, s'inclina devant lui.

— M. Ostolazi vous attend à l'étage. Veuillez me suivre.

40

Rome
Palais Taverna Orsini

Tristan suivit le domestique qui arpentait le parquet avec une enjambée de héron souffreteux. Ils longèrent un couloir sombre à la tapisserie d'un autre temps et débouchèrent sur un salon richement décoré de toiles aux dimensions impressionnantes. Scènes mythologiques, parties de chasse, batailles antiques, on ne voyait quasiment plus une seule parcelle de mur vierge. Les propriétaires des lieux avaient éclaboussé la vieille demeure de peintures jusqu'au plafond. Tristan leva la tête pour admirer une fresque de bonne facture exaltant un Apollon sur son char. Il traversa une deuxième salle, elle aussi surchargée de tableaux. Ce palais était un véritable musée, songea Marcas, qui emprunta un escalier majestueux aux murs recouverts d'une tenture de velours vert d'eau en vogue au XVIIIe siècle. Son périple s'acheva dans une salle à manger qui donnait sur une large terrasse ornée de buis plantés dans de larges pots de terre cuite.

Un homme d'une trentaine d'années, en complet-veston clair, était adossé à une balustrade et lisait un journal. Tristan le reconnut tout de suite. Il traversa la pièce d'un pas plus vif et passa à l'air libre. La vue sur Rome touchait au sublime. Le soleil couchant irradiait une mer de tuiles dorées et incandescentes. Au premier plan, deux clochers d'église baroque rutilaient dans le crépuscule. Le contraste était saisissant avec la Rome des ténèbres qu'il avait abandonnée au seuil de la porte.

Sur un coin de la terrasse, une table recouverte d'une nappe blanche avait été dressée pour deux couverts, une bouteille de chianti trônait en majesté devant un poulet à l'épiderme doré.

— Maxence ! Quel plaisir de te revoir.

L'homme leva le nez, replia son journal et s'avança, le visage souriant, au grand soulagement de Tristan. Ils tombèrent dans les bras l'un de l'autre.

— Prends place face à Rome, dit Maxence en lui indiquant une chaise. Je nous ai fait préparer un petit dîner.

Tristan s'assit, le cœur soulagé.

— Je préfère ça. Au ton de ta voix au téléphone, j'ai cru que tu ne voulais pas me revoir.

— Je préférais éviter les effusions par téléphone. Ils sont partout…

Les deux hommes s'étaient assis face à face, le domestique remplissait leurs verres avec une componction digne d'un curé servant un vin de messe.

— Merci, Domenico, vous pouvez disposer.

Maxence suivit le serviteur du regard jusqu'à ce qu'il disparaisse de leur vue.

— Ils sont partout… *Ils*, c'est qui ? demanda Marcas en savourant son verre de chianti.

Le premier bon verre de vin qu'il buvait depuis des mois.

— Désolé pour ma froideur tout à l'heure, mais je ne voulais pas que tu t'étendes sur la raison de ton appel. La police de Mussolini… Ils ont mis notre ligne principale sur écoute au Vatican. Les gardes suisses nous ont prévenus l'année dernière, du coup, on a laissé couler comme si de rien n'était et le personnel de l'ambassade passe ses coups de fil importants sur une autre ligne plus sécurisée.

— *Ils* savent quand même que je suis ici…

— Oui, mais ce palais n'a pas été truffé de mouchards. Je le fais vérifier tous les mois. À part sur la ligne téléphonique, ils n'ont pas posé de micros. Tu as dû remarquer que l'atmosphère était pour le moins délétère à Rome.

Maxence servit un nouveau verre à son ami pendant que Tristan savourait l'indicible beauté de la vue panoramique. La nostalgie des jours heureux, sans la folie des hommes.

— Dieu merci, elle n'empoisonne pas le bon vin, continua Maxence. Ça fait combien de temps que l'on ne s'est vus ? Dix ans ?

— Neuf exactement. Au dîner des anciens de la fac, mais je t'avais envoyé ensuite une lettre pour te féliciter de ta nomination à la Villa Médicis. Beau parcours.

— Interrompu lors d'une belle journée de juin 1940. Les fascistes ont débarqué un beau matin, mitraillette au poing, et nous ont ordonné de vider les lieux dans la semaine. J'ai préféré ne pas suivre l'Institut à Nice. Un ami travaillant à l'ambassade au Saint-Siège m'a recommandé, ils avaient besoin de quelqu'un qui connaisse bien la ville. Ma mère étant romaine, ça m'a simplifié la vie. Comme je suis l'un des rares à pouvoir circuler librement à Rome, ils ont mis à ma disposition ce palais, propriété de la France. Je le partage avec un autre collègue de l'ambassade.

Tristan poussa un petit sifflement admiratif.

— Il y a pire comme refuge. Un vrai musée…

— Le palais a été construit au XVe siècle par les Orsini, l'une des familles princières les plus puissantes de Rome, au même rang que les Colonna ou les Barberini. Ils ont donné trois papes de renom et une kyrielle de seigneurs de la guerre. Quant à la profusion de peintures, figure-toi qu'elle est due en partie à un peintre réfugié dans le palais après les guerres napoléoniennes. Un certain Coccetti. Il a passé trois ans ici à peindre ces œuvres. Bon, et toi ?

— Guerre d'Espagne du côté des perdants. Après un séjour dans une prison franquiste en 1939, c'est devenu un peu compliqué.

— C'est-à-dire ?

Tristan narra une partie de ses aventures, en éludant les aspects ésotériques de sa quête des swastikas et son appartenance au SOE[1]. Maxence avait écouté,

---

1. Special Operations Executive. Service secret créé par Churchill au début de la guerre, chargé des opérations clandestines en Europe occupée.

fasciné, son récit, mais au fur et à mesure une gêne manifeste s'était emparée de lui.

— Si je comprends bien, tu travailles pour les Allemands. Tu es une sorte de mercenaire culturel. Ce n'est pas très moral, dit-il en affichant une mine perplexe.

— Mes valeurs n'ont pas changé d'un iota depuis notre jeunesse. Je ne collabore pas par idéologie et il m'arrive de les combattre. À ma façon. Je ne te demande pas de me juger, mais de m'aider. En souvenir du bon vieux temps.

Le domestique avait débarrassé la table et apporté une boîte de cigares. Maxence s'en alluma un avec lenteur, tout en jaugeant son ami. Il tira quelques bouffées, puis hocha la tête.

— En souvenir du bon vieux temps... C'est vrai. J'ai une dette envers toi dont je ne me suis jamais acquitté. Si tu n'avais pas été là, j'aurais été renvoyé de la fac pour croupir en prison.

Tristan sourit. À l'époque, son ami s'était acoquiné avec un marchand d'art. Pour se faire de l'argent, le jeune étudiant servait de prête-nom pour des ventes de tableaux. Les toiles transitaient parfois dans sa chambre de bonne. Le galeriste dénoncé par un concurrent, les policiers avaient débarqué un soir pour une perquisition. Alors qu'ils tambourinaient à sa porte, Maxence s'était précipité à sa fenêtre et avait supplié son voisin, Tristan, de cacher trois tableaux de valeur. Pendant trois semaines, le jeune étudiant idéaliste s'était métamorphosé en Arsène Lupin, dont il dévorait toutes les aventures. Il s'était couché avec un Matisse au-dessus de son lit, avait pris son café devant un Odilon Redon[1] et courtisé de jeunes étudiantes sur un canapé décoré d'un Chardin.

Il avait ensuite rendu les toiles à Maxence et empoché une somme rondelette qui lui avait permis de mener la grande vie pendant six mois. Dès ce moment, grâce ou à cause de Maxence, Tristan avait cédé aux sortilèges envoûtants et sulfureux du monde de l'art et de l'argent. Dès lors, sa vie avait bifurqué. Pour le meilleur et pour le pire.

— En quoi puis-je t'aider ? lança Maxence.

— Je voudrais savoir où se trouvent les archives de la Villa Médicis, précisément pour le XIXe siècle.

— Pourquoi ?

— Je suis sur la trace d'un certain Georg Berna qui y a séjourné pendant six mois.

— Un artiste ?

— Non, un riche financier et propriétaire agricole.

— Je vois. L'un de ces aristocrates ou grands bourgeois qui déboursaient de coquettes sommes pour séjourner aux côtés des artistes pensionnaires. Chacun y trouvait son compte, la Villa récoltait des fonds et les riches invités rentraient chez eux en assommant leurs amis d'anecdotes culturelles soporifiques.

— Berna aurait peut-être laissé des papiers qui m'intéressent.

— Qui intéressent surtout tes amis allemands…

— Je ne peux pas t'en donner la raison, mais sache que c'est vital pour moi. On m'a dit que la Villa avait

1. Peintre appartenant au courant symboliste.

migré à Nice. Je suppose que les archives ont été transférées là-bas, à moins qu'elles ne soient restées dans le palais Médicis.

Maxence se leva lentement.

— Ni l'un ni l'autre. Tu as beaucoup de chance. Comme par le passé.

— Je ne comprends pas.

Il prit son verre de vin et pointa son index vers le sol.

— Elles sont ici, sous nos pieds. Ou presque.

— Quoi ?

— Je t'ai dit que ce magnifique édifice appartenait à la République française. En 1940, nous n'avions pas assez de camions pour rapatrier les biens de l'Institut en France. Il fallait faire un choix, le directeur a préféré déposer les archives les plus anciennes ici. Dans les écuries, en bas au fond de la cour.

Le cœur de Tristan bondit.

— Et tu pourrais…

— Bien sûr. Suis-moi.

41

Rome
Palais Taverna Orsini

Lorsque Maxence poussa la vieille porte de chêne, une forte odeur de crottin agressa les narines de Tristan. Un hennissement sonore jaillit à leur arrivée.

— Tristan, dis bonjour à Auguste.

Le cheval d'un noir de jais piaffait dans son box.

— Tu le montes ? demanda Tristan en flattant l'encolure de la bête, manifestement peu farouche.

— J'ai horreur des canassons. Il appartient à l'un de mes voisins, le chef fasciste du quartier qui adore parader chaque dimanche sur son fier destrier. Mais le pauvre n'a pas d'écurie. J'héberge Auguste et en échange son propriétaire me facilite la vie. Peux-tu le sortir de son box et le mettre dans celui d'à côté pendant que je vire la paille ? Contrairement à son maître hystérique, Auguste est doux comme un agneau.

Tristan prit le cheval par la bride et le sortit doucement. La bête se laissait faire. Ses flancs portaient les meurtrissures typiques d'un usage intensif d'éperons.

La paille balayée laissa apparaître une planche rectangulaire de la taille d'un cercueil. Maxence prit un pied-de-biche et souleva la planche qui retomba sur le côté, dévoilant une ouverture noire et béante. Il se baissa et appuya sur un interrupteur de laiton encastré dans l'encadrement du trou. Une lumière crue jaillit des profondeurs, dévoilant un escalier de ciment. Tristan était revenu, il aperçut la tête de son ami qui s'enfonçait dans le sol.

— Qui irait voir sous les sabots d'un cheval fasciste ? ricana Maxence.

Tristan descendit à son tour. Les murs étaient propres et nets comme s'ils avaient été maçonnés la veille. Un réseau d'ampoules courait le long des murs.

— Un an avant la déclaration de guerre, l'ambassade a effectué les travaux en prévision d'un conflit avec Mussolini. Ils ont fait venir des ouvriers français, pour éviter les indiscrétions.

— Dans quel but ?

— Tu vas comprendre.

Ils descendirent les marches pendant une bonne minute, l'air devenait de plus en plus frais. La dernière marche s'échouait sur de la terre compactée.

Tristan ne put s'empêcher de pousser un cri de surprise. Ils étaient arrivés dans une salle d'une dimension stupéfiante, de la taille d'un court de tennis et de la hauteur de presque un étage d'immeuble. On y voyait comme en plein jour, des lampes encastrées dans des blocs grillagés déversaient une lumière irradiante.

— Catacombes datant de l'époque des premiers Césars. On a raffermi les murs avec des coulées de béton pour que ça ne s'effondre pas. Rome peut crouler sous les bombes américaines, ici, on ne risque rien.

Les deux hommes s'avancèrent en slalomant entre des empilements de dizaines de caisses. Tristan jeta un œil à l'intérieur de l'une d'entre elles, à moitié ouverte. Elle était remplie de fusils entassés en faisceaux et de boîtes de cartouches de munitions.

— Pistolets Beretta M1934, fusils Carcano, grenades offensives, *presse-purée* modèle 24… Armement de fabrication italienne d'excellente qualité. J'ai une dizaine de caisses du même genre. Tout ce qu'il faut pour tenir tête à une armée de chemises noires.

— Ça sort d'où ?

— Peu importe… La France voulait un stock pour défendre son personnel en cas d'attaque. Mais on ne s'en est jamais servi.

Tristan hocha la tête. Son ami mentait. Des boîtes de cartouches vides traînaient à terre et la caisse était à moitié remplie. Des sillons et des traces de pas fraîches apparaissaient sur la terre battue. Maxence n'était pas aussi inoffensif qu'il le paraissait.

Ils se dirigèrent vers le fond de la cave tapissé d'une dizaine d'armoires métalliques.

— Je t'ai dit que tu étais verni. À mes heures perdues, j'ai reclassé les archives de la Villa. En trois ans, ça laisse du temps. Ton Georg Berna a séjourné chez nous en quelle année ?

— 1865.

— Voilà qui est précis. Voyons voir…

Il ouvrit une armoire sur sa gauche. Tous les rayonnages débordaient de dossiers et de boîtes de cartons.

De gros rouleaux de papier obstruaient les interstices disponibles.

— Tu appelles ça un classement ? ironisa Tristan. J'ai comme l'impression que ce capharnaüm va nous tomber dessus si tu retires un seul papier.

— Rassure-toi, je connais mon affaire.

Maxence fit glisser son index le long des étagères, revint en arrière, hésita, puis extirpa deux boîtes volumineuses de couleur brune. Il les sortit avec peine et les posa une à une sur le sol.

— Ça pèse lourd, l'année 1865.

Il chaussa des lunettes, ouvrit le couvercle de la première avec précaution et huma l'intérieur.

— Mmm… Le parfum de la virginité.

— Pardon ?

— Papier défraîchi, zeste d'encre laquée, soupçons de cire cachetée… Le mélange typique du milieu du XIXe. Personne n'a dû l'ouvrir depuis des lustres, sinon on ne sentirait plus grand-chose. Prends la seconde. On devrait y arriver à deux.

Il éparpilla les liasses contenues dans sa boîte pendant que Tristan ouvrait la sienne.

— J'ai sous les yeux la liste des pensionnaires pour 1865. Voyons… Berna… Berna…, murmurait Maxence, montre-toi… Ah, voilà ! Georg Berna, arrivé à la Villa en avril 1865, mort en 1866 à Rome. Financier, propriétaire de domaines agricoles à Büdesheim, en Allemagne. Ex-consul d'Autriche dans la Hesse, explorateur. Il est mort jeune ton bonhomme, vingt-cinq ans…

— C'était peut-être un crime.

— Il est indiqué que le corps a été expédié en Allemagne. La famille a demandé qu'il ne soit fait aucune mention du décès à Rome. Ils ont d'ailleurs versé dix mille marks de l'époque pour s'assurer de la discrétion de la Villa.

— C'est tout ?

— Oui, mais il est fort possible qu'il y ait d'autres documents. Continuons.

Tristan épluchait de son côté ses dossiers. Pour la plupart sans intérêt, des factures, des comptes rendus de conférences, des discours ampoulés, des invitations à des bals. Une odeur soporifique se dégageait de ces vieux papiers. On sentait que la vie devait être assez douce pour les pensionnaires de l'époque. Il poursuivit sa recherche avec impatience. Cette fois, le contenu était constitué d'échanges de lettres entre le directeur de la Villa et l'ambassade de France. Le papier fleurait bon une époque révolue où les circonlocutions de politesse prenaient autant de place que le contenu des lettres.

Tristan se frotta les yeux. Il se demanda s'il ne préférait pas décrypter une nouvelle *Île des morts* plutôt que de s'imposer la lecture de cette prose boursouflée d'un autre siècle. Agacé, il tournait les liasses de correspondance sans même les lire quand soudain il tomba sur une enveloppe épaisse, bourrée à craquer, entourée d'une ficelle. Ornée d'une inscription manuscrite en lettres fines et déliées.

— Maxence, quelle est la signification de *minute diplomatique* ?

— C'est un double des courriers envoyés via les ambassades. Au cas où une lettre importante serait perdue, on peut retrouver la copie. Dans le cas de la Villa Médicis, c'étaient surtout des duplicatas de lettres que les invités envoyaient à leurs proches. On a supprimé cette pratique au début du siècle : ces courriers ne présentaient aucun intérêt et encombraient les archives.

Tristan arracha la ficelle. À l'intérieur, il y avait une trentaine de lettres. Il les parcourut à toute allure. Berna avait envoyé des lettres à sa femme, pouvait-il y en avoir d'autres ? L'excitation montait, il sentait quelque chose. C'était un sixième sens. Comme l'imperceptible souffle du vent qui précède l'orage.

Il trouva.

Une lettre de deux pages. Rédigée par Georg et envoyée à son épouse Marie, en date du 23 septembre 1865.

— Bonne pioche…

Maxence s'était arrêté pour s'approcher de Tristan.

— C'est écrit en allemand, à mon avis personne n'a dû la lire à la Villa. Et je ne parle pas un traître mot de cette langue barbare.

— Moi, si. Ça me sert énormément depuis quelques années.

Il lut attentivement le contenu des lettres, puis les reposa dans la boîte.

— Alors ? demanda Maxence, impatient.

— Ces lettres ont toutes été envoyées juste avant une autre dont j'ai pu consulter des extraits.

— C'est du chinois pour moi.

— Pardon. Dans cette autre lettre, Georg expliquait qu'il se sentait menacé à Rome depuis qu'il avait été approché par une confrérie secrète. Cette société occulte – semble-t-il – détenait un secret prodigieux. Celui du trésor des templiers.

Le visage de Maxence s'éclaircit.

— Un vrai roman à mystère ! Allons terminer cette conversation là-haut si tu n'y vois pas d'inconvénient. Je vais attraper la mort dans cette glacière.

De nouveau, ils s'étaient installés sur la terrasse. La nuit venait de tomber sur la ville. L'obscurité régnait en maître. Depuis le débarquement des Alliés, Rome avait rejoint la longue liste des villes sous couvre-feu. Maxence s'était installé sur le canapé collé à la rambarde du balcon pendant que Tristan relisait la lettre de Berna à la lueur d'une chandelle. Le serviteur leur apporta un cognac dans de minuscules verres en étain, puis les laissa seuls. Maxence était en verve.

— Tout ce chemin parcouru depuis Berlin, en pleine guerre, pour retrouver un trésor aussi réel qu'un cerveau dans la tête d'un fasciste. Et que tes amis allemands puissent y croire… Alors là, je pense que je vais me taper tout le cognac. Mais bon, continue. Qu'as-tu appris dans cette minute diplomatique ?

— Berna l'a envoyée pendant qu'il était approché par cette société secrète. Ils l'ont recruté en raison de ses relations importantes dans l'Empire austro-hongrois, à l'époque en guerre larvée avec la jeune nation italienne. Il y a une information dans la lettre qui m'intéresse particulièrement. Le grand maître de cette société était un Urbino. Il semble que ce titre se transmettait de génération en génération. Ça te dit quelque chose ?

— Les Urbino… C'est comme si tu demandais à un Français s'il connaît les Orléans, les Condés ou les Bourbons. C'est l'une des plus vieilles familles d'aristocrates turinoises qui aurait pu rafler la couronne d'Italie, si la maison de Savoie avait été moins roublarde. Les Urbino ont essaimé à Rome au XVIIIe siècle. Grandes propriétés agricoles, participations croisées dans un tas d'industries naissantes, régulièrement alliés à la famille royale et très bien introduits à la Curie. Ils ont donné à l'Italie quantité de députés, des ministres en veux-tu, en voilà et une nuée étoilée de généraux. Bien sûr, ils ont aussi financé l'ascension au pouvoir du Duce. Un arbre vigoureux aux racines profondément catholiques et aux branches très conservatrices. Mais…

— Mais ?

— La sève de l'arbre n'est pas toujours aussi pure qu'ils le souhaiteraient. Certains membres de la famille sont connus pour des vies plus… aventureuses. Pas vraiment conformes au dogme chrétien.

— Aristocratie décadente… Rien que de très banal, Maxence. On a les mêmes en France depuis Louis XV.

— Je me suis mal exprimé : je parlais d'aller à la messe le matin après avoir épuisé les plaisirs de la chair jusqu'aux premières heures de l'aube.

— Voilà qui me les rend plus sympathiques. Quoi qu'il en soit, Georg Berna les désigne comme ses assassins.

Tristan se garda d'évoquer en plus le saint suaire.

— Tu sais qui pourrait m'aider pour enquêter sur eux ?

Maxence secoua la tête.

— Non. Personne à Rome ne va donner un coup de main à un Français sorti de nulle part pour chercher des poux à l'une des familles les plus puissantes du pays. Et pour tout te dire, j'aimerais ne pas y être mêlé. Je ne veux pas d'ennuis ici.

— Je te le demande comme un service. Tu ne risqueras rien. Je…

Le directeur de la Villa leva la main pour l'interrompre.

— Stop. Je sais, tu vas me rappeler ton coup de pouce à Montparnasse… Mais ça va faire la seconde fois. Je peux t'aider autrement si tu veux. As-tu besoin d'argent ? D'un coup de main pour rentrer en France ?

— C'est aimable de ta part, mais non. Je ne veux pas te mettre dans l'embarras. Tu m'as déjà beaucoup aidé. Je saurai me débrouiller seul.

— Tu m'emmerdes ! Je vais me sentir coupable et j'ai horreur de ça. Il y a peut-être une possibilité… mais ce n'est pas garanti.

— Dis toujours.

— La comtesse d'Urbino donne son bal d'été dans trois jours. J'y suis convié. Je pourrais essayer de te faire inviter. Le problème, c'est que c'est strictement nominatif. Plusieurs fois, j'ai voulu me faire accompagner par un ami, je me suis heurté à un mur plus solide que celui d'Hadrien. Tu as plus de probabilités de gagner le gros lot de la loterie des mutilés que de recevoir ton carton.

Le serviteur avait surgi du salon et s'était approché des deux hommes.

— Vous avez encore besoin de moi ?

— Non, Domenico, tu peux aller te coucher. Dis-moi, si ma mémoire est bonne, ta sœur travaille toujours comme secrétaire chez la comtesse d'Urbino ?

— Oui, elle en est d'ailleurs très contente.

— Tu ne connaîtrais pas un moyen de nous avoir un carton d'invitation pour mon ami ici présent ?

Le domestique sourit.

— Très difficile, vous le savez… Autant demander au Duce d'inviter Staline à dîner.

Tristan avait quitté le palais depuis une bonne heure. Maxence, lui, dormait dans sa chambre princière. Le palais Taverna Orsini était plongé dans la même encre noire que le ciel de Rome. Seuls les fantômes peints sur les tableaux gardaient les yeux ouverts dans la nuit. À une exception. Le serviteur aux cheveux broussailleux fumait une cigarette dans la cuisine, l'oreille collée au téléphone mural.

— J'ai surpris leur conversation par inadvertance. Tu pourrais empocher quelques billets pour l'information. Ça devrait intéresser ta patronne, la comtesse. Le Français travaille pour les Allemands, il cherche…

42

Vatican

Les informations sur la mort subite du cardinal Gianbatesti avaient été rigoureusement filtrées. L'*Osservatore Romano* s'était contenté d'une nécrologie minimaliste, regrettant que ce grand serviteur de l'Église se soit éteint dans la fleur de l'âge. L'article ne rappelait pas les fonctions de secrétaire aux affaires extraordinaires, un poste que le Vatican répugnait à mettre en avant, pas plus que le journaliste ne s'étendait sur la cause du décès. Le médecin qui avait examiné le corps du cardinal s'était toutefois étonné d'une mort aussi brutale et avait timidement suggéré une autopsie. Face aux réactions que sa proposition sacrilège avait suscitées, il avait vite battu en retraite, comprenant qu'un cardinal qui avait déjà eu le mauvais goût de venir mourir dans l'antichambre du pape ne devait pas, en plus, causer d'autres problèmes. On avança la date de son inhumation et on décida que la messe funèbre serait donnée dans une chapelle peu fréquentée du Vatican.

D'ailleurs, seuls le pape et quelques intimes y assisteraient.

Le cercueil, qui contenait la dépouille du cardinal Gianbatesti, était placé sur deux tréteaux face à l'autel. Sur le bois verni, on avait déposé son anneau de cardinal, seul symbole qui rappelait sa grandeur passée. On avait aussi conseillé au prêtre qui officiait de se passer d'une homélie célébrant les mérites du défunt : Sa Sainteté souhaitait méditer et prier en paix.

Prier, jusque-là Pie XII n'y était pas parvenu. La mort brutale de Gianbatesti le privait d'un collaborateur zélé et surtout loyal. Et c'était là tout le problème : à qui désormais confier le poste crucial de secrétaire aux affaires extraordinaires ? Face au chaos qui s'installait en Italie et aux menaces nazies qui s'intensifiaient, le pape avait un besoin vital d'une personnalité aussi subtile que sûre, aussi compétente que fidèle. Une véritable perle rare en ces temps troublés. En tout cas, ce ne serait pas un cardinal. Pie XII l'avait décidé. Dans chaque pays européen, les prélats se déchiraient entre eux. Certains soutenaient le pouvoir en place, d'autres s'y opposaient avec force. Impossible, dans un tel climat de tension et de suspicion, de choisir l'un d'eux. Non, désormais, il fallait un homme discret et surtout d'une loyauté sans faille.

Tout autour du cercueil, le prêtre alluma des cierges. C'était la lumière qui devait accompagner le défunt sur sa route vers le paradis.

Dans un esprit de communion, le Saint-Père tenta de se concentrer sur les paroles du Notre Père qui étaient gravées dans son âme, mais rien n'y faisait. Cette fois, c'était la visite de Mussolini et son incroyable demande touchant le saint suaire qui venaient le perturber. Le pape avait du mal à s'avouer la vérité : si le Duce, qui avait ouvertement méprisé Hitler, le petit caporal autrichien, durant des années, en était à ramper aux pieds du pape pour satisfaire le maître de Berlin, c'est qu'il était politiquement fini. La conséquence était inévitable : il fallait l'écarter et le remplacer avant qu'il ne sombre, et avec lui l'Italie tout entière.

Alors même que le prêtre, devant l'autel, demandait à Dieu d'accueillir l'âme de son fidèle serviteur Gianbatesti, le pape formait une *combinazione* dans son esprit. Le seul moyen d'éviter que l'Italie ne se transforme en champ de bataille et d'horreur entre les Alliés et les Allemands, c'était de démettre Mussolini en douceur et de le remplacer par un homme capable de négocier avec les Anglo-Américains. Mais, pour y arriver, il fallait d'abord que le Grand Conseil fasciste renvoie le Duce à sa passion pour le jardinage. Une seule personne pouvait y parvenir : le comte Ciano, le propre gendre de Mussolini. Si lui basculait, les autres dignitaires fascistes suivraient. Ce comte Ciano, quand le pape l'avait reçu, lui avait paru ouvert à bien des perspectives, mais il fallait le sonder de nouveau. Discrètement et sérieusement.

Pie XII fixa le cercueil du cardinal. Le prêtre, un encensoir à la main, allait prononcer l'absoute, ce moment clé de la cérémonie funèbre où le mort est lavé de ses péchés avant d'être béni. Le pape esquissa un signe de croix. C'est à Gianbatesti qu'il aurait dû donner cette mission de confiance, mais désormais il gisait entre ces quatre planches, froid et inutile. Le Saint-Père se passa la main sur le front. Il s'en voulait de cette dernière pensée. Parfois, il oubliait qu'il devait d'abord être un homme de Dieu, avant d'être un maître de l'influence. Pie XII ferma les yeux et croisa les mains. Le temps des affaires profanes était terminé, désormais, il ne devait être que prière.

Au fond de la chapelle, Fabrizio di Colonna s'était installé à une distance respectueuse du pape, dont il n'apercevait que les épaules revêtues de blanc et la tête baissée. Même si Fabrizio avait une haute idée de lui-même, il sentait son ego rétrécir à mesure que le moment de parler au Saint-Père approchait. On pouvait pousser un prêtre au suicide, empoisonner un cardinal, il restait que, face au pape, Fabrizio devait se l'avouer : il avait peur. Il avait peur que le regard acéré de l'homme le plus proche de Dieu sur terre ne le perce à jour, ne voie au tréfonds de ses entrailles, et ne découvre la pourriture et la perversité qui s'y étaient accumulées depuis des années. De ses doigts manucurés du matin, Fabrizio fit un signe de croix. Dire qu'il était en train d'assister à la messe funèbre de l'homme qu'il avait fait tuer. Certes, il l'avait fait pour préserver l'Église, mais Dieu, cette fois, pardonnerait-il ?

Le pape se leva. Ses secrétaires l'attendaient devant la chapelle. Comme il passait auprès de la porte, une voix l'interpella.

— Très Saint-Père, pardonnez mon audace. Je suis le marquis Fabrizio di Colonna. Un ami personnel du regretté cardinal Gianbatesti. Si Votre Sainteté pouvait m'accorder une poignée de ses précieux instants.

Le pape, qui comptait répondre par un sourire et une bénédiction, s'arrêta. Aussitôt, di Colonna tomba à genoux et lui baisa la main.

— Vénéré Saint-Père, quel honneur pour moi !

Du pouce, Pie XII traça un signe de croix sur le front. Parfois, il se demandait combien d'hommes et de femmes il avait ainsi bénis dans sa vie.

— Si vous me disiez ce qui vous occupe, mon fils ?

— C'est au sujet du saint suaire.

Le pape indiqua aux secrétaires qui venaient d'entrer, déjà inquiets de son retard de quelques minutes, de sortir en même temps que le prêtre desservant. D'un geste silencieux, il fit signe à di Colonna de l'accompagner devant le cercueil de Gianbatesti.

— Puisque nous devons parler de choses graves, faisons-le près de la dernière demeure du cardinal. Et que son âme, désormais dans le royaume des cieux, éclaire notre échange.

Pour la première fois de sa vie, Fabrizio manqua d'à-propos. Aucune phrase, aucun mot ne lui vint en réponse. Debout devant le cercueil, face au pape dont le regard ne le quittait pas, il sentait ses moyens l'abandonner.

— Très Saint-Père, je suis tellement ému… je ne sais par où commencer.

— Alors, parlez-moi du cardinal Gianbatesti, vous disiez le connaître intimement ?

Di Colonna se mordit les lèvres. S'il continuait à s'enferrer dans ses mensonges, il allait perdre pied.

— Très Saint-Père, j'ai connu le cardinal comme confesseur de l'Ordre auquel j'appartiens et auquel, depuis des siècles, est confiée la protection du saint suaire.

Le pape prit son temps pour répondre. Le saint suaire était la relique la plus controversée de la chrétienté. Et, si elle était vraie, la plus précieuse. Un dilemme pour l'Église qui évitait de se prononcer sur son sort. Jeune cardinal, le pape l'avait vu à Turin lors d'une ostension : cette cérémonie rituelle où le saint suaire est présenté aux fidèles. Il avait été surpris par ce drap usé où se dessinait une vague ombre. Était-ce *ça* le linceul qui avait entouré le corps du Christ, le linge sacré qui avait contenu la chair de Dieu ?

— Une protection qui honore l'ordre auquel vous appartenez, d'autant plus que cette sainte relique attire aujourd'hui bien des convoitises.

Fabrizio hocha la tête.

— Ce qui a amené la famille de Savoie, à laquelle elle appartient, à la retirer de la cathédrale de Turin où elle était exposée et à la confier à l'Église.

— Turin est une très belle et sainte ville, mais, depuis quelques années, je la trouve bien près de la frontière autrichienne.

En familier des usages subtils de l'Église, Colonna traduisit immédiatement le sous-entendu papal : l'annexion de l'Autriche par Hitler mettait le saint suaire à portée d'un coup de main des nazis, qui avaient déjà *emprunté* à Vienne la lance de Longinus censée avoir percé le flanc du Christ sur la croix. Fabrizio reprit :

— Face à ces menaces, c'est au cardinal Gianbatesti qu'est revenue la noble mission de rendre le saint suaire invisible aux yeux de ses prédateurs.

— Avec l'aide de votre Ordre, ajouta le pape.

— Oui, très Saint-Père, nous sommes dévoués corps et âme au saint suaire, sauf que…

Pie XII posa ses deux mains pâles sur le bois du cercueil.

— Parlez sans crainte.

— Pour protéger la relique, le cardinal a pris la décision de la dissimuler dans un monastère, en Campanie, sous la responsabilité d'un moine, le frère Spinale. Un saint homme sans doute, mais qui s'est compromis avec les partisans jusqu'à devenir suspect aux yeux de la police.

Le pape se taisait. Quand la famille de Savoie, affolée à l'idée d'un rapt du saint suaire par les nazis, avait pris contact avec le Vatican, c'est à son secrétaire aux affaires extraordinaires qu'il avait donné mission de régler le problème. Ce qui, dans la langue du Vatican, signifiait que le cardinal Gianbatesti ne devait plus lui en parler. Mais ça, di Colonna n'avait pas besoin de le savoir.

— Continuez.

Fabrizio avait l'impression d'avancer à l'aveugle dans un couloir qui se rétrécissait.

— Je ne voudrais pas ennuyer Votre Sainteté avec des choses qu'elle sait déjà…

La légère crispation des mains du pape sur le cercueil le convainquit de parler et vite.

— Le père Spinale est venu au Vatican chercher secours auprès du cardinal, qui l'a aussitôt fait admettre, sous une fausse identité, dans un hôpital de Rome. Malheureusement, ses poursuivants ont retrouvé sa trace. Et c'est en voulant leur échapper qu'il a fait une chute qui lui a été fatale.

— Pensez-vous que la police le recherchait pour ses activités en faveur des partisans ou parce qu'il était lié au saint suaire ?

— Je ne sais, Votre Sainteté, mais je remarque que les hommes qui sont venus le chercher jusqu'à l'hôpital appartenaient à l'OVRA.

Pie XII songeait au visage de Mussolini lors de leur dernière entrevue. Sous son masque empâté d'empereur romain, le Duce suintait la peur. Il se savait perdu. Il avait promis la paix, la prospérité et l'honneur, il n'avait apporté que douleur, honte et misère. Personne ne lui pardonnerait la folle aventure dans laquelle il avait entraîné l'Italie.

— Connaissez-vous le Duce ? demanda brusquement le pape.

— Si peu ! s'écria di Colonna. J'ai dû le voir lors d'une invitation à la villa Torlonia.

Le pape ne releva pas. Quelques mois plus tôt, un membre de l'aristocratie romaine n'aurait pas manqué de se glorifier d'une invitation à la résidence privée de Mussolini. Aujourd'hui, la mémoire lui manquait. Désormais, si ces gens vous soutenaient, c'était comme la corde un pendu.

— Depuis quand votre ordre existe-t-il ?

— Depuis le milieu de la Renaissance, Votre Sainteté. Il a été créé pour protéger les reliques des saints de la fureur destructrice des protestants. Mais, depuis plus d'un siècle et demi, nous nous consacrons exclusivement à la protection du saint suaire.

Pie XII se rendait compte qu'il n'avait pas pris la mesure de la situation. Pour lui, le linceul censé avoir recouvert le corps du Christ était une relique parmi d'autres. D'ailleurs, il en existait plusieurs exemplaires, en France, en Espagne, jusqu'en Arménie, ce qui accréditait l'hypothèse d'un simple faux. Sauf qu'Hitler s'était mis en tête de s'en emparer et avait passé commande au Duce.

— Où se trouve le saint suaire ?

— Montevergine, un monastère de montagne, à l'est de Naples.

À nouveau silencieux, le pape comprenait que les décisions à prendre au sujet du saint suaire lui incombaient désormais.

— La sainte relique ne bouge pas de ce lieu, vous y veillerez.

Pie XII avait réfléchi vite. Entre les nazis au nord et les Alliés au sud, tout déplacement du saint suaire multipliait les risques de perte ou de destruction.

— Prévenez les moines de l'abbaye qu'ils prévoient une cache de repli. De préférence en pleine nature, au cas où leur monastère viendrait à être fouillé ou attaqué.

— Il en sera fait selon votre volonté, très Saint-Père.

— Mais le plus important…

Le pape ferma les yeux. Il voyait encore le visage ravagé de haine de la nonne lors de la séance d'exorcisme. Désormais, il en était certain : Hitler était un possédé et chacun de ses actes était guidé par un démon. Et si le diable voulait le saint suaire, il était de son devoir de le protéger. À n'importe quel prix.

— … L'essentiel est que personne n'aille jamais à Montevergine. Vous devez vous en assurer.

Fabrizio fixa le cercueil du cardinal. Avec le père Spinale, c'était la seconde fois que l'Ordre tuait pour remplir sa mission. Cette fois, il voulait être sûr qu'il accomplissait la volonté de Dieu.

— Je m'en assurerai personnellement, très Saint-Père. Mais dois-je m'en assurer définitivement ?

Le pape releva ses mains du cercueil et les croisa sur sa poitrine.

— Vous avez ma bénédiction, mon fils.

43

Rome
Palais Barberini

Malgré l'état de tension qui régnait dans la cité éternelle où les premiers contingents allemands avaient fait leur entrée, on se pressait devant l'entrée du palais Barberini pour répondre à l'invitation de la comtesse d'Urbino : sans doute sentait-on que la ville ne connaîtrait plus de fête aussi éclatante avant longtemps. Depuis des siècles, les Urbino avaient bâti leur réputation aussi bien sur leur sens inné des affaires que sur leur goût immodéré du faste. À tel point que Fabrizio di Colonna assurait en souriant sous sa fine moustache que les Urbino ne réussissaient dans leurs entreprises que pour se livrer au plaisir de recevoir. Quant au palais Barberini, qu'ils occupaient depuis des générations, il se prêtait à merveille à des réceptions grandioses où la moitié de la ville aurait tué l'autre uniquement pour y assister.

Vêtu d'un frac sombre, son haut-de-forme posé sur un guéridon, di Colonna se délectait d'un cigare de contrebande, directement importé de La Havane. Fumer l'aidait à réfléchir, et il en avait besoin. Il jeta un œil aux étagères de la bibliothèque et se dirigea vers les hautes fenêtres qui donnaient sur l'entrée du palais. Une limousine s'arrêta, un domestique se précipita et une magnifique jambe nue en sortit, vite dissimulée par le drapé d'une robe de soirée. Fabrizio reconnut la marquise de Valverde, dont le murmure mondain faisait la maîtresse du comte Ciano. Un jeu dangereux quand on était le gendre de Mussolini... À la pensée du Duce, Fabrizio se rembrunit. Subitement, il lui semblait que son cigare avait un goût amer. Il en voulait à ce césar d'opérette d'avoir fait entrer les nazis dans Rome. Certes, les militaires allemands restaient discrets, cantonnant dans des casernes d'où ils ne sortaient pas, mais leur présence oppressait déjà toute la ville, réveillant peur et frustration. Pour préserver son pouvoir, Mussolini avait réussi à transformer Rome en un volcan prêt à entrer en éruption.

Au fond de la bibliothèque, une porte claqua. La comtesse venait d'entrer, faisant sonner ses talons sur le parquet séculaire.

— Savez-vous, cher Fabrizio, que c'est la première fois que vous me donnez rendez-vous en tête à tête. Auriez-vous par hasard une déclaration galante à me faire ?

Drapée dans une robe d'un rouge éclatant, Sophia ressemblait à une rose fraîchement épanouie. On n'avait qu'une envie, se précipiter vers elle pour sentir son parfum le plus intime. Fabrizio soupira. Il était trop vieux désormais pour humer cette fleur délicieuse. Il pouvait seulement jouir de la morsure délicieuse de son esprit.

— Non, très chère, et croyez bien que je le regrette. Je voulais vous faire part d'une nouvelle importante : j'ai rencontré le pape aujourd'hui.

— À quelle occasion ?

— Lors de la messe funèbre du cardinal Gianbatesti.

Pourtant prompte à l'ironie, la comtesse ne fit aucune remarque sur l'incongruité pour un assassin d'assister aux obsèques de sa victime. Quand il s'agissait de l'Ordre, elle ne se permettait aucun persiflage. Pour beaucoup des aristocrates qui en étaient membres, et dont la vie profane était souvent aussi vaine que dissolue, l'Ordre était la pierre angulaire de leur engagement.

— Maintenant que le cardinal nous a quittés, le Saint-Père va devoir nous nommer un nouveau confesseur…

— Avant qu'il ne prenne une décision, j'ai préféré prendre les devants. Désormais, il sait où est la relique et connaît les menaces qui la guettent. Sa réaction a été sans appel, nous devons *tout* faire pour protéger le saint suaire.

La comtesse avait sorti un fume-cigarette en ambre dans lequel elle ficha une étroite cigarette égyptienne. L'odeur miellée du tabac oriental se mêlait aux effluves de cuir des reliures. Pendant un instant, le temps parut suspendu dans un parfum d'éternité.

— J'ai moi aussi quelque chose à vous révéler, annonça Sophia. Hier est arrivé à Rome un Français, un certain Tristan Marcas, qui s'intéresse beaucoup aux archives de la Villa Médicis et en particulier à un certain Georg Berna. Ce nom vous dit quelque chose, n'est-ce pas ?

Di Colonna se redressa brusquement comme s'il venait de voir passer un serpent. Il avait été reçu dans l'Ordre au début du siècle, et le souvenir de Berna y était encore vivace.

— Oui, à l'époque, l'Italie venait à peine de déclarer son indépendance et l'Autriche était toujours menaçante. L'Ordre a alors pris la décision d'initier un haut fonctionnaire germanique, un catholique déterminé, pour nous aider au cas où. Malheureusement, il ne s'est pas montré très coopératif et, comme il avait le cœur fragile…

La comtesse écrasa sa cigarette dans un cendrier en marbre noir.

— J'avais entendu parler de cette histoire, mais sans en connaître les détails. Ce Français, débarqué à Rome, qui pose des questions sur Berna, m'intrigue. Officiellement, c'est un expert en art, mais j'ai beaucoup de mal à croire qu'il soit là par hasard.

— Surtout s'il s'intéresse aux papiers que ce Berna a pu laisser.

Un domestique frappa à la porte et vint parler à l'oreille de la comtesse, qui se leva et fit signe à Fabrizio de l'accompagner à la fenêtre.

— Vous voyez ces deux hommes devant l'entrée. Ils viennent de présenter leur invitation, mais le majordome leur dit qu'il ne trouve pas leur nom sur la liste des invités. En fait, il gagne du temps. Vous voyez celui qui porte un costume sombre ? C'est lui, Tristan Marcas. Regardez-le bien…

Fabrizio examina avec soin le visage du Français pour être sûr de ne pas le perdre de vue pendant la soirée.

— Regardez-le bien, Fabrizio, car vous allez devoir mettre la main à la pâte.

Tout ce que Rome comptait encore d'aristocrates, de proches du roi, de fascistes et d'ecclésiastiques de renom était rassemblé dans le grand salon du palais. Tous levaient les yeux vers le plafond, une merveille de la peinture baroque intitulée, non sans grandiloquence, *Le Triomphe de la divine Providence*. Sophia montrait le tourbillon des personnages peints qui semblaient monter à l'assaut du ciel.

— Pierre de Cortone a mis sept ans pour peindre cette fresque à la gloire de la famille Barberini. Quatre cents mètres carrés pour célébrer le pape Urbain VIII, un Barberini, bien entendu.

Sophia n'avait pas besoin de préciser que sa famille descendait en ligne directe de celle des Barberini. Toute l'assistance savait qu'elle comptait dans son arbre généalogique autant de papes, de cardinaux que de condottières et de princes régnants. Un concentré de toute l'Italie depuis la Renaissance.

— Une œuvre absolument grandiose et unique, renchérit di Colonna, il serait vraiment désastreux qu'un bombardement inopiné vienne l'endommager.

Adossé à un fauteuil vénitien doré comme une statue de saint, le comte Ciano inclina la tête pour marquer son assentiment. Depuis plusieurs jours, il était au centre de toutes les *combinazione* pour sortir l'Italie du puits sans fond où elle était en train de chuter. Son entrevue avec le pape, alors même qu'il n'était plus ministre, avait été interprétée par tous comme le soutien du Saint-Père à un changement de régime. Restait à savoir par qui remplacer un beau-père devenu bien encombrant.

— Il vous dévore des yeux, comtesse, remarqua Fabrizio en faisant un geste discret en direction du gendre de Mussolini.

Sophia se retourna et offrit son regard de charbon à Ciano, dont les joues s'enflammèrent aussitôt.

— Le problème du comte Ciano, c'est qu'à force de se croire irrésistible avec toutes les femmes, il pense qu'il est capable de s'emparer du gouvernement de l'Italie, quitte à commettre un beau-parricide.

— Un *beau-parricide,* que le mot est juste et parfait ! s'exclama di Colonna.

Demain, le bon mot courrait tout Rome jusqu'à tomber dans l'oreille ombrageuse de Mussolini. En un instant, la comtesse d'Urbino venait d'assombrir l'avenir du comte Ciano.

— Je vous laisse à nos invités, Fabrizio. Moi, j'ai un Français à trouver.

44

Rome
Palais Barberini

Depuis qu'il était entré dans le palais, Tristan s'arrêtait presque à chaque pas, contemplant un tableau de maître ou fixant une statue antique. Maxence, que cette fascination retardait dans son désir d'aller fumer, finit par ironiser.

— Tu te demandes quelle œuvre d'art tu vas prendre en partant ?

— Tu ne crois pas si bien dire, la dernière fois que j'ai été invité chez le maréchal Goering, je suis parti avec une toile sous le bras.

Maxence éclata de rire tant la scène lui parut surréaliste. Il montra du doigt une porte-fenêtre donnant sur une allée bordée de bougies.

— Passons dans les jardins, tu vas voir, ils sont superbes. J'ai envie de me griller une cigarette.

Après avoir traversé un parterre de buis taillé à l'anglaise, ils arrivèrent près d'une longue serre aménagée en salle de réception. Des invités se pressaient devant des tables nappées de blanc, où des serveurs impassibles remplissaient sans désemparer des coupes de champagne. Tristan ne se fit pas prier, cela faisait une éternité qu'il n'en avait pas savouré.

— C'est ma seconde invitation ici, indiqua Maxence. La première fois, c'était lorsque j'ai pris mes fonctions de directeur de la Villa Médicis.

— Tu n'es jamais revenu depuis ?

— Je suis un bien trop petit poisson pour intéresser plus d'une fois la comtesse, railla Maxence. Je suis d'ailleurs étonné de son invitation et plus encore de la tienne. Tu es sûr que tu m'as tout dit sur ta venue à Rome ?

Tristan s'apprêtait à répondre quand un groupe d'invités surgit, négligeant le champagne. Ils s'installèrent dans de profonds fauteuils en cuir. Maxence en oublia son échange avec Marcas et se mit à fixer un homme au nez d'aigle, portant un monocle autour duquel tout semblait graviter.

— C'est Julius Evola, murmura Maxence, l'homme qui veut convertir le fascisme au paganisme et ressusciter les dieux antiques. On dit qu'il n'est plus en faveur chez Mussolini, qui désormais a besoin du soutien du pape.

— Il n'a qu'à aller chez Himmler, ironisa Tristan. S'il est capable de ressusciter Thor, il sera le bienvenu.

— Il a déjà rencontré le Reichsführer, figure-toi, mais le courant n'est pas passé. Il paraît qu'Evola lui a parlé doctrine bouddhiste et drogues hallucinogènes…

— En ce moment, ce sont les sorcières qui intéressent le Reichsführer. Alors, à moins que ton Evola ne possède le secret pour se rendre au sabbat…

Maxence baissa la voix.

— Tu ne crois pas si bien dire. Evola a fondé une revue, *Ur & Krur*, où on étudie la magie. Et, d'après certains, on ne se contente pas de la théorie. Il paraît qu'il a fait venir dans un manoir toscan neuf femmes…

Tristan n'écoutait plus Maxence, son regard avait été accroché par une plaque de marbre, noir et blanc, posée au mur, juste derrière son ami. Il fronça les sourcils en avalant une quatrième coupe.

— Tu permets deux secondes, Maxence ?

— Tu es bien le seul que je ne passionne pas avec cette anecdote, grommela le diplomate.

Tristan le contourna et passa un index sur le marbre. Les vingt-cinq lettres apparaissaient en capitales noires sur un fond couleur albâtre.

— Un carré SATOR…

La séance de décryptage avec Ulrike du tableau de *L'Île des morts* resurgit dans son esprit. Leur découverte du carré magique gravé en bas du tableau avait été interrompue par l'arrivée en fanfare de Skorzeny. Et voilà que ce symbole réapparaissait dans cette demeure. Propriété d'une comtesse dont la famille avait peut-être assassiné l'époux de Marie Berna.

Maxence s'était approché de lui.

— C'est amusant, ce truc. Ça se lit dans tous les sens.

Une voix féminine les cueillit en pleine contemplation.

— Monsieur Ostolazi, je vois que mon carré SATOR vous passionne, ainsi que votre ami. Que je n'ai point l'honneur de connaître.

Maxence se retourna et s'inclina avec respect.

— Comtesse, permettez-moi d'abord de vous présenter un de mes amis de passage à Rome, Tristan Marcas, un fin connaisseur d'art.

Sophia tendit sa main à baiser où se voyait un camée d'une taille exceptionnelle. Tristan s'exécuta.

— Un Français, quelle chance ! Ils se font si rares à Rome. Connaissez-vous la signification de ce carré que l'on prétend magique, monsieur Marcas ?

— Oui… Le laboureur Arepo tient la roue de son travail. Ou quelque chose d'approchant.

— Félicitations, mais il existe aussi une autre traduction. Plus symbolique. Le semeur est une image de Dieu, *Arepo* serait une contraction pour *Ad repo*, qui voudrait dire « à terre », *Tenet* pour « tient en son pouvoir », *Opera* pour « œuvre » et *Rotas* une allusion à la roue du destin. Ce qui donnerait : *Le créateur, pour la terre, tient en son pouvoir la roue du destin.* Une parabole sur Dieu, l'homme et son destin. Ce carré n'a rien de magique, il porte juste un message divin.

Tristan la regarda avec curiosité.

— Pourquoi l'avoir gravé ici, sur le marbre ?

— Il a toujours été là. C'est une sorte de talisman familial qui traverse les siècles et, peut-être, nous porte chance.

La comtesse scrutait son interlocuteur avec un regard perçant. Il y avait quelque chose de magnétique chez cette femme. Tristan résista. Le souvenir d'Erika restait toujours vivace. Mais, au fond de lui, une lueur de désir s'était allumée. Et cette envie le mit mal à l'aise. Il avala une autre coupe de champagne et lança d'un ton qui se voulait assuré :

— Je ne crois ni aux talismans ni aux carrés magiques.

— Un esprit fort… J'aime ça, répliqua la comtesse qui se rapprochait de lui.

Maxence s'amusait de ce duel impromptu et souhaita intervenir :

— J'ai appris que le Duce voulait…

La comtesse l'interrompit net :

— Non ! Pas de politique ce soir ! Permettez-moi d'enlever votre ami, lança la comtesse à Ostolazi. J'ai grande envie de romantisme.

Avant même que Tristan ne réagisse, elle avait glissé la chaude étreinte de son bras nu sous le sien. Un parfum doux l'enveloppait.

— Venez, je vais vous faire visiter les jardins. À cette heure-ci, ils sont emplis de fantômes.

Tristan restait figé, mais il sentait que l'alcool affaiblissait sa détermination. La lueur se transformait en flamme. Si le diable était une femme, cette comtesse en avait la dangereuse beauté.

— À moins que vous n'ayez peur des spectres ? Ou de moi…, murmura l'aristocrate. On m'a peut-être menti sur le courage des Français…

Elle ne cherchait même pas à masquer son amusement devant l'embarras de Tristan. Ce dernier posa sa coupe sur un parapet de pierre et inclina la tête.

— Si c'est pour l'honneur de mon pays, soit…

Ils s'éloignèrent sous le regard amusé et admiratif de Maxence.

— Mon salaud…

Sur le seuil de la serre, la comtesse entraîna Tristan vers un bosquet d'arbres d'où s'échappait le murmure d'une fontaine.

— On dit qu'à cet endroit se trouvait une villa qui appartenait à l'empereur Tibère. Une villa entièrement dédiée au plaisir. D'ailleurs, les jardiniers trouvent parfois des statuettes très suggestives en replantant des rosiers.

— Avec l'espoir de telles découvertes, vous ne devez pas manquer de volontaires pour entretenir vos jardins.

— Oui, d'autant que j'offre une récompense chaque fois que l'on trouve une de ces statuettes. Certaines sont des merveilles, absolument stimulantes.

— Alors, vous ne devez pas manquer d'amateurs pour les admirer.

La comtesse se pencha vers Tristan. Sa voix était aussi chaude que le contact de sa peau.

— Le palais Barberini regorge déjà d'œuvres d'art. Depuis la Renaissance, chaque génération y ajoute sa collection. Ma contribution est bien plus modeste et surtout plus discrète : je ne la montre qu'à quelques *happy few*.

Ils venaient d'atteindre une terrasse qui surplombait la ville. Une odeur de jasmin vagabondait paresseusement dans l'air. Tristan sentait une douce ivresse le gagner dans ce décor enchanteur, aux côtés de cette femme sublime. Cela faisait une éternité qu'il n'avait plus ressenti cette délicieuse sensation.

— Vous voyez ces lumières, plus bas ? reprit la comtesse, c'est la villa Torlonia, la résidence de Mussolini. Dernièrement, il a fait construire un abri antiaérien dans le jardin et, en creusant les fondations, les ouvriers sont tombés sur des catacombes.

— Le Duce s'intéresse à l'art antique ? demanda Marcas.

Sophia éclata de rire.

— Si le Duce s'intéressait à quoi que ce soit à part lui-même, ça se saurait ! Non, le plus drôle, c'est qu'au lieu de découvrir un cimetière romain, où il se serait fait photographier près d'une effigie antique, il est tombé sur une nécropole juive, la seule de Rome. Vous l'imaginez prenant la pose près d'une ménorah ?

— Vous devriez le convier à venir voir votre collection de statuettes, s'amusa Marcas. La photo serait d'anthologie.

La comtesse lui prit la main avant de chuchoter :

— Ma collection est comme moi, elle ne s'ouvre qu'aux hommes qui me plaisent.

45

Rome
Quartier Barberini

Mussolini tendit l'oreille, puis continua son trajet nocturne jusqu'à son bureau. Il n'avait pas allumé la lumière pour ne pas alerter les domestiques ni les gardes, et encore moins Clara qui dormait dans la chambre. Il voulait être seul et avait tombé la veste de son pyjama. Depuis plusieurs mois, ses pectoraux avaient perdu de leur superbe et sa toison blanchissait à vue d'œil. Le temps était loin où il prononçait des discours, torse nu, exhibant sa musculature pour séduire les foules. À l'époque, les Italiens l'aimaient et lui pardonnaient toutes ses provocations. Aujourd'hui, son corps était comme sa popularité, en chute libre. De nouveau, il s'arrêta pour écouter la nuit. Heureusement qu'il ne croyait pas aux fantômes, avec ce cimetière découvert dans le jardin. D'ailleurs, c'était ça qui l'avait réveillé, suffocant et en nage : il avait rêvé que des milliers d'ossements remontaient du sol pour l'emporter dans une sarabande macabre.

À la vérité, ce qui l'avait vraiment réveillé, il le savait bien, c'était une envie irrésistible de boire. C'est pour ça qu'il se déplaçait à pas de loup, vu qu'il lui était défendu, par ses médecins, de vider un verre ou de griller une cigarette. Au moins, dans son bureau, il pourrait se servir un whisky : un de ceux que lui envoyait Churchill du temps de leurs bonnes relations. Il haussa les épaules, voilà ce qu'il était devenu : un enfant sous surveillance. C'était bien la peine d'être le Duce.

Heureusement, les volets étaient tirés dans son bureau. Il alluma une bougie, sortit une bouteille dissimulée dans la bibliothèque et se versa un verre. Décidément, Churchill savait choisir ses whiskies. On pouvait lui reconnaître cette qualité, pour le reste, c'était un pourri comme les autres. Comme Hitler qui était en train de l'assassiner ou comme cette petite ordure de Ciano qui allait le trahir. Benito prit un dossier qu'il se mit à parcourir. Il avait été rédigé par Ciano pour incriminer le frère de sa maîtresse, Clara. Tout y passait, corruption, népotisme, spéculation de devises, trafic d'or… Benito haussa les épaules. En Italie, tricher était une vocation nationale, si son imbécile de gendre croyait le faire tomber avec les frasques du frère de sa maîtresse, il se trompait. Et puis, lui, Benito, avait besoin de Clara. Sa virilité n'était plus la même et il lui fallait des adjuvants que la *piccola cagna*, comme il l'appelait, savait lui donner. Non, ce n'était pas Ciano le problème, mais la décision qu'il devait prendre. Et elle se résumait entre deux noms : Hitler ou Churchill. Son échec auprès du pape pour obtenir ce bout de chiffon que les catholiques s'obstinaient à appeler saint suaire risquait de retarder l'appui d'Hitler. Dieu seul savait ce que cet hystérique allait lui demander demain… L'Italie l'ignorait encore, mais une rencontre avec le Führer était prévue à Feltre, tôt le matin, pour parler de la situation militaire devenue catastrophique en Sicile. Une réunion qui s'annonçait difficile tant Hitler, désormais, semblait incontrôlable. Mussolini se resservit un verre. Peut-être était-il temps de se tourner vers Churchill. Le vieux lion de Londres était obsédé par l'idée de voir l'Italie tomber aux mains des communistes, c'était ça, sa chance. Partout, des partisans, qui se réclamaient de Staline, se levaient pour *libérer* l'Italie, mais surtout s'emparer du pouvoir, et ça, jamais les Anglais ne l'accepteraient. D'un coup, Mussolini reprit courage. Il allait prendre contact avec Churchill : le Vatican ferait ça à merveille. S'il jouait bien, il pouvait une fois encore s'en sortir. Après tout, il avait été socialiste, militariste, fasciste, pourquoi ne deviendrait-il pas le meilleur ami des Alliés ? En attendant, il fallait donner un os à ronger à Hitler. Le mieux sans doute serait de lui livrer quelques juifs du nord de l'Italie. Ça calmerait un peu sa faim. Benito vida son verre, de nouveau il se sentait en forme. Et ce n'était pas que l'effet de l'alcool. Il était en train de reprendre la main sur son destin. Regonflé, il sortit sur la terrasse. Sur la colline du Quirinal, le palais Barberini était illuminé. À l'intérieur, son gendre devait être en train de comploter. Tant pis pour lui, il le payerait cher. Le Duce allait faire le ménage. Une purge d'enfer. Benito se frappa la poitrine comme un catcheur : Mussolini l'invincible était de retour.

Le catch, Tristan était en train d'en faire l'expérience, mais dans sa version érotique. Et sous un baldaquin, cette lutte des corps avait un goût de luxure déchaînée. En amour, Sophia n'avait rien d'une femme soumise, tout au contraire : Tristan avait vite compris que sa possession ne serait que le trophée d'un long combat. Leurs ébats avaient commencé dès l'antichambre, où la robe rouge de la comtesse s'était éparpillée comme une rose dévêtue par le vent. Sous la lumière des chandeliers, Marcas avait découvert un corps, encore recouvert de quelques atours, qui laissait déjà deviner une chair luxuriante. Une beauté de marbre antique, mais qui n'en avait pas la froideur. Tristan l'avait vite compris, dont l'ardeur s'était vue électrisée par la crudité des mots qui s'échappaient de la bouche de la comtesse entre deux baisers. D'un geste brusque, et alors que volait la dentelle de son soutien-gorge, elle avait entraîné le Français dans sa chambre avant de l'arrêter avec autorité au pied du lit.

— Regarde sur ta droite.

À regret, Tristan détourna son regard du corps qui attisait son désir. Alignées sur l'étagère d'une bibliothèque, des statuettes antiques montraient des couples en plein plaisir.

— Elles viennent toutes de mon jardin. Ce sont mes plus belles fleurs. Il y en a cinq exactement. Chacune correspond à une posture érotique. Par laquelle veux-tu commencer ?

Tristan n'hésita pas.

— La troisième.

On y voyait un homme dont le sexe dressé servait d'axe à une danse amoureuse effrénée. Sophia fit glisser sa culotte sur ses hanches.

— Si tu y arrives…

— Et de cinq, cria Sophia dont la jouissance venait de déferler en elle.

Elle roula sur le lit, les cheveux humides, et se dressa face à la fenêtre. Les premiers éclats du soleil pointaient entre les arbres du jardin. Elle ouvrit les battants et s'avança sur la terrasse, son corps impudiquement offert aux promesses de l'aube. Étendu entre les draps encore bouillants de leurs ébats, Tristan sentait son cœur battre la chamade dans sa poitrine. Depuis longtemps, il n'avait pas connu pareil plaisir. Sophia était de retour près du lit. Elle tira sur une corde tressée de soie et une sonnette tinta dans le palais.

— Je vais prendre un bain. Ouvre quand on frappera à la porte, c'est le petit déjeuner. Quelque chose me dit que tu as besoin de reprendre des forces.

Une fois la porte de la salle de bains fermée, Marcas entendit le bruit de l'eau coulant dans la baignoire. Un instant, il imagina le corps à demi immergé de sa maîtresse dans le bain, la poitrine dressée au ras de l'eau et le mont de Vénus que venait caresser l'écume de la mousse dont l'odeur suave gagnait la chambre. Il se retint de se lever pour plonger une fois encore dans une marée de plaisirs.

Mais il devait garder des forces pour affronter la journée. Maintenant qu'il connaissait la vérité sur la mort de Berna, il devait à tout prix découvrir qui se cachait derrière cet Ordre mystérieux dont parlait l'époux de Marie Christ. S'il parvenait à identifier ses membres, il serait sur la voie du saint suaire.

On frappa à la porte. Marcas se drapa le corps et alla ouvrir. Il ne savait pas pourquoi, mais il avait une irrésistible envie de confiture de figues. Quand il ouvrit, ce ne fut pas un plateau garni qu'il découvrit, mais un inconnu en tenue de soirée pointant le canon d'un pistolet sur sa poitrine. Derrière lui, deux molosses étaient destinés à lui prêter main-forte. La voix de Sophia s'échappa de la salle de bains.

— Tristan, mon chéri, dis bonjour à Fabrizio. C'est un ami très cher. Il aimerait beaucoup discuter peinture avec toi.

— Avec une arme à la main ? ironisa Marcas.

— C'est parce qu'il est timide. Mais vous allez très bien vous entendre. Comme toi, il adore Böcklin.

Marcas eut un rictus amer. Quelqu'un l'avait trahi.

— Maxence m'a vendu ? lança-t-il.

— Ton ami de la Villa Médicis ? Mais non, il n'a rien dit. Disons plutôt que nous avons des amis partout.

Sophia venait de sortir du bain, dans un peignoir d'une blancheur immaculée.

— Un joli garçon d'ailleurs, ce Maxence. Il faudra que je l'invite au palais quand on découvrira une prochaine statuette.

Fabrizio fit signe aux deux sbires d'empoigner

Marcas. En un instant, Tristan se retrouva nu comme un ver.

— Pas la peine de le rhabiller, ordonna la comtesse. Vous n'aurez qu'à le mettre dans le coffre de la voiture.

Elle s'approcha de Tristan qu'elle embrassa langoureusement.

— Je te laisse entre de bonnes mains. Fabrizio est un altruiste : il adore faire parler les autres.

Pour l'occasion, Fabrizio avait changé de voiture. La Bugatti était restée au garage. Quand on se rendait dans les quartiers mal famés de Rome, mieux valait rester discret. D'ailleurs, plus ils se rapprochaient de la gare San Lorenzo, plus la population changeait. Sortant à peine des bordels, on pouvait voir des soldats tituber dans les rues, suivis par des adolescents efflanqués prêts à tout pour voler de quoi se payer un repas.

— Pourquoi avoir choisi ce quartier ? demanda le chauffeur. Il n'y a que des putes et des crevures de Napolitains.

Di Colonna désigna un hôtel de passe décrépit, situé face à la gare.

— On s'arrête là.

Un ivrogne vomissait devant l'entrée. Plus loin, un groupe de souteneurs s'écharpaient autour d'une fille en pleurs.

— Ici, personne ne vous entend crier.

Le taulier ne fit aucune remarque sur ces trois inconnus qui amenaient un homme totalement nu dans une chambre. Il jeta la clé sur le comptoir et se mit à compter les billets de mille lires que Fabrizio lui avait donnés. Pour être sûr de ne pas être dérangé, di Colonna avait triplé le prix habituel. Sitôt entré dans la chambre, l'un des sbires ferma les volets tandis que l'autre attachait Tristan à un anneau au mur.

— C'est une chambre un peu particulière. On y pratique des jeux que n'aurait pas reniés M. de Charlus.

Marcas goûta modérément la référence au personnage de Proust. Dans *Le Temps retrouvé*, l'aristocrate en manque de sensations fortes avait la fâcheuse habitude érotique de se faire tabasser à coups de chaîne.

— Mais rassurez-vous, je n'ai pas l'intention de vous infliger les mêmes sévices qu'au baron. Du moins pour l'instant.

Fabrizio avança un tabouret et s'assit.

— Si vous me disiez pourquoi vous vous intéressez à Georg Berna ?

Tristan resta muet.

— Qu'avez-vous trouvé dans ses papiers de la Villa Médicis ?

— Je travaille sur *L'Île des morts* de Böcklin, or le tableau a été commandé par la veuve de Georg Berna, je me suis donc rendu à la Villa Médicis pour…

— Mauvaise réponse. Vous me décevez, Marcas, je vous croyais plus intelligent. Vous allez souffrir inutilement.

Di Colonna se leva et ôta sa veste de soirée, qu'il posa avec soin sur le lit crasseux.

— Il y a deux manières de torturer un homme. Broyer le corps ou créer la peur. Dans ma famille, nous avons acquis un savoir-faire inégalé en la matière, transmis de génération en génération. Connaissez-vous *la termitière madrilène* ?

Fabrizio claqua des doigts. Un des sbires apporta une mallette d'où l'aristocrate sortit une très fine lame en forme de tire-bouchon.

— Un bon artisan se mesure à la qualité de ses instruments. Voici une termitière, appelée ainsi car elle creuse comme les termites dans le sol. En Espagne, elle servait à guérir de toute récidive une femme accusée d'adultère.

Di Colonna s'approcha du visage de Tristan.

— D'abord, on fore un trou juste au-dessus de la pommette, puis on enfonce lentement dans la chair. À ce stade, c'est déjà très douloureux. Surtout quand on râpe l'os…

— Je vous le redis : je suis un spécialiste de tableaux anciens. Je travaille sur…

— Vous parlez trop, Marcas, gardez votre langue pour supplier d'abord, hurler ensuite. Maintenant, regardez bien : quand la termitière est bien engagée, alors on fore en pivotant lentement comme ceci.

D'un geste sec, di Colonna fit tourner la pointe effilée de l'instrument comme s'il éventrait le bouchon d'une bouteille.

— En général, la peau et la chair éclatent instantanément. À ce moment-là, vos cordes vocales ne sont même plus capables de prononcer un mot. Et pourtant ce n'est encore rien.

— Pour la dernière fois, je suis…

Sans prévenir, l'Italien enfonça la pointe de la termitière juste au-dessus d'un sourcil et déchira violemment l'épiderme. En un instant, le visage de Tristan dégoulina de sang.

— Toi, passe-moi les épices, ordonna Fabrizio à l'un des hommes de main.

— Sale dégénéré !

— Il faut que vous sachiez que je vais taillader ainsi tout votre visage jusqu'à ce qu'il ne soit plus qu'un sillon de sang et là…

Fabrizio saisit une fiole dont il versa le contenu sur la plaie. Tristan hurla comme un damné.

— C'est du poivre, ensuite viendra le sel. Mais à ce moment-là vous aurez déjà parlé. Trop tard, car les cicatrices seront atroces et indélébiles. Vous ne serez plus qu'un rictus vivant.

Un coup violent fit voler la porte en éclats. Un uniforme noir surgit, suivi d'une détonation en rafale. Le crâne du premier homme éclata avant de tatouer le mur de ses restes. Le second n'eut pas le temps de saisir son arme à la ceinture, un poignard lui cisailla le ventre, le vidant de tout son appareil digestif qui s'écrasa, fumant, sur le plancher. Dielsman taillada la corde qui retenait Tristan.

— Alors, Herr Marcas, heureux de me retrouver ?

46

Tunisie
19 juillet 1943

Quand il s'agissait de lancer les moteurs, John Ross ressentait toujours la même excitation. Au même instant, les quatre Wright Cyclone, des monstres de plus de 900 chevaux, hachèrent l'air de leurs pales d'acier. Dans la carlingue, le vrombissement fit trembler le tableau de bord. Le capitaine Ross se souvint d'un livre de Nietzsche qu'il avait lu à l'université, *La Volonté de puissance.* Maintenant, il savait ce que c'était. Dans le cockpit, le bruit assourdissant ne cessait de s'amplifier. Devant, derrière, à gauche, à droite, une marée de B-17 était prête à s'élancer dans le ciel de Méditerranée. Une armada digne de l'Apocalypse. John Ross se pencha vers son navigateur, le visage concentré sur les cartes.

— Alors, Truman, on fonce sur la Sicile ?

Depuis neuf jours, les soldats alliés affrontaient les troupes de l'Axe en Sicile, au pied du mont Etna. Une offensive qui, si elle avait rapidement mis en déroute les militaires italiens, ne parvenait pas encore à s'imposer face aux divisions allemandes qui résistaient férocement.

— Avec ce qu'on va leur déverser sur la tête, il va plus en rester beaucoup des bouffeurs de choucroute !

Truman plia avec soin ses cartes avant de répondre :

— Désolé, mais la mission est confidentielle. Je ne peux encore rien dire.

Le capitaine cligna de l'œil. Il avait compris. L'état-major, après avoir bloqué les troupes italiennes et allemandes dans ce cul-de-sac qu'était la Sicile, allait lancer un nouveau débarquement, mais cette fois directement en Italie.

— Te fatigue pas, mon pote, j'ai saisi !

Devant eux, la piste venait de se libérer. Ross entonna l'hymne américain et s'élança pour le décollage.

Rome
Quartier San Lorenzo

Enroulé dans un drap, Tristan fixait ses agresseurs. Deux étaient morts, quant au dernier, Fabrizio, dépouillé de ses vêtements, il était à son tour enchaîné au mur. Ses pieds nus pataugeaient dans le sang et la chair de ses hommes de main. Quant à son sexe, il s'était tellement rétracté qu'il avait disparu entre les cuisses. Son visage, lui, avait la pâleur dégoulinante d'un moribond.

Posté dans l'embrasure de la fenêtre, Dielsman observait la rue. Personne ne semblait avoir entendu les détonations. Il avait posté un gestapiste à la porte d'entrée au cas où, mais l'escalier comme le palier étaient toujours vides.

— Quel endroit merveilleux où on peut éclater le crâne d'un homme et répandre les entrailles d'un autre sans que rien se passe ! J'adore l'Italie. Vive le Duce !

Puis il se tourna vers di Colonna.

— Vous êtes de mon avis, n'est-ce pas ? Mussolini est un génie ?

— Oui, balbutia Fabrizio.

— Alors, expliquez-moi pourquoi un homme lucide comme vous a voulu faire du mal à un ami personnel du Reichsführer ?

L'aristocrate jeta un œil affolé à Marcas, qui s'emparait de vêtements épars pour s'habiller.

— J'ignorais… je croyais que…

Comme s'il n'écoutait pas, Dielsman ramassa au sol la termitière souillée de sang.

— Quel bel objet ! Il n'y a qu'en Italie qu'on trouve une telle finesse d'exécution. Un véritable pays d'artistes ! Je suis admiratif. Sans compter l'efficacité…

D'un geste bref, il enroula la spirale d'acier de la termitière sur la poitrine de Fabrizio et arracha d'un coup le téton droit.

— Et en plus, il fonctionne à merveille ! Vous ne m'en voudrez pas trop si je vous l'emprunte ?

Terrassé par la souffrance, di Colonna n'avait même pas crié. En revanche, une forte odeur d'urine s'échappait de son entrejambe.

— Ah, remarqua Dielsman, vous vous êtes oublié… Mais ne vous sentez pas avili. À la différence de la douleur, la honte, on ne l'éprouve qu'une seule fois.

— Pitié… Je vous en supplie…

Fasciné, Tristan regardait Fabrizio, l'homme qui, quelques minutes plus tôt, était prêt à le torturer sans le moindre état d'âme. Désormais, l'abjection avait remplacé l'arrogance. Dielsman fit à nouveau tournoyer la termitière devant le regard terrifié de l'aristocrate.

— Et maintenant que nous sommes bons amis, si vous me disiez tout.

Mer Méditerranée
Au large de Palerme

John Ross jeta un coup d'œil sur sa droite. La côte sicilienne s'éloignait. Il fit un clin d'œil à son navigateur.

— Prochaine étape, Naples, c'est ça ? On bombarde la côte avant que nos troupes ne débarquent ?

— Concentre-toi ! Des chasseurs allemands peuvent surgir de n'importe où.

Le pilote éclata de rire.

— Tu plaisantes ? Aucun avion de la Luftwaffe ne va pointer le bout de son nez. Tu sais combien de chasseurs anglais et américains nous protègent ? Deux cent soixante-huit exactement. Le ciel est à nous !

Le navigateur se replongea dans ses cartes. Le capitaine haussa les épaules. Son voisin venait de Boston, ces gars de la côte Est étaient vraiment trop sérieux. Pas comme lui, qui arrivait de Saint Louis. Là, au moins, on savait s'amuser.

— T'imagines, quand on va larguer ce qu'on a dans la soute ? Deux tonnes sept de bombes. Rien que ça !

Le navigateur esquissa un sourire. Il se demandait toujours comment un type du Missouri pouvait autant se passionner pour les chiffres.

— Je suppose que tu as multiplié ce tonnage par le nombre de bombardiers engagés dans l'opération ?

— Évidemment ! Et je peux t'annoncer que les soldats italiens et allemands vont se ramasser plus de deux mille tonnes de caramels explosifs sur le coin de la figure.

Le pilote lâcha un instant les commandes pour marquer son enthousiasme.

— Quand nos gars vont débarquer, ils ne trouveront aucune résistance. Anéantie, balayée, explosée…

— Mets le cap au nord-ouest.

John Ross fut stupéfait.

— Comment ça, on ne file pas soutenir le débarquement ?

— Regarde la mer, tu vois un bateau ?

La Méditerranée était aussi vide que bleue.

— *Gosh !* Mais alors on va faire quoi ?

— Bombarder Rome.

Rome
Quartier San Lorenzo

La voix de di Colonna était secouée de sanglots. Sa poitrine déchirée le faisait souffrir autant que l'humiliation qu'il vivait. Mais le pire, c'était la peur.

— J'appartiens à une confrérie très ancienne. Nous avons pour mission de protéger les reliques les plus sacrées de la chrétienté.

Au mot *relique*, le regard de Dielsman s'alluma. Dans la SS, tout le monde connaissait la fascination d'Himmler pour ces fétiches d'un autre temps.

— Sophia fait aussi partie de cette société secrète ? interrogea Tristan.

Fabrizio n'hésita pas. S'il avait une chance de s'en sortir, c'est en chargeant la comtesse.

— Oui, sa famille la dirige depuis des siècles. C'est elle qui donne les ordres. Elle qui a décidé de votre enlèvement. Elle qui…

Dielsman l'arrêta.

— Mon cher Fabrizio, si on revenait à l'essentiel ? Quelles reliques votre organisation est-elle censée protéger ?

— Une seule en fait, le saint suaire.

Devant la surprise du gestapiste, Marcas expliqua :

— C'est le linceul qui a enveloppé le corps du Christ avant sa mise au tombeau. C'est aussi celui que l'on a retrouvé après la Résurrection. Selon la tradition, ce linceul contient son empreinte. L'empreinte de Dieu.

— Vous ne croyez quand même pas à ces superstitions ?

— Le Reichsführer y croit et il veut qu'on retrouve le saint suaire. Le Vatican le cache depuis le début de la guerre.

Tristan se tourna vers di Colonna.

— Et s'il y en a un qui sait où il se trouve…

Dielsman reprit la termitière dont il caressa la pointe et s'approcha de sa victime.

— Mon cher Fabrizio, je crois que notre discussion arrive à un tournant.

Méditerranée

Pour atteindre son objectif, le capitaine Ross avait commencé à perdre de l'altitude. Désormais, la côte italienne apparaissait avec netteté.

— Ce que tu vois devant nous, indiqua son voisin, c'est Ostie, le port de Rome sous l'Antiquité. Attention, nous arrivons sur zone dans quelques minutes.

John Ross vérifia l'altimètre, déverrouilla la commande de la soute, puis se tourna vers son navigateur. Concentré, il fixait une carte de Rome où alternaient des cercles et un carré finement hachuré.

— C'est quoi, tes figures géométriques ?

— Les cercles, c'est ce qu'on doit à tout prix éviter. Le Colisée, le Quirinal, le Vatican…

Le navigateur avait la voix hachée. Sa responsabilité était écrasante : c'est lui qui décidait du moment précis du largage des bombes. À quelques secondes près, il pouvait rater une cible et commettre des dégâts irréparables.

— Et le carré ?

— Notre objectif : la gare de triage de San Lorenzo.

Rome
Quartier de San Lorenzo

Di Colonna avait l'œil rivé sur la main armée de son bourreau. Ses lèvres en revanche n'étaient pas immobiles.

— Je vais tout dire ! Le saint suaire, je sais où il est… Il a été envoyé dans une abbaye… Montevergine… Dans la montagne… À l'est de Naples. Là-bas… Ce sont les moines qui l'ont caché, mais j'ignore où… Je vous le jure !

Comme s'il parlait à un enfant en pleine crise de mensonge, Dielsman secoua la tête.

— Pourquoi je ne te crois pas ? Sans doute parce que tu n'as pas assez peur. Je vais te confier aux bons soins de Herr Marcas, tu lui as bien labouré le visage, il te doit la pareille.

— Non, pas le Français, il va me tuer !

L'officier de la Gestapo tendit la termitière à Tristan.

— Il y a un miroir dans la salle de bains. Décrochez-le. Je le tiendrai pendant que vous allez défigurer le visage de ce bon Fabrizio. Je suis certain qu'il va adorer le spectacle.

Tristan repoussa brusquement la main de l'Allemand.

— Ne comptez pas sur moi pour torturer cet homme, même s'il a manqué de me tuer. Nous n'avons rien en commun.

Devant le gestapiste stupéfait, il traversa la chambre et claqua la porte.

— Marcas ! Revenez !

Il n'y eut pas de réponse.

Tombé de 20 000 pieds d'altitude, une bombe larguée par le B-17 de John Ross explosa en pleine rue, transformant la façade de l'hôtel en un brasier incandescent.

47

Rome
Quartier San Lorenzo

Quand la première escouade de pompiers arriva dans le quartier de la gare, leur capitaine comprit rapidement que leur maigre citerne d'eau n'allait pas servir à grand-chose, pas plus que le tuyau flexible qu'un de ses hommes s'obstinait pourtant à déplier. De la plus grande gare de triage de Rome, il ne restait rien, si ce n'est un immense cratère où venaient s'engouffrer des rails disloqués. Tout autour, ce n'étaient que carcasses de locomotives éventrées, débris fumants de bâtiments et conduites de gaz explosant dans un brouillard de poussière et de suie.

— J'entends une voix, déclara un pompier. Sans doute un survivant sous les décombres.

Aussitôt, l'escouade, jusque-là tétanisée par l'ampleur de la catastrophe, se précipita.

— Par là ! hurla un des hommes. Je l'entends aussi.

Il désignait un monticule de gravats derrière lequel sourdait une voix nasillarde.

— On escalade ! hurla le capitaine.

Emportée par un même élan, l'escouade ne mit que quelques minutes à franchir l'amas de blocs de béton et de poutrelles tordues, mais, au sommet de l'obstacle, tous s'arrêtèrent. Devant eux, dans un bureau au plafond miraculeusement intact, un poste de radio émettait en plein désastre :

« Peuple italien, fils de la louve, ce matin, à Feltre, le Duce a reçu le Führer. Une rencontre exceptionnelle où les deux dirigeants, dont l'amitié n'a d'égale que l'estime réciproque, se sont entretenus de l'avenir de l'Europe. Une réunion au plus haut niveau pour l'avenir de nos deux peuples, unis dans la lutte contre les forces obscures qui veulent voiler le grand soleil du fascisme qui éclaire l'Italie… »

Un des pompiers s'approcha de la radio et coupa le son.

— Ça nous empêche d'entendre des survivants, s'excusa-t-il.

— Des survivants dans cet enfer ? s'exclama le capitaine écœuré. Autant chercher une vierge dans un bordel !

Et il fit un geste désespéré pour montrer le champ de ruines où ils se trouvaient, quand sa main s'arrêta net sur un immeuble à la façade carbonisée. Au premier étage, à travers les débris d'une fenêtre, un homme avançait, les vêtements en lambeaux.

— C'est pas possible !… s'exclama un des pompiers en voyant l'inconnu prendre pied sur un tas de gravats et descendre, chancelant, vers la chaussée.

— Prenez l'échelle et montez à l'étage, il y a peut-être d'autres survivants, s'écria le capitaine.

Quand Tristan arriva au sol, il fut aussitôt saisi, enlevé, déposé sur une civière. Ses oreilles sifflaient, sa gorge était en feu, ses yeux noyés de cendres, mais il était en vie. La cloison entre la chambre et le couloir l'avait sauvé des flammes qui avaient ravagé la façade.

— Il y a d'autres survivants ? hurla le capitaine au bas de l'échelle.

Un pompier se pencha à la fenêtre.

— On a trois types carbonisés, dont un éventré.

— Sans doute un éclat dû au souffle.

— Sauf qu'on en a un, enchaîné à un mur, nu comme un ver et grillé comme un poulet.

Au regard ahuri de l'officier, Marcas comprit qu'ils venaient de découvrir Fabrizio. S'il ne prenait pas la tangente très vite, la police italienne allait lui tomber dessus.

— Capitaine, on a un autre survivant !

Porté à bout de bras par deux pompiers, Dielsman atteignait le pavé. Les cheveux roussis, l'uniforme méconnaissable, il ne restait pas grand-chose du fringant officier allemand. Tristan s'extirpa tant bien que mal de sa civière et s'avança vers lui.

— Et vous, restez couché ! Vous êtes blessé.

Instinctivement, le Français porta la main à son arcade que di Colonna avait violemment tailladée. Couverte de cendres, elle ne saignait plus. En revanche, son épaule gauche le faisait souffrir, mais il n'avait pas le temps de s'en occuper. Arrivé près de Dielsman, il plongea la main dans sa veste et en sortit une carte qu'il brandit comme un talisman.

— Gestapo ! Gestapo !

Aussitôt, les pompiers reculèrent comme s'ils étaient menacés par un serpent venimeux. Marcas s'empara de l'Allemand qui reprenait peu à peu connaissance.

— Foutons le camp, vite !

Derrière la gare effondrée se découpait la silhouette effilée d'un clocher encore intact. L'église, à côté, semblait épargnée. Il devait y avoir le téléphone au presbytère.

— On va appeler l'ambassade allemande pour que des gardes viennent nous chercher.

Dielsman se frottait les yeux comme s'il ne parvenait pas à croire ce qu'il voyait.

— Je dois réunir mes hommes… Que je…

— Vous ferez ça plus tard ! Il faut partir sur-le-champ à Naples avant que l'Ordre ne fasse disparaître la relique. Il nous faut un avion.

— Vous êtes fou ! Rome est en ruine, la population risque de se soulever contre Mussolini et vous voulez que je vous accompagne à la recherche d'un vieux bout de tissu ?

Ils venaient d'arriver devant l'entrée de l'église. Tristan se planta devant Dielsman.

— Réfléchissez, bon sang. Le Reichsführer considère ma mission comme prioritaire. Si vous m'aidez à retrouver le suaire, il vous en sera éternellement reconnaissant. Vous pourrez quitter cette ville que vous détestez et demander n'importe quelle affectation.

Au regard que lui renvoya le SS, Tristan comprit que ses arguments avaient fait mouche.

— Comment s'appelle déjà cette abbaye ? demanda l'Allemand d'un air rusé.

— Montevergine. Chaque minute compte !

QUATRIÈME PARTIE

« Toute église est la pierre sur le tombeau d'un Homme-Dieu. Elle veut à tout prix l'empêcher de ressusciter. »

Friedrich NIETZSCHE,
Ainsi parlait Zarathoustra.

48

Italie
Au-dessus de la Campanie

Le Focke-Wulf avait décollé de Rome depuis une bonne heure et longeait maintenant la ligne bleue des Abruzzes. À l'intérieur, Tristan et Dielsman avaient retrouvé forme humaine. Leurs blessures avaient été cautérisées et pansées à l'aérodrome par un médecin convoqué sur place. Un Luger sur la tempe, il leur avait retiré les fragments de verre, de plâtre, de bois dont ils étaient incrustés de toute part. Pour autant, le SS, qui avait revêtu son uniforme, ne semblait pas affecté par ses blessures. Étudiant et annotant une carte, il mettait la même ardeur à organiser le déplacement à Montevergine qu'à préparer à toutes fins utiles la déportation des juifs de Rome. Il consulta sa montre et revint à la carte.

— Je doute que les membres de l'Ordre puissent trouver un avion : ils sont tous réquisitionnés par l'armée. Et, pour se rendre de Rome à Montevergine en voiture, il faut cinq heures. On a peut-être un temps d'avance.

— Ils ont pu aussi prévenir l'abbaye par téléphone et leur demander de mettre le suaire à l'abri.

Le regard rusé de l'Allemand prit Tristan au dépourvu.

— Non. Avant d'arriver à l'aéroport de Rome, j'ai demandé à ce que soient coupées toutes les lignes dans la zone autour de l'abbaye et du village.

— Quelle efficacité… Et où allons-nous atterrir ?

— À Sant'Agata, un aérodrome à proximité de Caserte. Plus discret que Naples. De là, une voiture avec trois agents nous conduira au monastère.

— La Gestapo est aussi présente dans le Sud ?

— Nous sommes partout. C'est ce qui fait notre force.

Tristan ne répondit pas. Les événements ne cessaient de s'accélérer. Il avait besoin de faire le point.

— Nous avons laissé cinq cadavres à San Lorenzo, dont deux hommes à moi, continua Dielsman. Vous coûtez cher en vies humaines, Herr Marcas.

— Est-ce moi qui ai assassiné les deux complices de di Colonna ?

— Si je ne l'avais pas fait, vous seriez mort… Sans compter que j'aurais pu récupérer le saint suaire tout seul. Je suis certain qu'Himmler m'aurait donné une promotion. Pensez-y si l'envie vous prenait de jouer cavalier seul.

— Et vous comptez vous y prendre comment pour le trouver, égorger le père supérieur ou éviscérer un des moines ?

Dielsman haussa les épaules et montra une carte militaire de l'est de Naples.

— L'abbaye est ici. Une zone très boisée. Au sommet étroit d'une montagne. Une seule route en lacet monte de la vallée.

— Pour la discrétion, c'est raté ! Le temps qu'on arrive, les moines auront eu largement le temps de changer le saint suaire de cachette, de le dissimuler dans la forêt par exemple. Nous pourrons dévaster le monastère, nous ne trouverons rien.

— Si nous les interrogeons…

— Ce sont des moines. Leurs modèles, ce sont des saints, des martyrs qui ont donné leur vie pour Dieu. Vous n'en tirerez rien.

Tristan se pencha vers la carte et montra du doigt une fine ligne droite qui balafrait la forêt jusqu'à l'abbaye.

— En revanche… c'est quoi ça, un chemin forestier ?

Le gestapiste désigna une minuscule flèche sur le trait.

— Non, une ligne électrique. Le monastère a dû être raccordé au réseau récemment.

— Alors, on peut passer par là et arriver par surprise.

Ravi, Dielsman fit craquer ses jointures.

— J'adore ça, faire des surprises !

Massif de Montevergine

À la lisière de la forêt, sur un ressaut de terrain, les hommes de Dielsman avaient coupé des branches de sapin pour créer une trouée d'observation. Dans l'axe, Tristan scrutait le monastère à la jumelle. Il avait une vue plongeante sur l'édifice. C'était un massif monastère de montagne, construit pour défier les siècles. Avec ses hauts murs de pierre grise, son clocher en forme de tour de guet, il ressemblait beaucoup plus à un château médiéval qu'à une abbaye.

— La route de la vallée débouche sur une place qui donne directement sur l'église. Visiblement, ils ne se méfient pas : la porte est ouverte.

— Trop voyant pour entrer : n'importe qui peut surgir de la route, décréta l'officier de la Gestapo.

— À sa gauche, l'église est flanquée d'un cloître à deux niveaux. C'est à l'étage que doivent se situer les cellules des moines.

— Et le grand bâtiment accolé à l'arrière du cloître ?

— La cuisine, si j'en crois la haute cheminée, et sans doute une bibliothèque, l'infirmerie, et une chapelle dont on voit la cloche.

Dielsman abaissa ses jumelles.

— C'est par là que nous allons entrer.

Il tapota le cadran de sa montre.

— Dans moins d'une demi-heure, il va être l'heure liturgique de vêpres et les moines vont se réunir dans l'église. À ce moment précis, la chapelle sera fatalement vide.

Devant le regard étonné de Tristan, le nazi éclata de rire.

— Le séminaire mène à tout, Herr Marcas, même à la Gestapo.

Abbaye de Montevergine

La chapelle était déserte et plongée dans une semi-obscurité. Les trois hommes marchaient à pas feutrés, évitant les claquements de talons sur le sol de pierre. Dielsman indiqua une porte nichée derrière une statue de la Vierge polychrome. Un cercle de cierges rouges entouraient le pan de sa robe, leurs lueurs vacillantes faisaient onduler l'étoffe de plâtre.

Tristan, Dielsman et un autre SS composaient le groupe, le quatrième homme était resté à son point d'observation sur les hauteurs. Tristan rageait, les deux Allemands étaient lourdement armés, lui n'avait eu droit à rien. *Mesure de précaution*, selon Dielsman. Les trois intrus se glissèrent par la porte voûtée pour arriver au milieu d'un long couloir blanchi à la chaux. Des portraits de saints aux mines patibulaires décoraient les murs lézardés. Dielsman hésita un instant entre deux directions, puis il tapa sur l'épaule de son subordonné.

— Pars sur la gauche, j'explore l'autre côté avec le Français.

— Et si je tombe sur des moines ?

— Ils sont censés prier dans l'église, mais il y en a peut-être d'autres affectés à des tâches domestiques. Tu les repères et tu reviens me rendre compte.

L'agent glissa dans le couloir et disparut.

— Et ensuite, quel est le plan ? demanda Tristan. Je doute qu'ils aient accroché le linceul en exposition…

— Si des membres de l'Ordre sont présents, on les neutralise, puis on les fait parler. Sinon, ce sera le père supérieur de cette abbaye qui devra se montrer loquace…

Les deux hommes tournèrent sur leur droite. Ils arrivèrent dans ce qui devait être le réfectoire. Une large fenêtre donnait sur le clocher de l'église. En revanche, la longue pièce se finissait en cul-de-sac, seul un escalier au fond permettait d'en sortir. Ils suivirent une longue rangée de tables puis empruntèrent l'escalier, dont le bois craquait à chaque pas. Derrière la porte, ils tombèrent sur une coursive en extérieur. L'air était chaud et humide, il n'allait pas tarder à pleuvoir.

— Ça commence à ressembler à un labyrinthe, s'agaça Dielsman.

Tristan montra un passage vers le bâtiment attenant à l'église. Le gestapiste, arme au poing, avança le premier.

— Tristan, venez ! Je crois que nous avons trouvé. Et même au centuple.

49

Abbaye de Montevergine

Marcas pénétra dans la nouvelle salle éclairée. Il se figea.

Le saint suaire était bien là, tendu sur un mur blanchi à la chaux.

Sauf qu'il n'était pas seul.

Il y en avait partout. Des dizaines de suaires pendaient sur des cordes comme du linge à sécher. De toutes tailles, de toutes teintes. Même texture en lin, même silhouette brune fantomatique sur les fibres… Jusqu'aux pliures légèrement roussies.

— Ce n'est pas possible ! s'exclama Dielsman. C'est un cauchemar !

— La relique est reproduite à l'infini, ajouta Tristan. Comment retrouver la vraie ?

Ce qu'il avait sous les yeux le déconcertait. Comment imaginer de respectables moines fabriquer de faux suaires à la chaîne ? C'était absurde. Il continua son inspection rapide de l'étrange salle. Son regard se figea sur deux pierres gravées et plaquées de chaque côté d'un crucifix de bois noir de dimension impressionnante. Il reconnut aussitôt le symbole représenté sur la pierre de gauche. Le même que celui au dos du tableau de *L'Île des morts*. Le même que celui chez la comtesse…

— Le carré SATOR, murmura-t-il.

Il passa ensuite à l'autre blason, celui de droite, qui affichait une disposition complètement différente.

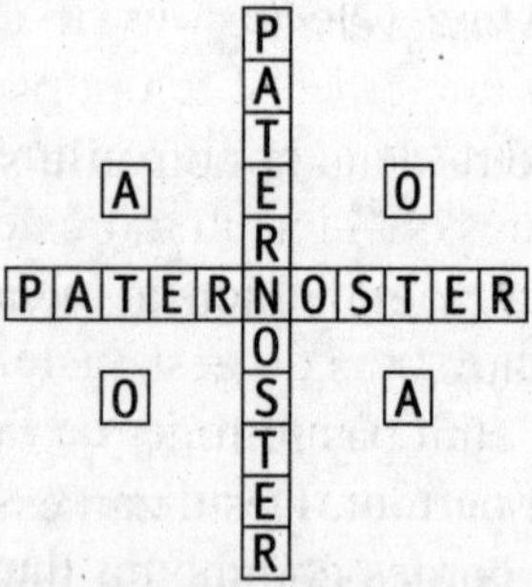

Tristan se colla à la pierre. Les deux branches de la croix formaient chacune *Pater noster*, les premiers mots de la prière chrétienne. Quant aux lettres O et A, disposées dans les quatre coins entre les bras, elles l'intriguaient. Son esprit de déduction se mettait déjà en chasse : et s'il s'agissait des mêmes lettres que celles du carré SATOR ? Quelle était la signification de tout cela ?

Une main s'abattit sur son épaule.

— Tristan ! On a autre chose à faire que de contempler la décoration. Bougez-vous !

Marcas se dégagea, contrarié, mais suivit le gestapiste. Au-dessous d'une fenêtre, ils tombèrent sur de vastes bacs en pierre remplis de liquides de couleurs variées. Et juste au-dessus, sur des étagères, des piles de draps et des pots en céramique. Tristan fit sauter un couvercle : une odeur écœurante s'en échappa.

— C'est de l'essence de térébenthine. Mais, bon Dieu, où sommes-nous ? Un atelier de moines faussaires ?

— Ce brave garçon va nous le dire.

Dielsman venait de découvrir un jeune moine caché derrière une cuve. Il le tira par les cheveux et colla son pistolet sur le crâne tonsuré.

— Vous faites quoi ici, du trafic de reliques ? hurla le SS en italien mâtiné d'accent tudesque.

Tristan saisit le bras du gestapiste.

— On peut aussi l'interroger de façon civilisée.

— Allez vous faire foutre. (Puis, se penchant vers le moine :) Si tu ne réponds pas dans moins de dix secondes, je vais moi aussi m'essayer à la peinture sur toile. Avec ton sang.

Subitement, le moinillon devint loquace.

— Nous… nous réalisons des essais pour étudier le suaire… L'abbaye est réputée pour expertiser les reliques… Il n'y a rien d'illégal.

— Où est le véritable suaire ? Réponds !

— Je… je ne sais pas de quoi vous parlez. Le père supérieur…

Dielsman arma son pistolet.

— Jésus t'accueillera avec joie dans son paradis, mon bon moine.

— Espèce d'ordure, cracha Marcas.

Avant même que le SS n'appuie sur la détente, un coup de feu claqua en guise de réponse. Dielsman fut projeté contre l'un des suaires. Son épaule pulvérisée éclaboussa le tissu d'une gerbe de chair et de sang. Tristan roula au sol pour éviter la prochaine balle, mais ce qu'il vit le stupéfia. C'était Sophia qui le tenait en joue, et derrière elle se tenaient deux autres membres de l'Ordre.

— Quelle surprise… Mon bel amant français en compagnie d'un SS ! Fabrizio t'a relâché ? En un seul morceau. Ça ne lui ressemble pas.

— Il n'y a plus de Fabrizio.

Une ombre voila le visage de la comtesse. Sa main se crispa sur la poignée de son Beretta.

— Il est mort, c'est ça ? C'est toi et ce déchet allemand qui l'avez tué ?

— C'était lui ou nous.

Sophia s'approcha, menaçante.

— Si vous êtes là, c'est qu'il a parlé. Lequel d'entre vous l'a torturé ?

Tristan resta muet et observait Dielsman ramper à terre en gémissant. L'Allemand se tenait l'épaule pour juguler le sang qui giclait entre ses doigts.

— Un médecin…

— Qui a torturé Fabrizio ?

Dielsman se tourna vers Marcas.

— C'est lui qui s'est vengé ! L'Italien avait essayé de le faire parler…

— Salopard, siffla Tristan. (Puis, se tournant Sophia :) Oui, Fabrizio avait commencé à me charcuter, mais je n'ai jamais torturé qui que ce soit de ma vie.

La comtesse hurla :

— Silence ! Vous allez mourir tous les deux. Mais pas ici. Pas dans un lieu saint.

Elle fit un signe à ses acolytes.

— Amenez-les dehors et faites le nécessaire.

— Il n'en est pas question, ma fille, lança une voix forte. Vous devez les remettre à la justice des hommes.

Un moine venait de surgir. La barbe drue et le regard charbonneux, il observait la scène les mains croisées sur la poitrine, juste au-dessous d'une croix émaillée, signe distinctif de l'abbé de la communauté. Sophia se précipita vers lui pour le convaincre.

— Père Amadeo, la police arrive, dès qu'ils découvriront cet officier de la Gestapo, ils l'amèneront à l'hôpital. L'Allemand appellera du renfort et nous fera tous exécuter, vous le premier.

Le moine restait silencieux.

— Quant au suaire auquel nous avons consacré notre vie, reprit la comtesse, il trônera dans le musée personnel d'Hitler ou dans sa chambre à coucher, c'est aussi ce que vous voulez ?

— Dans ce cas, fuyez avec le suaire, je connais un monastère à Ischia qui vous offrira l'asile. En toute discrétion.

Sophia secoua la tête.

— L'Ordre, mon père. L'Ordre commande. Je vais emporter le suaire. Pour le mettre moi-même en lieu sûr. Je ne veux pas non plus qu'il tombe entre les mains des Alliés. Dieu l'a confié à l'Italie pour l'éternité.

Tristan, qui sentait la situation lui échapper, décida d'intervenir :

— L'éternité ? Si vous l'écoutez, mon père, vous allez vite en faire la connaissance ! Tout comme nous. Cette sorcière vous exécutera.

— Moi, je vous promets de vous laisser en vie, hurla Dielsman.

— Que racontez-vous ? balbutia le père Amadeo.

— Ne les écoutez pas, s'interposa la comtesse, ils cherchent à gagner du temps.

— Mon père, supplia Tristan, l'Ordre élimine tous ses membres qui sont au courant de la cachette du suaire. Vous êtes le prochain sur la liste.

— Ça suffit, ordonna Sophia. Emmenez l'Allemand dans la cour.

L'abbé s'était reculé, horrifié.

— Je ne serai pas complice de vos actes. J'avertis la police.

Le père supérieur s'enfuit comme s'il venait de croiser le diable. La comtesse éclata de rire.

— Faites donc ! Il n'y a plus de lignes téléphoniques.

50

Abbaye de Montevergine

Les deux Italiens tirèrent Dielsman par les pieds. De sa seule main valide, il tentait de s'accrocher à une des cuves. L'un des hommes lui brisa le poignet d'un coup de crosse. Le SS hurla pendant qu'on le traînait au-dehors dans un sillon de sang.

— Je peux vous payer, glapit le gestapiste, contactez mes supérieurs à Rome, des millions de lires… Ils sont à vous…

Sophia le regardait s'humilier avec mépris.

— Aie au moins le courage de mourir comme un homme.

— Les SS me vengeront. Vous m'entendez ! Soyez maudits ! Vous serez tous exécutés ! Tous !

Il disparut de la pièce en hurlant comme un damné.

— Tu es aussi monstrueuse que lui, lâcha Tristan d'un ton écœuré.

— Ne me dis pas que sa mort t'attriste. Ce démon a plus de sang sur les mains qu'Hérode après le massacre des Innocents.

— Comment peux-tu garder ta foi en accomplissant toutes ces ignominies ?

— L'Église a toujours eu besoin de gens comme nous pour se salir les mains contre ses ennemis. De nous et de l'Italie.

— Que vient faire l'Italie là-dedans ?

— Elle est la véritable Terre promise du christianisme. Crois-tu que l'Église catholique aurait acquis une telle puissance, une telle universalité, si Pierre était resté prêcher en Palestine ? Ses disciples auraient végété comme toutes les sectes mystiques qui pullulaient à l'époque. Non. Le Christ a conduit les pas de Pierre, son apôtre, sur notre sol, très exactement dans la capitale de l'empire le plus puissant d'Occident. *Tu es Pierre, et sur cette pierre je bâtirai mon Église*. Et cette pierre est devenue la forteresse du Vatican. D'où rayonne le message du Christ sur la terre entière. Jésus est mort à Jérusalem, mais il a vraiment ressuscité à Rome.

On entendit deux détonations, suivies d'un hurlement, puis d'une rafale saccadée.

— Cette hyène de la Gestapo devait être bien coriace à éliminer pour qu'on le finisse à la mitraillette. Je te rassure, ce sera plus rapide pour toi : tu ne souffriras pas.

— Belle illustration du message de fraternité du Christ, ricana Tristan. Saint Pierre aurait apprécié.

Le visage de la comtesse affichait une détermination quasi mystique.

— C'est par le glaive de l'empereur Constantin[1] que

---

1. En 312, l'empereur Constantin bat son rival Maxence à la bataille du pont Milvius. Constantin aurait vu les deux premières

l'Église est devenue ce qu'elle est aujourd'hui et non par saint Pierre. La croix et l'épée sont sœurs de sang.

— Et tu n'as aucun problème de conscience ?

Elle se rapprocha, le canon de nouveau braqué sur lui.

— Que crois-tu ? Il y a un prix à payer ! Je fais des cauchemars qui te feraient hurler de terreur. Fabrizio était cruel de nature : ça lui plaisait de plonger ses mains dans le sang. Moi non. Cette lourde charge, je ne l'ai pas choisie. J'obéis à ma lignée, à mon sang. À l'Ordre. C'est une mission. Et une malédiction. Nous sommes les remparts de la citadelle invisible qui protège le suaire depuis des siècles.

— Amen, ricana Tristan.

— Je savais que tu ne me comprendrais pas… Il est temps d'y aller. Ton Créateur t'attend.

— Accorde-moi une faveur. Une dernière avant de mourir. Quel est le lien entre le suaire et le trésor des Templiers ?

Sophia le regarda avec surprise, puis pitié.

— Un trésor ? Franchement, tu aurais pu trouver mieux pour sauver ta peau. Qui t'a raconté pareille fable ?

— L'information se trouvait dans le journal de Marie Berna, la veuve du type que votre Ordre a assassiné au siècle dernier. C'est Himmler qui m'en a remis une copie…

---

lettres du mot Christ dans le ciel et entendu : « Par ce signe tu vaincras. » Victorieux, il abolit les persécutions dans tout l'Empire et favorisa la progression de la religion chrétienne.

D'un coup, il s'interrompit. Il venait de comprendre. Le chef des SS l'avait volontairement mystifié en ajoutant un paragraphe sur le trésor des Templiers. Et lui, Tristan, avait marché… La comtesse se régalait de son embarras. Sa victoire était complète.

— À ta réaction, j'ai l'impression que Himmler t'a berné. Enfin presque… car, même si nous ne prétendons exister que depuis la Renaissance, le véritable créateur et premier grand maître de l'Ordre était bien un chevalier templier, Guillaume de Lantis. L'un de ces vaillants preux comme les temps anciens en forgeaient à coups de hache et d'épée.

— Mais quel rapport avec le saint suaire ?

Sophia recula et abaissa son arme.

— Seuls les grands maîtres connaissent la véritable raison de la fondation de l'Ordre. Mais comme tu vas mourir, tu peux savoir. C'était en Palestine, quand les Croisades jetaient leurs derniers feux. Guillaume de Lantis conduisait une expédition destinée à protéger le saint suaire des infidèles. Un noble cœur qui s'est acquitté de cette tâche jusqu'à endurer les pires épreuves, mais sans connaître la nature véritable de ce qu'il protégeait.

Malgré la menace qui pesait sur lui, Tristan écoutait, totalement fasciné. La comtesse continua :

— Quand il l'a su, sa vie a été dévouée corps et âme à la préservation du linceul qui a enveloppé le corps glorieux du Christ. Ainsi, Guillaume de Lantis, après avoir échappé par miracle à la mort, a quitté le Temple pour fonder notre Ordre. Depuis, ses descendants, dont ma famille, ont continué sa mission à travers les siècles.

— Mais le secret ? Pourquoi tenez-vous tant à ce bout de tissu ? Voilà des siècles que vous tuez pour lui !

— Parce que c'est bien plus qu'une simple relique. Tu veux vraiment savoir ?

— Oui !

Elle sembla hésiter quelques secondes, puis indiqua du canon de son arme les deux blasons de pierre accrochés au mur.

— Tu as la réponse sous les yeux. Tout est écrit dans le carré SATOR et la croix de notre Ordre. J'ai cru comprendre que tu aimais décrypter les énigmes. Celle-ci devrait te ravir.

— Le talisman porte-bonheur de la famille Urbino, ironisa Tristan. Éclaire-moi avant de m'envoyer dans les ténèbres.

— Observe la composition de la croix de notre Ordre…

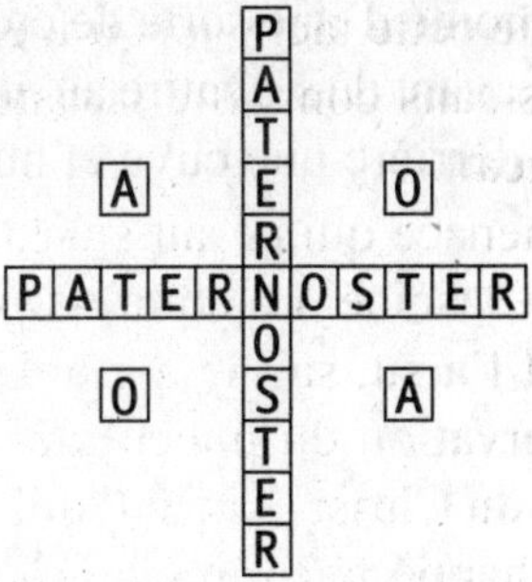

— Avec les vingt-cinq lettres du carré magique, tu as l'anagramme *Pater noster* qui forme les deux branches de la croix. Tu as été baptisé, Tristan ? Tu connais tes prières ?

— Oui…

— Tant mieux… Le *Pater noster* est le début de la seule prière que Jésus a enseignée à ses disciples. La seule. Utiliser ces deux mots sous forme d'une croix signifie que Dieu a crucifié son fils. Mais le plus important n'est pas là. Le secret réside dans les deux lettres O et A ancrées aux quatre points cardinaux de la croix…

La comtesse s'arrêta. Un léger cliquetis métallique venait de résonner du côté de la porte par laquelle les hommes de la comtesse étaient partis avec Dielsman. Tristan tourna lui aussi la tête. Il n'y avait rien. Sophia reprit :

— L'agencement de ces lettres révèle le véritable secret du suaire. Une révélation inouïe pour le genre humain. Le secret est…

Un curieux vrombissement l'interrompit. Un court bâton noir surmonté d'une sorte de cylindre gris tournoya dans l'air avant de s'abattre au milieu de la salle. Tristan se jeta derrière une cuve et hurla :

— Grenade !

51

Abbaye de Montevergine

Des spirales de fumée grise tourbillonnaient sous ses yeux comme des serpents. Ses yeux s'ouvrirent, mais se refermèrent aussitôt tant l'air brûlait ses pupilles. Ses oreilles grondaient, un bruit sourd, irritant, qui venait de l'intérieur de sa tête. Marcas toussa, une odeur infecte de poudre âcre s'insinuait dans son nez, raclant l'intérieur de ses narines. Lentement, très lentement, il tenta de se relever. Ses muscles répondaient avec peine, c'était comme si une main gigantesque l'avait giflé pour le projeter à l'autre bout de la salle. Ses genoux cognèrent une surface dure. Il cligna à nouveau des paupières et découvrit devant lui une table de chêne retournée sur le sol.

Il prit appui sur l'un des pieds pour se relever. La table lui avait sauvé la vie en absorbant l'onde de choc de la grenade. Au-dessus de sa tête, des lambeaux de tissu racornis pendaient du plafond. Un loup semblait avoir dévoré les suaires, laissant les marques d'énormes mâchoires avides.

Tristan arriva enfin à se mettre debout. Il se tourna, hébété, vers le centre de la pièce et aperçut deux corps gisant à terre : la comtesse et son garde du corps ressemblaient à des poupées désarticulées abandonnées au milieu du chaos. Il ne restait que lui. Vivant. Au milieu des morts. Il toussa de nouveau à s'en arracher les poumons. Il croisa le regard du Christ miraculeusement suspendu au mur et se sentit comme Lazare. La toux devint rire. Un rire nerveux, stupide, convulsif.

Une nouvelle fois, il avait survécu, comme après le bombardement sur Rome. Il était un miraculé. Peut-être que Dieu existait finalement et s'échinait à veiller sur lui.

Pris d'une curiosité morbide, il s'approcha des deux cadavres. L'homme s'était écroulé face contre terre, une jambe en moins. Le corps de Sophia, lui, paraissait criblé d'épines d'acier. Son visage n'était plus qu'une plaie sanglante et ses yeux sombres grands ouverts interrogeaient un ciel absent.

Tristan détourna le regard avec gêne ; cette femme voulait l'assassiner, pourtant il ressentait de la pitié pour elle.

Il inspecta le reste de la pièce. Une caisse avait roulé au sol, éparpillant son contenu. Des suaires, toujours des suaires ! Il en ramassa un au hasard et en couvrit le corps de Sophia.

Quelques heures plus tôt, il la tenait entre ses bras… Et depuis ce moment, combien de morts pour un bout de tissu que personne peut-être ne retrouverait jamais ? Tristan s'assit, submergé par une vague de désespoir. Des années qu'il parcourait l'Europe, et combien d'êtres croisés, aimés et désormais perdus pour toujours ?

Mais quelque chose d'étrange venait de survenir.

Le linceul, jusque-là immaculé, se teintait de taches rouge sombre, là où le tissu se trouvait en contact direct avec la chair mutilée de Sophia. Marcas se leva précipitamment. Ce qu'il voyait, c'était le corps du Christ supplicié que les blessures de la morte faisaient ressortir.

Sans s'en rendre compte, Tristan avait déposé le tissu de lin dans le bon sens, le visage du suaire enveloppait parfaitement celui, défiguré, de la comtesse. L'illusion optique était saisissante, les traits du Christ de tissu se dessinaient nettement, comme s'il reprenait vie avec le sang de Sophia.

Un Christ de sang.

Au moment où Marcas, bouleversé, se relevait, il sentit une présence dans son dos. Il tourna les yeux et vit d'abord le canon d'un pistolet, puis le visage agressif du SS que Dielsman avait envoyé explorer l'abbaye.

— Sale petit Français, tu aurais dû y passer avec la grenade ! Mais fais-moi confiance, je vais terminer le travail.

— Je doute que le Reichsführer apprécie.

— Tu croyais quoi, que Dielsman allait te laisser partir avec la relique ? Je suis arrivé trop tard pour le sauver, mais toi, tu vas rejoindre ces putains de macaronis !

— Et le suaire ?

— Je m'en charge. On va appeler du renfort pour achever la mission. Quant à toi…

Tristan sentit son cœur battre à tout rompre. Debout dans l'encadrement de la porte, le SS semblait hors de portée. Il n'avait plus qu'une solution, se jeter sur lui, au risque de recevoir une balle. Tristan n'avait aucune chance, mais au moins il aurait la satisfaction de ne pas finir comme un mouton conduit à l'abattoir. Il tendit ses muscles pour bondir : le SS s'en aperçut et afficha un sourire méprisant tout en armant le percuteur de son pistolet.

— Essaye… petit Français… Ça me donnera encore plus de plaisir : j'ai toujours détesté les faibles qui ne résistent pas…

Alors que Tristan allait se précipiter, une ombre surgit derrière l'Allemand. Une voix forte retentit :

— Dieu te voit !

Le SS se retourna en un éclair, médusé. Le père abbé avait surgi du néant. Il brandissait un crucifix noirci, en fer forgé, qu'il abattit de toutes ses forces sur le crâne de l'Allemand. Le SS tira, mais trop tard, la balle termina sa course dans le plafond. La force de l'impact le fit rouler au sol, au passage sa tête heurta un banc de pierre.

Son corps trembla une poignée de secondes, puis se figea dans un dernier raidissement.

— Mon Dieu, pardonnez-moi, murmura le moine en se signant.

— Je vous l'accorde en son nom, lança Tristan avec soulagement.

Il se dirigea vers le moine qui contemplait, horrifié, les cadavres étendus dans la salle.

— Quand j'ai entendu l'explosion, je me suis dit

qu'ils allaient tous nous tuer. J'ai appelé mes frères pour qu'on puisse au moins se défendre.

De moines surgirent à leur tour dans la pièce. L'un d'entre eux portait un fusil de chasse à la crosse cabossée.

— Vous avez de telles pétoires dans les monastères italiens ? demanda Tristan.

— Seulement pour faire peur aux loups qui rôdent autour de notre poulailler.

Tristan le prit par l'avant-bras.

— Et des loups, vous allez en avoir toute une horde qui va débarquer dans peu de temps. Il y avait dehors un guetteur SS et, à l'heure qu'il est, il doit chercher des renforts. Des chemises noires locales. Quand ils vont découvrir le cadavre d'un officier de la Gestapo, je doute qu'ils apprécient.

— Je n'ai rien à cacher. J'expliquerai pourquoi j'ai tué l'homme qui vous menaçait.

— Je crois que vous ne comprenez pas la situation, mon père. Les fascistes vont vous envoyer immédiatement *ad patres* en guise de représailles. Sauf si nous leur donnons une version qui tient la route.

— Mais laquelle ?

— La comtesse et son sbire se sont entre-tués avec Dielsman et son agent.

Tristan tira le corps du SS par les pieds et le disposa à côté du cadavre du garde du corps de Sophia.

— Vous leur direz que vous étiez en train de prier avec votre communauté et que vous avez découvert les cadavres.

— Merci, mon fils, vous nous sauvez.

Tristan tituba, son corps était en train de le lâcher, l'onde de choc de la grenade l'avait plus secoué qu'il ne croyait. Le père Amadeo le soutint pour lui éviter de tomber.

— Vous devez vous reposer.

— Me reposer ? La comtesse allait me révéler le secret du linceul… Il est là, gravé dans la croix de l'Ordre. Ordre du saint suaire dont d'ailleurs vous faites partie. Dites-moi la vérité !

Le regard de l'abbé se détourna.

— Je ne suis qu'un simple moine. On m'a demandé de garder le suaire en ce lieu et je me suis acquitté de ma tâche. Venez…

Tristan ne bougea pas. Il en avait soupé de tous ces mensonges. Et ce moine mentait aussi sûrement qu'Hitler et Mussolini à Munich[1] quand ils promettaient une paix éternelle en Europe.

— Vous ne me répondez pas ? Tant pis. Je prends le saint suaire.

— Vous êtes fou ! Jamais la sainte relique ne quittera l'abbaye.

L'abbé se tournait vers les moines pour leur ordonner de s'emparer du Français quand un gémissement d'outre-tombe se fit entendre du milieu de la pièce. Tristan tressaillit et se retourna.

Il resta paralysé. Son cerveau ne parvenait pas à comprendre ce que ses yeux voyaient.

---

1. Accords de Munich, signés le 30 septembre 1938 entre l'Angleterre, la France, l'Allemagne et l'Italie. Un jeu de dupes qui a permis aux deux dictateurs de gagner du temps avant de mettre l'Europe à feu et à sang.

Le corps enveloppé de la comtesse semblait parcouru de frémissements. Le tissu ondulait de part en part.

Une main sortit de sous le suaire. Les doigts tressautaient sur le sol.

— Elle est vivante…, balbutia Tristan.

L'abbé recula en se signant. Il paraissait terrifié.

— Mon Dieu… Le linceul sur son corps… Où l'avez-vous trouvé ?

Marcas montra la caisse éventrée sur le pavement.

— Sacrilège.

Devant Tristan statufié, le suaire glissa lentement sur le côté et la comtesse se redressa comme si une main invisible l'avait agrippée.

D'un coup, elle tourna son visage déchiqueté vers eux.

Et elle hurla.

52

Abbaye de Montevergine

Le corps de la comtesse tressautait, s'arc-boutait comme si elle passait sur une chaise électrique. Ses bras aux plaies béantes s'agitaient avec frénésie. Des cris rauques sortaient de sa gorge.

Tristan se précipita vers elle tout en apostrophant l'abbé.

— Allez chercher quelque chose. Elle souffre !

Le père Amadeo fit un signe de tête à l'un de ses moines, qui partit en courant.

— On a des dérivés d'opiacés en petite quantité dans une réserve. Mais…

— Ça ne suffira pas ! Il faut l'emmener dans un hôpital. Tout de suite !

L'abbé ne l'écoutait plus, il s'était mis à genoux.

— *Je suis la résurrection et la vie. Celui qui croit en moi vivra, quand même il serait mort, et quiconque vit et croit en moi ne mourra jamais…*

Tristan se sentait complètement impuissant entre cette femme revenue d'entre les morts et ce prêtre qui psalmodiait les Évangiles. Il prit Sophia dans ses bras. Elle se raidit, ouvrit brusquement les yeux, puis se figea. Marcas se pencha sur sa poitrine : elle respirait faiblement, mais régulièrement. Agenouillé, le visage défait, le bénédictin tremblait comme un enfant.

— Vous ne savez pas ce que vous avez fait… Le suaire…

— Quoi ? J'ai juste recouvert le corps de cette femme, croyant qu'elle était morte. Voilà tout.

— Non ! Vous avez pris le saint suaire. L'authentique ! Je l'avais moi-même caché dans cette caisse.

— Et alors ?

L'abbé récupéra l'étoffe, abandonnée au sol.

— Il est taché de sang, souillé…, murmura-t-il en repliant le suaire avec une extrême lenteur.

Accourus, des moines couchèrent la comtesse sur un brancard improvisé. Elle paraissait endormie. Tristan la vit disparaître avec soulagement.

— Nous venons d'assister au plus grand des miracles, proclama le père Amadeo.

— Je ne comprends pas un traître mot de ce que vous dites.

— Vous vouliez connaître le secret du saint suaire ? Il vient de se révéler sous vos yeux. Cette femme était morte…

— Non, blessée !

— Arrêtez de nier l'évidence.

L'abbé tendit son index vers le blason de l'Ordre.

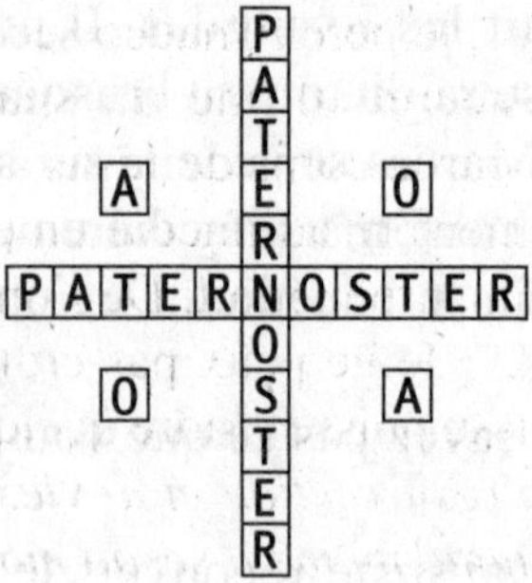

— Regardez les lettres O et A qui entourent la croix du *Pater noster* ! En haut, on va de l'alpha à l'oméga. En bas, c'est le contraire, on remonte de l'oméga à l'alpha. Vous ne comprenez toujours pas ?

Marcas écoutait, stupéfait, la litanie du moine.

— C'est le message de saint Jean dans l'Apocalypse. « Tout est réalisé désormais. Je suis l'alpha et l'oméga, le commencement et la fin. »

Le père abbé reprenait son souffle, le visage transfiguré.

— Comprenez-vous ce que je dis ! Le Christ a ressuscité, il est passé de la fin au commencement. De l'oméga à l'alpha. Il est là, le pouvoir miraculeux du suaire ! Il ressuscite les morts.

Le moine posa le suaire sur son épaule et saisit les mains de Tristan.

— Quand le Christ a ressuscité dans son linceul, il a dégagé une énergie que le monde n'avait jamais connue. Cette énergie divine a imprimé son image sur le tissu.

— Une folie que la science n'a jamais prouvée. Vous délirez !

D'un air grave, le père Amadeo secoua la tête.

— C'est le secret ultime du suaire. L'énergie divine dégagée par le corps de Jésus au moment de la Résurrection a conféré au linceul un pouvoir unique. Le pouvoir de vaincre la mort. De l'oméga à l'alpha !

— Foutaises… Je ne peux pas croire une seconde qu'un bout de tissu puisse rendre quelqu'un immortel.

— *Je suis la résurrection et la vie. Celui qui croit en moi vivra, quand même il serait mort et…*

— Merci, je connais, l'interrompit Tristan. Les pères jésuites m'ont appris le Nouveau Testament à grands coups de taloche. Et il n'y a rien, dans les Évangiles, sur les pouvoirs du suaire. Ce que vous prétendez, c'est de la superstition, pire, de l'hérésie !

L'abbé le coupa. Son visage devenait de plus en plus grave.

— Vous voulez la vérité : c'est nous qui avons pris la décision de ne jamais révéler le véritable secret du saint suaire.

— Nous, c'est qui ? Le Vatican ? Le pape ?

— Non, aucun vicaire du Christ n'a jamais été mis au courant. La tentation aurait été trop grande d'y recourir après leur propre mort. Seuls certains membres de l'Ordre connaissent le secret.

— Je… ne peux pas le croire. C'est impossible !

— Vous savez désormais que le suaire est le dernier miracle du Christ après son passage sur terre. Le don ultime offert aux hommes pour prouver sa puissance et attester sa victoire sur la mort.

Les certitudes de Tristan vacillaient, mais sa raison, elle, tenait bon.

— Si c'était vrai, pourquoi ne pas l'avoir révélé à

tous ? Un tel miracle aurait permis à votre Église de conquérir le monde sans avoir besoin de l'épée.

L'abbé serra encore plus fort les mains du Français.

— Vous ne comprenez pas… Le suaire est à la fois message d'espoir et terrible danger. C'est un miracle empoisonné.

— Expliquez-vous…

— Les membres de l'Ordre ont fait le serment de ne pas l'utiliser à leur profit. C'est pour ça qu'ils sont autorisés à tuer leurs propres compagnons qui succomberaient à la tentation du suaire. Réfléchissez ! L'immortalité est une tentation bien trop forte pour les hommes. Faibles ou puissants, pauvres ou riches, malades ou bien portants, braves gens ou canailles de la pire espèce, tous demanderaient à ressusciter. Et ils ne supporteraient pas le refus. Désordre, jalousie, haine et chaos se répandraient dans la chrétienté et consumeraient hommes et femmes. De quoi serait capable un roi, un empereur ou un tyran pour vaincre sa propre mort ? De tout, y compris le pire. Voilà pourquoi ce suaire ne doit pas tomber entre les mains d'un démon à visage humain. Comme Hitler…

L'esprit de Tristan se mit à flamber. Tout autour de lui, le monde basculait dans l'absurde. Il fallait prendre une décision. D'un geste brusque, il ôta le suaire de l'épaule du moine.

— Désolé, mon père, mais ce bout de tissu est mon passeport pour la liberté. Même maculé de sang, il fera l'affaire.

L'abbé ne le lâcha pas des yeux.

— Prendrez-vous le risque de l'offrir au diable ?

53

Au-dessus de l'Allemagne

L'avion bascula sur son axe à la verticale de Nuremberg et fila vers l'est en prenant de l'altitude. Cette fois, le trajet se déroulait sans encombre. Pas un nuage à l'horizon, zéro turbulence, aucune senteur de vomi, un vrai voyage d'agrément. Le modèle aussi avait changé. Plus de Tante Ju joufflue, mais un bolide Messerschmitt Bf 108 biplace, dont il était le seul passager. À l'évidence, l'impatience d'Himmler justifiait qu'il lui envoie l'un de ses avions personnels.

Tristan serra les pieds autour du gros sac en cuir usé posé à ses pieds. À moins d'une attaque aérienne ennemie ou d'un crash accidentel, Himmler aurait son suaire dans la soirée. Sa mission était accomplie.

L'immortalité dans un drap de lin…

Comment pouvait-on croire de telles folies ? La comtesse avait eu beaucoup de chance de réchapper à la grenade. Désormais, elle était dans un établissement spécialisé qui dépendait du Vatican.

Les Allemands ne la retrouveraient jamais. Tristan revoyait sans cesse son visage défiguré.

Tout ça pour un morceau de tissu confectionné par un maudit faussaire. L'avertissement du père abbé surgit à nouveau, mais il le chassa aussitôt de son esprit. Pour lui, la relique était un passeport pour une nouvelle vie. Depuis son départ de l'abbaye de Montevergine, il n'avait cessé d'y penser. Dans quel continent, quel pays se réfugierait-il pour oublier toutes ces monstruosités ? Il avait un temps caressé l'idée de partir en Amérique du Sud, l'Argentine ou le Brésil. Mais il ne connaissait pas ces pays et l'exotisme n'était pas une garantie suffisante pour refaire sa vie. Les États-Unis le tentaient, mais le pays était toujours en guerre. Et sa première ambition était de ne plus obéir à personne. Ce n'était pas son combat. Quant à sa passion pour l'art, c'était un paramètre essentiel de l'équation : il devait se poser dans une ville où il pourrait ouvrir une galerie ou un magasin d'antiquités. Et qui sait ? Connaître un nouvel amour et fonder une famille. L'heure était venue de raccrocher.

La Suisse. Genève ou Lausanne. Un pays sans querelles, des gens sans histoire, une vie ordinaire. Pour la première fois depuis des années, Tristan éprouvait un sentiment nouveau et exaltant. Celui de la liberté.

L'avion obliqua soudain sur sa droite, pour effectuer une large boucle. Comme s'il faisait demi-tour.

La voix du pilote résonna dans le casque de Tristan.

— On vient de m'avertir d'un changement du plan de vol. Nous allons atterrir à Linz.

Tristan hésita quelques secondes avant de visualiser sa localisation : cette ville était située dans l'ex-Autriche.

— Pourquoi ?

— Je ne sais pas. C'est la ville où Hitler a passé son enfance. Peut-être que le Führer veut vous accueillir en personne.

54

Nord de l'ancienne Autriche
Hartheim

Un château. Un putain de château.

Il devait se l'avouer : Otto Skorzeny ne s'attendait pas à ça. De loin, avec son haut fronton, ses fines tours polygonales et son clocher d'ardoises, l'étonnant édifice ressemblait à un castel de conte de fées. On s'attendait à voir un carrosse, attelé à de piaffants chevaux, déposer une blonde princesse en robe du soir et talons de vair. Et pas deux monstres blindés, des automitrailleuses Sd.Kfz. 251, gardés par une escouade de SS en tenue de combat.

Le colosse balafré se dirigea vers la deuxième guérite qui gardait l'entrée du domaine. Une double herse de barbelés filait de chaque côté, à perte de vue, pour s'enfoncer dans les bois. Skorzeny se doutait que la forêt aux alentours était truffée de mines et de postes de guet camouflés.

L'un des gardes le salua, vérifia ses papiers, puis lui indiqua une allée piétonne qui divergeait d'une route bitumée, obliquant vers le château distant de quelques centaines de mètres.

Il remonta le chemin verdoyant et baigné de soleil, l'esprit soucieux. Quand Himmler lui avait demandé de se rendre à Hartheim pour récupérer Tristan et sa précieuse relique, le Reichsführer lui avait parlé d'un *camp* tenu par l'Ahnenerbe, pas d'un château. La dernière fois qu'il s'était rendu dans ce genre d'endroit, il avait manqué de vomir. La boue envahissante, les baraquements sordides, les prisonniers réduits à l'état de fantômes et surtout cette odeur qui retournait le cœur jusqu'à la moelle. Depuis, il frissonnait de dégoût chaque fois qu'on lui parlait de *camps*. Comment Himmler avait-il pu accepter de diriger lui-même cette ignoble besogne de maton suprême ? Il ne manquait pourtant pas de volontaires dans la SS pour se salir les mains avec le diable. Un Heydrich ou un Kaltenbrunner auraient pu s'en charger, l'un par ambition, l'autre par obéissance : les deux mamelles empoisonnées du nazisme.

Bon, pour Heydrich, c'était raté depuis qu'un commando tchèque lancé par les Anglais l'avait exécuté à Prague. Encore un que Skorzeny avait vu partir en enfer avec plaisir. Il n'avait jamais pu supporter cet échalas arrogant et brutal. De toute façon, ça n'avait servi à rien, puisque bien d'autres s'étaient chargés de créer des *camps* qui proliféraient désormais en Allemagne et dans les territoires occupés, comme une plante vénéneuse.

Et puis il y avait tous ces bruits à propos des juifs. Et des Tziganes, des opposants, des prêtres, des homosexuels… Tous ceux qu'on voyait entrer dans les *camps* et ne jamais en ressortir. Que se passait-il vraiment dans ces antichambres du désespoir où la mort semblait avoir pris le pouvoir ? Otto préférait ne pas le savoir, mais il prenait ses précautions. Si ce château de la Belle au bois dormant était qualifié de *camp* par Himmler, c'était pour une bonne raison. Et lui, Otto, ne voulait pas y laisser de traces. L'avenir commençait à devenir bien sombre pour l'Allemagne. Il était persuadé que Himmler voulait le mouiller en fixant la rencontre avec Tristan ici. Mais il était plus malin. Quoi que l'on fasse ici, personne ne saurait jamais qu'il était venu à Harthcim.

Le géant arriva devant un baraquement en bois qui bordait un nouveau poste de contrôle, tenu par un planton au regard aussi bas qu'un ciel prussien. Ce dernier vérifia ses papiers et lui tendit un cahier ouvert. Skorzeny secoua la tête d'un air méprisant.

— Vous refusez de signer le registre d'entrée ? glapit le garde, incrédule.

Skorzeny brandit un ordre de mission.

— J'ai un ordre direct du Reichsführer pour retrouver une personne ici, je ne suis pas en visite touristique.

— La procédure est formelle.

— Je me fous de votre procédure. Vous voulez finir en viande congelée sur le front de l'Est ?

Le garde se mit à courir comme s'il avait une cohorte de démons à ses trousses. Un instant plus tard, il revint avec un commandant un peu ventripotent qui peinait à reboutonner son uniforme. Encore un de ces maudits planqués, fulmina Skorzeny.

— Herr Obersturmführer, Berlin m'a prévenu de votre arrivée. Soyez le bienvenu à Hartheim.

— Mon rendez-vous est-il arrivé ? Je ne veux pas m'attarder.

Le commandant hocha la tête.

— Il vous attend au château. Par ailleurs, j'ai reçu des consignes du secrétariat du Reichsführer pour que le directeur du centre vous conduise lui-même à l'Auf 33 de l'Ahnenerbe.

Skorzeny jeta un œil inquiet vers le château au bout du parc, dont la façade avait été repeinte d'un ocre rosé, ce qui lui donnait un air replet de confiserie bien loin de ce qui se passait à l'intérieur.

— Par ici, nous allons remonter l'allée centrale.

C'est ce qui avait frappé Skorzeny en arrivant. Ce camp ne ressemblait à aucun autre. À la place de la boue gluante, des parterres de gazon, et au lieu de baraquements de bois s'élevait la silhouette élancée d'un château.

— Que fait-on exactement, ici ?

Le commandant claqua des talons comme s'il était au rapport.

— Nous avons reçu ordre à l'automne 1939 de mettre en œuvre la directive Gnadentod, ce que nous avons fait jusqu'à son abrogation en août 1941.

Skorzeny s'arrêta net devant un parterre de roses rutilantes. Il avait entendu parler de cette opération qui portait le nom troublant de « mort miséricordieuse ».

— Dans un souci de purification de la race allemande, continua le commandant, notre Führer a décidé d'abréger les souffrances de tous les handicapés mentaux et physiques qui ne pouvaient ni servir dans l'armée ni participer à l'effort de guerre.

Skorzeny blêmit. Deux ans auparavant, monseigneur Clemens von Galen, l'évêque catholique de Münster, avait provoqué un scandale en chaire en dénonçant l'euthanasie de handicapés. Pour ne pas se mettre à dos les catholiques, Hitler avait interrompu le programme. Officiellement…

Juste à droite du château, Skorzeny aperçut de longs bâtiments peints d'un blanc éclatant et dont les fenêtres étaient décorées de jardinières de géraniums. On se serait cru dans une pouponnière.

— Et comment cette opération a-t-elle été réalisée ? demanda Skorzeny d'une voix qui pressentait le pire.

— Des médecins civils ont sélectionné les malades dans toute d'Allemagne, selon leur niveau de handicap, puis ont proposé aux familles de les confier à des hôpitaux spécialisés afin qu'ils profitent de soins de pointe.

— Et ensuite ?

— Les patients ont été envoyés dans des centres de triage avant d'être acheminés dans un des six camps opérationnels, dont Hartheim où vous vous trouvez.

— Et combien de *patients* ont été enlevés à leur famille, triés et traités par les différents camps ?

Le commandant se figea. Ce balafré avec ses questions incessantes commençait à l'agacer.

— De l'automne 1939 à l'été 1941, le programme Gnadentod a traité plus de soixante-dix mille patients. Après cette date, les chiffres sont… confidentiels.

Le chef du camp préféra omettre que, pour chaque *patient* éliminé, les services du Reich avaient fourni un certificat de décès officiel aux familles.

— Et dans ce camp, combien précisément ?

Le commandant bomba le torse.

— Le centre d'Hartheim n'a été actif qu'à partir de mai 1940, mais plus de dix mille patients ont été traités. Nous avons rempli tous les objectifs. D'ailleurs, mon prédécesseur, l'Hauptsturmführer Franz Reichleitner, a obtenu une promotion : le commandement du camp de Sobibor en Pologne. On dit qu'il y fait de l'excellent travail.

Skorzeny, lui, s'était abîmé dans un atroce calcul mental. Comment avait-on pu éliminer des dizaines de milliers d'adultes et d'enfants en à peine quelques mois ?

— Et comment avez-vous procédé ?

— Pour les enfants, par injection de morphine scopolamine, mais cela prenait trop de temps et mobilisait trop de personnel. Nous avons donc préféré changer de méthode : nous sommes passés à l'ingestion de comprimés de Luminal. Rapide et efficace.

Otto eut un moment de sidération. Il imaginait ces médecins, infirmiers, piquant à la chaîne des enfants agonisants, par milliers, dans d'immondes mouroirs. Des images d'épouvante, qui manifestement ne troublaient pas le sommeil du commandant du camp d'Hartheim.

— Pour les adultes, vu leur grand nombre, nous avons dû innover. Nous avons mis au point une méthode de gazage par monoxyde de carbone. Très peu coûteux et extrêmement fiable. Au début, nous avions *équipé* une simple salle de douche, mais depuis, nous avons beaucoup progressé. Vous voulez visiter nos installations ? Elles sont flambant neuves.

— Pas cette fois, déglutit Skorzeny, écœuré. Mais si le programme Gnadentod a été annulé en 1941, que faites-vous depuis de vos *installations flambant neuves* ?

Le visage du commandant se fendit d'un grand sourire.

— Nous traitons encore certains handicapés, mais beaucoup plus discrètement. Désormais, nous accueillons des prisonniers malades, en particulier de Dachau et de Mauthausen. Ils viennent en congé sanitaire. Plusieurs milliers sont déjà passés ici. Malheureusement, pour la plupart, leur état était désespéré, nous avons donc fait tout le nécessaire pour abréger leurs souffrances.

Skorzeny grimaça, le ton ironique du commandant lui tapait sur les nerfs.

— Je suppose que le monoxyde de carbone vous a été d'une grande aide ?

— Nous l'avons remplacé par des capsules de Zyklon B. Un asphyxiant. Bien plus efficace. Nous ne cessons d'innover.

— Mais que faites-vous des corps ? interrogea le colosse, auquel le nombre de victimes commençait à donner le tournis.

— Nous disposons d'un four crématoire dernier cri pour incinérer nos patients. Quand il s'agit d'un handicapé allemand, nous récupérons les cendres et nous les envoyons à la famille. Quand il s'agit de prisonniers, nous ne récupérons que les dents en or, s'il y en a, bien sûr.

Ils arrivèrent devant le porche d'entrée du château. Skorzeny était pressé de rompre cette discussion macabre et de retrouver Tristan. Le commandant s'arrêta net.

— Traversez la cour et prenez la première porte sur votre droite. L'homme que vous devez retrouver vous attend dans l'une des pièces attenantes. Le directeur viendra vous chercher.

— Vous ne venez pas ?

Le commandant montra du doigt l'étui à pistolet de l'officier SS.

— Même si vous me menaciez avec ça.

— Pourquoi ?

— J'ai déjà vu l'enfer une fois. Jamais je ne recommencerai.

55

Hartheim

Assis dans un fauteuil aussi confortable qu'un siège de wagon de troisième classe, Tristan commençait à trouver le temps long. La minuscule pièce sans fenêtres où il poireautait depuis une heure n'était pas exactement le cadre auquel il s'était attendu pour son retour triomphal. N'eût été l'affiche de propagande ridicule exhibant de jeunes paysannes en pâmoison devant leur Führer, l'endroit était sinistre à souhait.

Il avait eu un avant-goût amer à sa descente d'avion à Linz. Son enthousiasme s'était refroidi en découvrant le comité de réception sur le tarmac : nulle présence d'Hitler, mais à sa place trois policiers de la Gestapo à l'air plus sombre que leurs impers. Son sac contenant le suaire confisqué, les flics l'avaient embarqué dans une Mercedes pour le conduire vers une destination inconnue. L'obligeant même à chausser des lunettes d'alpinisme cerclées de cuir et aux verres noircis. Au cours du trajet, dans un silence glacé, le moral de Tristan s'était disloqué.

Au bout d'une demi-heure de route, ses cerbères l'avaient extirpé de la voiture, puis collé dans cette pièce lugubre, juste avant de lui retirer ses lunettes de ténèbres.

Tristan se levait pour la dixième fois quand la porte s'ouvrit avec fracas.

— Alors, Tristan. De retour dans la mère patrie !

La silhouette familière du balafré apparut dans un rai de lumière. Marcas poussa un soupir de soulagement intérieur ; l'irruption de Skorzeny lui faisait presque plaisir. Une tête connue. Même si c'était celle d'un tueur.

— Je n'ai plus de patrie depuis longtemps, Otto. Écoutez, j'ai risqué ma peau pour votre foutu suaire… Pouvez-vous me dire ce que je fais là ?

Le SS se fit discret.

— Je n'en sais pas beaucoup plus, répondit Skorzeny. J'ai juste reçu l'ordre de vous rejoindre ici.

— Et puis où sommes-nous ?

— À l'Auf 33, unité de recherche spéciale dont je dirige les travaux scientifiques.

La voix avait jailli de l'encadrement de la porte. Tristan se retourna et reconnut tout de suite le curieux personnage en blouse blanche.

Hermann Wirth. Le chercheur de l'Ahnenerbe que Skorzeny avait éjecté lors de la cérémonie en hommage à Erika. Avec ses cheveux blonds qui frisottaient sur son front, sa moustache qui rebiquait sur les côtés et ses yeux brouillardeux, Wirth semblait sorti d'un autre siècle. Tristan se demanda comment

Himmler avait pu confier des responsabilités à un pareil illuminé.

— Herr Marcas, j'ai hâte d'expérimenter les pouvoirs du suaire que vous nous avez rapporté, lança Wirth. Il est déjà installé dans notre laboratoire.

— Je peux donc disposer ?

— Pas tout à fait, le Reichsführer veut que vous assistiez à… l'expérimentation.

— Je n'y tiens pas.

Skorzeny s'interposa, les épaules en avant.

— Moi non plus, ajouta Skorzeny. J'ai reçu l'ordre de rejoindre cet individu pour lui remettre des documents. Il a réussi sa mission, le reste ne nous concerne pas.

Wirth secoua la tête.

— Vous devez obéir. J'ai des comptes à rendre au Reichsführer. Et vous aussi, Obersturmführer !

— Si c'est un ordre… Allons-y, battit en retraite Skorzeny en se tournant vers le Français. Plus vite ce sera fini, plus vite je pourrai vous donner votre récompense. L'adresse d'une banque et un numéro de coffre en Suisse. Vous y trouverez de quoi refaire votre vie : de l'argent et une nouvelle identité.

Pour la première fois depuis son retour, Tristan sentit enfin son moral remonter. Ce salopard d'Himmler avait tenu parole. Mais pourquoi voulait-il lui faire assister à des expériences avec le suaire ?

— Vous venez, messieurs ? dit Wirth d'une voix flûtée et presque conviviale.

Les deux hommes suivirent à contrecœur l'étrange directeur de recherche. Après avoir emprunté un long couloir aux murs de brique fraîchement maçonnés, ils arrivèrent devant une porte entrouverte.

— Nous disposons, dans le château, de trois laboratoires où travaillent des médecins spécialisés. Les meilleurs dans leur domaine. Et pour commencer, voici *le royaume des glaces*.

Ils entrèrent dans une pièce toute carrelée où, à la grande surprise de Skorzeny, ne se trouvaient qu'une cuve transparente remplie d'eau et un lit aux draps froissés.

— À l'origine, il s'agit d'une demande de la Luftwaffe qui exigeait une méthode thérapeutique pour ranimer les aviateurs tombés en parachute dans les eaux glacées de la mer du Nord. Depuis, les chercheurs ont beaucoup progressé et nous travaillons sur des méthodes de réanimation totalement inédites. Regardez.

Deux infirmiers, en blouse blanche sur leur uniforme SS, amenèrent un homme nu, très maigre, qui se mit à hurler dans une langue étrangère dès qu'il vit la cuve.

— Un prisonnier russe, indiqua Wirth. Plongez-le dans l'eau. La température est de deux degrés. En principe, il va sombrer dans quelques minutes.

Stupéfait, Tristan regardait le Russe se débattre et griffer les parois de verre, mais elles étaient trop hautes pour qu'il puisse s'échapper. L'homme étant saisi par le froid, sa résistance s'amenuisa très vite.

— Vérifiez sa température rectale, intima Wirth.

— Vous n'allez pas faire ça ! s'écria Tristan.

— Il faut impérativement que sa température

corporelle tombe à moins de trente degrés pour que l'expérience soit probante.

— Trente et un degrés quatre, indiqua un infirmier.

— Remettez-le dans l'eau.

Tristan tenta d'intervenir.

— Mais vous allez le tuer ! Pour rien.

— Nous allons le tuer de toute façon ! En attendant, faites entrer les aides.

Deux femmes se postèrent auprès du lit sans un regard pour l'homme qui sombrait dans la cuve.

— Qu'elles se déshabillent ! Nous choisissons toujours des femmes jeunes et en bonne santé. Celles-là devaient finir leur vie au camp de Mauthausen. Elles ont eu beaucoup de chance.

Pendant que les deux inconnues ôtaient leurs vêtements en silence, les infirmiers sortirent le prisonnier inanimé de la cuve glacée et le jetèrent sur le lit. Dans un ultime réflexe de survie, il se recroquevilla comme un fœtus pour offrir le moins de prise au froid.

— Vous allez voir, c'est fascinant, s'enthousiasma Wirth.

Entièrement nues, les deux femmes se couchèrent dans le lit et se collèrent contre le prisonnier.

— Nous avons essayé toutes les techniques pour réchauffer les cobayes, y compris avec des animaux, mais rien ne vaut la chaleur humaine.

Hagard, le prisonnier s'était mis à gémir pendant que les corps féminins l'entouraient et le frictionnaient de leur chair.

— Mais une autre méthode est encore plus efficace. Vous allez voir. Faites-le bander.

Wirth croassait comme un corbeau maléfique.

— Dès que le cobaye est en érection, sa température monte aussitôt et, durant le coït, on atteint… Vous m'écoutez ?

— Assez !

C'en était trop, Tristan voulut se précipiter pour venir en aide aux malheureux, mais Wirth sortit un pistolet de sous sa blouse et le braqua sur le Français.

— On m'avait prévenu de votre sentimentalité, un pas de plus et je vous explose la cervelle. La visite n'est pas terminée.

Tristan sortit de la pièce, le canon de l'arme collé dans le dos, en jetant un dernier coup d'œil aux cobayes humains. Il était en rage. Contre ces monstres et contre sa propre impuissance. De son côté, Skorzeny restait silencieux, il venait de comprendre pourquoi le commandant chargé de la sécurité ne voulait plus mettre les pieds dans cet enfer.

Ils longèrent un autre couloir, orné d'une photographie d'Adolf Hitler. Marcas le fit voler à terre d'un geste brusque. Le cadre en verre se fracassa à ses pieds.

— Si ça peut vous défouler, Herr Tristan, ricana Wirth. On en a tout un stock dans nos bureaux.

Tristan marchait, le regard désespéré. Hitler, c'était lui le responsable de toutes ces horreurs, de cette lèpre nazie répandue sur le monde. Il repensa à l'opération commando à Venise[1]. Il regrettait amèrement de ne

---

1. Voir *La Nuit du mal*, éditions Jean-Claude Lattès, 2019.

pas l'avoir abattu d'une balle dans la nuque dans sa chambre d'hôtel du Lido.

Ils arrivèrent devant une autre porte dont la peinture blanche était balafrée de sang.

— Et ça, c'est quoi, le palais des horreurs ? s'exclama Tristan.

Wirth chassa sa mèche de son front et se récria :

— Il s'agit du laboratoire F. Une de nos plus grandes fiertés. Nos scientifiques y pratiquent des expériences anatomiques. De véritables recherches de pointe, mais qui réclament un lourd tribut humain.

Ils entrèrent. Tristan avait toujours eu horreur des hôpitaux et des laboratoires. Les sols lisses et brillants, les murs au carrelage immaculé, cette atmosphère toujours aseptisée ne servaient en fait qu'à cacher l'horreur de la souffrance et de la mort. Ce qu'il vit ne le détrompa pas. Posé sur une civière, un homme avait la bouche ouverte, comme figée sur un cri muet.

— Nous leur coupons les cordes vocales pour qu'ils ne hurlent pas durant l'opération, expliqua Wirth. Ça finissait par gêner le corps médical, qui doit être totalement concentré.

Skorzeny remarqua que le prisonnier n'avait plus son bras gauche, coupé à vif à la hauteur de l'épaule.

— En effet, nous devons sectionner les membres pendant que le cobaye est vivant de façon à ne pas interrompre la circulation sanguine. Vous remarquerez la qualité de l'amputation : toutes les veines, tous les nerfs ont été mis à nu pour être émondés avec précision. Un véritable travail d'orfèvre.

— Mais pour faire quoi ?

Wirth se caressa la moustache comme un artiste qui va dévoiler son œuvre.

— Regardez sur la table de dissection.

Le bras amputé était posé sur une surface métallique, et tout son réseau sanguin raccordé à une pompe prête à injecter un liquide à la couleur trouble.

— Nous cherchons un équivalent du sang, qui permettrait de faire vivre des organes de façon autonome en attendant de pouvoir les greffer sur des patients. Imaginez des milliers de bras, de jambes, prélevés dans des camps, prêts à servir pour nos vaillants soldats mutilés. Sans compter les organes vitaux…

Pour la première fois de sa carrière chez les SS, Skorzeny venait d'atteindre sa limite morale. Lui qui n'avait jamais hésité à sacrifier des hommes au combat et même à l'entraînement était saisi par le dégoût. En sortant, une seule question réussit à se frayer un chemin jusqu'à son esprit :

— Pourquoi la lettre F pour ce laboratoire ?

Wirth éclata de rire.

— Mais F comme Frankenstein, voyons !

— Je ne vois toujours pas le lien avec le suaire, jeta Marcas d'une voix écœurée.

— Votre relique se trouve dans la salle que nous allons visiter. La dernière. Vous allez découvrir le saint des saints de notre programme de recherche. Et grâce à vous, Herr Marcas, le Troisième Reich va remporter la victoire finale.

56

Hartheim

Après avoir emprunté un escalier de service, les trois hommes arrivèrent à l'étage où plusieurs pièces avaient été réaménagées pour former un unique laboratoire.

— Nous y voilà, annonça Wirth en dévoilant un miroir sans tain qui donnait sur une autre salle encore dans l'obscurité. Mais, avant d'allumer de l'autre côté du miroir, avez-vous entendu parler des expériences du docteur Duncan MacDougall ?

Tristan et Skorzeny secouèrent la tête. Le chercheur de l'Ahnenerbe se frotta les mains. Il adorait capter l'attention.

— Le docteur MacDougall est un précurseur de génie dont les recherches inédites ouvrent des perspectives extraordinaires.

D'un tiroir, Wirth sortit quatre photos noir et blanc où on voyait un médecin à barbiche et calotte noter sur un carnet des résultats que lui indiquaient des infirmiers. Une banale scène d'hôpital, à la différence que les lits des patients avaient la forme étrange de balançoires, sans compter un nombre inhabituel d'horloges au mur. Wirth reprit la parole :

— En 1907, à Boston, ce médecin visionnaire a installé six moribonds sur les balances les plus perfectionnées de l'époque.

Intrigué, Skorzeny montra sur l'une des photographies ce qu'il avait pris d'abord pour des lits un peu bizarres.

— Je suppose que ce sont les balances en question ?

— Exactement. Des modèles suisses capables de mesurer des variations de poids de l'ordre d'un simple gramme.

— Et quel est le but ? interrogea Tristan en pensant que ce médecin au nom écossais aurait fait merveille au milieu de tous les hallucinés de l'Ahnenerbe.

— C'est une expérience toute simple, mais à laquelle personne n'avait jamais pensé : MacDougall a pesé chaque mourant juste avant sa mort, avant de réitérer moins d'une minute après le décès. En principe, il ne devait y avoir aucune disparité et pourtant…

Les yeux de Wirth se mirent à briller.

— Une variation a bien eu lieu, toujours la même : 21 grammes. Le poids de l'âme humaine.

Wirth alluma la salle d'expérience.

Sanglés sur des lits, trois hommes gisaient, visiblement inconscients.

— Pour être sûr de ne pas commettre d'erreur, MacDougall a mené la même expérience avec des chiens et il n'a pas trouvé la moindre différence. Preuve que l'homme, seul, a une âme et qu'elle a une masse mesurable. Ce qui signifie qu'on peut la récupérer.

De l'autre côté du miroir, une infirmière plongeait dans la gorge de chaque agonisant un tube relié à une boîte en verre. Skorzeny remarqua que les trois mourants étaient tous blonds et ne portaient sur leur corps aucune trace de malnutrition ou de sévices.

— Ce ne sont pas des prisonniers ?

— Contrairement aux expériences menées dans les autres laboratoires, nous ne prenons ici comme sujets que des Aryens, s'offusqua Wirth. Vous n'imaginez pas que nous allons récupérer une âme de juif ! Surtout si nous nous en servons…

— Vous en servir, mais pour quoi ?

Wirth le regarda, sidéré, comme s'il s'adressait à un enfant inculte.

— Comment ça, le Reichsführer ne vous a rien dit ?

— Non.

— À votre avis, pourquoi cherchons-nous à ranimer des mourants, à faire revivre un organe ou à récupérer une âme ? Parce que nous travaillons sur le plus grand projet scientifique de tous les temps : découvrir le secret de l'immortalité.

Tristan et Skorzeny échangèrent des regards effarés.

— Je ne vous cache pas que notre programme marquait le pas. Nous étions sur le point d'abandonner quand le Reichsführer est venu me trouver pour me relater l'incroyable histoire secrète du saint suaire. J'ai prié Odin et tous les dieux du Walhalla pour que votre quête aboutisse, Herr Tristan. Et maintenant nous y voilà… Le protocole scientifique est en place.

— Pourquoi Himmler ne vient-il pas en personne ?

— C'était prévu, mais le Führer l'a convoqué en urgence pour une réunion du conseil de guerre au Berghof. Le Reichsführer a été clair : l'expérience doit avoir lieu sur-le-champ. Je l'informerai des résultats directement par téléphone. Nous avons aménagé une salle spécifique au dernier étage : les *sujets* sont déjà prêts.

Tristan comprit rapidement ce que signifiaient les *sujets*. Dans une pièce dont les fenêtres avaient été occultées, deux cadavres avaient été déposés sur des tables de dissection. Des infirmiers les avaient précédés et étaient en train de déplier le suaire dans un coin de la salle.

— Pour que l'expérience soit la plus probante possible, dit Wirth, nous avons choisi des morts à des stades différents de…

Skorzeny s'approcha d'une table. Un corps avait atteint l'état de putréfaction. Un œil avait déjà glissé dans une orbite.

— Mais vous l'avez trouvé où ?

— C'est un homme du village voisin. Il est mort la semaine passée. Nous l'avons discrètement déterré du cimetière communal.

Le Français s'avança vers les tables de dissection. Il négligea le cadavre en décomposition et s'arrêta devant le deuxième corps.

— Et elle ?

C'était une femme. Jeune encore. Au visage terriblement émacié. On pouvait compter ses côtes sous sa peau devenue translucide.

— Une détenue d'un camp, dit Wirth. Elle est morte il y a tout juste dix-neuf minutes. D'une injection de cyanure dans le cœur.

Il claqua des doigts.

— Apportez le suaire !

Deux infirmiers surgirent en tenant la relique tendue à la verticale, comme s'ils la présentaient à des pèlerins. Sous l'éclairage blafard, on devinait la silhouette fantomatique du Christ. Wirth contempla la pièce de lin avec un mélange de curiosité et de mépris.

— Dire que ce crucifié juif va nous offrir la victoire ultime sur la mort ! Pensez à toutes les implications de cette découverte. Le Führer pourra devenir immortel et régner sur le monde pendant des siècles. La promesse qu'il a faite aux Allemands d'un Reich de mille ans va devenir une certitude ! Il deviendra lui-même un dieu…

— Vous croyez vraiment à cette histoire de vie éternelle ? demanda Skorzeny, abasourdi.

— Oui, et Himmler aussi. Le Reichsführer voudra en bénéficier pour aider son Führer dans sa tâche colossale.

— Et vous aussi, je suppose…, lâcha Tristan, stupéfait de la folie de cet homme en blouse blanche.

Wirth palpait le tissu du linceul, les yeux brillants.

— Magnifique, l'étoffe est impeccable, ni trous ni taches. On peut reconnaître aux catholiques un savoir-faire dans la préservation de leurs reliques.

Il fit un signe aux infirmiers.

— Recouvrez le premier cadavre !

Les deux hommes déployèrent le suaire sur le corps décomposé.

Les minutes s'écoulaient, mais rien ne bougeait sous le linceul.

Irrité, Wirth allait et venait en tous sens, cherchant le pouls du cadavre, soulevant une main, secouant un pied. En vain. D'un geste impatient, il désigna l'autre cadavre.

— Mettez-le sur la fille !

— Je m'en charge, vous savez comment elle s'appelait ? demanda doucement Tristan.

— Quelle importance ?

— Pour moi, c'est important. C'était un être humain…

Délicatement, il déplia le suaire et l'étendit sur le corps martyrisé de la pauvre fille. Les pans retombaient de chaque côté de la table comme un catafalque. Puis il se pencha vers elle, un sourire triste au coin des lèvres. En la recouvrant, il lui redonnait un semblant de dignité. Ce n'était plus un morceau de viande, un cobaye de dissection pour médecins déments, mais la dépouille d'une femme enveloppée dans un linceul de pureté. Il s'inclina pour marquer son respect. Soudain, une image surgit dans son esprit.

Le tableau de Böcklin.

L'Île des morts.

Mais cette fois, c'était lui qui ramait sur la barque et emmenait cette femme sur l'île. Ou plutôt dans ce laboratoire, l'antichambre de l'enfer.

Il recula de trois pas et attendit.

Les minutes s'écoulèrent à nouveau dans un silence glacial. Personne n'osait parler. Wirth semblait comme hypnotisé. Quant à Skorzeny, il crispait les poings d'impatience, maudissant Himmler de l'avoir envoyé dans cet asile.

Tristan brisa enfin le silence :

— Ça ne marche pas.

— Non !

Wirth se précipita sur le corps et arracha le suaire avec colère. Il souleva le corps de la morte et la secoua dans tous les sens. Puis, dépité, il la laissa retomber sur la table.

— Apportez-moi d'autres cadavres ! hurla Wirth.

— Ce n'était qu'une légende, rien de plus, jeta Tristan. Mais si vous voulez continuer l'expérience, n'hésitez pas. Dans votre camp de l'horreur, ce n'est pas le nombre de morts qui va manquer.

Il se tourna vers Skorzeny.

— Je crois qu'on en a assez vu, non ?

Le balafré acquiesça.

— Oui. J'ai une guerre à continuer. Venez.

— Restez ici ! C'est un ordre ! cria Wirth, le visage rouge de colère. Je ferai un rapport au Reichsführer !

— Faites ça, et surtout parlez-lui de vos brillants résultats.

Les deux hommes sortirent du laboratoire en claquant la porte.

— Un vrai dingue, murmura Skorzeny. L'Allemagne est mal partie avec ce genre de psychopathes.

— L'Allemagne est mal partie depuis que vous avez mis ce dingue d'Hitler au pouvoir.

Sans s'en rendre compte, ils avaient accéléré le pas, pressés de fuir ce cloaque de souffrance et de mort.

— Vous savez que je pourrais vous abattre pour ce genre de propos ?

— Je sais, mais vous êtes trop malin pour ça. Et puis, si un jour le vent tourne, vous serez content d'avoir un témoin pour raconter que, dans l'échelle des pourritures de la SS, vous n'avez pas gravi le dernier barreau, comme Wirth et tant d'autres.

Skorzeny ne répondit pas ; le Français crut voir un léger sourire se dessiner sur son visage.

— Qu'allez-vous faire, maintenant ? demanda le balafré. Vous êtes un homme libre.

— Prendre le premier avion pour quitter votre charmant pays de bouchers et de tueurs galonnés. Et en finir avec ces horreurs. Et si je le peux, révéler vos atrocités. Vous comptez aussi m'abattre pour ça ?

Skorzeny prit Tristan par le bras.

— Je vais faire comme si je n'avais rien entendu…

Arrivé dans le parc, Marcas aspira l'air à pleins poumons comme pour chasser les miasmes infernaux inhalés dans le laboratoire.

Une rage incandescente le consumait.

Les visages de toutes ces victimes martyrisées

hurlaient sans cesse dans son esprit. Il venait enfin de comprendre pourquoi Himmler l'avait envoyé dans cet enfer. Tout en lui rendant sa liberté, il lui avait fait le don empoisonné de la culpabilité. Désormais, il était coupable de n'avoir sauvé aucun de ces malheureux.

Un SS armé montait la garde devant l'entrée du camp. Tristan s'arrêta net. Il pouvait encore tenter quelque chose. Se saisir de sa mitraillette et courir pour abattre ce démon de Wirth et ses infirmiers bourreaux.

Au moment où il allait bondir, il sentit un canon s'enfoncer entre ses reins.

— Vous allez faire une bêtise, murmura Skorzeny à son oreille. Quittons cet endroit maudit le plus vite possible.

— Pourquoi m'arrêter? lâcha Tristan.

— Par pur esprit de préservation : je ne veux pas finir devant un poteau d'exécution si on apprend que je vous ai laissé faire.

— Vous direz que je vous ai désarmé par surprise !

Le colosse grogna son désaccord.

— J'ai un commando d'élite à diriger. Allez, pressons le pas.

Le garde était rentré dans sa guérite. Tristan avait raté sa seule occasion. Une montagne de honte s'abattit sur ses épaules.

— Entre nous, reprit le balafré, vous n'avez jamais cru à toutes ces conneries sur le saint suaire et l'immortalité ?

Marcas lui retourna un sourire énigmatique.

— *Prendriez-vous le risque de l'offrir au diable...*

— Je ne comprends pas ?

— C'est la question que m'a posée l'abbé du monastère quand j'ai récupéré le saint suaire taché du sang d'une belle comtesse... Eh bien, je crois que je viens de lui répondre.

Le SS haussa les épaules : il en avait assez des mystères. Quant à Tristan, une image précise s'imprima dans son esprit. C'était à Montevergine, dans la salle aux suaires qui pendaient sur des cordes à linge. Dans un coin de la pièce dévastée, il y avait une caisse en bois.

Une caisse avec une pile de suaires intacts.

Tous plus *authentiques* les uns que les autres.

Il n'avait eu qu'à choisir.

Berghof
28 juillet 1943

Himmler raccrocha. L'opération Suaire était un échec.

Il avait pris l'appel de Wirth à l'étage. Le spécialiste de l'Ahnenerbe s'était obstiné avec une dizaine de morts supplémentaires. En vain.

Le linceul du Christ irait rejoindre son petit musée des reliques en attendant des jours meilleurs. Quant à Marcas, il se demandait encore s'il avait bien fait de lui accorder la liberté.

Le chef des SS s'étira et balaya du regard la chambre d'apparat dans laquelle il se trouvait. Avant la guerre, elle servait aux visiteurs de marque, le président tchécoslovaque, le chancelier autrichien, les ministres français, tous vaincus par le nazisme. Une époque révolue. Désormais, les Allemands avaient été battus en Afrique, reculaient partout en Russie et venaient de perdre en Italie leur plus précieux allié : Mussolini. Une nouvelle qui mettait Hitler en fureur. Nul ne savait où était le Duce depuis son arrestation. Ni même s'il était vivant.

Les fenêtres de la chambre donnaient sur la terrasse. Devant un parterre tétanisé de généraux, Hitler venait d'entrer en transe. Ses vociférations retentissaient dans tout le Berghof. Himmler ne prêta pas attention aux discours décousus, il les connaissait déjà. Non, ce qu'il observait, c'était la gestuelle du Führer : ses membres ne semblaient plus lui appartenir. Il bougeait comme une marionnette désarticulée. Ses mains, surtout la droite, semblaient incontrôlables. Le téléphone retentit à nouveau. Le Reichsführer reconnut la voix de l'ambassadeur à Rome. En principe, il aurait dû appeler le ministère des Affaires étrangères, qui aurait ensuite averti la Chancellerie, mais il y avait longtemps que Himmler avait court-circuité ce système de communication à son profit.

— Mussolini est vivant. Il est détenu sur l'île de Ponza, au large de Naples. Mais, maintenant que son lieu de détention est connu, il y a de fortes chances qu'ils le déplacent à nouveau.

— Merci pour ces précieuses informations, monsieur l'ambassadeur.

Même si le diplomate était son indicateur contraint, Himmler ne le laissait jamais paraître. Maintenir les apparences était une tactique toujours payante. Il retourna à la fenêtre. Eva Braun venait d'apparaître sur la terrasse, mais sa présence ne calmait pas pour autant le Führer. Himmler décida de descendre. Quand il passa la porte-fenêtre, Hitler était en train d'accuser la Wehrmacht de tous les maux.

— *Mein Führer...*

Hitler se retourna ; ses yeux étaient plombés de ténèbres.

— Nous avons retrouvé Mussolini. Il est vivant.

Avant même que le maître de l'Allemagne ne réagisse, Himmler enchaîna :

— Je vais immédiatement constituer un groupe d'intervention avec mes meilleurs hommes. Et je vais y associer la Wehrmacht : nous aurons sans doute besoin de parachutistes.

Volontairement, le Reichsführer venait de tirer les officiers présents d'un mauvais pas. Désormais, ils lui devraient un service.

— Prenez toutes les décisions nécessaires, Heinrich.

Aussitôt, les généraux claquèrent des talons et sortirent, accompagnés de Himmler. Blême d'humiliation, le maréchal Keitel lâcha :

— Ce n'est plus un homme, c'est le diable !

Le Reichsführer sourit.

— Oui, mais moi, je sais parler au diable.

Rome
Istituzione della Misericordia

Derrière ses murs de brique rouge, l'ancien domaine agricole qui bordait la via Appia s'était transformé en une unité de soins unique en Italie. À une époque où l'on traitait encore les fous comme de dangereux déviants, l'Institution de la Miséricorde était devenue une référence. Ici, les internés étaient d'abord des malades que l'on tentait de soigner. Ici, on ne réprimait pas, on humanisait. C'était tout le sacerdoce du docteur Torcello qui, aujourd'hui, accédait enfin à la reconnaissance : le pape en personne venait visiter son établissement. Suivi d'un secrétaire qui l'abritait d'une ombrelle, le souverain pontife traversait les jardins, brûlants de soleil, pour voir les malades.

— Très Saint-Père, exultait le médecin, votre visite est une telle bénédiction pour moi. C'est comme si mon travail de toutes ces années était sanctifié par votre présence.

— Tous vos patients sont des enfants de Dieu. Et s'ils ne sont pas tout à fait comme les autres, le Père céleste les aime encore plus.

Torcello joignit les mains.

— Quelle leçon d'humanité, Votre Sainteté ! Ah, si tous les dirigeants pouvaient avoir votre grandeur de vue, quand je vois ce qui se passe en Allemagne, la manière diabolique dont ils traitent leurs malades mentaux…

Un des secrétaires lui donna un discret coup de coude. On ne donnait pas son appréciation sur la situation internationale devant le pape. Le mot *diabolique* avait frappé Pie XII. Il s'était toujours demandé, quand il avait vu des déments ricaner, se contorsionner, si le diable n'avait pas à voir avec leur folie…

— Nous sommes ici dans l'aile Sainte-Rita, c'est là que se trouvent nos cas parmi les plus fascinants. Ce sont ceux qui souffrent d'une *possession de personnalité.* Ils abdiquent leur propre identité au profit d'une autre. Et le plus incroyable, c'est que leurs fonctions intellectuelles sont intactes, vous allez voir…

Torcello ouvrit la porte d'une chambre où se tenait un homme jeune aux cheveux aussi hirsutes que la barbe.

— Guillaume, nous avons une visite. Si vous vous présentiez ?

La voix caverneuse semblait sortir d'un puits.

— Je m'appelle de Lantis. Je suis né en l'an de grâce 1267 et je suis mort à vingt-quatre ans. Mort et ressuscité.

Le pape leva un regard sceptique vers le médecin.

— Oui, je sais. Il croit être un chevalier de l'époque des Croisades. Mais nous avons vérifié : il y a bien eu un Guillaume de Lantis, né en France et devenu un frère du Temple au XIIIe siècle.

— Il doit s'agir d'une erreur…

— En fait, nous ignorons totalement sa véritable identité. Nous pensons qu'il s'agit d'un historien. Il aura lu ce nom, Guillaume de Lantis, dans une vieille chronique et se le sera approprié après un traumatisme.

Pie XII contempla cet inconnu qui s'était perdu

jusqu'au tréfonds de l'histoire. Il leva la main pour le bénir.

— Que la paix du Seigneur soit avec toi.

— Dieu n'apporte pas la paix, mais l'errance éternelle. Il y a si longtemps que je traverse le temps…

Le pontife resta interdit.

— Dieu peut abolir toutes les souffrances.

— Dieu ne peut rien contre lui-même. Et je suis un maudit pour avoir usurpé sa puissance.

Ces dernières paroles frappèrent le pape. Il se pencha vers le médecin.

— Dites-moi, parmi vos patients, certains se prennent-ils pour… Dieu ?

— Oui, Saint-Père, mais vous tenez vraiment…

Le secrétaire fit un bref signe de tête indiquant qu'on ne discutait pas le souhait d'un pape. Torcello guida son invité jusqu'à une salle aux larges baies vitrées.

— Ce dont des patientes qui sont arrivées depuis peu. Nous ne savons pas pourquoi, mais elles sont vite devenues inséparables.

Près d'une fenêtre grillagée, deux femmes se tenaient assises. Le secrétaire, qui entra le premier, eut un mouvement de recul. Les deux étaient affreusement défigurées. L'une avait la moitié du visage qui semblait avoir coulé, l'autre n'était plus qu'un paysage lunaire. Il se retourna vers Pie XII, lui conseillant de se tenir à distance.

— Vous les entendrez parfaitement, Saint-Père, mais mieux vaut que vous ne voyiez que leur silhouette.

Torcello consulta ses notes.

— Celle de gauche se croit possédée par… Hitler. Ou le diable, ça dépend des crises. C'est une sœur.

Pie XII sentit un frisson courir le long de sa nuque.

— Ce n'est pas… possible. Quel est son nom ?

— Sœur Maria Estrella. C'est un exorciste, le père Moussone, qui nous l'a envoyée.

Le pape s'approcha pour mieux la voir. La sœur le scrutait avec une lueur de malveillance. Il la reconnut tout de suite. Elle aussi.

— C'est gentil de venir me revoir, petit pape.

Il était devenu aussi blanc que sa tenue, alors que le médecin reprenait sa présentation sans tenir compte des paroles proférées.

— Cette femme oscille entre convulsions, délire mystique et périodes d'abattement. Ces pauvres gens qui se croient possédés souffrent plutôt de maladies psychiques que de possession.

— Vous pensez qu'elle a des chances de s'en sortir ?

— Je suis pessimiste, mais on ne sait jamais… Même en médecine, on assiste parfois à des miracles.

Pie XII joignit les mains pour une prière silencieuse. Il était seul responsable de l'état de cette femme. S'il n'avait pas conduit l'exorcisme à distance d'Hitler, sœur Maria Estrella serait encore dans son couvent. Il garderait cette culpabilité jusqu'à la fin de sa vie. Comme tant d'autres erreurs commises pendant son pontificat.

— Très Saint-Père, la seconde patiente est une aristocrate romaine… Elle prétend être le Christ. On nous l'a amenée de…

Pie XII secoua la tête et leva la main. Sa tête tournait. Cet endroit le mettait mal à l'aise.

— J'en ai vu assez. Auriez-vous l'obligeance de me tenir au courant des progrès éventuels de sœur Maria Estrella ?

Un cri rauque l'interrompit. La nonne crachait par terre et tendait un index accusateur vers le pape.

— Pape maudit. Vermine chrétienne. Pars te cacher dans ton trou à rats. Tu es seul responsable de ce qui est arrivé à ta servante.

Pie XII recula sous l'effet de la surprise, puis tendit le crucifix qu'il portait en collier autour du cou vers la sœur.

— Recule, Satan !

La nonne partit d'un rire atroce. Ses lèvres semblaient déformées par la haine.

— Jamais… Je suis légion… Je t'attendrai en enfer.

Le visage de la sœur vacilla de gauche à droite, puis retomba lourdement sur sa poitrine. La comtesse d'Urbino la prit dans ses bras et murmura d'une voix douce en lui caressant les cheveux :

— *Pater noster*...

Épilogue

Genève
Printemps 1944

Soulevant un instant les rideaux de la fenêtre de son bureau, Mark Ziegler observa son dernier client qui quittait la banque. Malgré son costume civil, sa démarche trahissait le militaire. Depuis quelques mois, les Allemands étaient de plus en plus nombreux à ouvrir des comptes à Genève, mais celui-ci avait une requête particulière. Il venait de contracter un emprunt garanti sur des fonds en or livrés la veille. La somme ainsi obtenue devait être envoyée sur un compte bancaire en Argentine. Des réparations à faire dans une hacienda familiale… Mark réfléchit. Il lui faudrait d'abord faire transiter les fonds par des banques intermédiaires. Sans doute au Portugal. D'autant qu'il pourrait peut-être placer sa commission ? Pourquoi pas dans les mines de tungstène ? Les Alliés comme les Allemands l'utilisaient pour leurs obus perforants et la demande était très forte.

Mark passa un manteau. Le printemps était encore frais sur les bords du lac Léman. Tout en descendant l'escalier d'honneur, il se demandait quel petit plaisir il pourrait s'offrir pour fêter la belle commission qu'il venait d'empocher. Arrivé sur le trottoir, il avait trouvé. Une petite visite au centre historique s'imposait.

La place de la cathédrale Saint-Pierre surplombait tout Genève et, malgré le froid, les terrasses des deux cafés étaient pleines. Mark avait toujours détesté cette fausse cathédrale, reconstruite au siècle précédent pour le culte protestant, et dont la prétendue architecture médiévale l'horripilait. Il ne supportait pas le kitsch. Non, lui, ce qu'il aimait, c'était le vrai Moyen Âge, les pierres qui avaient une histoire. Et il savait où les trouver. Juste au-dessus, la rue du Soleil-Levant abritait de nombreux magasins d'antiquités. On y trouvait beaucoup de merveilles venues de l'Italie voisine. Des tableaux de la Renaissance, des coffres délicieusement peints, des verres authentiques de Murano… Pourtant, Mark ne leur accorda pas un regard. Il s'arrêta devant une boutique plus modeste, tout en profondeur, qui avait des allures de grotte aux trésors. Dès qu'il franchit la porte, son regard s'arrêta net sur une merveilleuse tête sculptée. À la mitre, il reconnut un évêque. À la brisure au niveau du cou, il sut qu'elle venait d'un gisant décapité.

— Bonsoir, monsieur Ziegler. Vous contemplez ma dernière acquisition ?

Mark se retourna. Il était toujours frappé par la jeunesse du marchand, qui contrastait avec son érudition et surtout son goût parfait pour dénicher des pièces exceptionnelles. Il n'avait ouvert que depuis quelque mois, mais s'était déjà fait une solide réputation auprès des amateurs d'art de la ville.

— C'est bien une tête d'évêque ?

— Je ne peux rien vous cacher, déclara l'antiquaire.

Le banquier aimait faire preuve de ses connaissances, mais aussi de son sens de l'observation.

— En revanche, ce qui m'étonne, c'est la teinte de la pierre. Un ocre superbe, mais très rare à cette époque… je dirais fin xve siècle ?

— L'an 1496, très exactement. Quant à la qualité de la pierre que vous avez tout de suite remarquée, elle provient d'un site médiéval de Toscane.

Fasciné, Mark s'approcha du visage au regard de pierre.

— Mais comment pouvez-vous être aussi affirmatif sur la date ?

— Parce qu'elle provient d'un gisant déposé sur un tombeau et que nous avons la date du décès de son occupant.

— Un gisant, j'en étais certain !

Le jeune marchand renchérit :

— Et magnifiquement sculpté… Les détails sont exceptionnellement précis. Si vous pouviez voir la crosse à motif que tient l'évêque dans sa main, une pure merveille.

— Et quand pourrais-je voir cette… merveille ?

— J'ai votre carte, je vous appelle.

Le banquier sentait monter en lui un désir irrépressible.

— Je n'aime pas attendre quand j'ai un coup de cœur.

— Je comprends, mais en ce moment les autorités suisses sont devenues très sourcilleuses sur les ventes d'objets d'art en provenance d'autres pays. Dont l'Italie… Mais pour vous, je pourrais accélérer la procédure.

— Parfait… Et vous l'estimez à combien, ce gisant, mon cher Christian ?

Quand le banquier sortit de sa boutique, Tristan contempla le chèque avec un sourire de satisfaction. Chaque fois qu'on l'appelait Christian, il avait l'impression de commettre une escroquerie.

Christian Valrèse. Antiquaire à Genève.

Ça sonnait bien. Un nom sorti de son imagination quand les SS lui avaient établi sa fausse identité l'année précédente. Plus personne ne l'appelait Tristan ou Marcas, et il s'en contentait fort bien. Il enfouit le chèque dans la poche de sa veste en tweed grisé. L'acompte versé par le client couvrait largement l'achat et le rapatriement du gisant. Cinquante pour cent de marge en perspective. Maintenant, il fallait qu'il prenne ses dispositions. La sculpture provenait d'une abbaye italienne, détruite dans un bombardement lors de l'avancée des Alliés. Les paysans du coin s'étaient servis dans les décombres avant de s'acoquiner avec un antiquaire de Sienne qui jouait les intermédiaires.

Tristan prit le téléphone avec gourmandise et composa le numéro de son collègue toscan. Au bout d'une poignée de secondes, l'opératrice lui annonça une coupure momentanée des lignes avec l'étranger. Il raccrocha et s'alluma une Chesterfield de contrebande, en provenance de l'ambassade américaine. Le contretemps n'entama pas sa bonne humeur, les incidents de connexion se réparaient vite dans ce pays. L'efficacité suisse.

Il croisa les mains sur sa nuque et savoura sa nouvelle vente. À ce rythme, il allait enfin pouvoir se payer l'Alfa Romeo 6C 1936 super sport décapotable qu'il lorgnait depuis des mois chez l'un de ses clients concessionnaires. Les beaux jours arrivaient, et la contrée fourmillait de routes touristiques en excellent état. Et d'hôtels romantiques à souhait. Tristan se demanda qui l'accompagnerait la première fois. Ann, la secrétaire de l'ambassade américaine qui lui fournissait ses cigarettes ? Une rousse joyeuse, mais un peu trop portée sur les alcools forts à son goût. Ou Monika ? Superbe jeune veuve racée qu'il venait de rencontrer, admirable de passion amoureuse, mais qui lui avait déjà susurré une envie de remariage au coin de l'oreiller.

Il écrasa sa cigarette et s'étira paresseusement. Il savourait chaque heure de sa nouvelle vie, paisible et insouciante. Loin des tumultes de la guerre et de ses horreurs. Himmler avait tenu parole, lui accordant sa liberté, une nouvelle identité, et de quoi s'offrir son magasin d'antiquités et un stock pour démarrer. Parfois, mais de moins en moins, il repensait à Erika et à sa vie passée d'aventurier. À la quête des swastikas, à tous ces pays traversés à une vitesse folle, la France, la Grèce, l'Angleterre, la Russie, l'Allemagne, l'Italie… Au saint suaire, sa dernière mission. Mais, au fil des mois, les images s'estompaient doucement comme les bords du lac de Genève les soirs de brouillard. Il en était même surpris, comme si son esprit voulait refermer à double tour le coffre-fort de son passé.

Tout semblait irréel.

Tout sauf un souvenir. Précis. Horrible.

Et qui bloquait la fermeture du coffre. La visite de l'atroce camp d'expérimentation SS après son retour de Montevergine. En débarquant à Genève, il avait envoyé un courrier détaillé à l'ambassade du Royaume-Uni avec la localisation du château et les détails précis sur les expériences menées par Wirth. Ça n'avait pas soulagé sa conscience. Les visages de ces innocents torturés resurgissaient sans prévenir dans son esprit pour troubler sa quiétude genevoise. Il s'enfilait alors une bouteille de Chivas Regal et noyait les victimes dans un océan d'alcool. Les lendemains de cuite, les importuns disparaissaient comme par miracle.

Pour un temps. Et ce temps jouait désormais contre l'Allemagne nazie. Le IIIe Reich se disloquait sous les coups de boutoir de l'armée russe à l'Est et des Anglo-Américains en Italie. Mussolini n'était plus qu'un pantin qui régnait sur un maigre bout de territoire au nord de son pays. La France était encore occupée, mais des rumeurs bruissaient sur un débarquement allié. Le temps avait choisi le camp du bien.

L'horloge, suisse jusqu'au bout de l'aiguille, sonna dix-sept heures. Il pouvait fermer la boutique, sa journée était faite. Il allait appeler Monika pour lui proposer un dîner impromptu au Grand Café de la Couronne. Tristan passa dans l'arrière-boutique pour récupérer son imperméable et ses gants. La soirée s'annonçait bien.

La clochette tinta au-dessus de la porte d'entrée. Il entendit la porte s'ouvrir et se refermer. Un dernier client. Décidément, la chance lui souriait.

— J'arrive tout de suite, lança-t-il sur un ton enjoué.

— Je ne suis pas pressée, prenez votre temps, monsieur Valrèse.

C'était la voix d'une femme. Jeune. Française, sans une once d'accent helvétique. L'intonation lui était familière, probablement l'une de ces riches héritières parisiennes exfiltrées par leur famille en Suisse pour les protéger des affres de l'Occupation. Il en croisait parfois à des galas de bienfaisance où il se rendait pour alpaguer de nouveaux clients.

Il jeta un œil dans le miroir vénitien, disposé en angle au coin de la porte, qui lui permettait d'observer les visiteurs de son réduit. Il aperçut un tailleur gris au-dessus d'une paire de bas ouvragés. Une silhouette séduisante. La femme était de dos et contemplait un vase Renaissance.

Il reposa son imper, se plaqua les cheveux contre les tempes et se dirigea vers sa visiteuse.

— Puis-je vous aider, mademoiselle ?

— Bien sûr… Tristan. Je peux t'appeler par ton vrai prénom, ici ?

Il se figea net. Son cœur s'accéléra.

Et il reconnut la voix.

Tout un flot d'images se déversa brutalement dans son esprit. Le passé s'engouffrait comme un voleur dans sa boutique.

Elle se retourna pour lui faire face.

Les cheveux avaient changé. De sombre, ils étaient devenus auburn et renvoyaient des reflets acajou sous la lumière de la rue. Le regard clair et interrogatif, le sourire fin restaient les mêmes. Néanmoins, le visage doux ancré dans sa mémoire paraissait plus dur. Plus déterminé.

— Ça fait combien de temps ? murmura-t-il, stupéfait.

— Deux ans. L'opération commando du SOE à Venise… Un ponton sur la lagune. Depuis, il s'est passé bien des choses…

— Laure… Laure Destillac ! s'entendit-il répondre d'une voix crispée.

La jeune femme s'approcha et n'eut qu'une phrase :

— On a besoin de toi.

Fin

Tournez la page et vous découvrirez que certains faits relatés dans cet ouvrage ne sont pas sortis de l'imagination des auteurs.

ANNEXES

Le vrai du faux…

Les aventures de Tristan sont purement imaginaires, mais certains faits relatés dans cet ouvrage sont authentiques.

Le saint suaire a bien été enlevé de la cathédrale de Turin en 1939 pour être mis en sûreté dans la basilique de Montevergine, où il est resté caché jusqu'en 1946. Une décision prise pour le mettre hors de portée d'Adolf Hitler. Lors d'une précédente visite en Italie, le Führer avait manifesté une curiosité suspecte pour le linceul qui aurait enveloppé le corps du Christ. Connaissant son goût pour les reliques et l'ésotérisme, l'Église et la Maison royale d'Italie ont préféré mettre en sûreté le suaire à l'annonce de la guerre, quand bien même l'Italie était alliée de l'Allemagne ! En 1943, une escouade de SS s'est rendue au sanctuaire de Montevergine pour mettre la main sur la relique. Ils ont fouillé tous les bâtiments de fond en comble et sont repartis bredouilles. Le suaire était dissimulé dans une cavité devant l'autel. Selon un témoin, les moines s'étaient assemblés pour la prière juste au-dessus de la cache afin d'éviter que les SS ne viennent chercher à cet endroit.

Selon le vaticaniste Fabio Marchese Ragona, Pie XII a commandé une séance d'exorcisme contre Hitler. Rituel réalisé au Vatican. Le pape était persuadé qu'Hitler était possédé par le diable. Adepte des exorcismes, il aurait aussi conduit des rituels contre le… Parti communiste italien après-guerre. Le père Gabriele Armorth, exorciste du diocèse de Rome, a confirmé cette singulière information, affirmant que Pie XII croyait qu'Hitler était sous l'emprise de Satan. Ainsi que Staline.

L'unité SS de sorcières Hexen a vraiment existé. De 1935 à 1944, quatorze chercheurs – sous les ordres non pas d'une femme, mais d'un homme, le Sturmbannführer Rudolf Levin – ont collecté en Allemagne, en Autriche, puis dans toute l'Europe tout ce qui se rapportait aux procès en sorcellerie, et par extension aux livres de magie. Trente-quatre mille fiches ont été rédigées. Selon Himmler, il s'agissait de prouver que l'Église catholique et derrière elle les juifs voulaient exterminer les femmes aryennes détentrices d'un savoir païen. Une interprétation fausse, mais qui collait avec la vision des nazis. Voir le livre de Cécile Desprairies et Emmanuel Le Roy Ladurie : *L'Héritage allemand de l'Occupation*, Armand Colin, 2019.

Le château d'Hartheim est un centre d'extermination peu connu en France. Les nazis y ont assassiné 270 000 handicapés dans le cadre du programme T4 (nom donné après la guerre). Les expériences effroyables décrites dans le livre sont hélas véridiques et conduites dans d'autres camps de la mort.

Le site d'Externsteine existe toujours et se visite. Il était considéré par les nazis comme l'un des plus grands sites archéologiques germaniques.

REMERCIEMENTS

Un amical salut à toute l'équipe Lattès. À Véronique Cardi pour son engagement et sa détermination sans faille, à Constance Trapenard pour son œil critique bienveillant, à Paul Perles sans qui nos manuscrits ne seraient pas ce qu'ils sont, à la magicienne des médias, Laurence Barrère, à Sophie Perfus-Mousselon toujours plus créative. Vous avez tenu bon pendant ces temps difficiles. Pouvoir compter sur un éditeur solide en pleine tempête est un atout précieux.

Merci aussi aux représentants de Lattès qui nous défendent auprès des libraires. Un travail méconnu du monde des lecteurs, mais vital pour les auteurs.

Éric et Jacques.

Dédicaces spéciales d'Éric :

Pour Nicolas Guiselin. Merci d'avoir transformé ton appartement parisien en gîte d'écrivain pour rédiger une partie de cet ouvrage. Un appartement envoûté, situé avenue Trudaine, dans l'immeuble où résidait le mystérieux

Stanislas de Guaita, l'un des plus prolifiques occultistes du XIXe siècle. Et aussi à Fabrice Galli qui m'a vu débarquer d'un œil amical. Pour mon beau-père, le professeur d'université José Alves, qui nous a donné un sacré coup de main pour la traduction latine de l'énigme liée au tableau de *L'Île des morts*.

Découvrez le prologue du nouveau roman
d'Éric Giacometti et Jacques Ravenne

669

La saga du Soleil noir

JC LATTÈS

Prologue

Allemagne
Forêt noire
1er mai 1447

Marga observa le village, cachée derrière des fougères ruisselantes d'humidité. Aucune fumée ne s'échappait des toits de branchages. Personne n'était encore réveillé dans l'aube grise et froide. La jeune femme se releva, observa encore l'enclos à bétail pour voir si personne n'y travaillait déjà… Mais il n'y avait aucun bruit, pas même un beuglement. Seule une chouette, au fond de la forêt, s'obstinait à lancer des appels solitaires. Marga se tourna vers la lisière sombre du bois et siffla lentement. Aussitôt, deux formes surgirent en courant et vinrent la rejoindre. Deux femmes.

— Les hommes ne sont toujours pas levés. Nous allons rentrer dans le village, une par une. Si l'on vous voit, trouvez une bonne excuse pour être dehors si tôt.

Les femmes hochèrent la tête en silence. Leurs visages portaient des marques d'éraflures, leurs chevelures étaient piquetées d'épines, comme si elles avaient couru au milieu des ronces. L'une semblait au bord de l'épuisement, l'autre tremblait de froid, mais toutes deux avaient un éclat brillant dans les yeux.

— Et rappelez-vous, nul ne doit savoir que cette nuit nous avons invoqué le Maître et qu'il est venu jusqu'à nous, dit Marga.

— Jusqu'en nous, rajouta une voix encore chaude de désir.

Marga se tourna brusquement.

— Garde ta langue ! Tu sais ce qui attend celles dont on dit qu'elles ont été possédées par le Maître ?

Les deux femmes se figèrent. Leurs regards se métamorphosèrent et ne furent plus que ténèbres. Marga montra la lune ronde qui disparaissait derrière la cime des arbres.

— Nous ne devons plus nous revoir, jusqu'à ce que notre sœur soit à nouveau pleine.

Elle remonta sa robe et sortit une longue bourse de cuir dont elle dénoua les lacets.

— Chacune de nous doit garder un élément du culte sacré.

Elle tendit un objet à sa voisine de gauche qui s'inclina en le recevant.

— À toi, Brunhild, l'Image du Maître.

Puis à sa voisine de droite qui se prosterna.

— À toi, Gersende, la Force du Maître.

Une nouvelle fois, Marga contempla le village. Tout était calme. Elle fit un signe de tête. Aussitôt, Brunhild se leva, courut dans les taillis et arriva en lisière du hameau. Elle ralentit, rassembla ses cheveux en une tresse rapide, puis se dirigea vers le puits.

Marga sourit. Brunhild était maligne. Si on l'interrogeait, elle dirait qu'elle était allée tirer de l'eau pour sa famille.

— À toi, Gersende.

À son tour, la jeune femme se leva, mais ne se pressa pas. Au contraire, elle saisit son tablier d'une main et commença à le remplir de petit bois. Elle aussi était rusée. Que reprocher à qui se lève à l'aube pour allumer le feu de sa maison ? Marga regarda sa complice disparaître dans une des venelles du village, puis elle se leva à son tour. La lune avait disparu vers le couchant. Il leur faudrait encore attendre un mois avant de retrouver le Maître… Marga marchait lentement et sans se cacher. Elle était veuve et n'avait de compte à rendre à personne. Sa maison était à l'entrée du village. Encore quelques pas et elle pourrait se coucher sous une épaisse couverture de laine pour rêver.

Rêver au Maître. À sa langue de feu, son corps de feu, son…

Une main gantée de fer se posa brutalement sur sa nuque.

— Ne bouge plus, sorcière !

Tous les habitants étaient regroupés à l'entrée du village. Les hommes près de l'enclos à bétail, les femmes au pied de la croix, les enfants encerclés par des soldats en armes. Monté sur un cheval à la robe noire, un cavalier allait de groupe en groupe, scrutant les visages, jugeant les attitudes. À la différence des soldats, il ne portait pas d'armes ni de casque, mais la bure des moines et une croix d'argent sur sa poitrine. Tous les habitants le connaissaient.

Wilhem Bernharht.

Sa réputation le précédait.

Il était le Grand Inquisiteur.

Brusquement, il immobilisa sa monture. D'un geste, il désigna un, puis deux visages dans le troupeau des femmes terrorisées.

— Vous, avancez, mes hommes vous ont vues sortir de la forêt.

Gersende s'agenouilla et montra son tablier.

— Seigneur, nous étions allées chercher du bois.

— Tu vas dans la forêt pour ramasser des brindilles, femme ? Oserais-tu te moquer de moi, te moquer de Dieu ?

— Pitié, Seigneur, la voix de Gersende se fit implorante. Je n'avais plus de bois sec pour allumer le feu !

D'un coup d'éperon l'Inquisiteur s'approcha. Les naseaux de son cheval fumaient juste au-dessus de la tête ployée.

— Déshabille-toi, femme !

— Seigneur, je vous en supplie...

Un coup de lance lui piqua l'épaule. Elle hurla de peur.

— Obéis à l'Inquisiteur !

Ravalant sa honte et ses larmes, Gersende commença à défaire sa robe.

— Plus vite !

Le soldat qui l'avait frappée tira violemment sur une des manches du vêtement qui tomba au sol, provoquant un bruit sec.

— Fouille la robe ! ordonna l'Inquisiteur.

Le soldat s'exécuta. En un instant, il brandit un objet dont se saisit la main rapide de Bernharht.

— C'est donc ça que tu cachais. Un phallus en bois. C'est donc pour ça que tu vas te cacher dans les bois ? Pour te donner du plaisir comme une chienne lubrique ?

Nue, dans la boue, Gersende commença à pleurer, puis brusquement elle tendit une main accusatrice.

— Seigneur, je suis innocente ! Ce sont elles qui m'ont entraînée pour me perdre et me damner. Des sorcières, ce sont des sorcières !

À ce mot, la plupart des habitants tombèrent à genoux, multipliant les signes de croix. Des sorcières ! Le malheur et la mort venaient de s'abattre sur leur village. En un instant, Marga et Brunhild furent conduites sans ménagement devant l'Inquisiteur.

— Pas la peine de m'humilier, déclara Brunhild. Voilà ce que tu cherches. Voilà le vrai Maître.

Elle brandit une statuette au-dessus de sa tête. Un cri d'horreur jaillit des poitrines.

— Le diable ! Le diable !

Tous avaient reconnu le visage cornu et les pieds fourchus du Malin. Seul l'Inquisiteur demeurait impassible. Puis brusquement d'un coup de pied il fit voler la statuette à terre.

— Fouillez la dernière.

Les soldats se précipitèrent. En un instant, Magda fut nue.

— Seigneur, elle a une bourse.

— Donnez !

Bernharht plongea la main dans le sac de cuir. Un violent sourire découpa son visage. Il mit pied à terre et saisit Magda par les cheveux.

— Toi, tu viens avec moi.

Puis, se tournant vers ses hommes.

— Préparez le bûcher !

La maison au sol de terre battue sentait une odeur de bête. Dans la cheminée, des braises achevaient de s'éteindre. Les soldats avaient mis à sac l'intérieur. L'Inquisiteur releva un banc et s'installa à une table de pin noirci. Devant lui, nue et muette, se tenait Magda.

— Dis-moi ce qu'il y a à l'intérieur de la bourse. Si tu ne mens pas, tu souffriras moins sur le bûcher.

— Je n'ai pas peur du feu. Notre Maître est le seigneur du brasier. Il nous protégera de la douleur.

— Pauvre folle ! Toutes celles que j'envoie rôtir disent la même chose et quand elles sont au milieu des flammes, elles hurlent comme des damnées.

Magda tressaillit. Elle avait froid. Ou peur.

— Tu ne veux pas parler ? Alors tant pis.

L'Inquisiteur ouvrit la bourse et en sortit une fiole, enroulée dans une peau d'animal pour la protéger. À l'intérieur, une substance grumeleuse de couleur jaunâtre.

— Tu es la troisième que j'arrête avec cet onguent du diable. Je sais très bien à quoi il sert. Quand vous vous rendez au sabbat, vous vous en massez les poignets et Satan vous apparaît.

— Il ne fait pas que nous apparaître, haleta Magda,

il fait de nous ses concubines. Il nous séduit, il nous touche.

— Suffit ! Pourquoi crois-tu qu'on va te réduire en cendres, toi et tes complices ? Pour te punir ? Non, c'est pour brûler le fruit maudit de tes entrailles, pour anéantir la descendance du diable qui mûrit dans ton ventre. Voilà ce que l'Église traque sans fin : les fils de Satan.

Magda ne cessait de trembler.

— Je vais d'abord livrer au feu tes deux complices pour que tu entendes leurs hurlements de douleur. Le diable ne protège pas celle qui n'enfante plus pour lui. Lucifer est sans pitié. En revanche, moi, si. Je peux encore adoucir ton sort.

— Que veux-tu ?

— Combien d'autres femmes dans le village vont au sabbat ?

Magda resta muette.

— Tu te tais. Tant pis pour toi.

Un soldat entra et ôta son casque.

— Seigneur, les bûchers sont prêts.

— Attache les deux prisonnières et rassemble tous les villageois.

Comme le garde allait sortir, il l'arrêta.

— Et place les enfants au premier rang. Je veux qu'ils voient tout. Pour le salut de leur âme.

Une odeur atroce s'était emparée du village. Sur le premier bûcher, le corps de Brunhild n'était plus qu'un tronc noirci. Les jambes s'étaient liquéfiées en une coulée noirâtre et la tête dévorée par les flammes avait roulé dans les cendres. Maintenant, c'était le tour de Gersende.

Elle rampait au sol pour ne pas avancer. Un soldat la traînait par les cheveux. Elle hurlait de terreur.

— Pas le feu!

L'Inquisiteur fit approcher Magda.

— Regarde ce qui t'attend. L'angoisse et la peur. Satan vous a abandonnées.

Magda tomba à genoux. Tout courage venait de la quitter.

— Pitié, Seigneur!

— Je ne peux plus rien pour toi...

Les hurlements de Gersende redoublaient. On était en train de l'attacher au pilori au milieu des fagots.

— ... mais si tu me dis ce que tu mets dans ton onguent du diable, alors je te ferai étrangler juste avant la mise à feu et tu ne connaîtras pas la douleur.

Magda se releva pour murmurer à l'oreille de Bernharht. Il lui caressa les cheveux.

— Tu as assaini ton âme, maintenant je vais purifier ton corps.

Un jet de feu monta du bûcher. Un cri de bête retentit jusqu'à la lisière de la forêt. Des soldats saisirent Magda.

— Pas la peine de dresser un autre bûcher.

— Seigneur, ta promesse! hurla Magda.

— Jetez-la au feu avec l'autre sorcière.

De nouveau, les femmes étaient séparées des hommes. Bernharht les détaillait une à une. Lesquelles avaient péché avec le démon? Il fixa une paysanne au regard égaré. Peut-être celle-là ? Ou alors cette jeunette à la poitrine déjà affirmée ? En tout cas, il ne pouvait prendre aucun risque.

— Enlevez toutes les vieilles.

Les soldats s'exécutèrent. Bientôt, il ne resta plus qu'une dizaine de femmes en âge d'enfanter. L'Inquisiteur sentait la fiole de l'onguent du diable glissée sous sa soutane. Grâce à Dieu, il avait rempli sa mission. Découvrir le secret des sorcières : le chemin du sabbat. Mais cela n'était rien si le diable pouvait s'emparer de leurs ventres.

— Attachez-les. Elles partent avec nous.

— Il y a déjà beaucoup de détenues en ville, Seigneur, fit remarquer un soldat plus âgé. Et nous pouvons aussi bien les faire parler ici.

Pour la première fois, Bernharht sourit.

— Nous n'allons ni les emprisonner ni les interroger. Nous allons en faire des ventres. Des ventres pleins. Pour la plus grande gloire de Dieu.

Des mêmes auteurs :

Romans :

Le Rituel de l'ombre, Fleuve noir, 2005.
Conjuration Casanova, Fleuve noir, 2006.
Le Frère de sang, Fleuve noir, 2007.
La Croix des assassins, Fleuve noir, 2008.
Apocalypse, Fleuve noir, 2009.
Lux Tenebrae, Fleuve noir, 2010.
Le Septième Templier, Fleuve noir, 2011.
Le Temple noir, Fleuve noir, 2012.
Le Règne des Illuminati, Fleuve noir, 2014.
L'Empire du Graal, Lattès, 2016.
Conspiration, Lattès, 2017.
Le Triomphe des ténèbres, Lattès, 2018.
La Nuit du mal, Lattès, 2019.
La Relique du chaos, Lattès, 2020.
Marcas, Lattès, 2021.
669, Lattès, 2022.

Nouvelle :

In nomine, Pocket, 2010.

Essai :

Le Symbole retrouvé : Dan Brown et le Mystère maçonnique, Fleuve noir, 2009.

Série adaptée en bande dessinée :

Marcas, maître franc-maçon. Le Rituel de l'ombre (volume 1), Delcourt, 2012.
Marcas, maître franc-maçon. Le Rituel de l'ombre (volume 2), Delcourt, 2013.
Marcas, maître franc-maçon. Le Frère de sang (volume 1), Delcourt, 2015.
Marcas, maître franc-maçon. Le Frère de sang (volume 2), Delcourt, 2016.
Marcas, maître franc-maçon. Le Frère de sang (volume 3), Delcourt, 2016.

PAPIER À BASE DE FIBRES CERTIFIÉES

Le Livre de Poche s'engage pour l'environnement en réduisant l'empreinte carbone de ses livres. Celle de cet exemplaire est de :

350 g éq. CO_2

Rendez-vous sur www.livredepoche-durable.fr

Composition réalisée par Soft Office

Achevé d'imprimer en mars 2022, en France sur Presse Offset par
Maury Imprimeur – 45330 Malesherbes
N° d'impression : 261656
Dépôt légal 1re publication : avril 2022
Librairie Générale Française – 21, rue du Montparnasse – 75298 Paris Cedex 06

12/8197/8